열 정에
대 하 여

KB179237

분노, 공포, 애도, 수치 …

감정의 지리학

필립 피셔 지음 **백준걸** 옮김

열 정에
대 하 여

앨피 THE VEHEMENT PASSIONS

차례

열정이란 무엇일까?

한국어의 언어 관습상 열정은 불타는 사랑, 업무에 대한 몰입, 넘치는 활력과 에너지, 무슨 일이든 열심히 하려는 마음가짐 등을 뜻한다. 가령, 착취적 발상이 돋보이는 의심스러운 신조어 "열정페이"는 청년이니까 받는 돈이 적어도 열과 성을 다해 일하라는 오만불손한 취지를 담고 있다. 어쨌거나 일이든 사랑이든 주변과 담을 쌓고 철저하게 몰입하는 것은 이 책이 다루는 열정의 특징이기도 하다. 저자 필립 피셔가 말하는 열정 또한 한 사람의 삶 전체를 집어삼키는 강력하고 격렬한 감정을 의미하기 때문이다.

그런데 격렬한 사랑이나 과잉 몰입만이 열정의 전부는 아니다. 피셔가 다루는 열정은 분노, 공포, 애도, 수치 등 인간의 삶에서 가장 격렬하고 파괴적인 감정들이다.

이 지점에서 그런 것은 감정이라고 부르지 않을까? 감정과 열정은 무엇이 다른가? 이런 의문이 들 수도 있겠다. 그러나 피셔에 따르면, 감정은 열정과 다르다. 그 기원부터 다르다. 서양 문화사에서 감정emotion은 18세기에 처음 등장한다. 반면에 열정은 고대 그리스 호메로스 시대의 빠떼pathé와 투모스thumós에 그 뿌리를 둔다. 더 중요한 차이는 일상성과 양면성에 있다.

첫째, 감정은 일상의 다양한 일들에 대한 누구나 경험하고 공감할 수 있는 어떤 반응들과 밀착되어 있다. 이때 일상의 영역을 넘어선 격한 반응들은 감정이 아니라 거의 질병으로 간주된다. 감정을 통제할 수 없거나 감정을 폭발시키는 사람은 일상생활을 영위할 수 없는, 치료가 필요한 사람이다. 그런데 열정은 거꾸로 일상이 끝나고 예외가 시작되는 지점에서 발생한다. 분노, 공포, 애도에 빠진 사람을 생각해 보라. 그는 자신이 느끼는 격한 상태에 빠져 주위 사람들이 어떤 반응을 보이는지 아랑곳하지 않는다. 피셔의 표현으로, "열정에 빠진 자아는 열정의 일시적 상태와 완벽한 합일을 이룬다". 사랑하는 사람이 죽어 슬픔에 잠긴 사람은 모든 일상을 중지하고 슬픔에 집중한다. 그는 사회도 망각하고 미래도 망각한다. 열정에서 나타나는 이러한 몰입의 상태를 피셔는 철저함thoroughness이라고 부른다.

이러한 열정의 철저함은 감정의 두 번째 특징, 즉 양면성과도 대조를 이룬다. 피셔에 따르면, 감정은 양가적이다. 좋아하는 감정과 싫어하는 감정을 둘 다 느낄 수 있다. 반면, 열정에 빠진 자아는 마치 홍수에 잠긴 것처럼 남김없이 그 열정에 흠뻑 빠져 버린다. 그래서 공포를 느끼는 바로 그 순간, 공포를 경험하는 사람은 주변적 상황을 전혀 고려하지 않는다. 그 순간 그는 "탈사회적 자아" 또는 "은둔적 자아"가 된다. 어떤 측면에서 분노, 공포, 애도의 열정은 서로를 인정하고 서로를 배려하는, 즉 관용과 상호성을 중시하는 민주사회, 감정을 표출하지 않고 안으로 삭혀야 비로소 성숙한 시민으로 존중받는 현대사회, 내면과 사생활이 중요해서 자신의 감정을 밖으로 내비치는 것을 탐탁지 않게 여기는 사회적 사회에서 환영받지 못하는 극단적 상태들이다.

사정이 그러하다면 굳이 격렬한 열정들을 다루어야 할 이유는 무엇일까? 가장 큰 이유는 열정이 인간 경험의 근본에 자리하기 때문이다. 피셔는 경험한다는 그 자체가 열정을 느낀다는 말과 같다고 말한다. 그리스어 빠떼páthe는 열정과 경험을 둘 다 의미한다. 생각해 보자. 신이 아닌 유한한 인간 존재인 이상, 상실과 상처와 한계, 더 궁극적으로 죽음은 인간 경험의 본질이다. 그러한 일들을 겪으며 인간은 분노, 공포, 슬픔을 느낄 수밖에 없다. 화내고 두려워하고 슬퍼하는 것은 의지를 가진 존재, 인간다움을 갖춘 존재, 죽음의 그림자 밑에서 주어진 유한한 시간을 살아가는 존재의 근원적 바탕을 이루는 것들이다.

아리스토텔레스에 따르면, 무시당하고 마음에 상처를 입었을 때(피셔의 용어로는 "의지의 반경"이 침범당했을 때) 분노하지 않는 것은 노예의 태도다. 현대어로 바꾸자면, 인간으로서의 존엄성이 결핍된 사람이다. 그래서 아리스토텔레스는 분노의 과잉만큼이나 분노의 결핍을 문제적으로 보았다. 분노가 지나친 사람은 폭군이고 분노하지 않는 사람은 노예인데, "자부심과 자존감을 가진 자유인"은 이 양극단 사이에서 분노해야 마땅할 때 반드시 분노한다.

분노는 스토아학파에 의해 배격해야 할 열정으로 전락했지만, 아리스토텔레스의 관점에서 분노의 정당한 표출은 그가 말한 중용에 정확하게 부합한다. "마땅한 일에 대해, 마땅한 사람에게, 그리고 더 나아가 마땅히 해야 할 때, 마땅히 해야 할 만큼 화를 내는 사람은 칭찬받아야 한다." 《니코마코스 윤리학》의 주장이 옳다면, 분노는 올바르고 정의로운 열정의 분출이다.

슬픔과 애도는 또 어떤가? 인간이라면 누구나 죽음을 피할 수 없을뿐더러 가깝거나 멀거나 타인의 죽음을 경험하지 않을 수 없다. 죽음은 인간이 피할 수 없는 근원적 상실이다. 슬픔은 죽음으로 인해 내가 사랑했던 사람, 나에게 중요했던 사람이 이 세상에 없음을 괴로워하는 마음의 표현이다. 여기서 말하는 슬픔은 단지 우울, 불행, 불만족, 의기소침이 아니다. 영어로 말하자면, sadness가 아니라 grief다. 영어의 grief는 일상에서 느끼는 슬픈 느낌이나 감정이 아니라 고통과 무거운 마음을 내포한 강력한 단어다. 요컨대 피셔의 슬픔은 죽음 또는 크나큰 상실에 대한 애도를 뜻한다. 공포가 그러하듯, 슬픔과 애도는 죽음이라는 인간의 근원적 한계에 대한 경험이다.

이와 같이 분노, 공포, 애도가 인간의 근원적 경험이라면, 이를 억압하고 무력화하려는 모든 철학적 시도는 실패로 종결될 수밖에 없다. 가령, 스토아학파에게는 끊임없는 수련을 통해 마음속에 일어나는 갖가지 열정들을 다스리고 평정심을 유지하는 것이 절대적으로 중요했다. 따라서 모든 상실은 거대한 자연의 순환 속에서 자연으로 되돌아가는 하나의 작은 과정에 불과하다. 마르쿠스 아우렐리우스 역시 상실을 "변화"로 보았다.

이와 비슷하게 영생과 불멸을 믿는 기독교에서도 죽음은 개인의 소멸이나 종말이 아니다. 영원한 삶으로 가는 길에 발생하는 작은 에피소드에 불과하다. 그래서 스토아학파와 초기 기독교도들은 슬픔과 애도를 거부했다. 그렇지만 죽음 앞에서 느끼는 슬픔과 애도는 지극히 인간적인 반응으로, 아무리 억누르려 해도 쉽게 눌러지지 않는다. 아우구스티누스도 어머니의 죽음이 완전한 소멸이 아니라 육신으로부터의 해방이라고 말하면서도, 끝내 밀려오는 슬픔을 어찌할 수 없었다.

철학이 열정을 다스리려다 실패했다면, 문학은 오히려 열정의 분출과 폭발을 표현하려 했다. 왜 그런가? 문학은 경험을 표현하는 방식이며, 열정을 경유하지 않고는 경험을 표상할 수 없기 때문이다. 다시 말해, 열정이 없다면 문학은 존재할 수 없다.

격정에 빠진 인물들이 없었다면, 가령, 모욕에 분노하고 상실을 애도하는 아킬레우스와 리어왕, 격렬한 사랑에 빠진 로미오와 줄리엣, 살인적인 질투에 사로잡힌 오셀로, 모비 딕에게 다리를 잃고 분노하는 에이햅이 없었다면, 세계문학의 고전 작품들을 상상이나 할 수 있었을까? 그리스 비극은 또 어떤가? 공포와 연민이라는 격정의 상태 없이 비극을 생각할 수나 있을까? 때로는 특정한 열정을 기반으로 문학 장르 전체가 결정되기도 한다. 슬픔은 비가elegy를, 공포는 고딕소설을, 동정과 연민은 감상소설을 낳았다.

신과 달리 인간은 불완전하다. 철학자들은 열정을 제거함으로써 인간이 신을 닮을 수 있고 완전해질 수 있다고 믿었다. "영원의 관점에서sub specie aeternitatis" 모든 사물을 바라봄으로써 시간을 지우고 열정을 제거하려 한 스피노자의 궁극적 모델은 신이었다. 무감동apathy과 평정심을 추구한 스토아학파도, 의무와 겸손과 존경을 중시하며 보편과 상호성의 세계를 추구한 칸트도 결국 인간 개인의 한계를 넘어 도덕적으로 완전해지고자 하는 생각을 가졌을 것이다. 그러나 그러한 철학적 시도는 실패할 수밖에 없다. 유한성과 불완전성은 인간 삶의 근원적 조건이기 때문이다.

이 짧은 글을 통해, 이 책에 담긴 수많은 통찰을 일일이 다 소개할 수는 없다. 그중 한 가지만 더 언급하자면, 연민과 공포의 관계다. 통상적으로 연민compassion 또는 공감sympathy은 고통당하고 어려움을 겪는 타인에 대해 내가 느끼는 어떤 선한 마음이다. 그런데 이때, 연민을 느끼는 관찰자는 사실 타인의 고통을 상상만 할 수 있을 뿐이지 실제로 그 고통을 느낄 수 없다. 실제로는 아무런 위험을 겪지 않고 안전한 상태에 있기 때문이다.

그러나 피서가 생각하는 연민은 이와 다르다. 연민의 출발점은 공포여야 한다. 다르게 말하면, 더욱 강력한 연민은 공포, 피서의 용어로는 "공유된 공포"를 기반으로 해야 한다. 거슬러 올라가면, 아리스토텔레스가 말한 공포와 연민은 별개의 열정이 아니다. 이 둘은 서로 얽혀 있다. 아리스토텔레스를 인용하며 피서는 "우리 자신에게 일어났다면 공포를 느꼈을 일을 타인이 당할 때 동정심을 느낀다"고 통찰한다. 이와 마찬가지로, 내가 죽을 수 있는 상황에서 나만 살고 다른 사람은 죽었다면, 나는 그 사람에게 연민을 느끼지 않을 수 없다. 죽음 앞에서 내가 느낀 강력한 공포는, 내가 죽지 않고 살아남으면서 나 대신 죽은 타인에 대한 연민으로 바뀐다. 이처럼 공포를 공유한 상황에서야 비로소 연민은 가장 절실한 감정이 된다. 공포로부터 연민이 비롯된다는 생각은 매우 독창적이다. 연민과 공감에 대한 수많은 이론이 있지만, 연민과 공포에 대한 피셔의 통찰은 연민을 새로운 관점에서 조명하게 한다.

통상적으로 철학에서는 passion을 '정념'이라고 부른다. 그러나 이 책의 주된 목적은 철학의 포로가 된 passion을 문학에 돌려주는 일이다. 그러한 이유로 passion을 '열정'으로 번역했다.

이 두꺼운 책을 번역하면서 여러 우여곡절이 있었다. 무사히 끝마칠 수 있어서 다행이다. 피셔의 긴 문장은 많은 번민을 안겨다 주었다. 때로는 한 문장이 다섯 줄, 열 줄인 경우가 부지기수였다. 그래서 한국어로 옮기는 것이 쉽지 않았다. 문장의 자연스러운 흐름을 훼손하지 않는 선에서, 때로는 짧게 끊었다. 번역은 반역이라지만, 긴 문장을 손보는 작업이 저자의 원래 의도를 제대로 살렸기를 바랄 뿐이다. 마지막 교정에 참여하여 꼼꼼하게 지적해 준 최현지 박사에게 감사 드린다. 끝으로, 지금 세상에 계시지 않은 김미현 선생님께서 이 번역서를 분명 좋아하셨으리라. 마지막 메시지에서 꼭 드리겠노라 말씀 드렸다. 미처 드리지 못한 채 이 글을 쓰는 동안 이별을 하게 되어 너무나 애통한 마음이다. 여기보다 더 행복한 곳에서 편안히 읽으시길 바란다.

2023년 10월

백준걸

■ 감사의 말

이 책은 게티연구소Getty Research Institute에서 선임학자로 일한 1
년 동안 완성되었다. 마이클 로스Michael Roth의 환대와 에너지,
훌륭한 도서관과 직원들 덕분에 게티연구소의 햇살 가득한 언
덕 위에서 보낸 나날들은 큰 즐거움이었다. 1년 동안 프로젝트
를 지원하고 학술 세미나에 초대해 주신 게티재단에 감사의 마
음을 전한다.

이 책의 세 개 장은 프린스턴대학의 크리스천 가우스 세미나
Christian Gauss Seminars를 통해 압축된 형태로 발표되었다. 프린스
턴에 있는 동안 친절하고 따뜻한 환대를 베풀어 주신 세미나 디
렉터 마이클 우드Michael Wood에게 감사를 표한다. 그의 우정과
폭넓은 대화 덕분에 행사의 모든 순간이 기쁨이었다. 감사하
게도 프린스턴의 청중들은 신선한 질문을 던져 의문을 제기하
고 논평을 통해 더 깊은 성찰의 계기를 마련해 주었다. 조지 케
이텝George Kateb의 엄격함과 날카로운 지적, 알렉산더 네헤마스
Alexander Nehemas와 앨버트 허시먼Albert Hirschman의 지적인 문제
제기는 특히 소중한 경험이었다.

존 사이먼 구겐하임 재단John Simon Guggenheim Foundation의 연구
비 지원에 감사 드린다. 덕분에 상당히 다면적이었던 프로젝트

가 최종적인 형태를 갖추게 되었다. 같은 해에 스탠퍼드대학 행동과학 고등연구원Center for Advanced Study in the Behavioral Sciences의 닐 스멜저Neil Smelser 소장과 로버트 스콧Robert Scott 부소장은 연구실을 제공했으며, 40명의 체류 학자들과 함께 연구하며 지적 자극을 주고받을 수 있도록 배려해 주었다. 스탠퍼드 위쪽 언덕에 위치한 단출한 업무 공간에서 소박하게 격식에 얽매이지 않고 활기찬 연구를 할 수 있어서 좋았다.

1987년 이 프로젝트를 처음 시작하는 단계에서 비센샤프트콜레그Wissenschaftskolleg(고등연구소)로부터 분에 넘치는 펠로우십을 받았고, 덕분에 1년간 그곳에 거주하며 연구에 몰두할 수 있었다. 나는 그 이후 10년 동안 그곳을 여러 번 다시 방문하는 행운을 누렸다.

공포를 다룬 장들은 볼프 레페니스Wolf Leppenies 총장의 초청으로 비센샤프트콜레그의 저녁 강연에서 처음 발표되었다. 매우 독특한 이 국제적 기관을 처음 방문한 이후 나의 모든 작업은 매일 아침부터 밤까지 이어진 변화무쌍한 대화로부터 많은 도움을 받았다. 이 대화를 통해 각 연구자의 작업은 더욱 향상되었다. 우리는 각자의 작업을 개별적인 글쓰기 행위로 생각했지만, 마지막 페이지에 도달했을 때 지적 쾌락의 분위기를 만끽하면서 연구가 더욱 풍요로워졌음을 알게 되었다. 그러한 분위기는 출중한 연구들이 자아내는 강렬한 열기 속에서 가장 잘 드러나기 마련이다. 다른 연구들에 관심을 보여야 했기 때문에 각자의 프로젝트를 소홀히 하게 되는 것처럼 보였지만, 사실은 오히려 그 덕에 혼자서는 찾을 수 없었던 새로운 경로를 발견할 수 있었고 그 경로를 따라 저마다의 작업으로 돌아올 수 있었다.

리처드 푸아리에Richard Poirier와 《라리탄Raritan》을 통해 이 책에 실린 몇 장의 근간이 된 초기 원고를 출간할 수 있었다. 이 프로젝트의 일부를 이 학술지에 미리 게재할 수 있어서 기쁘게 생각한다. 로버트 노직Robert Nozick은 공포에 관한 두 장을 읽고 논평했다. 그의 예리한 질문과 동료로서 보여 준 우정과 관심에 깊이 감사한다.

나는 앨런 그로스먼Allen Grossman과 브랜다이스대학에서 수년 동안 함께 일했는데, 그와 나눈 대화는 마치 마법과도 같았다. 그로스먼은 브랜다이스에서 독특한 종류의 인문학 핵심 커리큘럼을 만들었고, 그 작업에 참여한 우리 모두에게 새로운 사유의 길을 열어 주었다. 이 책에서 그 흔적을 발견할 수 있다.

편집과 원고 작성 과정에서 나는 마크 그레이프Mark Greif와 셰인 슬래터리 퀸타닐라Shane Slattery-Quintanilla, 두 조교의 도움을 받았다. 두 사람은 이 책의 세부적인 내용을 최종적으로 다듬는 데에 에너지와 정성을 쏟아부었다.

서론

"열정 없는 지식"만큼 자연스럽게 느껴지는 단어의 결합이 또 있을까? 그러나 적어도 한 가지 경우에서만큼은, 열정이 지식 탐구에 핵심적이라고 여겨졌다. 데카르트는 경이로움을 열정 중에서 으뜸으로 꼽으며, 배움을 가능하게 하는 열정적 상태라고 말한다. 판에 박은 듯 친숙한 세계에서 무언가 새로운 것, 놀라울 만큼 새로워서 기쁨을 주는 무언가를 발견할 때 우리는 경이로움을 느낀다. 삶의 단계마다 잘 아는 것과 알지 못하고 알수도 없는 것을 나누는, 명확하지만 일시적인 구분선이 나타난다. 경이로움의 경험을 통해 우리는 이 구분선을 파악한다. 어린아이의 눈앞에서 하늘로 솟구치는 빨간 풍선이 드러내는 구분선은, 성인인 천문학자가 인류 역사상 처음으로 은하계 분포 패턴을 발견했을 때 나타나는 구분선과 다르다.

과학자와 수학자는 항상 경이로움의 열정을 새로운 지식 탐구에서 가장 중요한 경험이라고 생각했다. 그런데 경이로움을 자세히 들여다보면 분노, 공포, 슬픔, 수치 등 다른 격렬한 열정들도 경이로움과 유사하게 작용한다는 주장은 성립될 수 없는 것처럼 보인다. 과학적 지식이 우리의 유일한 관심사라면, 분노와 애도는 명징한 사유를 불가능하게 하고, 끊임없이 꼬리를 물고 이어지는 생각과 실험, 힘들고 고된 장기 프로젝트를 질서정연하고 합리적으로 수행할 차분한 분위기의 조성을 방해하는 것 같다.

그렇지만 나는 이 책에서 경이로움이 예외가 아님을 보여 주고자 한다. 강한 감정이나 열정은 어떤 인지認知 가능한 세계를 만든다. 이 세계는 열정적인 또는 격렬한 상태를 경험하는 순간에만 나타나는 구분선을 통해 만들어진다. 최초의 발견을 낳은 몰입의 순간에서 과학 지식의 마지막 산출 과정에 이르기까지, 경이로움은 과학에서 중요한 역할을 담당한다. 마찬가지로, 정의의 영역에서 분노는 경이로움과 유사한 역할을 수행한다. 즉, 분노는 불의가 무엇인지, 부당한 행위가 무엇인지 그 참모습을 명백하게 드러낸다. 경이로움처럼 분노는 새로운 발견을 촉진하며, 최종적으로 그 발견은 구체적인 논리적 형식을 만든다. 그것이 바로 세분화된 법률 체계다. 즉, 분노와 격분의 새로운 경로들이 규칙을 만들거나 변화를 가함으로써 법률 체계를 더욱 세밀하게 만든다. 가령, 분노의 결과로 새로운 법률이 제정되거나 더 강력한 법률이 생긴다. 반대로, 법을 수정하라는 요구가 빗발쳐 법률의 철폐로 이어지는 경우도 있다.

경이로움이나 분노로 깜짝 놀란다는 것은, 격렬한 상태에 있을 때 무언가 새로운 것이 우리에게 드러난다는 말이다. 경이로운 경험에서 대상은 집중을 요구한다. 그런데 이는 사유하는 대상을 선택한 것이 주체가 아니라는 뜻이다. 무언가가 우리의 마음을 사로잡는다. 데카르트에 따르면, 새롭고 낯선 것을 발견할 때 사람들은 처음에는 기뻐하고 난감해하다가 하던 일을 중단하고 생각에 잠긴다.[1]

[1] René Descartes, *Oeuvres philosophiques* (Paris: Garnier, 1967), 3:1009–10.

우리가 알 수 없는 세계가 있다. 그 세계를 상상하는 것은 무의미하다. 개인적으로든 역사적으로든, 현시점에서 지금 여기 우리가 처한 상황을 생산적으로 사유하도록 돕는 기술력과 지식 체계가 부족하기 때문이다. 그 반대편에 우리가 이미 아는 친숙한 세계가 있다. 경이로움은 친숙한 세계와 낯선 세계의 구분선에 위치한다. 경이로움은 알 수도 있지만 아직은 모르는 것의 지평선에서 생겨난다. 경이로움의 상태에 있을 때 우리는 이 지평선을 알게 된다. 놀라움은 우리가 생산적으로 시간과 정력을 투자할 수 있는 무언가로 우리를 이끈다. 분노도 마찬가지다(물론 분노에 관한 이러한 주장을 납득시키려면 많은 지면이 필요하다).

과학적 발견은 경이로움에, 정의에 대한 요구는 분노에 뿌리를 둔다. 그런데 이로 인해 경이로움과 분노만 살아남고, 다른 열정들은 다 사라진 것처럼 보인다. 가령 고뇌(슬픔과 애도를 포함한 스토아학파의 포괄적 용어), 수치, 공포가 그렇다. 그러나 적어도 공포의 경우에는 사정이 다르다. 제한적이나마 아리스토텔레스의 비극론 이후, 공포와 미적 경험에는 뿌리 깊은 내재적 연관성이 존재한다고 인식되었다. 아리스토텔레스는 비극론에서 동정, 공포, 놀라움, 인식, 고통 그리고 공포의 전율이 쾌락의 상태임을 역사상 최초로 체계적으로 설명한다. 바로 이 공포와 연민의 관계를 통해, 원래 상당히 자기중심적이고 자기규정적인 열정의 상태에 시민적 요소가 개입한다. 이 시민적 요소는 연극이나 영화를 보는 관객이나 소설을 읽는 독자의 미적 경험에서 가장 분명하게 나타난다. 중요한 유사 경험이 법정에서도 발생한다. 즉, 법정에서 우리는 배심원으로서 관찰자와 심판의 역할을 수행하며 일련의 사건을 둘러싼 원고와 피고 측의 서로 반대되는 이야기를 듣는다.

나는 이 책에서 철학, 경제학, 게임이론 등 현대의 연구를 이용하여 공포에 관한 세밀한 지리학을 개발하려 한다. 그 목적은 극심한 공포의 경험도 다른 열정과 마찬가지로 경험의 순간 속에서 발견되는 일종의 지평선에 의해, 인식 가능한 세계를 표현하는 데 꼭 필요한 수많은 세부 항목들을 드러낸다는 점을 보여 주기 위함이다. 과학이 경이로움의 영토라면, 정의는 분노의 영토다(여기서 말하는 정의는 법정, 판사, 배심원, 감옥, 성문법 등에 구현되어 있다고 여겨지는 공식적 정의와 이웃, 형제, 놀이터에서 매일 함께 어울려 노는 아이들 사이에 발생하는 비공식적·일상적 정의를 모두 포괄한다). 이에 비견되는 공포의 경험 영역은 미학, 스토리텔링, 법정에서 다루어지는 소송 또는 이야기다.

수치와 슬픔에 관해서는 미리 소개하지 않겠다. 다만, 공포와 분노와 더불어 이 두 열정이 우리 삶 속에 죽음이 엄연히 도사리고 있음을 보여 준다는 점만 지적한다. 우리의 의지가 상처를 입고 굴욕을 당할 때가 있다. 격정의 상태에 놓이는 순간, 즉 열정적인 상태에 놓이는 순간, 우리는 이를 인지한다. 수치와 슬픔은 의지가 입은 상처와 굴욕을 통해 그 의지의 제한적 범위를 표시하고, 그럼으로써 죽음의 존재를 알린다.

이 책에서 다룰 주제는 열정의 과잉이 초래하는 문제가 아니라 열정의 작용이다. 분노, 공포, 수치, 애도 등이 극심해지거나 고착되고, 자의적이거나 엇나가는 그런 삶에서는 열정의 사소한 오용, 의학적 비정상, 장기 고착의 문제가 발생하는데, 이는 나의 관심사가 아니다. 내가 관심을 두는 것은 격렬한 열정의 상식적 의미다. 더불어, 열정을 구성하는 합리적인 메커니즘이 경험 속에서 어떻게 작용하는지 살펴보려 한다. 우리가 매 순간 인지하는 개별 세계의 지리를 파악하고 그 지도를 그리기 위해서다.

열정은 서양의 지성사에서 가장 오랫동안 끊임없이 이어진, 가장 복잡하지만 필수적인 서술적 문제였다. 그런데 마땅한 용어가 없어서 또는 반대로 중복되는 용어들(한때는 전문용어였지만 지금은 일상어가 된 것도 있다)이 너무 많아서 오랜 기간에 걸쳐 폐해가 축적되었다. 열정의 역사는 거의 3천 년에 가깝다. 열정과 관련하여 우리가 현재 사용하는 언어(또는 없다고 생각되는 언어)는 어느 특정 시기, 의외의 순간에 정착된 것이다.

"병리학pathology"(그리스어로 파테마páthema)은 열정에 관한 연구에 딱 맞는 정확한 단어일 것이다. 그런데 의학 사전을 뒤적여보면 비정상성 연구, 질병 연구, 즉 "질병으로 표출되는, 동식물 조직의 해부적 · 생리적 비정상"[2]을 의미하는 용어로 사용된다.

[2] Webster's *New International Dictionary*, 3d ed., s.v. "pathology."

영어에서 "애정affection"은 부드럽고 온화한 선의의 감정 또는 좋아하는 감정을 의미한다. 그러나 이 단어는 여전히 철학 용어 "정동affect"에 연결되어 있다. "정동"은 아펙투스affectus 또는 빠떼 páthe의 번역어로, 철학서에서 분노와 슬픔, 수치, 공포가 암시된 상태를 가리킨다.

어떤 단어가 예외적으로 특별한 의미로 사용되어, 시간의 장막 뒤에서 뉘앙스에 변화를 일으키는 경우도 간혹 있다. 중세 시대에 대문자로 쓰기 시작한 "Passion"이 그렇다. 이 단어는 영어 사전에 십자가에 매달린 예수의 수난 또는 마지막 만찬부터 죽음에 이르기까지 예수의 수난을 뜻하는 단어로 등재되어 있다. 이와 같은 수난Passion의 의미가 기독교에서 압도적으로 중요한 까닭에 일상생활에서 쓰이는 소문자 passion도 고통의 뉘앙스를 갖게 되었으며, 아울러 십자가에 못 박힌 예수의 본보기에 따라 수동적인 뜻도 더해졌다.

"열정적passionate"이라는 단어는 다른 경로를 거쳐 우리에게 도달한다. 그 핵심적 의미는 호메로스의 《일리아드》로 거슬러 올라간다. 가령 《일리아드》 하면 우리는 가장 먼저 쉽게 분노하는 사람, 격렬한 상태에 있는 사람을 떠올린다. 좀 더 확장하자면, "열정적"은 어떤 감정이든지 강력한 상태를 가리키며 분노를 본보기로 삼는다. "열정적"이 강조하듯이, 강도 높게 고양된 다른 모든 감정을 이해하는 경로로 분노를 선구적 척도로 삼는다면, 플라톤, 아리스토텔레스, 그리스의 윤리적·법률적 전통이 중요하다. "열정적"이란 단어는 분노를 긍정적인 상태로 이해한다. 다시 말해, 분노는 역동적이고 고양된 정신의 핵심이다. 헥토르와 아킬레우스는 이 단어의 영향 안에 있다. 반면 십자가에 매달린 예수는 무대 바깥에, 대문자 Passion에 가까이 서 있다.

그리스와 로마의 헬레니즘 철학, 무엇보다도 스토아학파는 감정과 내면을 표현하는 라틴어 단어들을 서양 문명에 공급했다. 이 단어들은 유럽의 모든 철학적 전통에 스며들어 있다. 아퀴나스, 데카르트, 스피노자, 홉스, 칸트는 키케로의 시대부터 이어져 내려온 라틴어 어휘들을 번역하고 수정하거나 의미를 완전히 뒤집었다. 그런데 스토아주의는 열정과 싸움을 벌였고, 열정을 잘못된 신념에 기반한 고통으로 보았다. 스토아철학자들은 이전의 역사를 거꾸로 돌려 열정과 행위를 대립된 것으로 파악했다.

근대 프랑스어와 영어에서 "열정"이란 단어는 그 자체로는 대부분 성적 열정을 암시한다. 반면에 복수형 명사 "감정들passions"은 옛날식 표현이다. 이 용어와 관련된 대부분의 의미들이 이제는 "감정들emotions"로 이전되었기 때문이다. 감정들에는 다른 암시적 특징, 의미, 핵심 예시들이 담겨 있으며, 새로운 방식으로 주제를 디자인한다. 감정들과 같은 새로운 범주가 자리를 잡고 나서, 우리의 생각과 대화는 이면에 어른거리는 예수의 수난, 아킬레우스의 분노로부터 해방되었다. 그뿐만 아니라, 후대 유럽 문화에서 크게 성공을 거둔 이른바 낮은 강도의 일상적 스토아주의 그리고 질병과 관련된 의학적 용어로부터도 자유로워졌다 (과거의 의학용어들은 키케로조차 신체의 질병과 영혼의 상태를 지나치게 연결짓는 것처럼 보였다. 슬픔, 공포, 분노, 수치와 같은 상태는 치료, 치유, 정화가 필요한 영혼이나 정신의 질병으로 여겨졌다[3]).

18세기 중반, 영국 철학과 수사학은 "열정"을 버리고 새로운 용어 "감정emotion"을 택했다. 적어도 표면적으로, 이 단어 대체代替는 열정을 다룬 과거의 철학사에 함축된 왜곡과 편견을 깨끗히 씻어 낸 것처럼 보였다. 그러나 열정을 감정이라고 부르기 시작한 시기에도 바뀌지 않은 것이 있다. 특정한 열정 또는 감정에 관한 단어들이다. 우리는 아직도 두려운 감정, 분노의 감정, 화난 느낌, 질투의 느낌이라고 말한다. 만약 공포와 분노와 질투의 구체적 의미가 온전하게 보존되었다고 한다면, 공포를 열정이라고 부르는 것과 감정이나 느낌이라고 여기는 것에는 어떤 차이가 있을까? 부분적으로, 정답은 우리가 두려운 느낌, 두려운 감정, 열정으로서의 공포를 말할 때 두드러지는 또는 전형적인 예시가 무엇이냐에 달려 있다.

쥐에 대한 공포 또는 (프로이트의 예를 빌리자면) 끈적끈적한 촉감의 표면에 대한 공포phobia는 감정의 예시로 유용하다. 그러한 기이하고 의학적인 현대의 예시들이 내적 마음 상태에 관한 20세기의 논의를 지배한다. 그러나 열정을 묘사할 때 아리스토텔레스는 곧바로 가장 크고 보편적인 공포, 즉 임박한 죽음에

---

3 Cicero, *De Finibus Bonorum et Malorum*, 2d ed., trans. H. Rackham (Cambridge: Harvard University Press, 1931), 3.10.35.

대한 공포를 다룬다. 가령, 전쟁터에서 병사가 경험하는 공포, 가라앉기 일보 직전의 배 위에서 떨고 있는 승객의 공포가 그것이다. 자연적이고 무미건조한 예시들이 우리가 아는 공포에 어떤 변화를 가져왔다. 바로 이것이 열정passions의 언어에서 느낌feelings, 감정emotions, 기분moods의 언어로 바뀐 상황을 가장 압축적으로 보여 준다.

20세기에 흔히 그렇듯, 기분이 내적 상태를 표현하는 가장 적합한 단어인 양 말하는 것은 무슨 뜻일까? 열정, 기분, 감정, 느낌은 일시적 상태의 근원적 개념을 표현하는 서로 완전히 다른 형상이다. 각 용어는 뚜렷한 제 원형을 제시한다. 권태, 우울, 향수, 불안은 자연스럽게 떠오르는 기분의 첫 번째 예시들이다. 그러나 그러한 상태는 절대로 열정의 적절한 예가 될 수 없다. 열정이라는 관념의 핵심을 차지하는 분노와 경이로움은 일반적으로 "기분"이라는 용어가 환기하는 저조한 활력과는 맞지 않는다. 영어 단어 "열정passions"은 이 단어의 번역어인 독일어 라이덴샤프텐Leidenschaften, 프랑스어 빠시옹passions, 그리스어 빠떼마páthema와는 다른 영역을 규정한다. 마찬가지로, 영어 내에서도 우리는 열정, 감정, 느낌, 기분을 각기 다른 언어로 간주해야 한다. 서로 겹치는 부분도 없지 않지만, 무엇이 전형적이고 핵심적인 상태인지, 어떤 상태를 배제하는지 서로 완전히 다르게 설명하기 때문이다.

지금까지 살펴본 언어의 한계와 혼동에도 불구하고, 우리는 열정을 끈기 있고 지속적이고 풍요롭게 사유해야 한다. 그렇게 해야 문화적 기억을 보존할 수 있고, 문화·권력·역사가 어떤 변화를 겪든지 인간 본성에 대한 핵심적 설명을 변함없이 유지할 수 있다. 그렇게 해야 비로소 우리는 3천 년의 유구한 역사에 걸쳐 변화를 거듭하는 다양한 이야기들, 지역마다 다르게 변주되는 이야기들 속에서도 변함없이 유지되는 주제들을 심층적으로 파악할 수 있다.

열정에 관한 지식과 열정을 사유하는 방법은 애초부터 복합적인 과정의 산물이었다. 철학, 문학(특히 서사시와 비극), 의학, 윤리학, 수사학, 미학, 법학, 정치철학 등이 서로 중첩하고 간섭하면서 만들어진 어떤 것이다. 우리 시대에 진화생물학, 심리학, 인류학, 그리고 최근 뇌신경생물학 분야의 새로운 연구는 게임이론, 경제학, 철학 분야의 연구와 더불어 때로는 서로를 방해하고 피해를 주며 때로는 서로에게 도움을 주면서 상호의존적으로 협업한다. 6장에서 새로운 공포모델을 논할 때, 게임이론과 현대 정치철학의 몇 가지 특징을 이야기하고자 한다. 8장과 9장에서는 분노와 정의를 논하며 법철학과 재판 절차의 몇 가지 특징을 이야기할 것이다. 그러나 무엇보다도, 이 책 전반에 걸쳐 주로 다룰 내용은 철학, 문학, 미학의 교차점이다.

철학의 첫 단계에서 이루어진 열정에 대한 철학적 분석은 사실 문학적 예시의 분석이었다. 그중에는 비극과 호메로스 서사시에 등장하는 작은 사건도 있고, 예술 작품 전체와 그 형식에 관한 심층적 설명도 있다. 그 이유는 특정 시기의 문학에 열정(그 운명과 동기를 우리가 관심 있게 지켜보는 인물들이 느끼는)이 등장하기 때문이 아니다. 문학적 사례를 분석한 것은, 무엇보다 경험을 갖는다는 것 자체가 우리가 말하는 열정과 매우 깊이 연관되어 있기 때문이다. 열정과 경험을 동시에 의미하는 그리스어 빠떼páthe가 이를 증명한다. 두 번째 중요한 이유는 문학작품의 많은 형식적 특징들이 시간적 크기에 맞추어 열정의 시간적 특징들을 배치하기 때문이다.

문학에서 열정은 단지 우연한 사건으로만 존재하지 않는다. 다시 말해, 열정은 선택, 인식, 기억, 대화, 행동과 같은 중요한 요소들에 덧붙은 어떤 부차적인 요소가 아니다. 중요한 열정은 장르나 문학의 종류를 결정한다. 즉, 형식 전체를 만들어 내는, 더 크고 질서정연한 미적 체계를 결정한다.

비가elegy는 애도 또는 슬픔에 의해 결정되는 문학적 양식이다. 세밀하게 들어가 보면, 비가로 알려진 형식은 애도의 세부적인 내용으로 만들어진다. 여기에는 애도가 지속되고 끝나는 방식, 마치 삶 자체에 관한 관심이 사라진 듯 슬픔 속에 침잠해 세상이 캄캄해지는 경험도 포함된다. 무엇보다, 비가는 어떤 사람이 죽었을 때 느끼는 슬픔 속에 우리 자신의 죽음을 예견한다는 점을 분명하게 드러낸다. 우리 자신을 위한 일종의 선제적인 애도는 모든 애도에 나타난다. 끝으로, 비가의 결말 부분에서 우리는 남아 있는 시간의 소중함을 한동안 증폭시키는 어떤 결심을 발견한다. 다른 이의 죽음을 통해 상상 속에서 우리 자신의 죽음과 맞닥뜨림으로써 생성되는 결심이다. 비가라는 문학적 형식은 슬픔과 애도의 암시적 해부를 통해 형성된다.

아리스토텔레스가 정의한 비극은 일종의 행위이면서, 서로 긴밀하게 연결된 공포와 연민을 그 특징으로 하는 문학작품이다. 공포는 유럽에서 소설이 주류 서사 장르가 되었을 때 공포가 만들어 낸 일련의 형식들과 함께 다시 등장한다. 18세기 후반 처음 등장한 고딕소설은, 스티븐 킹의 소설과 해마다 어김없이 나타나는 공포영화에 이르기까지 가장 중요한 대중적 장르로 여전히 맹위를 떨치고 있다. 고딕소설은 사실상 공포 경험이 만들어 낸 형식이다. 고딕소설은 공포를 묘사함으로써 조금씩 조금씩 단계적으로 공포를 주입하고, 독자와 관객에게 공포를 유도한다. 에드먼드 버크Edmund Burke는 공포에 기반한 형식의 미적 특성들을 이렇게 열거한다. 고립된 개인, 위험, 밤, 불명료성. 공포를 중심으로 한 이야기에 나오는 사건의 특징은 돌발성과 예측 불가능성이다. 버크에 따르면, 소리, 동물, 혼란, 행위의 속도 등도 공포의 원인이 될 수 있다. 버크는 숭고함과 아름다움을 다룬 책의 각 장을 암흑, 광대함, 어려움, 소리와 굉음, 검은색, 간헐성, 동물의 울음소리, 악취, 쓴맛, 고통에 할애한다.[4]

비가가 슬픔의 내용을 정밀하게 분석하듯이, 고딕이나 공포 기반 형식은 공포 경험의 내밀한 세목들을 활용한다. 그중에는

---

[4] Edmund Burke, *A Philosophical Enquiry into the Origin of Our Ideas of the Sublime and Beautiful*, ed. James T. Boulton (Oxford: Basil Blackwell, 1987). See pt. 2, secs. 3, 7, 12, 17, 19–22.

갑작스러움, 놀람, 지연되는 시간 경험, 두려워하던 일이 터지기 일보 직전 정지의 순간에 느끼는 참을 수 없는 긴장감 등이 있다. 공포 기반 형식의 시간 형태는 애도와 슬픔에 기반한 형식의 시간 형태와 속도가 완전히 다르다. 격정적 상태마다 시간의 형태와 속도가 다르기 때문이다. 경이로움, 분노, 슬픔, 공포는 시간이 빠르고, 지연되고, 정돈되고, 고갈되는 방식을 드러낸다. 각 상태에 기반한 예술 작품은 각각의 고유한 시간 사용법을 따른다.

미적 경험에서는, 고딕소설 또는 공포영화처럼 특정한 형식만이 중심인물의 격정적 상태를 독자의 마음에 똑같이 일으킬 수 있다. 가령 포르노그래피는 성적 흥분을 일으킬 수 있다. 호색 소설의 목적은 작중인물이 성적 흥분과 오르가슴을 경험하는 모습을 읽으면서 독자도 똑같이 성적 흥분과 오르가슴을 경험하도록 하는 것이다. 그러나 아리스토텔레스의 비극론이 주장하듯이, 분노를 묘사한 작품에서 관객이 느끼는 반응은 공포다. 분노는 예측할 수 없고 폭력적인 열정이다. 그래서 비록 예술 작품이기는 해도 분노가 시작될 때 우리는 매우 폭발적이고 폭력적인 일련의 사건들이 곧 펼쳐지리라는 것을 직감한다. 그런 일이 예상되면 관객은 공포를 느낀다. 관객은 중심인물의 분노에 상응하는 분노를 느끼지 않는다.

연극과 소설에 묘사된 열정과, 그러한 격렬한 감정을 목격할 때 우리 안에 솟구치는 열정의 차이는 열정에 관한 가장 복잡한 미적 문제를 제기한다. 우리는 데스데모나의 편에 서서 공포,

분노, 연민을 느낀다. 반면, 살인까지 저지르는 오셀로의 빗나간 질투에는 혐오감을 느낀다. 오셀로가 느끼는 감정과 격정에 휩싸인 그를 보면서 우리가 느끼는 것은 서로 인접하고 얽혀 있지만, 엄연히 별개의 열정적 상태다.

하나의 열정을 자세하게 다루는 큰 형식들 중에서 가장 중요한 것은 분노를 다루는 형식이다. 호메로스의 《일리아드》, 베르길리우스의 《아이네이스》, 밀튼의 《실낙원》, 멜빌의 《모비 딕》을 통해 우리가 배운 서사시는 분노라는 주제를 중심으로 할 뿐만 아니라 분노의 높이와 과정, 속도, 그리고 살인, 저주, 폭력적인 말과 행동 등 분노가 결과적으로 일으킨 행위들도 중요하게 다룬다.

마지막으로 중요한 사례 하나를 덧붙이자면, 다양한 종류의 소설들은 열정에 기반한 작품들을 통해 독자의 열광적인 충성을 이끌어 낸다. 예를 들어, 18세기 후반 고딕소설은 공포를 기반으로 하고, 근대 소설 초기의 리처드슨과 루소부터 디킨스와 스토의 소설을 거쳐 오늘날의 영화, 소설, 텔레비전 시리즈에 이르기까지 계속 이어져 내려온 감상소설은 동정과 눈물에 기초한다.

이와 같은 사례가 증명하듯이, 문학적 문화의 관점에서 열정은 주로 작품 내의 일시적인 상황으로서 중요한 것이 아니다. 열정은 인물이 느끼는 수치, 분노, 사랑, 슬픔으로만 볼 수 없다. 경이로움, 동정, 애도, 공포, 분노, 슬픔, 수치는 우리가 가진 가장 심오하고 문화적으로 가장 중요한 작품을 통해 장르와 형식을 창조한다.

　문학과 법률—소송, 재판, 판결, 법의 공식적 법제화—은 가장 중요한 영역이다. 바로 이 두 영역에서 수백 년에 걸쳐 깊게 사유된 인간 경험이 격렬한 열정을 드러내기 때문이다. 가장 강력한 열정의 작용은 미학적·법률적·과학적 차원에서 정당성을 갖는다. 죽음과 활력은 열정의 근저를 이루는 특징들이다. 이를 통해 알 수 있는 것은, 자극된 또는 열정적인 상태들은 일상적 삶 속에 제3의 상태, 즉 우리의 일상적이고 안정적인 상태 그리고 수면 상태와는 전혀 다른 어떤 상태를 만든다는 사실이다.

| 1장 |

열정,
　　　　강력한 감정,
　　격렬한 사건

1872년 출간된 찰스 다윈의《인간과 동물의 감정 표현The Expression of the Emotions in Man and Animals》은 네 가지 "강력한 감각과 감정"의 신체적 표현에 대한 묘사로 시작한다. 그 네 가지는 바로 분노, 기쁨, 공포, 육체적 고통의 괴로움이다.[1] 10년 후 〈감정이란 무엇인가〉(이 논문에서 이른바 제임스-랑게James-Lange 이론의 일단을 엿볼 수 있다)(19세기 윌리엄 제임스와 카를 게오르크 랑게가 거의 동시에 주창한 감정의 기원과 본질에 관한 가설. 외부적 사건이 아니라 생리적 각성이 감정 경험을 유발한다고 본다.)에서 윌리엄 제임스는 "거친" 또는 "강한" 감정의 예로 슬픔, 분노, 공포를 꼽는다.[2] 뇌 손상 결과를 연구하는 오늘날의 신경생물학에 따르면, 감정 체계(혐오, 놀람, 특히 분노와 공포)의 물리적 구성 요소는 편도체amygdala로 알려진 중앙 측두엽에 위치한다. 사실 대부분의 두뇌 감정 연구에서 가장 중요한 감정은 공포다.[3]

이러한 거칠고 강력한 감정은 과거 철학적 심리학, 윤리학, 의학, 수사학, 문학에서 열정으로 알려진 영역에 속한다. 2,500년 전 아리스토텔레스는《수사학》과《니코마코스 윤리학》에서 영혼 또는 (종교적 색채를 덜어 낸) 정신상태에 관한 정교하고 상

[1] Charles Darwin, *The Expression of the Emotions in Man and Animals* (Chicago: University of Chicago Press, 1965), 69.

[2] William James, *Collected Essays and Reviews,* ed. Ralph Barton Perry (New York: Russell and Russell, 1969), 244–45.

[3] 예를 들어, Antonio R. Demasio, *Descartes' Error: Emotion, Reason, and the Human Brain* (New York: G. P. Putnam, 1994), 특히 chap. 7, "Emotions and Feelings" (127–64). 두뇌 감정 연구에서 공포가 차지하는 비중에 관해서는, J. S. Morris et al., "A Differential Neural Response in the Human Amygdala to Fearful and Happy Facial Expressions," *Nature* 383 (1996): 812–15. 이와 관련된 연구로는 Sophie K. Scott et al., "Impaired Auditory Recognition of Fear and Anger following Bilateral Amygdala Lesions," *Nature* 385 (1997): 245–57.

세한 형식적 분석을 최초로 시작했고 후대의 연구를 위한 토대를 마련했다. 아리스토텔레스의 《수사학》 2권은 분노로 시작한다. 여기서 아리스토텔레스는 필연적인 분노와 그 조건에 관해 후대에 모범이 될 만한 정교하고 완전한 구조적 분석을 제시한다. 《니코마코스 윤리학》에서는 덕목을 분석하면서 용기라는 덕목의 근거인 공포부터 다룬다.

아리스토텔레스의 치밀한 현상학적 분석의 이면에서 우리는 눈에 띄지는 않아도 호메로스의 《일리아드》의 존재를 도처에서 감지한다. 전쟁, 정의, 애도, 상실, 그리고 호전적인 자존심 방어와 깊이 연관된 아킬레우스의 분노는 아리스토텔레스의 《수사학》이 암묵적으로 염두에 둔 예시다. 가령 《일리아드》는 네 페이지에 걸쳐 여섯 번이나 언급된다. 공포와 용기의 경우, 《윤리학》에서 아리스토텔레스가 핵심적 사건으로 삼은 유일한 예는 번뜩이는 살의를 품은 적을 향해 앞으로 돌진해야 하는 전쟁터다. 즉, 《일리아드》의 전투 묘사는 《윤리학》에서도 일종의 비공식적 원형이다. 호메로스의 《일리아드》는 세밀한 경험 묘사의 창고라고 할 만한데, 분노, 공포, 경이, 슬픔 등 다양한 근원적 인간 감정을 탁월하게 묘사한다.

공포와 분노는 아리스토텔레스의 두 저서에서 간략하게 설명된 다른 열정의 원형에 가깝다. 아리스토텔레스는 공포와 분노를 가장 먼저 거론하고 상세하게 분석하는데, 이 두 열정은 짤막하게 설명된 다양한 감정 상태의 특징적 요소들에 일종의 원형을 제공할 뿐만 아니라, 각 특징들이 속하는 영역을 구분할 수 있게 한다. 어떤 상태든지 그 주요한 특징은 그가 다루는 첫 번째 열정에서 제시되기 때문이다. 공포와 분노는 인상적이고 예시도 풍부한 첫 번째 열정으로서, 사라지지 않고 떠돌면서 나중에 등장하는 감정들을 가늠한다. 《일리아드》에 나오는 사실들은 이를 여실히 증명한다. 원형으로서의 공포와 분노는 《일리아드》의 특정 부분이나 아리스토텔레스의 다른 책뿐만 아니라 후대에 등장하는 열정(나중에는 감정)의 분석사를 주도한다. 20세기 하이데거와 프로이트의 작업에 이르기까지 많은 이들이 수사학, 법학, 의학, 철학, 윤리학, 문학 등 다양한 분야에서 아리스토텔레스의 주장을 되풀이하거나 발전시키고, 반박하거나 수정했다.

우리가 다루는 후대의 열정 이론에서, 열정의 범주 자체를 가장 먼저 가장 상세하게 설명하는 것이 결국 공포인지 분노인지 파악하는 것은 그리 어렵지 않다. 공포와 분노는 열정의 큰 범주가 무엇인지, 그 범주가 우수한지 그렇지 않은지, 서로 대립하는 설명을 뒷받침한다.

분노는 밖으로 분출하는 활동적 에너지다. 분노는 또한 의지를 완전히 지배하며, 세상과 타자를 향해 가장 폭발적인 자기중심적 주장들을 내세운다. 분노는 열정이 활력 또는 왕성한 혈기, 움직임, 확신, 자기표현과 연관되어 있음을 분명하게 보여준다. 그래서 분노를 원형으로 삼아 열정을 논하는 사람은 열정이 수동적이거나 행동에 반대된다고 결코 생각할 수 없다.

분노는 용기와 밀접하다. 홉스는 용기를 "갑작스러운 분노"

로 정의한다.[4] 이로써 죽음, 위험, 임박한 죽음, 그리고 감소 또는 상실이라는 일상사의 작은 죽음들과 같은 근본적인 주제들이 수면으로 떠오른다. 이 주제들의 뒷면에서 우리는 공포나 분노와 가장 밀접하게 연결된 제3의 열정, 즉 슬픔 또는 애도(스토아학파의 표현으로는 고뇌)라는 열정을 본다.

분노와 같은 격정적 상태에서, 완고함과 성급함이라는 두 가지 매우 중요한 이차적 특징이 나타난다. 이 두 특징은 다음 두 가지 사실을 입증한다. 첫째, 분노의 내적 재료는 결국 의지다. 둘째, 활력적인 자아 또는 열정적인 자아라는 개념이 말하듯이, 영혼은 즉각적인 행동 그리고 아우구스티누스 이후 서양 사상사에서 의지라고 부른 것과 매우 밀접하다.

완고함은 의지했던 바를 고집스럽게 추구하는 마음이다. 성급함은 의지가 꺾이거나 목표를 완수할 수 없을 때 발생하는 의지의 반응이다. 아킬레우스와 리어왕은 완고함의 특징을 가장 잘 보여 준다. 여기서 우리는 공포 또는 분노와 같은 원형의 이면에 감추어진 중요한 이차적 동기를 발견한다. 완고함과 성급함은 열정 일반에 나타나는 특징인데, 분노의 열정에서 즉각적으로 드러난다.[5] 분노의 예시(또는 원형)를 근거로 해서 열정 또는 활력적 자아를 살펴볼 수 있는데, 이때 우리는 완고함과 성급함이 열

---

[4] Thomas Hobbes, *Leviathan* (New York: E. P. Dutton, 1950), 43.

[5] Plato, *Republic*, trans. G.M.A. Grube (Indianapolis: Hackett, 1974), 9.590.

정이라는 더 큰 범주의 자연스러운 묘사적 특징임을 알게 된다.

그런데 분노가 아니라 공포를 내적 상태의 원형으로 취하면, 근본적인 프레임이 달라진다. 열정을 어떻게 축소하거나 제거할 수 있는지 의학적으로 설명하려면, 우선 공포를 원형으로 삼아 열정을 설명할 필요가 있다. 공포를 떠올릴 때 가장 먼저 드는 생각은 키케로가 주장하듯 열정이 질병이라는 것이다.[6] 스토아주의에서처럼 공포가 원형으로 사용되는 곳에서 열정은 자아의 내적 재료라기보다 자아를 혼란에 빠뜨리는 원인이다. 실제 삶에서 겪은 것보다 더 자주 또는 더 강하게 공포를 경험하고 싶은 사람은 아무도 없다. 반면, 분노의 원형은 이성의 가치와 존엄성 못지않게 인간의 가치와 존엄성을 긍정하는 근본적 주장을 뒷받침한다. 분노를 통해 우리는 세상에 대해 적극적이고 활동적이고 활기 넘치는 반응을 보인다. 그러한 반응은 우리가 말하는 열정적 상태의 핵심에 해당한다.

공포에서 우리는 열정이 수동적이며, 행위 또는 자아의 활동적 상태(이를테면 신중한 사유)에 대립한다는 스토아학파의 논리를 확인할 수 있다. 공포를 느낄 때 우리는 우리 바깥에 존재하는 무언가, 우리에게 해를 입히거나 우리를 파괴할지도 모르는 무언가에 압도당한다. 우리가 두려워하는 것은 우리가 의지

---

[6] Cicero, *De Finibus* 3.10.35.

하고 선택하고 욕망하는 모든 것의 정반대를 의미한다. 그런 이유로 공포는 자아 이해의 부정이다. 공포를 느낄 때, 우리는 우리에게 성큼성큼 다가오는 어떤 것의 희생자 또는 잠재적인 희생자다. 공포를 느낄 때 우리 자신을 행위자로 생각하는 능력은 적어도 잠시나마 붕괴되어 버린다. 우리를 위협하는 어떤 것이 존재하지 않았으면 하는 마음은, 우리 자신이 느끼는 격렬한 상태가 존재하지 않았으면 하는 마음 그리고 그와 비슷한 상태를 미래에 겪지 않았으면 하는 마음으로부터 그렇게 멀지 않다.

공포로부터 열정의 원형을 만드는 경우, 방금 묘사한 각 특징은 다른 모든 열정적 상태에 대한 설명으로(때로는 공개적으로 때로는 간접적이고 미묘한 방식으로) 이행된다. 스토아주의는 공포를 가장 핵심적인 열정으로 제시함으로써 열정에 대한 비판을 완결한다. 스토아학파가 거론한 열정의 네 가지 주요 범주는 욕망과 공포, 고뇌와 쾌락이다.[7] 욕망은 긍정적 기대 상태이며, 공포는 부정적 기대 상태다. 쾌락과 고뇌는 어떤 사건의 여파로 발생한 긍정적·부정적 상태를 말한다. 즉, 이전에 발생한 사건에 대한 현재의 반응이다. 이 넷 중에서, 더 큰 틀을 마련하는 것은 공포의 분석이다. 공포를 근거로, 헬레니즘 철학은 열정이 믿음, 특히 잘못된 믿음에 연결되어 있음을 지적함으로써 열정

---

7 A. A. Long and D. N. Sedley, *Translations of the Principal Sources with Philosophical Commentary*, vo l. 1 of *The Hellenistic Philosophers* (Cambridge: Cambridge University Press, 1987), 411. 8.

을 폄하한다. 우리는 공포의 경험에서 과장된 믿음 또는 잘못된 믿음이 차지하는 비중이 크다는 것을 기꺼이 인정한다. 사실 우리가 두려워하는 많은 것들은 해가 되지 않는다. 결국 실제로는 아무런 일도 생기지 않았기 때문이다. 공포의 대상에 대해 완전히 잘못 생각했기 때문인 경우도 있다. 가령 밤중에 웅크리고 있는 사람으로 생각했던 것은 나중에 아무것도 아닌 그림자로 밝혀진다. 잘못된 믿음의 다른 예로 상황의 심각성을 과대평가하는 경우를 들 수 있다. 공포는 열정의 경험에서 믿음과 잘못된 믿음이 차지하는 역할의 문제를 탐구하고 중점적으로 다루는 가장 좋은 출발점이다.

공포를 원형으로 택할 때, 시기, 질투, 우울, 그리고 아이의 갑작스러운 죽음에 대해서 느끼는 강렬하고 지속적인 슬픔과 같은 열정은 공포의 묘사적 패턴에 부합하며, 어떤 목록과 함께 있어도 어색하지 않다. 공포를 출발점으로 삼는 열정 개념의 원형에 비추어 본다면, 경이로움, 분노, 사랑은 주변적이다. 성적 욕망을 핵심 열정으로 삼는 현대의 원형을 포함하여, 모든 원형의 한 가지 효과는 특정한 열정을 자연스럽고 중요하게 보이도록 만드는 것이다. 원형적 열정의 특징들이 이미 그 열정들을 통해 상세하게 설명되기 때문이다. 그런데 그러한 과정을 거치고 나면 결과적으로 다른 중요한 열정들은 무시될 수밖에 없다. 먼저 설명되어 이미 마음속에 각인된 원형적 열정의 세부적 특징들과 맞지 않기 때문이다.

열정의 철학적 분석은 역사적으로 공포와 분노의 원형에 의해 주도되어 왔다. 플라톤, 아리스토텔레스, 토마스 아퀴나스에게는 분노가 원형이다. 플라톤의 《공화국》에서 이성과 다르고 욕망이나 식욕과도 다른, 영혼의 제3영역은 분노에 의해 가시화되고 정의된다. 투모스thumós, 즉 활력은 "분노의 원재료"[8]다. 아퀴나스에게 모든 열정은 욕정(또는 욕망 추동적 열정)과 노여움(또는 분노 추동적 열정)으로 나뉜다. 헬레니즘 철학 그리고 열정에 관한 한 후대의 기독교철학과 세속철학에 가장 큰 영향을 끼친 스토아학파가 명시적으로 다루지는 않았어도 항상 염두에 두었던 것은 바로 공포의 원형이다. 현대철학에서 열정에 관한 흄, 칸트, 홉스, 하이데거의 논의를 주도한 것은 바로 공포다. 최근 학술지 《네이처Nature》와 《사이언티픽 아메리칸Scientific American》에 실린 감정에 연관된 뇌 부위를 연구한 논문도 공포와 분노부터 다룬다. 특히 공포를 모든 것을 규정하는 원형으로 삼는다.

300년 전 데이비드 흄이 열정에 관한 마지막 대작을 완성했을 때, 그가 든 격렬한 열정의 사례도 분노와 공포였다. 그중에서도 공포는 흄이 집중적으로 분석한 유일한 감정이다. 공포를 분석하면서 흄은 불확실성이라는 주제를 도입한다. 불확실성은 후세의 근대 경제학, 전략, 게임이론 등 열정의 문제를 연구한 주요 분과 학문에 헤아릴 수 없는 귀중한 가치를 지닌다.[9] 근

8   Plato, *Republic*, Loeb Classical Library, 4.439E.
9   See Peter L. Bernstein, *Against the Gods: The Remarkable Story of Risk* (New York: John

대의 학문적 관심은 주로 공포의 문제에 관한 관심이다. 흄에게 공포의 상태가 근원적 감정 또는 의지처가 되는 이유는 우리 삶에 불확실성이 만연하기 때문이며, 연상작용이 만든 경로를 따라 정신이 이리저리 끊임없이 움직이기 때문이다. 공포는 여러 가지 상태 중에서 하나의 상태가 아니다. 공포는 여러 관심 대상들 사이를 오락가락 움직이는 정신의 불안정한 행동 패턴을 표현하는 상태다.[10]

공포의 중요성은 다른 학자에게서도 찾아볼 수 있다. 감정 표현을 다룬 다윈 책의 각 장은 공통의 물리적 표현을 중심으로 분류된 감정 집단 또는 뭉치를 탐구한다. 12장은 놀람, 경이, 깜짝 놀람, 공포, 극심한 공포로 시작한다. 다윈은 이 모든 상태가 공포의 다양한 발현이라고 본다. 그는 다음과 같이 요약한다. "지금까지 나는 단순한 집중에서 흠칫 놀란 상태, 더 나아가 심한 공포와 끔찍한 공포에 이르기까지 다양한 단계로 구성된 공포의 다양한 표현을 설명하려고 했다."[11]

다윈은 이른바 "놀람반사startling reflex"와 더불어 이 감정 집단에 "단순한 집중"을 포함시킴으로써, 정신의 가장 기초적인 인

Wiley and Sons, 1996), 227.

[10] David Hume, "Of the Direct Passions," sec. IX in *A Treatise of Human Nature*, ed. Ernest C. Mossner (Baltimore: Penguin, 1969). 여기서 흄은 다음과 같이 결론을 내린다. "열정을 요동치게 만들거나 여러 열정을 뒤섞는 것, 그래서 약간의 불안을 일으키는 것은 그것이 무엇이든 항상 공포를 일으킨다. 또는, 구별이 거의 불가능할 정도로 공포와 유사한 열정을 일으킨다"(494).

[11] Darwin, *Expression of the Emotions*, 306.

지 행위가 공포를 중심으로 이루어진다고 주장한다. 단순한 집중은 모든 집중된 마음 상태에 들어 있는 특성이기 때문이다. 다윈은 또한 놀람, 경이, 깜짝 놀람처럼 일반적으로 쾌락을 주는 집중 상태로 간주하는 것들까지 공포에 연결한다. 그러한 상태를 설명하면서 무서운 예시를 드는 것을 보면 이를 알 수 있다. 그는 놀람을 설명하며, 말을 탄 인간을 처음 보고 공포에 질려 도망친 호주 원주민 이야기를 한다.[12] 흄이 불확실성과 움직임을 연결하듯이, 다윈은 열정의 상태를 어느 정도는 정신의 행위 자체, 즉 집중에 접목한다. 우리는 가장 복잡한 설명에서도 열정적 상태 자체의 원형 역할을 하는 하나의 열정이 존재한다는 생각의 궁극적 근거를 흄과 다윈에게서 발견할 수 있다. 열정의 원형은 결국 경험의 가장 단순한 요소(흄에게는 움직임, 다윈에게는 집중)와 연결되기 때문이다.

촉발된 열정과 기질적 열정

흄과 다윈과 윌리엄 제임스의 형용사로 말해서 강한 상태, 거친 상태, 격렬한 상태 또는 내 방식대로 말하자면 격정적인 상태들

---

[12] Ibid., 280.

이 바로 이 책의 주제가 될 것이다. 우리는 우선 다음과 같은 두 가지 차이에 주목해야 한다. 첫째, 일시적으로 폭발하는 열정적 상태와 좀 더 지속적인 근원적 상태의 차이(우리는 열정을 생각할 때 흔히 이에 관해 이야기하곤 한다), 둘째, 촉발된 일회적 사건과 우리가 경험하는 열정의 안정적·지속적·기질적 사실(칸트의 용어로는 경향들)의 차이. 한 사람의 삶에 중요했던 사람이 갑자기 죽었을 때 느끼는 슬픔은 촉발된 격정의 가장 좋은 예일 것이다.

우리는 높이에 대한 공포와 같은 일반적 성향과 길을 걷다 큰 뱀을 보았을 때 경험한 공포의 순간을 항상 구별한다. 우리가 의식하는 강력한 공포증은 공포를 실제로 경험할 수 있는 상황을 피하도록 만든다는 점을 먼저 생각해 보라. 비행공포증을 가장 잘 보여 주는 예는, 이륙할 때 좌석에 앉아 벌벌 떠는 승객이 아니라 뉴욕에서 로스앤젤레스까지 항상 기차를 타고, 공항 근처에는 가지도 않으려 하고, 여행이 꼭 필요한 직장은 거절하고, 그래서 이와 같은 많은 준비를 통해 그의 삶에서 끔찍한 공포의 순간이 될 수 있을 요인들을 제거해 버려, 그 때문에 공포의 "에피소드"가 전혀 없는 사람이다.

야망과 탐욕은 일반적으로 고착된 근원적 기질로 여겨지는 열정이다. 반면, 슬픔과 공포는 무엇보다 특정한 일회적 경험으로 간주되는 열정이다. 슬픔이나 공포라는 단어를 들었을 때, 우리는 촉발된 사건을 머릿속에 떠올린다. 다시 말해, 열정의 통상적인 목록 내에서도 어떤 것은 기질적 형태를 갖고 있어도 사건처럼 촉발되고 폭발한다. 반면에, 어떤 열정은 주로 기질과 연관되고 사건적 성격은 거의 없다. 가장 사건적인 것 중에 경이로움을 꼽을 수 있는데, 경이로움은 방금 본 어떤 것에 대해 놀람과 쾌락을 느끼는 일회적 사건으로만 여겨진다.

　탐욕처럼 두 가지 형태를 다 갖춘 열정도 있다. 이러한 열정은 성향과 근본적 기질로 나타날 때와 어떤 친척의 유언장을 읽을 때처럼 열정적 탐욕의 순간에 가시화될 때, 각기 다른 양상을 띤다. 흄에 따르면, 일반적인 열정의 통로는 애국심, 돈과 이익에 대한 사랑, 동물에 대한 공포처럼 "고요한 열정"이다. 그래서 폭발적이고 예상치 못한 "열정적 순간의 경험"이 반드시 어떤 성향의 지속성이나 중요성 또는 깊이를 나타내는 신호라고 보기 어렵다. 뿌리가 깊고 오래가는 질투는 작은 의심들, 극단적인 방식의 통제와 관찰로 인해 미리부터 공포감을 자아낸다. 그래서 질투의 전모가 드러나는 사건은 애초에 발생하지 않는다.

　철학과 문학은 다른 용어를 써서 이 두 가지 상태를 구별해 왔다. 가령, 분노(폭발적 사건)는 증오(지속적 상태)와 대조를 이루며, 사랑에 빠지는 일(폭발적 사건)은 사랑(지속적 상태)과 대조를 이룬다. 또는 한편으로는 공포, 분노, 슬픔에 사로잡히는 경험처럼 사건적이고 격렬하지만 짧은 상태, 다른 한편으로는 자유와 야망에 대한 열정처럼 지속적으로 행위를 추동하는 고착된 성향으로 크게 구분하는 경우도 있다. 칸트는 전자를 감정Affecte, 후자를 열정Leidenschaften이라고 부른다. 열정의 오랜 역사에 걸쳐 언어적으로 많은 문제와 반전이 발생하는데, 칸트가 이전의 사용법을 뒤집기 위해 "열정"이라는 단어를 사용한 것이 바로 그 예다. 칸트는 촉발된 슬픔 또는 공포의 짧은 순간을 그가 사용하는 "열정" 개념에서 제거한다.

《인류학》에서 칸트는 분노의 경험을 예로 들어 이 차이를 상세하게 설명한다. "감정은 평정심animus sui compos을 중단하는, 감각을 통한 놀람이다. 따라서 감정은 저돌적이다. 즉, 감정은 반성을 불가능하게 만드는(생각이 없는) 느낌의 단계까지 급속도로 커진다. 분노의 감정이 빨리 성취할 수 없는 것은 앞으로도 결코 성취될 수 없다. 분노의 감정은 잘 잊는다. 그러나 증오의 열정은 깊게 뿌리를 내리고 에너지와 결합할 때까지 시간이 걸린다."[13]

칸트는 분노의 순간, 즉 빨리 절정에 도달하고 빨리 잊히는, 놀랍고 돌연한 분노를 감정의 예시로 본다. 칸트에 따르면, 분노의 순간은 무감동, 차분함, 평정심의 상태를 배경으로 발생하는 폭발로 파악된다. 분노는 그러한 상태와 대조적이다. 다른 한편, 분노는 칸트적 열정의 지속적이고 증가하는 힘과 대조를 이룬다. 그러한 열정은 증오, 야망, 자유에 대한 사랑 또는 영혼의 지속적인 경향이다. 홉스도 두 개의 목록을 만들어 비슷한 방식으로 구분한다. "갑작스러운" 상태들을 열거한 긴 목록은 어떤 특정한 사건으로 촉발되거나 야기된 짧은 에피소드 개념과 연관된

---

[13] Immanuel Kant, *Anthropology from a Pragmatic Point of View*, trans. Victor Lyle Dowdell, ed. Hans H. Rudnick (Carbondale: Southern Illinois University Press, 1978), 156.

다. 예를 들어, 홉스는 분노를 "갑작스러운 용기"라고 부른다.[14]

분노 및 공포와 관련하여, 아리스토텔레스는 특정한 시점에 촉발된 일시적 에피소드를 언급한다. 그는 화를 잘 내는 성격 irascibility처럼 오래 지속되는 기질에는 별 관심이 없었다. 혼란, 동요, 소동처럼 헬레니즘 이후 열정을 묘사할 때 사용된 용어들은 사건적이고 강렬한 상태를 지칭하는 용어였다. 열정은 빠른 속도로 환자를 집어삼키지만 빨리 사라져 환자가 금방 건강을 되찾는 급성질환과 유사한데, 이 둘의 유사성은 촉발된 단기적 사건에 근거한다. 요즈음 널리 사용되는 위기라는 용어는 열정이나 급성질환과 정확히 일치하는 개념이다. 열정에 해당하는 그리스어 단어는 열정과 경험을 둘 다 의미한다. 둘 다 짧고 사건적인 에피소드를 가리킨다.

나의 주된 관심사는 촉발된 열정의 극적 경험이다. 야망, 탐욕, 사랑, 증오처럼 어떤 사람의 근원적인 기질적·경향적 사실, 표면적인 문제로 표출되지 않으면서 물밑에서 대부분의 행동에 영향을 미치는 것들에는 관심을 두지 않는다. 열정과 관련된 성향들은 열정과 아무런 관련성도 없는 다른 성향들 옆에 존재한다. 가령, 차분하거나 활발한 분위기에 대한 선호, 고도의 질서정연한 상태를 유지하려는 성향 또는 반대로 무질서를 용

---

[14] Hobbes, *Leviathan*, 43–50.

인하려는 성향, 단순화하려는 성향 또는 가능하면 복잡하게 만들려는 성향들을 말한다. 성향 또는 기질은 열정보다 훨씬 더 넓은 범주다. 흄이 특별히 "차분한 열정"이라고 명명한 많은 것들이 이에 해당한다. 칸트는 그것을 합리적 인간의 정수로 여겼다. 여기서 칸트가 말한 합리적 인간이란 항상 다양한 성향의 통합을 생각하면서 행동하는 사람, 어느 한 성향이 선택이나 행동을 지배하도록 놔두지 않고 성향의 총합을 충분히 고려해서 선택하는 사람이다. 유일하고 독단적인 성향을 칸트는 일종의 질병으로 생각한다.

철학과 문학의 관점에서 왜 촉발된 열정의 사건적이고 폭발적인 순간(사랑보다는 사랑에 빠지기, 코델리아가 평생 동안 매일매일 행동으로 증명한 아버지 리어왕을 향한 깊은 사랑보다는 리어왕의 분노)이 핵심 문제여야 하는지, 왜 그것을 성향과 구별할 필요가 있는지 파악하는 것은 중요하다. 우리는 격렬한 상태와 힘을 통해 "경험하는 것"의 의미를 명확하게 알 수 있다. 문학은 요약, 일반화, 장기적 관점보다는 경험의 순간에 의존한다. 바로 그러한 이유로 격렬한 상태는 문학의 핵심 문제로 중요한 위치를 차지한다. 격렬한 상태의 지속과 즉각적인 결과, 분노의 지속 시간과 즉각적인 결과, 슬픔과 그 즉각적인 결과가 문학에 가장 적합한 특정한 시간 크기에 잘 맞는다는 사실도 여기에 포함된다. 문학적으로 또는 서사적으로 사용되는 사건들은 특정한 시간 크기만을 갖는데, 그 시간 크기는 열정의 분출, 결과, 변화, 안정이라는 경험의 크기와 잘 맞는다.

많은 현대철학이 그렇듯이, 우리는 사건적 또는 상태적 열정 내에서도 흥미로운 일상적 사례들을 예시로 선택할 수 있다. 또는, 현대 심리 과학의 감정 연구에서 주로 선호하는 인위적 실험실 조건을 사용할 수도 있다.

두 가지 이유에서 우리는 격렬한 예시의 사용에 반대할 수 있다. 첫째, 대표성이 부족하다. 둘째, 드물게 발생하는 순간 또는 압도적이지만 단발적인 경험을 근거로 열정에 관한 결론을 미리 결정해 버린다.

서양의 고급문화에는, 열정이라는 주제(일단 여기서 히포크라테스부터 갈레누스까지 이어지는 의학적 전통은 제외한다)가 아리스토텔레스나 그보다 영향력은 덜하지만 플라톤의 체계적 철학의 산물이라는 중요한 역사적 사실이 있다. 이 문화의 구성원들은 《일리아드》나 그리스 비극에 나오는 극단적인 경우들을 핵심 예시로 삼는다. 역사적으로, 스토아주의와 아우구스티누스의 기독교, 중세 스콜라학파와 그 영향을 받아 열정을 욕정과 노여움으로 나눈 토마스 아퀴나스는 아리스토텔레스와 플라톤이 호메로스의 격렬하고 극단적인 서사시를 광범위하게 이용한 결과와 그 유산을 잘 보존했다. 《일리아드》의 가르침을 받은 것은 그리스 문명만이 아니었다는 말이다.

두 번째 역사적 이유는 공포, 분노, 슬픔, 수치가 아리스토텔레스와 플라톤이 내적 상태를 최초로 분석한 이후에 발생한 문화의 영향, 그러니까 시간의 영향을 별로 받지 않은 열정이라는 사실과 연관된다. 이 열정들은 문화의 영향이 가장 적은 것들이다. 이러한 안정성은 이 열정들이 흄이 책 제목에서 말한 인간 본성의 핵심임을 증명한다. 각 문화와 역사는 이 에너지들을 토대로 화려하고 복잡한 구조를 세운다. 이 열정들을 윤리적인 관점에서 보거나 사회적으로 또는 시적으로 활용하기도 한다. 그러나 인지 가능한 핵심 경험은 시간과 장소를 불문하고 동일하다. 다윈은 이 몇 개의 극단적 상태를 나타내는 근육 표현과 얼굴 표현이 어디서나 거의 비슷하다는 점을 입증하고자 자신이 아는 모든 주요 문화에서 가져온 인류학적 증거를 제시한다. 다윈은 단순한 학습효과를 배제하고자 시각장애인과 갓난아이의 얼굴 표현을 사용한다. 그러한 분명한 인지 가능성 때문에 공포와 분노는 강한 감정 회로와 뇌 내 부위를 탐구하는 오늘날의 신경생물학적 연구와 뇌의 편두엽 부위를 다루는 생화학 연구가 관심을 갖는 주제다.

슬픔, 분노, 공포의 격렬한 상태와 몇몇 다른 열정들을 주목하는 세 번째 이유는, 100년 전 심리학이라는 근대적 학문이 철학으로부터 분리되는 시점에, 열정들이 새로 연구되고 근대적 형태를 갖추게 되었다는 놀라운 사실에서 비롯된다. 흄의《인간 본성에 관한 논고A Treatise of Human Nature》가 출간된 시점까지는 주로 "열정"이라는 단어가 사용되었다. 그런데 윌리엄 제임스는 찰스 다윈의《인간과 동물의 감정 표현》(1873)과 더불어 〈감정이란 무엇인가〉(1884)와 그로부터 10년 후에 나온 그의 고전 《심리학의 원리The principles of psychology》에서 "감정emotions"이라는 새로운 용어를 공식적으로 도입한다. 다윈과 제임스는 신체,

근육, 순환계통에 나타난 열정 표현, 무엇보다 얼굴에 나타난 열정 표현에 주목한다.《영혼에 관하여》에서 아리스토텔레스는 맥박, 몸의 떨림, 수축된 근육, 창백함을 열정의 특징이자 이를 나타내는 징후로 꼽는다. 그 후로 열정의 생리적 측면은 모든 열정 이론에 등장하는 특성이다.

윌리엄 제임스와 다윈이 신체적 표현을 강조한 것은, 열정에 대한 모든 설명이 격렬한 감정의 사건적 순간을 통해 이루어져야 한다는 것을 의미한다(신체적 표현은 제임스에게 공포와 슬픔의 상태를 말하며, 다윈에게는 신체적 표현이 명시적 주제다). 그렇기 때문에 다윈은 "더 강력한 감각과 감정," 즉 분노와 공포로부터 시작하고, 제임스는 강렬한 슬픔을 출발점으로 "거친" 감정, 즉, 슬픔, 공포, 분노, 사랑을 주로 다룬다. 2,500년 전 아리스토텔레스가《수사학》에서 만든 열정의 목록도 이와 비슷하게 분노, 동정, 공포로 시작한다.[15]

제임스와 다윈 둘 다 관찰자가 감정을 분명하게 확인할 수 있을 만큼 강한 신체적 특징이 드러나는 상태를 선호한다. 이는 서사문학에 중요한 의미를 갖는다. 서사문학에는 행위나 표현을 통한 배출구가 없는 순수하게 내적인 분위기와 감정 양태를

---

[15] "감정은 판단에 영향을 줄 만큼 인간을 변화시키는 모든 감정, 그리고 고통이나 쾌락을 수반하는 모든 감정이다. 분노, 연민, 공포 등이 그렇다." Aristotle, *Rhetoric* 2.1.1378a20–25, in *Rhetoric and Poetics*, trans. W. Rhys Roberts and Ingram Bywater (New York: Modern Library, 1954). 따로 명기하지 않는 한,《수사학》과《시학》의 인용은 이 판본을 따른다.

기록하려는 분석적인 시도가 전혀 없다. 따라서, 표상의 차원에서 행위, 언어 표현, 묘사할 수 있고 눈으로 볼 수 있는 신체적 상태가 필요하다. 마찬가지로 오페라, 비극, 영화에서도 분석적 설명이 없다. 그러므로 눈으로 확인되는, 반쯤은 신체적인 상태를 통해, 즉 어떤 상태가 신체적으로 나타나는 모습을 통해 감정의 의미를 파악할 수 있다.

최근의 과학 연구는 아리스토텔레스, 다윈, 제임스와 마찬가지로 맥박, 호흡 속도, 근육 수축, 발한, 그리고 강하게 느낀 감정의 측정 가능한 신체적 증상을 선호한다. 피실험자가 사진을 보고 어떤 감정을 느꼈는지 말했을 때와는 전혀 다른 증거를 얻을 수 있기 때문이다. 다시 한 번 강조하자면, 문학·철학·과학에서 열정 또는 감정 개념을 명확하게 정의하고자 할 때 열정적이고 사건적인 상태들에 주목하는 것은 자연스러운 일이다.

다윈은 공포와 분노에 주목함으로써 얻을 수 있는 두 번째 중요한 이점을 보여 준다. 즉, 공포와 분노를 바탕으로 인간과 동물의 공통점을 연구할 수 있다. 이에 대해서는 호메로스도 비슷한 입장이다. 그의 서사시에서 멧돼지, 사자, 늑대, 말 및 기타 활동적인 동물의 열정은 인간의 격렬한 상태를 표현하는 표준적 메타포로 등장한다. 여기에는 "인간 본성의 동물적 측면"을 암시함으로써 그러한 상태를 폄하하려는 의도가 전혀 없다. 열정은 가장 높은 문화적 가치를 지닌 영역, 인간이 동물과 공유하는 영역을 추적하고 찾아낸다. 동물 또한 인간과 마찬가지로 공포를 느끼고 공황 상태에 빠지거나 분노에 휩싸여 공격하고 죽음을 애도한다. 동물의 도덕적 삶이라고 부를 수 있는 것, 그리고 동물의 권력, 의지, 상실, 쾌락과의 관계는 격렬한 상태를 통해 표출된다(인간은 언제나 동물의 감정을 해석할 수 있다고 확신한다). 공포를 다룬 현대 신경과학의 최근 연구에서도 인간, 개코원숭이, 개, 고양이, 비둘기, 쥐, 토끼를 대상으로 뇌 위치와 신경 경로를 실험했다.[16]

향수鄉愁나 사랑에 빠지기와 같이 덜 격렬하고, 더 미묘한 상태를 선택했다면, 이를 연구 주제로 삼은 학자들의 암시적인 목표는 달라졌을 것이다. 그들은 그러한 상태가 특정 문화, 특정 시기의 고유한 특징이며, 인간과 동물의 세계가 전혀 다르다고 주장했을 것이다. 예를 들어, 다윈은 얼굴 붉힘을 가장 인간적인 표현이라고 주장한다. 다윈은 책의 마지막 장에서 자기집중, 타인이 보는 자신의 신체에 대한 인식, 수줍음, 수치심, 겸손을 분석한다. 여기서 우리는 수치심을 인간만이 가졌으므로 인간에게 가장 중요한 열정이라고 생각하는 다윈의 빅토리아 시대적 관심을 엿볼 수 있으며, 얼굴 붉힘이 동물과 공유하지 않는 인간만의 표현 방식이라는 그의 주장도 아울러 확인할 수 있다. 수치심 경험의 핵심을 이루는 것은, 다른 누군가가 자신의 신체 일부에 관심을 기울일 때 나타나는 복잡한 자의식의 상태다. 다

[16]   Joseph E. LeDoux, "Emotion, Memory and the Brain," *Scientific American*, June 1994, 32–39.

윈이 말한 중립적인 단어 "자기집중"은 그러한 자의식의 바탕에 해당한다. 빅토리아 시대 중반의 겸손과 성적 수치심은 다윈의 책 마지막 장에 고스란히 드러난다.

다윈은 특정한 신체적 표현을 다룬 몇 개의 장을 유아의 울음소리에 관한 논의로 시작한다. 그에 따르면, 어린아이의 울음소리 역시 다른 동물에게서는 찾아볼 수 없다. 동물들은 배제되는 이 놀라운 처음과 마지막의 상태, 즉 울음소리와 수치심과 함께 우리는 100년이 지난 지금의 관점에서 보면 역사적으로나 문화적으로 완전히 다른 세계로 들어가는 셈이다. 신생아의 울음소리와 다른 사람이 내 몸을 본다고 인식할 때 느끼는 얼굴 붉힘은 매우 빅토리아 시대다운 선택이다. 다윈은 이 책의 주제가 되는 공포, 슬픔, 분노 등 핵심적 격정에서 벗어나는 대가가 무엇인지를 명확히 보여 준다. 열정의 기호학을 연구한 프랑스 학자 그레마스와 퐁타닐의 최근 저서는 탐욕과 질투만을 다룬다. 이는 다윈의 얼굴 붉히는 처녀와 우는 아이에 비견되는 매우 편협한 선택이다.[17]

지금까지 왜 내가 공포, 분노, 슬픔, 수치심과 같은 격렬한 상태에 주목하는지 그 역사적·생물학적 이유를 설명했다. 마지막으로 나는 서양문학의 수수께끼, 즉 서양문학과 격렬한 열정

17 Algirdas Julien Greimas and Jacques Fontanille, *The Semiotics of Passions: From States of Affairs to States of Feeling*, trans. Paul Perron and Frank Collins (Minneapolis: University of Minnesota Press, 1993).

의 오랜 연관성을 규명하고자 한다. 비극과 같은 형식에서 그 연관성은 분명하다. 우리가 많은 종류의 문학 중에서 유독 비극을 높게 평가하는 이유는 인간 경험을 설명하는 주요 이론에서 극단적 열정이 차지하는 비중이 매우 크기 때문이다.

수많은 위대한 서양 문학작품의 메커니즘을 제대로 파악하려면, 호메로스의 《일리아드》의 핵심을 이루는 분노, 공포, 애도, 경이와 같은 열정을 반드시 이해해야 한다. 문학과 철학 분야에서 열정에 대한 재평가가 매우 활발하게 이루어진 시점에 작품활동을 한 셰익스피어는 급진적이고 격렬한 열정의 전개에 의존하는 인과성을 극작품에 도입한다. 그의 극작품들은 오셀로의 질투, 살인도 서슴지 않는 맥베스의 야망, 리어왕의 분노, 로미오와 줄리엣의 사랑과 같은 어떤 격정의 발단과 전개와 결과, 그리고 그 최초의 격정들이 그에 못지않게 격렬한 열정들로 변화하는 과정들을 주로 담고 있다.

셰익스피어의 가장 위대한 작품이자 중세 이후 가장 위대한 작품으로 평가받는 《리어왕》은 공포를 거쳐 애도에 이르는 분노의 여정을 펼친다. 그러한 과정은 《일리아드》의 격정들이 밟은 경로와 일치한다. 미국적 서사시라는 칭호를 받을 만한 유일한 후보인 허먼 멜빌의 《모비 딕》은 에이햅Ahab의 분노를 중심축으로 전개되다가 작품의 막바지에 핍Pip에 대한 애도, 레이첼Rachel호의 잃어버린 아이들에 대한 애도, 독자와 오랜 시간 함께했던 피쿼드Pequod호라는 세계 전체의 상실에 대한 애도로 이어지면서 결말에 도달한다.

내가 이 책에서 다루게 될 호메로스, 셰익스피어, 아리스토텔레스, 흄에서 예시를 택하지 않고 그 대안으로 기묘하고 이상하고 밋밋한 예시들을 사용하는 현대철학의 변덕—나는 이를 "내적 상태의 공상과학소설"이라고 부른다—을 따르는 방법도 있기는 하다. 흥미로운 방식으로 감정을 탐구한 최근 저서에서 두 가지 예를 들어 보자.

① "엘리자베스 앤스콤은 전에 미국을 돌아다니며 다음과 같은 이야기를 전했다. 어떤 사람이 한가롭게 사랑을 나누다가 잠이 들었다. 그는 삽으로 석탄을 푸는 꿈을 꾸었다. 그 일이 즐거웠다. 그때 잠이 깨서 자신이 무엇을 하고 있었는지 알게 되었다. '이런, 쾌락의 대상을 완전히 잘못 알았네.'"[18]

② "웬디는 버니를 경멸한다. 음악 취향이 저급하다고 생각했다. 하지만 사실 그의 음악 취향은 웬디의 감정과는 아무런 상관이 없다. 진실은, 그녀가 전혀 알아차리지 못했지만 버니의 목소리가 그녀가 싫어했던 할머니를 생각나게 했던 것이다. 경멸의 감정은 바로 그 때문이다."[19]

우리는 "하지만 사실," "진실은," "그녀가 전혀 알아차리지 못

---

[18] Ronald de Sousa, *The Rationality of Emotion* (Cambridge: MIT Press, 1991), 110.

[19] Ibid., 117.

했지만"과 같은 표현에서 프로이트의 강한 영향을 감지한다. 그러나 물론 아마추어 정신분석학자는 웬디의 등 뒤에서 독자에게 윙크하며 진짜로 벌어지는 일이 무엇인지, 무엇과 "아무런 상관이 없는"지 분명 알고 있을 것이다. 그런데 이와 같은 종류의 기묘하고 일상적이지만 이론으로 가득 찬 표현에 의해 열정의 주제가 오염된 사실이 바로 아킬레우스의 분노, 코델리아의 죽음을 슬퍼하는 리어왕, 톨스토이가 다룬 다가올 죽음에 대한 공포,《천국》에 나타난 단테의 경이,《일리아드》 18권에서 아킬레우스의 방패를 묘사하는 호메로스의 이야기를 읽은 독자의 반응으로 되돌아가야 할 작은 이유다.

2장

열정
사이의 경로들

아리스토텔레스 이후, 열정은 체계적으로 정리되고 논의되었다. 몇 가지 중요한 특징들을 살펴보자.

첫째, 열정의 쌍은 서로 대립하는 항목으로 간주된다. 아리스토텔레스는 열정을 "분노, 동정, 공포 등과 그 대립 열정들"[1]로 설명한다. 다윈은 대립을 감정의 세 가지 구조적 특징 중 하나로 규정한다. 열정을 연구하는 초기 철학 저서는 대립쌍의 발견에 집착했다. 사랑과 증오는 흔한 대립쌍이다. 고뇌와 쾌락도 마찬가지다. 그러나 이 네 개가 열정의 역사에서 엄청나게 중요한 역할을 했지만, 아리스토텔레스의 목록 "분노, 동정, 공포, 그 밖에 다른 것들"이 분명히 말하듯이 딱히 열정이라고 할 수 없다. 사랑과 증오, 고통과 쾌락이 경험을 설명하는 핵심적인 용어임은 분명하다. 그런데 이 네 용어에 어떤 중대한 역사적 혼란이 발생했고, 이것이 스토아주의의 열정 연구에도 영향을 미쳐 17세기까지 이어진다. 욕망과 식욕은 플라톤에게 열정의 한 부분이 아니라 영혼의 세 번째 부분이었다. 고통이나 쾌락은 열정이 아니다. 그러나 대립의 가장 중요한 예시는 사랑-증오, 고통-쾌락, 고뇌-기쁨의 쌍이었다. 여기서부터 새로운 대립 관계(갈수록 설득력이 떨어지는)를 탐색하고 목록을 만들려는 시도가 시작되었다.

데카르트에게 첫째로 중요한 열정이었던 경이로움은 대립항

---

[1] Aristotle, *Rhetoric* 2.1.1378a20–25.

이 없다. 새롭고 주목을 끄는 무언가에 관심을 갖는 일종의 에너지이기 때문이다. 경이로움이라는 즐거운 관심을 느끼지 않는다는 것은 무언가를 새롭거나 놀라운 것으로 인식하지 않는다는 것이다. 경이로움은 말하자면 바탕에서 형상을 선택하는 방법이다.[2] 경이로움과 집중이 없다면 형상도 바탕도 없다.

데카르트와 견해를 달리하는 스피노자는 경이로움을 새로운 것 앞에서 일어나는 정신의 멈춤으로 재정의한다. 이때 새로운 것의 신기함이 너무 커서 그것을 다른 것과 연관 짓도록 하는 연상작용, 정신을 한 대상에서 다른 대상으로 이리저리 움직이게 하는 어떠한 연상작용도 일어나지 않는다. 스피노자에게 정신은 생각에서 생각으로 또는 감각에서 감각으로 이동하는 움직임으로 정의된다. 그렇기 때문에, 경이로움은 결함을 일으켜 정신을 정지시킨다. 스피노자는 경멸이 경이로움에 대립하는 열정이라고 주장한다. 경멸은 어떤 대상을 너무나 하찮게 여겨 정신이 끊임없이 움직이며 어떤 방향이든 그 대상으로부터 멀리 달아나는 상태다. 이때 정신은 우리의 관심을 그 최초의 경멸스러운 대상에서 멀어지도록 하는 모든 연상작용을 선호한다.[3] 결과적으로 경이로움과 경멸은 스피노자에게는 정반대거

[2] Descartes, *Oeuvres philosophiques*, 3:1009-10.
[3] Baruch Spinoza, *Ethics*, trans. Andrew Boyle (New York: J. M. Dent, 1963), pt. 3, def. 4, pp. 129–30.

나 쌍을 이룬 열정이지만, 데카르트에게는 그렇지 않다.

대립항을 찾으려는 작업이 어떻게 이루어지는지를 보여 주는 위의 예시를 통해, 우리는 그러한 작업이 매우 독창적이면서 동시에 자의적이라는 것을 알 수 있다. 일반적으로 사랑은 증오, 동정은 악의, 공포는 희망의 대립이다. 스토아학파에게 공포의 대립항은 희망이 아니라 욕망이다. 아마도 매력의 대립항은 혐오일 것이다. 그러나 이처럼 흔하게 발견되는 중요한 예시들이 있어도, 경험 자체를 상세하게 들여다보면서 그러한 상태가 실제로 대립항을 가지는지 묻는 것은 중요하다. 분노에 반대되는 상태가 있을까? 공포에 반대되는 상태는? 대립적인 행동을 일으키는 상태가 있다는 것은 분명하다. 만약 분노가 어떤 사람에게 해를 입히려는 욕망이라면, 선의는 이익을 주려는 욕망을 포함한다는 점에서 분노의 대립항일 것이다. 공포가 미래에 손해나 상해가 발생하리라는 예상이라면, 희망은 미래에 좋은 일이 생기리라는 기대감이므로 공포의 대립항이 될 것이다. 스토아학파의 열정 체계에 따르면 공포와 욕망은 대립쌍을 이룬다. 둘다 대상의 미래 경험에 주목하기 때문이다. 욕망은 쾌락의 예상, 공포는 고통 또는 고뇌의 예상과 연결된다.

이러한 개념 정의의 틀에서 벗어나면, 어떠한 분노의 구체적인 경험도 선의의 실제 경험과 별로 상관이 없는 것처럼 보인다. 가장 격렬한 형태의 공포는 상태로서의 희망이나 욕망과 유사성이 거의 없다. 자존심과 수치심은 구조적인 대립쌍으로 불리지만, 극도의 수치심은 자존심과는 다른 차원에서 작용하는 경우가 많다.

슬픔과 애도의 대립항이 있다고 주장하는 것은 무슨 뜻일까? 사랑하는 사람, 삶에서 중요했던 사람의 죽음에 대한 경험은 그 대립적 상황이 없다. 아이의 탄생에 대한 기쁨, 사랑에 빠질 때 느끼는 기쁨처럼 가장 좋아하는 삶의 영역에 새로운 사람이 찾아오지 않는다면 말이다. 사랑에 빠지거나 아이를 낳는 일은 단지 새로운 사실을 추가하는 것 이상의 의미를 지닌다. 그것은 모든 면에서 친밀한 세계를 완전히 바꾸어 놓는다. 그런 경우에 한해서, 그것은 사랑하는 아이의 죽음, 부모의 죽음, 연인의 죽음과 구조적으로 대립하는 것처럼 보일 수 있다. 그러나 애도나 슬픔의 상태에 있을 때 우리가 느끼는 상태는 어떠한 경우에도 사랑에 빠지는 경험, 아이가 태어났을 때 느끼는 미칠 듯한 기쁨과 대립은커녕 연관되는 경험으로도 보이지 않을 것이다. 나의 지적인 설명만이 이 대립을 잠시나마 그럴싸하게 보이도록 만든다. 위 세 가지 강렬한 경험은 그냥 다른 경험, 독특한 경험일 뿐이다. 이 경험들 사이에 지적 관계를 확립하는 것은 이것들을 대립쌍이라고 부를 수 있다고 말하기 위함일 뿐이다. 내가 이 사례를 만든 목적은 전통적으로 대립이 없다고 여겨진 곳에서도 대립항, 심지어는 겉으로만 그럴싸하게 보이는 대립항을 얼마든지 새로 만들어 낼 수 있다는 점을 지적하기 위함이다. 그러나 경험적으로 애도나 슬픔에는 대립항이 없다.

사실 대립항을 가질 수 있는 것은 열정 그 자체가 아니라 상황이라는 점을 기억하자. 경이로움과 경멸이 아무런 관계가 없듯이, 사랑에 빠지는 것과 애도하는 것은 신체적으로나 정서적으로 그 세부 사항에 있어서 아무런 관련이 없다. 길에서 갑자기 으르렁거리는 개가 앞에 나타난 일과 오랫동안 보지 못했던 친한 친구를 같은 장소에서 만난 일이 대립된다고 말할 수 있다면, 그 이유는 내가 개를 보고 혐오와 공포를 느끼며 뒤로 물러나거나 친구 쪽으로 웃으며 빠르게 앞으로 걸어가기 때문이다. 그러나 뒤로 피하는 것과 선뜻 앞으로 나아가는 상황적 특징을 제거한다면, 두 상태가 어떤 식으로 대립될까? 이미 철저하게 도식적 의도가 설계된 상황의 다양한 특징 가운데 하나의 특징을 바꿈으로써 대립이 설정된다. 이 특징을 바꾸지 않은 채 다른 특징을 바꾼다면, 또 다른 대립을 상상해 볼 수 있다. 경이로움과 경멸의 대립쌍을 만들 때, 스피노자는 하나의 특징을 뒤집은 것이다. 경이로움의 대립항이 없다는 데카르트의 주장은 다른 특징에 우리의 관심을 집중시킨다.

격렬한 형태의 분노, 연민, 공포, 슬픔, 수치심은 (열정 말고 다른 곳에서 사례를 구하자면) 식욕, 배고픔, 수면의 필요성이 그렇듯이 별개의 독립된 상태로 보는 것이 가장 좋다. 본질적으로 분노, 공포, 슬픔은 어떤 상상된 대립쌍의 한 부분으로 보이지 않는다. 구름과 돌이 대립이 아니고 나무와 그 아래 양 한 마리가 대립이 아닌 것과 같은 이치다. 대립과 대조는 둘로 나누어 생각하는 습관의 산물이다. 우리가 흔히 동물, 채소, 광물로 구분하듯이, 세 가지 이상의 용어로 분류하는 장점을 여기서 알 수 있다. 이로써 우리는 대립의 유혹이 빚어낸 대립쌍과 그 습관을 피할 수 있다. 항상 셋 또는 다섯으로 묶는다면, 각 묶음에서 두 개만 이름을 붙이는 나쁜 습관은 없어질 것이다.

욕심이나 탐욕은 상황적으로 돈을 낭비하는 것과 대립한다고 주장할 수 있지만, 탐욕의 열정에는 실제로 절약이나 낭비라는 대립적인 내적 상태가 존재하지 않는다. 질투의 대립항은 무엇일까? 야망의 대립항은? 여기서 경이로움에 대한 데카르트의 지적에 담긴 상식적 견해를 견지하는 것이 중요하다. 질투의 진정한 대립은 어떠한 열정적인 상태도 갖지 않는 것, 즉 질투의 감정이 없는 것이다. 공포의 정반대는 주어진 상황에서 공포를 느끼지 않는 것이다. 분노나 슬픔도 마찬가지다. 야망에 사로잡힌 친구를 떠올릴 때, 우리는 다른 열정을 생각하기보다 그런 격렬한 야망이 없는 상태가 무엇일까 생각해 본다. 총살대 앞에 선 두 사람 중 한 명은 공포에 떨고 다른 한 명은 떨지 않는 것처럼, 열정의 반대는 같은 상황에서도 열정을 갖지 않는 것이다. 이는 어떤 열정이 대립하는 열정을 가지고 있다는 생각과는 전혀 다르다. 또는 그보다 훨씬 더 정확한 생각이다.

주요한 열정과 이차적 열정의 체계

아리스토텔레스부터 다윈에 이르기까지 열정에 관한 많은 체계적인 설명에서 공통되는 특징은 대립쌍 목록이다. 주요한 열정과 이차적 열정, 단순 열정과 복합 열정으로 구분하는 것이 두 번째 특징이다.

원소들이 혼합되고 섞여서 복합물이 되는 열정의 화학이 존재한다. 데카르트, 스피노자, 토마스 아퀴나스, 흄은 열정의 집합과 그룹 사이에 근원적 관계를 만들어 낸 탁월하고 훌륭한 대가들이다. 스피노자는 48개의 열정을 배열하고, 데카르트의 열정은 그보다 약간 적다. 아퀴나스는 13개의 주요 열정을 배열한다. 다윈은 8개의 감정 그룹을 만들고 대략 40개의 분명하고 설명 가능한 흥분 상태로 세분화한다. 눈에 분명하게 띄지는 않지만, 우리는 흄에게서 뉴턴 사상의 영향을 느낄 수 있다. 원색과 혼합색을 설명하는 색상 이론—파란색과 빨간색은 보라색을 만들고 노란색과 파란색은 녹색을 만든다—과 운동하는 힘의 합성은 내면세계의 에너지들이 서로 혼합되어 미묘하고 상호 연관된 다양한 상태 집단이 만들어지는 과정에 대한 모델 역할을 한다. 그런데 집단, 혼합물, 색상, 운동하는 힘의 벡터 등 이러한 메타포가 과도하게 많다는 것은 즉흥적인 임시변통을 의미하며, 그러한 설명에 명확한 인과성이 없음을 뜻한다.

대립과 대규모의 체계적 구조화라는 두 특징은 아리스토텔레스의 이론, 이를 다시 정교하게 다듬은 스토아주의와 스콜라주의, 이 세 가지 초기 자료를 바탕으로 열정의 주제에 깊이 천착한 17세기 근대철학으로부터 물려받은 유산이다. 열정에 관한 한, 데카르트는 이전의 모든 철학자들과 결별했다고 주장한다. 그러나 44가지 열정을 설명하고 정의하고 선택하는 작업에서 그는 스페인의 스콜라 신학자들, 특히 아리스토텔레스를 배운 아퀴나스의 영향을 받은 수아레스Francisco Suárez를 이용한다. 열정 이론은 호메로스, 플라톤, 아리스토텔레스 시대부터 데카르트, 스피노자, 홉스, 흄을 거쳐 근대의 끝자락에 이 작업을 재개한 다윈과 현대의 과학적 심리학으로까지 이어졌다. 열정만큼 이토록 끈질기게 지속되고, 기독교 신학이 득세한 시기에도 그처럼 굳건하게 동일성을 유지한 주제를 서양 문화에서 찾아보기 어렵다.

열정을 가로막는 열정

열정을 체계적으로 이론화한 아리스토텔레스는 열정의 세 번째이자 가장 중요한 역동적 특징을 처음으로 지적한 철학자이기도 하다. 즉, 열정이 다른 열정을 차단하는 역할을 한다고 처음 언급한 사람이 바로 아리스토텔레스였다. 그는 화난 사람은 공포를 느끼지 않는다고 말한다. 분노는 공포를 차단한다.[4] 우리는 호메로스의《일리아드》에서 지도자들이 공포보다 더 강한 무언가로 공포를 차단하거나 그 발생 빈도수를 줄이려고 전사들을 자극하고 모욕하고 분노를 유발하는 것을 볼 수 있다.

---

[4] Aristotle, *Rhetoric* 2.3.1380a30–35.

30년 전 경제학자 앨버트 허시먼Albert Otto Hirschman은 고전적인 저서 《열정과 이해관계》(번역본 제목은 '정념과 이해관계')에서 선제적 조처를 통해 열정을 제어하는 열정의 중요한 특징을 놀라울 만큼 정교하게 설명한 바 있다. 허시먼에 따르면, 정치적 사회는 무엇보다 사회를 경제체제로 바꾸는 데에 관심이 크다. 그가 보기에 탐욕이야말로 분노, 슬픔, 사랑에 빠지기와 같은 단기적인 방해 요인들을 차단하고, 예측 가능한 미래의 순조로운 전개를 방해하는 요소들을 방지하는 조건을 요구하는 유일무이한 열정이기 때문이다. 우리의 일상 업무와 경제생활이 현재와 미래에 대한 정신 집중에 달려 있는데도, 만사를 제쳐 둔 채 사랑에 빠지고, 사랑하는 사람의 죽음을 슬퍼하고, 분노에 휩쓸려 복수도 불사한다는 것은 모든 것을 집어삼키는 격렬한 상태에 빠졌음을 뜻한다. 개인에게 열정의 사건들은 공적 세계의 전시戰時 상태나 자연재해와 유사하다. 일상적인 삶은 잠시 중단되고 개인과 공동의 이익 추구도 뒷전으로 밀려난다. 허시먼은 개인이나 집단을 열정보다 이익에 일치시키는 근대의 정치사회가 열정이 사회에 미치는 파괴적 영향을 최소화한다면서, 궁극적으로는 안정적인 노력의 세계와 연결된 탐욕의 열정을 가장 높이 평가한다.[5]

---

[5] Albert O. Hirschman, *The Passions and the Interests* (Princeton: Princeton University Press, 1981). 특히 32쪽과 132쪽을 볼 것.

탐욕은 중장기적 미래를 지향한다. 그래서 분노, 수치심, 후회, 애도처럼 과거를 우선시하는 모든 열정을 구조적으로 봉쇄한다. 열정은 특정한 요소들이 역동적 활동을 활성화하고 형성하는 일종의 에너지 시스템으로 볼 수 있는데, 흄은 이를 가능하게 만드는 구조적 특성을 연구했다. 허시먼의 설명은 이처럼 근세 철학자 중에서 유일하게 열정의 메타 조건을 분석했던 흄 이후로 단연코 가장 탁월한 이론이다.

역동성의 핵심에 선제적 조처 또는 봉쇄적 관계가 존재한다. 몽테뉴는 짧은 논문〈공포에 관하여〉에서 선제적 조처와 지연遲延의 핵심을 정확하게 포착한 일화 하나를 소개한다. "내가 가장 두려워하는 것은 공포"라고 몽테뉴는 말한다. 그리고 다음과 같이 덧붙인다.

게다가, 공포는 그 강렬성에서 다른 모든 무질서를 능가한다. 폼페이우스의 친구들은 이집트로 피난하려던 폼페이우스를 그의 백부장이었던 부하가 배신하고 살해하는 장면을 배에서 목격한다. 어떤 분노가 그들이 느낀 분노보다 더 격렬하고 더 정의로울 수 있을까? 그러나 그들에게 다가오는 이집트 함선에 대한 공포가 그 분노를 억눌렀다. 해설자들에 따르면, 그들은 선원들이 노를 저어 서둘러 탈출하도록 독려하는 것 외에는 아무것도 하지 않았다. 티레에 도착해 공포에서 해방된 후에야 그들은 얼마 전에 겪은 상실을 돌이켜 볼 수 있었다. 그때서야 그들은 공포라는 더 강력한 열정이 막아 버렸던 비탄과 눈물을 비로소 거침없

이 쏟아 낼 수 있었다.[6]

폼페이우스를 살해한 자들에 대한 분노와 그에 대한 애도가
적에 대한 공포로 차단되었다가, 공포에서 벗어나자 억눌렸다
고 느껴지지도 않았던 그 강력한 감정들이 밖으로 표출된 것이
다. 차단은 열정의 역학에서 단연 가장 중요한 특징이다. 열정
들을 대립쌍으로 짝을 짓고(대립), 일련의 일차적 열정을 확정한
다음 다른 열정들을 하위 복합물로 파악함으로써(환원), 열정에
질서를 부여하려는 과거의 시도들에 대해 우리는 의구심을 떨
칠 수 없었다. 그런데 바로 이 차단의 특징만이 유일하게 살아
남았다. 나열, 대립, 환원은 모두 시야에서 사라졌지만, 선제적
차단의 역학은 홀로 살아남았다.

열정의 경로들

열정의 질서화 중에서 마지막은 바로 연속으로 이어지는 상태
들 사이의 역동적 관계로서, 서사·법률·미학에서 매우 중요
하다. 이것을 열정의 경로라고 부르고자 한다.

---

[6] Michel de Montaigne, "Of Fear," in *The Complete Essays of Montaigne*, trans. Donald M. Frame (Stanford: Stanford University Press, 1958), 53.

열정의 가장 큰 수수께끼는 특정한 경로만이 하나의 격정과 다른 격정을 연결한다는 점이다. 공포가 해소된 다음, 공포에서 강렬한 수치심으로 이행되는 경우는 많다. 그러나 수치심에서 공포로 넘어가는 경우는 드물다. 질투가 극에 달하면 분노로 변한다. 야망은 맥베스 부인의 경우처럼 죄책감으로 바뀐다. 이때 살인 충동은 여전하지만 이제 그 대상은 자기 자신이다. 반면에 죄책감이 야망으로 바뀌는 경우는 드물다. 라로슈푸코의 말처럼, 사랑에서 야망으로 넘어가는 경우는 많아도 그 반대의 경우는 하나도 없다.[7]

열정의 궤적 중에서 가장 흥미롭고 동시에 가장 불가사의한 것은 분노에서 애도로 이어지는 경로다. 호메로스의 《일리아드》와 셰익스피어의 《리어왕》은 모두 분노의 열정이 파트로클로스나 코델리아의 죽음으로 산산이 부서졌다가 다시 모여, 그 강렬함은 고스란히 유지된 채 슬픔으로 승화되는 얼개를 중심으로 구성되어 있다. 복수와 애도는 내적 자극, 고독, 그리고 하나의 대상에 오래도록 집중한 나머지 세상에 대한 일말의 관심마저 희석하고 취소하는 어떤 상태를 유지하거나 재배치한다.

살인에서 애도로, 분노에서 슬픔으로 나아가는 것은 언뜻 보면 당연하고 인간적인 흐름이다. 분노에서 후회와 슬픔으로, 죽

---

[7] François de La Rochefoucauld, *Maximes*, ed. Jean Lafond (Paris: Gallimard, 1995), 123.

음을 초래한 상황에서 애도를 통해 죽음의 현실을 완전히 이해하는 상황으로, 화산같이 가장 폭발적인 상태에서 어떠한 움직임도 없는 상태로 하강하는 경로는 운동과 피로의 경로만큼이나 자연스러워 보인다. 그러나 이 설명은 잘못되었다. 그 강렬함이 모두 보존되기 때문이다. 그리고 고정된 경로에 대해서도 잘못된 정보를 제공한다.

열정에 뿌리를 둔 문학에서, 상태에서 상태로 이어지는 경로는 작품 전체의 전개를 통제한다. 외부적 요인으로 분노가 슬픔으로, 야망이 죄책감으로 바뀌는 거의 연금술에 가까운 갑작스러운 변화는 열정을 중심으로 구성된 작품의 핵심을 차지한다. 이러한 에너지의 변화는 행위 중심 문학의 플롯 또는 인물 중심 문학의 선택 및 성장과 비슷한 방식으로 작용한다.

셰익스피어의《겨울 이야기》에서 레온테스 왕에게는 늘 변화하는 격렬함이 있다. 그 격렬함은 질투에서 분노로, 분노에서 후회로, 후회에서 애도로, 애도에서 경이로움으로 이어진다. 왕의 생애를 기록한 역사는 그를 고정된 강도의 격렬함을 갖고 있다가 때로는 분노에, 때로는 죄의식에, 또 어떨 때는 경이로움에 투자하고 재투자하는 열정의 관리인으로 기록한다. 이 과정은 생의 마지막에 평온함에 도달할 때까지 거듭된다.

열정의 문학은 처음에는 격렬한 상태로 나타났다가 다른 상태로 바뀌고, 결국 밀턴의《투사 삼손Samson Agonistes》의 마지막 대사가 표현하듯이 "모든 열정이 다 빠져 마음은 평온한" 최종 단계에 도달하는 에너지의 생애사를 이야기한다. 열정의 문학

중에서 몇 가지만 예를 들자면, 《일리아드》, 《오이디푸스 왕》, 《리어왕》, 《모비 딕》, 《폭풍의 언덕》의 결말을 장식하는 평온한 상태, 거의 탈진상태에 가까운 평온함은 작품의 내적 논리가 격정의 자극, 변화, 소진을 중심으로 구성되었음을 보여 주는 신호이다. 그런데 이 격정은 일정하게 높은 수준의 에너지와 집중을 잃어버리지 않은 채로 각각의 상태를 가로지른다.

우리는 에너지에서 탈진에 이르는 경로에서 나타나는 사건들을 왜 되돌릴 수 없는지 단번에 알 수 있다. 여기에는 수수께끼도 없고 설명도 필요 없다. 그러나 왜 소진에 이르는 기나긴 사건에서 어떤 조합은 가능하지만 다른 조합은 불가능하고, 그것도 오로지 한 방향으로만 가능할까? 왜 우리는 공포에서 수치심으로 또는 분노에서 애도로만 이동하고, 그 반대 방향으로는 이동하지 않는 걸까? 그에 대한 대답으로, 우리는 다른 모든 상태가 지향하는 어떤 하나의 상태가 존재한다고 말할 수 있을 것이다. 흄은 많은 상태들이 공포라는 불안정한 상태로 퇴화되는 경향이 있음을 보여 줄 수 있다고 생각했다. 흄에 따르면, 정신의 본성은 하나의 생각에서 연관된 생각으로 이동하는 성질이기 때문이며, 일반적으로 마음을 상태에서 상태로, 대상에서 대상으로 움직이게 하는 것은 불확실성이기 때문이다.

많은 열정이 사회를 다시 의식하게 되었을 때 당혹감이나 수치심으로 종결된다는 주장도 일리가 있다. 만약 그렇다면 공포나 수치심으로 쇠퇴하는 과정이 이미 열정 자체의 메커니즘에 내재되어 있다고 말할 수 있을 것이다. 그러나 이런 종류의 보편적인 메커니즘 전부가 질투를 분노로 만들고, 야망을 죄책감으로 만드는 것은 아니다. 그럼에도 불구하고, 이런 종류의 경로 중에서 몇몇은 신기할 정도로 예측 가능한 경험 패턴을 보인다.

경로들과 상태 집단들

열정의 집단 사이에는 두 번째 종류의 경로가 존재한다. 시간적 경로가 아니라 공간적 경로다. 이 경로는 동일한 상황이나 사건에 대한 다른 반응들을 추적한다. 그러한 상황 또는 사건을 다른 시각에서 보았을 때 나타나는 반응들을 말한다.

　아다시피 아리스토텔레스는 비극을 공포와 연민의 열정을 다룬 장르로 정의했다. 그런데 공포와 연민의 관계에 대한 예리하면서도 간결한 그의 발언은 잘 알려져 있지 않다. 아리스토텔레스에 따르면, 우리 자신에게 일어났다면 공포를 느꼈을 어떤 나쁜 일이 다른 사람에게 생겼을 때 동정을 느낀다. 그러나 우리가 사랑하는 사람, 우리와 가까운 사람에게 나쁜 일이 생기려고 할 때, 우리는 그 일이 자신에게 일어날 때와 마찬가지로 공포를 느낀다.[8] 우리가 어떤 사건에 대해 공포를 느끼는지 동정을

---

8 Aristotle, *Rhetoric* 2.8.1386a15–20.

느끼는지의 여부는 피해자가 우리와 가까운 관계인지, 그 관계의 친밀도가 얼마나 높은지를 보여 준다. 다른 방법으로는 알기 힘들었을 차이를 열정이 어떻게 조명하거나 드러내는지가 이 책의 핵심 관심사에 해당한다.

어떤 극단적 악이 경계를 넘어서면 공포 이상의 감정을 느낀다. 아리스토텔레스의 《시학》은 이를 공포의 전율이라고 부른다. 중요한 것은, 우리가 모르는 사람에게 일어나는 사건에 대해서도 이렇게 느낄 수도 있다는 사실이다. 나는 8장에서 이 복잡한 주제를 상세하게 다룰 것이다. 여기서는 큰 그림을 보여 주고자 간단하게만 언급하려 한다.

아리스토텔레스는 희극과 무해한 악을 동일시했다. 따라서 우리는 그가 점증하는 심각성의 규모를 인지하고 있었음을 알 수 있다. 짐을 팔에 한가득 든 어떤 사람이 빙판길에 미끄러져 몸을 비틀고 꿈틀거리면서 짐을 하나씩 떨어뜨리고 기둥에 부딪히고 모자를 떨어뜨리고 지나가는 개에 걸려 넘어지면서도 다치지 않았다면, 찰리 채플린의 재밌는 일상을 담은 영화를 볼 때 그렇듯 그 사람의 불운이 아무런 해를 일으키지 않았으므로 웃음을 터뜨릴 것이다. 그런데 같은 빙판길에 옆집 사는 80세 할머니가 넘어져 엉덩이뼈가 부러진다면, 나는 동정과 연민을 느낄 것이다. 할머니가 완전히 회복될 가능성이 희박하다면, 그 할머니가 아파트에서 혼자 살면서 감당할 수 있을지 두려운 마음이 들 것이다. 이것은 더 이상 무해한 악이 아니다.

그런데 빙판에 넘어져 엉덩이를 다친 사람이 병원에 가서 수

술을 받았는데 수술 실패로 장애를 얻은 다음 직장을 잃어 가족이 가난에 빠지고 주택담보대출을 갚지 못해 집을 잃었는데, 바로 그날 그 사람이 바리케이드를 치고 집에 불을 질러 그와 온 가족이 비명을 지르며 죽어 가는 동안, 총을 연달아 쏘면서 경찰과 소방대원과 방송국 직원들이 접근하지 못하게 막았고 결국 그와 그의 가족이 죽게 되었다면, 이 폭포처럼 쏟아지는 이야기, 이 끔찍한 이야기는 똑같이 빙판길에 미끄러지는 데에서부터 시작하지만 단지 연민과 동정, 미래에 대한 일상적인 걱정과 공포가 아니라 몸서리칠 만큼 공포의 전율을 일으킨다.

내가 여기서 생각하는 스케일은 작게는 무해한 악, 큰일이 생기지 않는 악에 대한 희극과 웃음, 크게는 우리가 연민과 동정, 공포를 느끼는 익숙한 스케일의 결과를 초래하는 악, 그리고 마지막으로 세상이 무너져 내린 듯 엄청난 문제들이 연속으로 발생한 결과로 그 후폭풍이 심각하고 돌이킬 수 없으며 초기 원인에 비해 피해가 너무도 극심해서 뒤이어 발생한 사건들이 매우 끔찍했을 때 우리가 느끼는 공포의 전율로까지 확장된다.

인과관계가 항상 비례적이고 예측 가능하며 유한하게 전개되는 것은 아니다. 끔찍하고 연쇄적인 악이 초래한 결과의 정반대편 극단에서, 희극은 인과관계에도 예외가 있다는 사실, 즉 피해가 생길 것 같았던 곳에서 아무런 일도 일어나지 않는다는 사실로 우리를 즐겁게 한다. 정상적으로 작동하는 인과관계와 양극단의 예외를 통해 우리는 희극과 비극에 대한 아리스토텔레스의 정의가 서로 연결되어 있음을 더욱 깊이 이해할 수 있다.

대부분의 경우, 음주 운전자는 도로를 휘젓고 다니지만 아무도 다치지 않는다.

웃음과 연민과 공포와 전율을 잇는 이 스케일은 열정 사이를 연결하는 경로로서, 이는 일상생활에서 일어나는 사건과 이를 보는 사람의 관계, 법률적 절차에서 이루어지는 배심원의 경험, 서사적 예술 작품을 관람하거나 독서할 때 발생하는 미적 경험을 이해하는 데에 매우 중요하다.

기분을 연구하는 오늘날의 학자들과 달리, 과거의 작가들과 철학자들은 열정을 하나씩 따로 떼어 정의하거나 설명하지 않았다. 그들은 영혼의 내면세계를 심오하고 과학적인 방식으로 조직하는 체계적인 상호 연결성, 대립쌍, 매트릭스, 변화, 복합성을 찾으려고 했다. 그렇게 해서 얻은 영구적이고 역동적인 성과가 바로 열정들 사이의 경로, 그리고 열정들 간에 발생하는 봉쇄적 관계다.

3장

철저함

내면의 상태를 묘사하는 언어를 접할 때마다, 우리는 첫째, 다른 모든 열정의 원형이 되는 중심적 열정, 둘째, "정상" 범주에 속하는 주변적 영역, 셋째, 알쏭달쏭한 것, 결함이 있는 것, 배제된 것의 영역을 발견할 수 있다. 예를 들어, 흄의 후기 에세이들은 《인간 본성에 관한 논고》의 핵심 부분에서 사용했던 "열정"이라는 용어를 버리고 "도덕적 감정"이라는 용어를 사용하는데, 그렇게 함으로써 흄은 다양한 의미들이 내장된 단어를 버린 셈이다. 이제 열정이 아닌 도덕적 감정의 문제를 다루기 때문에 흄은 자기보존의 감정, 이기주의의 한계, 공감의 도덕적 가능성 문제를 집중적으로 다룰 수 있게 되었다.

흄에게 새로운 설계의 핵심은, 스피노자와 스토아학파가 행동의 핵심적인 내적 동기로 삼았던 자기보존을 뜻하는 persevevare라는 용어였다. 다시 말해, 감정은 과거의 열정 이론에서 제기된 문제들을 다시 언급하지 않는다. 그보다 감정은 자기애, 타인에 대한 공감, 그리고 계속 존재하려는 능동적 의지의 동기를 중심으로 완전히 새로운 자아의 지형을 만든다.

20세기 말 가장 중요한 과학적 정설이 된 다윈주의는 보존 충동을 개인이 아니라 종種 또는 게놈에 부여한다. 한 개인의 삶과 죽음은 종이나 게놈의 생존과 거의 관련이 없으므로 자기보존과는 관계가 없다. 그러나 모든 행동을 추동하는 중심 에너지, 즉 보존은 변함없이 유지된다. 다윈주의와 함께 생존의 문제는 열정에 대한 설명에서 분리되었다. 종이 아니라 개인의 차원에서만 열정과 같은 것이 가능하기 때문이다.

느낌, 정동, 감정, 열정은 같은 사안을 다르게 표현하는 방법이 아니라, 내면적 삶에서 이루어지는 서로 다른 정치적 상황을 설명하기 위해 사용되는 단어들이다. 이 단어들은 변함없이 존재하는 어떤 것을 묘사하는 용어들이 아니다. 이 단어들은 심리적 삶 내에서 어떤 계획을 시작하고 옹호하는 공동체적 행위에 참여한다. 말하자면, 새로운 질서를 창조하는 입법적 단어들이다. 이를 위해 에너지가 이용되고, 자유로운 상태들 또는 인접한 상태들은 묶인다. 내적 삶에 새로운 질서를 창조하는 입법적 상황 중에서 가장 극적인 것은 용기와 명예(플라톤의 용어로 돌아가자면, 영혼과 분노)를 중심으로 하는 전통적인 영웅적 삶 그리고 낭만적 사랑과 자연 체험을 중심으로 하는 루소 이후의 감정적 삶이다. 현대의 다원주의처럼, 이 두 윤리적 계획은 한두 가지 경험에 집중하기 위해 내면적 삶의 자원들을 동원한다.

역사적으로, 내면적 삶의 가장 중요한 재설계는 현대에 이루어졌고, 감정·느낌·기분이라는 단어가 그 중심이었다.《자연의 본성De rerum natura》2권의 유명한 첫 구절에서 루크레티우스가 묘사한 것은 열정이 아닌 느낌의 완벽한 예이다. "큰 바다에 바람이 불어 물살이 거칠어질 때 육지에서 다른 사람이 겪는 고난을 보는 것은 달콤하다. 사람이 고통받는 것이 즐겁고 기쁘기 때문이 아니라, 자신은 겪지 않고 피할 수 있었던 악을 보는 것이 달콤하기 때문이다."[1] 이것은 타인의 고통에도 불구하고 우리가 느끼는 쾌락에 대한 고전적인 설명으로, 다른 사람의 고통보다 자신이 무사하다는 사실을 더 강하게 느끼는, 동정심과 반대되는 어떤 상태를 말한다.

루크레티우스의 설명은 자연스럽게 열정보다는 명상의 찬미로 이어진다. 그 상태의 혼합적 성격은 관찰자의 참여와 무사無事로 암시된다. 관찰자는 현장에 있기도 하고 없기도 하다. 그는 경험의 내부와 외부에 동시에 서 있다. 이 혼합적 상태는 사유의 기본 특징이다. 그와 동시에, 상상력을 통해 자신이 처한 현재 상태를 즐기는 동안 다른 상태에 있는 자신을 상상하는 것은, 감정을 느끼는 순간에도 자아와 그 상태가 분리되어 있다는 점을 보여 준다. 우리가 "느낌"이라고 부르는 상태 개념의 핵심에는 바로 이러한 분리가 존재한다.

분노를 비롯한 격렬한 열정들, 즉 공포, 수치심, 슬픔, 경이로움은 자기동일적 존재, 분열되지 않은 존재를 가장 선명하게 보여 준다. 이와 대조적으로, 현대 문화의 전형적인 인물인 셰익스피어의 햄릿은 분열되지 않을 수 없는 현대인의 모습을 가장 잘 보여 주는 사례다. 격렬함의 의미는 공포, 슬픔, 분노, 사랑 등 주어진 상태에 철저하고 완전하게 몰입하는 능력이다. 햄릿의 아이러니, 감정의 다양한 층위, 자신과의 거리감, 다시 생각하기, 그리고 반전反轉은 모두 자아가 자기동일성을 유지하지 못할 때 발생하는 심리적 특징들이다. 철저함은 이제 자아의 특징

---

[1] Lucretius, *On the Nature of Things*, trans. H.A.J. Munro(Garden City, N.Y.: Doubleday, Dolphin Books, n.d.), 35.

이 아니다. 자아는 분노하는 동안에도 사태의 다른 측면을 바라보고, 사랑하는 동안에도 사랑을 혐오하며, 복수에 전념하지만 자신이 하려는 복수를 완전히 신뢰하지 않는다.

스토아주의자 에픽테토스와 마르쿠스 아우렐리우스는 자아를 설명하면서 비동일성과 내적 거리가 가능할 뿐만 아니라 바람직하다고 주장한 최초의 철학자들이다. 그들은 또한 자아 안에 잘 구분된 내적 칸막이가 존재할 수 있을 뿐만 아니라, 존재하는 것이 바람직하다고 생각했다. 스토아주의가 설정한 과제는 개인적인 슬픔을 겪을 때에도 그 슬픔의 열정이 중화될 때까지 그에 대항하여 적극적으로 성찰하는 것이다. 앞서 루크레티우스가 묘사한 것은 스토아적 거리감을 위한 일종의 예비적 경험이다.

"느낌feeling"이라는 단어를 써서 말하는 방식은 루크레티우스의 예에서 소개한 이러한 느낌의 특성들을 정확하게 포착한다. "느낌"이라는 단어로 생각할 때, 우리는 이 일반적인 상태의 내용이 중심을 차지하지 않는다고 생각한다. 우리는 "화난 느낌" 또는 "분노의 느낌"이라고 말한다. 마찬가지로 우리는 "향수에 잠긴 느낌" "슬픈 느낌" "외로운 느낌" "죄를 지은 느낌"을 말한다. 여기서 상태의 내용은 형용사 위치 또는 "of"라는 단어로 표시된 전치사 수식 어구로 이동했다. "느낌"은 단독으로는 아무런 내용도 없다. 이 단어는 "동정의 느낌," "강력한 느낌," "양가적 느낌," "무관심한 느낌"처럼 다른 단어와 결합되어야만 내용을 갖는다. 반면, 열정의 단어를 사용할 때, 슬픔, 분노, 희망, 공포와 같은 특정한 열정은 상태를 의미하며 명사로 표현된다.

성격은 가령 "양가적 느낌"이나 "질투의 느낌"으로 소멸되지 않는다. 오히려 그 반대다. 소유한 물건들에 둘러싸여 있다 해도 소유자는 없어지지 않는다. 성격도 마찬가지다. 느낌의 단어들은 실제 상태를 형용사 수식어 또는 전치사 "of"의 목적어로 배치함으로써 문법적 전경과 배경을 만든다. 전경에는 심리적 성격(우리가 흔히 말하는 "자아")이, 배경에는 그 자아의 일시적인 상태가 위치한다. "느낌"의 어휘와 문법에서 우리는 열정을 서서히 희미해지게 만드는 메커니즘을 발견한다. 즉, 이전의 언어 사용법에서는 열정이 자아를 가득 채우거나 소멸하도록 만들었다면, 이제 열정은 자아에 종속된다. "동정의 느낌" 또는 "행복한 느낌"과 같은 중복적 표현법에서, 수많은 다양한 상태들은 서로 실질적으로 다르지 않으며 공통된 재료의 변형일 뿐이라는 주장의 일면을 엿볼 수 있다. 이것은 말하자면 문법적으로 확보되거나 어휘적으로 확보되는 특징이다. 공통의 특성은 그러한 방식을 통해 명시적으로 드러난다. 반대로 모든 열정의 철학은 언어에 아무것도 부과하지 않으면서 공통의 특성을 주장한다. 언어적으로 분노, 공포, 희망과 같은 단어들은 절대적인 유일성을 주장하기 때문이다.

느낌, 애정 또는 감정과 달리, 열정은 철저하다고 표현하는 것이 가장 좋다. 열정은 마음 상태나 상황의 한 부분이 아니다. 열정적인 상태는 다른 모든 형태의 집중이나 상태를 배격하는 것처럼 보인다. 분노에 휩싸인 사람은 밖에 하얀 눈이 내린다거나 의자가 불편하다는 것을 인식하지 못한다. 열정은 말하자면 군주적 존재 상태라고 불러도 무방하다.

이렇게 볼 때, 우리는 열정이 아이러니와 가장 멀리 떨어져 있으며 완전히 정반대라는 것을 알 수 있다. 아이러니와 모든 형태의 이중 의식(가장 흔한 예는 자신과 자신의 행동에 대한 유머 감각)은 대조를 통해 열정의 외골수적인 특징을 명료하게 부각한다. 열정에는 유머가 없다.

열정은 또 다른 방식으로 철저하다. 열정에 빠진 자아는 열정의 일시적 상태와 완벽한 합일을 이룬다. 화난 사람은 자신이 상대방에게 항상 화를 내지는 않았고 언젠가는 분노를 극복할 것이며, 분노의 격렬함 속에서 망각했던 자신의 또 다른 측면이 있다는 것을 잊어버린다. 애도, 공포, 경이로움의 열정에서 자아의 나머지 부분은 부재할 뿐만 아니라 불가능하다고 여겨질 정도다. 마치 이 상태만이 자아의 전부인 것처럼 결정이 내려지고 조처가 취해진다. 열정의 이와 같은 철저함은 가까운 미래와 장기적인 미래를 저울질하고 모든 욕망과 의무의 균형을 맞추고 다양한 성향을 통합하여 행동에 임하는 현대의 표준적인 신중한 자아 개념에 반하는 것이다. 로크가 처음 발견한 현대적 자아 개념의 핵심은 과거의 상태들을 통합적으로 기억하고 반추함으로써 정체성이 만들어진다는 것이다. 그런데 현재의 특정 순간 격렬한 상태에 철저하게 사로잡힌다면, 로크의 자아 개념은 해체된다.[2] 신중한 자아가 현재를 미래에 연결하듯이, 현재의 순간을 기억 속에 축적된 많은 과거 상태들과 연결짓는 작업이야말로 철저하다고 이름 지을 수 있는 모든 상태를 차단하는 강력한 방책이다.

아킬레우스의 분노, 오셀로의 질투, 리어왕의 분노를 생각해 보자. 각 인물은 자신의 열정을 철저하게 실행에 옮기고, 그럼으로써 자아의 다른 모든 부분을 완전히 청산한다. 스탠리 캐블의 철학 용어를 빌리자면, 평범하고 일상적인 것을 거부하는 바로 그 순간부터 열정적인 상태가 시작된다.[3] 사랑하는 사람에 대한 애도도 개인과 가족의 일상적 업무와 행위를 모두 중지함으로써 시작된다. 공포는 다른 모든 일상적 관심사를 얼어붙게 만든다. 사람들은 옷도 안 입은 채 화재가 발생한 집을 뛰쳐나간다.

내적 삶에 대한 더 현대적인 이론들을 살펴보자. 본질적으로 감정과 느낌은 양면성을 잘 받아들이는 듯한 일반적 상태들을 설명한다. 나는 어떤 사람을 좋아하고 동시에 좋아하지 않을 수 있으며, 존경하는 동시에 존경하지 않을 수 있다. 타인의 어려움을 안타까워하면서도 속으로는 고소해할 수도 있다. "감정"이라는 용어 자체의 현대적 어법에 따르면, 자연적인 상태에서 감정은 온건하고 합리적이며, 극단적인 예(격렬한 느낌)는 예외적이고 부자연스러운 것으로 설명해야 한다. 감정은 일상생활을

[2] John Locke, *An Essay Concerning Human Understanding,* collated and annotated by Alexander Campbell Fraser (New York: Dover, 1959), vol. 1, 2.27.11.

[3] Stanley Cavell, *In Quest of the Ordinary: Lines of Skepticism and Romanticism* (Chicago: University of Chicago Press, 1988).

지탱하지만, 열정은 이를 중단한다. 열정은 전쟁이나 대홍수, 동네에서 발생한 끔찍한 범죄, 가족의 죽음과 같은 방식으로 작동한다. 아킬레우스, 리어왕, 오셀로의 이야기는 분노나 질투가 평범한 삶과 그 다양한 조건(일상생활)을 부숴 버리고, 평범한 삶의 복구, 그 다양한 관심사와 관계의 복구를 불가능하게 만드는 순간에서 시작된다.

감정의 가변성과 일상생활에서 감정이 차지하는 위치에 감정의 본질이 존재한다. 감정이 극단적인 사람은 통제 불능으로 간주된다. 그는 자신의 감정을 "통제"하는 법을 배워야 한다. 감정의 극단성 또는 고정성은 치료의 필요성을 시사한다. 우리는 모든 것을 집어삼키는 강렬하고 지속적인 애도 또는 상처에 대한 분노를 사회화의 관점에서 생각한다. 이때 우리는 "당신은 도움이 필요하다"고 말한다. 여기서 도움이란 자신의 상태에 대해 감정을 배제한, 외부의 합리적인 설명을 듣고 냉정을 되찾고 합리적 태도를 갖추도록 노력해야 한다는 뜻이다. 현대 심리학에서도 분노는 그것이 원래 겨냥했던 "진짜" 과녁에서 벗어났다고 여겨진다. 치료문화는 의심의 문화다. 우리 자신의 이야기를 말할 권한이 우리에게 없다고 생각하기 때문이다.

감정이나 느낌은 모든 중산층의 범주들이 그렇듯이 일상 세계를 절대적으로 우선시하는 범주들이다. 이것이 장점이다. 그러한 범주들은 일상을 지키고 일상의 다양한 요구들을 보존한다. 감정이나 느낌은 민주적이고 혼합적인 내면적 삶의 조건이며, 동시에 타인과 그들의 전혀 다른 내면적 삶을 관용한다. 온건함과 마찬가지로, 타인의 감정을 관용한다는 것은 느낌 또는 감정의 본질적인 특성이다. 반면, 열정은 근본적으로 다른 사람의 상태를 관용하지 않는다. 심지어 자아의 열정이 다른 사람에게 미치는 결과에 대해서도 관용하지 않는다.

격렬한 열정은 자아의 절대적 우위를 재확인한다. 열정에 빠진 자아는 자신의 의지를 주장할 때나 세상을 설명할 때, 타자와 전혀 다를 뿐만 아니라 자신이 그들보다 우선한다고 주장한다. 다른 모든 사람은 신민臣民에 불과한 세계에서 왕이 가진 상태가 바로 열정이다. 정치적 용어로 말하자면, 열정을 논하는 곳이라면 그곳이 어디든 우리는 진정한 자아는 오직 하나뿐인 군주적 세계를 재창조하는 셈이다. 열정은 또한 일신론의 세계다. 의지는 오직 하나이며 그것이 신의 뜻이다. 그러한 신은 이성의 신이라기보다 분노의 신이다. 신은 창조하고 파괴한다. 이두 가지가 결국 신의 의지가 행하는 유일한 행위이기 때문이다.

감정과 느낌은 온건함과 관용과 자연스럽게 결합하며, 양면성, 아이러니 및 많은 종류의 혼합된 상태와도 가깝다. 그럼으로써 감정과 느낌은 중산층의 일상적 삶, 평범한 삶의 내부와 비슷한 내면적 삶을 그린다. 중산층 세계에서 극단적인 상태와 고정된 상태는 광기의 특성이다. 미친 사람은 세속적이고 비영웅적인 세계에서 단 한 사람만이 존재하는 세상에서 산다는 것이 무슨 뜻인지 가장 잘 보여 준다. 현대적 관점에서 말하자면, 광인은 왕과 신이 차지했던 자리를 차지한다. 셰익스피어의 오셀로, 맥베스, 리어왕, 레온테스가 격정이나 열정에 휩쓸렸는지 아니면 광기에 사로잡혔는지의 여부는 감정과 느낌의 새로운 세계가 결정하고 생각해 보아야 할 문제다. 그러나 오늘날 광기의 문제는 르네상스 시대의 광기와는 전혀 다르다. 미쳤다는 것, 특히 공식적으로 광인으로 판정받는 것은 모든 의지 행위, 생각, 지각, 열정의 정당성을 무너뜨리는 사법적 범주에 속한다. 우리가 현시대에 아무 거리낌 없이 사용하려고 하는 광기의 범주는 아이러니라는 현대의 개념이 그렇듯이 과거 열정에 속했던 영토의 상당 부분을 빼앗는다. 양면성과 관용도 같은 결과를 초래한다.

정치적 용어 "광기," 아이러니의 기질적 자세, 관용의 시민적 미덕, 그리고 양면성이야말로 내면의 가장 심오한 감정이라는 심리적 확신…, 이 모든 것들이 함께 결합하여 현대인의 의식 내에서 일상의 경계를 완벽하게 지켜 낸다. 그 결과, 열정은 단지 배제된 것이 아니라 낡고 기이한 것으로 여겨지게 되었다. 이러한 특징들의 결합은 열정이 더 이상 내면적 삶을 표현하는 단어가 아닌 이유를 설명한다. 반대 방향에서 보면, 광기, 아이러니, 관용, 양면성이라는 이 네 용어는 철저함이 격정의 핵심적 특징임을 더욱 선명하게 부각한다. 이 네 가지 용어만으로도 철저함이 정확하게 무엇이었는지 충분히 추정해 볼 수 있기 때문이다.

열정은 문명이 광기의 개념과 아이러니의 개념 사이에 열어 둔 공간에 위치한다. 열정은 무無의 상태(광기의 상태)와 두 가지 이상의 상태(아이러니 또는 양면성의 상태) 사이의 공간을 차지한다. 열정은 공포, 슬픔, 분노, 경이로움, 기쁨, 질투, 수치심 등 무엇이 되었든지 오직 단 하나의 상태에 있음을 나타낸다. 이러한 상태들은 자아의 전부를 차지하며, 에너지의 최고점에 도달한 어떤 현실을 만든다. 이 상태들은 또한 다른 모든 타인들과 절대적인 방식으로 대립하는 내 자아의 모습을 꺼내어 나에게 보여 준다. 여기에는 다른 어떤 주장도 있을 수 없다. 다른 사람의 주장을 절대로 수용하지 않는다(관용의 문제). 자아의 기억과 감정 속에 존재했던 과거 자아(즉각적인 직관이 아닌 기억의 구성물로서의 자아 정체성)의 주장도 받아들이지 않는다.

또한, 현재와 비교하여 평가되는 미래의 자아도 없다. 유보된 것은 아무것도 없다. 비단 미래만이 아니다. 가능한 한 많은 것을 유보하는 계산적 자아, 개방적이며 순간의 도박을 거부하는 계산적 자아도 함께 사라진다. 신중함이라는 도덕적 감정에 주목한 흄은 항상 미래를 생각하는 신중한 자아를 창조한다. 아리스토텔레스의 중용과 마찬가지로 신중함은 내면적 삶을 다루는 기술이며, 그 목적은 열정을 다스리는 것이다. 따라서 신중함은 사진의 네거티브처럼 열정의 정반대다. 흄의 신중함으로부터 그 반대를 유추해 본다면, 그것은 바로 철저함, 마치 미래에 무언가 바뀔 것이 절대로 없을 것처럼 현재 상태에 임하는 것이다. 그 속에서 우리는 또한 자아의 다른 나머지 부분은 철저하게 무시되는 어떤 시각을 발견한다.

상태와 대립 상태

철저함이라는 개념이 만들어 내는 결과를 보기 위해, 두 개 이상의 상태들이 맺는 관계, 상태와 물질의 관계, 물질들 사이의 관계를 고려해 보는 것이 좋겠다. 열정과 상태 사이의 명확한 구분은 스토아학파가 정의한 성격 개념뿐만 아니라, 부수적으로 열정을 다스리는 그들의 기술에도 전환점이 되었다. 따라서 자아와 열정 상태를 구분하는 가장 좋은 진입점은 물질과 상태의 개념이다.

불타는 나무는 참나무나 소나무와 같은 특정 종류의 나무가 아니라 나무의 상태다. 죽어 가는 말, 허물어지는 벽, 달리는 사슴, 화난 사람은 각각 근본적인 물질의 일시적인 상태다. 셰익스피어의 비극은 물질과 상태의 존재가 각각 너무 커서 하나가 다른 하나를 없애 버릴 것 같으면서도 기적적으로 둘 사이의 긴장이 유지되는 성격 내의 상황에 기반한다고 말할 수 있다. 질투에 사로잡히기 전의 레온테스가 어떤 모습이었는지, 살인적 야망이나 자멸적 죄책감에서 벗어난 맥베스 부인은 어떤 상태인지, 리어왕과 그의 분노를 어떻게 분리할 수 있는지, 질투에 사로잡힌 오셀로와 경이의 마법에 걸린 미란다의 모습 외에 또 다른 모습은 무엇인지 우리는 정확하게 알 수 없다. 상태의 힘은 상황적으로 성격의 전체 영역을 마치 홍수처럼 완전히 다 채우는 능력에 있다. 그럼으로써 성격은 머리부터 발끝까지 완전히 바뀌고, 역설적이게도 처음으로 가장 완벽하게 표현된다.

열정에 대한 스토아학파의 공격으로 인해, 인간 본성이 어떤 상태에 있더라도, 심지어 죽어 가는 상태에서도 오직 부분적으로만 나타난다고 상상할 수 있게 되었다. 스토아주의적 인물, 또는 마르쿠스 아우렐리우스가 말한 이성적 인간의 이상은 새로운 성격 규범의 본질을 제시한다.[4] 스토아학파의 이성적 인간은 항상 자신의 일부분을 따로 떼어 놓는다. 그러한 자아는 그가 처한 상황과 겹치면서도 자신이 그 상황과 별개라는 점을 기억한다. 그리고 자기 자신으로 돌아가려 한다. 자신이 처한 상태에 참여는 하되 그리 달가운 마음은 아니다. 열정은 자아가 처한 다양한 상태의 한 부분에 불과하다. 건강 또는 질병과 같은 상태는 열정의 가장 중요한 특징인 철저함을 공유하지만 열정과는 다르다. 질병과 건강의 범주에서는 스토아주의자가 아닌 그 누구라도 독립성을 유지하려 한다. 즉, 우리는 일시적으로 특정한 질병에 정복당한 상태 이전의 자아, 질병과는 상관없는 자아를 되찾기 위해 싸운다. 이와 마찬가지로 스토아학파의 실천적 목표는 각각의 상태로부터 독립성을 확립하는 것이다.

스토아학파는 가변적 상태에 침해당하는 성격 개념을 확립함으로써, 어떤 상황에서도 굳건하게 버티는 일종의 면역력을 최고의 윤리적 목표로 상상할 수 있게 되었다. 스토아주의에서 한

---

[4] Marcus Aurelius, *The Meditations*, trans. G.M.A. Grube (Indianapolis: Hackett, 1983), bk. 11, pp. 110–21.

가지 경험적으로 정확한 주장은 어떠한 상황에서도 우리는 우리의 자아를 특정한 상태로부터 독립된 것으로 기억한다는 사실이다. 우리는 그러한 일시적 상황의 정반대 편에 있는 자아를 다시 얻고 싶어 한다. 병이 났을 때 우리가 흔히 하는 일이다. 이 기억된 자아를 표현할 수 없는 자아로 불러도 좋다. 그 자아는 충만함을 간직하고 있으므로 개별적인 상황이 아무리 복잡하고 강렬하더라도 그 상황에서는 자아의 한 부분만이 실현되기 때문이다. 그러한 완전한 자아는 다른 어느 누구도 알 수가 없으며, 따라서 철저한 비밀을 암시한다. 나는 어느 한 상태나 어느 특정한 순간에 이 자아를 드러낼 수 없다. 그러나, 각 상황에서 내가 특정한 방식으로 나타나더라도, 나는, 아니 오직 나만이, 내가 가진 에너지의 일부를 비축함으로써 나의 완전한 자아를 기억하는 한편, 기억과 상상을 통해 내가 처한 현재 상태에서 벗어나 나 자신과 열린 관계를 유지할 수 있다.

그러한 자아의 비가시성은 당연한 수순이다. 어떤 특정한 상황에서 나에게 일어난 일, 어떤 일련의 사건으로 인해 세상에 드러난 나의 일부는 이 기억된 완전함과 동일하지 않다. 오히려 사실 정반대다. 표현하지 않는 스토아주의적 표면은 주변 사람들에게 부분적 자아를 표현하려 하지 않는다. 어떤 조건에서도 완전한 자아를 드러낼 수 없기 때문이다. 화난 얼굴, 슬픔의 흐느낌, 경이로움의 놀라움은 표면에서 삭제된다.

스토아주의적 무감정과 비밀에 관한 이와 같은 설명이 명료하게 보여 주는 것은 그 반대의 경우, 즉 상태와 물질의 호메로스적·셰익스피어적 관계, 그리고 성격의 깊은 특성에 대한 상대적 무관심이다. 절대적인 우선권은 상태에 주어진다. 자아의 실체를 정의하고 표현하는 데에 격렬한 상태(분노, 경이로움, 야망, 질투, 수치심, 연민, 공포)는 본질적으로 실체와 투쟁(또는 그리스인의 표현으로는 고뇌agon)에 대한 그리스, 특히 호메로스의 이론에 기초한다.

이 이론의 놀라운 점은, 우주에 물질이 하나만 존재한다면 그것을 절대로 알 수 없다는 것이다. 물질들은 서로의 차이뿐만 아니라 충돌을 통해 서로를 드러낸다. 전투가 발생하고 상호 파괴가 가능한 만남의 지점에서 각 물질은 처음으로 그 존재를 드러낸다. 큰 바위가 하나의 물질이라면, 바닷물은 또 다른 하나의 물질이다. 바다와 바위가 부딪히는 해안선에서 바위는 수천 년 동안 파도가 바위를 깎아 낸 결과만을 자신의 형상을 통해 기록한다. 각각의 파도가 바위의 저항으로 멈추고 부서지더라도 사정은 달라지지 않는다. 충돌하는 소리는 각 물질을 드러낸다. 각 물질이 그 순간 어떤 상태에 머물러 있기 때문에 가능한 일이다. 부서지는 파도와 충격을 받는 바위는 각기 바다와 바위의 본질을 가시적으로 드러낸다. 그러나 그것은, 서로가 서로를 제한할 때 발생하는 차이에 의해 상황적으로 각자가 밖으로부터 가득 채워지는 바로 그 순간에 가능해진다.

이러한 차이를 통해 우리는 밖으로 뻗어 나가 어떤 것을 취하고 장애물을 만나 마침내 한계에 직면하는 인간 의지와 매우 유사한 무언가를 자연에서 발견한다. 의지는 모든 물질에 존재하는 기본적 사실의 심리적·인간적 발현이다. 이것이 바로 스피노자가 말한 코나투스conatus, 즉 노력일 것이다.[5] 분노와 슬픔의 핵심에 자리한 의지와 그 한계의 충돌은, 더 큰 틀에서 보면 연속적이지도 않고 조화롭지도 않은 세계, 즉 처음부터 끝까지 똑같이 질서화된 전체가 아닌 어떤 세계에서 우리가 물질을 알게 되는 상황적 방식이다. 물질은 차단되고 방해를 받을 때만 차이를 만난다. 이를 인간에 적용하자면, 차이(변화 또는 한계가 없다면 의지는 이 차이를 밖으로 투사할 수 없다)를 발견하는 순간이 곧 열정적 의지가 나타나는 조건을 촉발하는 것이다.

무언가를 드러내는 가능성의 핵심에는 다름 아닌 파괴의 행위가 존재한다. 폭풍우에 부서지거나 부서지지 않는 배는 어쨌든 폭풍우라는 제한하는 상태에 갇혀 있는 셈이다. 그런데 이 제한의 상태는 즉각적으로 배의 본질을 명확하게 드러내는데, 이를 가능하게 하는 핵심적 근거는 바로 임박한 파괴의 가능성이다. 배의 모든 구체적인 물리적 부분들은 바다에서 살아남도록 설계되었다. 가령 물에 뜨고, 염분을 견디고, 일정한 높이와 강도의 파도를 버틸 수 있도록 만들어졌다. 폭풍의 에너지는 바다의 힘과 배의 힘을 양쪽에서 시험한다. 그러한 상황은 나무의 선택, 돛대의 두께, 승무원의 숫자, 배를 설계할 때 고려되는 길

---

[5] Spinoza, *Ethics*, pt. 3, propositions 9–10, p. 92. Harry Austryn Wolfson, *The Philosophy of Spinoza* (Cambridge: Harvard University Press, 1962), 195–208.

이와 너비와 무게의 관계로 이미 상상을 통해 계산된 것이다. 배를 처음 건조할 때 설계된 것은 다름 아닌 배가 파괴되는 조건에 대한 상상이다.

제한(후에 나는 이를 의지의 굴욕이라고 부를 것이다)은 이제 열정적인 상태의 격렬함을 구성하는 두 번째 결정적인 구성 요소이다. 철저함과 더불어 제한은 열정의 전제 조건이다. 제한은 열정을 감정, 느낌, 기분(그 밖의 현시대가 편애하는 온갖 단어들)과 구별하는 핵심적 요인이다.

4장

프라이버시,
급진적 단독성

맥박수; 근육의 긴장, 자세, 몸짓의 변화; 떨림, 얼굴 붉힘, 미소와 같이 모든 관찰자가 볼 수 있고 과학자들이 측정할 수 있는 신체적 요소, 또는 분노의 외침이나 슬픔의 흐느낌을 통해 파악할 수 있는 신체적 요소는, 열정의 가장 핵심적인 구체적 특징이며 이에 대해서는 아무런 논란의 여지가 있을 수 없다. 다윈과 윌리엄 제임스가 가장 관심을 가졌던 것도 바로 이러한 열정의 신체적 특징이다.

열정은 매우 육체적이면서도 매우 정신적인 현상이다. 따라서 경험 내에서 육체적 사건은 이쪽 편에, 정신적 사건은 저쪽 편에 위치하도록 명확한 선을 긋는 것은 불가능하다. 우리가 현재 기분, 느낌 또는 감정이라고 부르는 미묘한 영역에서는 신체와 정신의 상호 침투가 반드시 뚜렷하다고 보기 어렵다. 그러나 열정에서는 그런 현상이 두드러지게 나타난다. 아리스토텔레스의 짤막한 책《영혼에 관하여》는 이에 관한 최초의 복잡한 설명이다.

플라톤, 루크레티우스, 데카르트에게 육체와 정신의 통일은 **경험으로서** 발생해야 한다. 그들은 그러한 경험을 열정의 순간에서 발견한다. 예를 들어, 루크레티우스는《자연에 관하여》3권에서 다음과 같이 말한다.

이제 나는 마음과 영혼이 긴밀하게 결합하여 하나의 본성을 이룬다고 주장한다. 몸의 일부, 즉 머리나 눈이 고통을 당할 때 몸 전체가 동시에 고통을 느끼지 않는다. 마찬가지로, 정신이 홀로 고통을 겪거나 기쁨에 한껏 취해 있는 동안, 영혼의 나머지 부분은 부분적으로든 전체적으로든 아무런 움직임도 없고 어떠한 새로운 감각도 느끼지 않는다. 그러나 마음이 더 격렬한 두려움에 자극을 받으면, 온 영혼이 사지를 통해 이를 느낀다. 온몸에 땀이 나면서 창백해지고, 혀는 말을 안 듣고, 목소리가 작아지고, 눈이 침침해지고, 귀가 울리고, 사지가 무너진다. 요컨대 우리는 사람들이 마음의 공포로 인해 쓰러지는 것을 본다. 이를 통해, 누구든지 영혼이 마음과 밀접하게 결합해 있으며, 마음이 영혼에 타격을 가할 때 영혼은 그 즉시 신체에도 타격을 가하고 영향을 미친다는 것을 쉽게 알 수 있다.[1] (저자 강조)

루크레티우스는 여기서 격렬한 순간을 예로 들어, 몸과 마음과 영혼의 합일, 즉 자아 전체의 어느 한 부분도 쉬지 않고 모두 같은 정도로 관여하는 경험의 순간을 보여 준다. 극도의 공포에 휩싸인 순간, 자아는 완전히 몰입하고 절정의 집중 상태에 도달한다. 어느 한 부분도 다른 일에 신경 쓰거나 자신의 행동으로 인해 산만해지지 않는다. 루크레티우스는 신체적 고통조차도 눈이나 발과 같은 특정 부분에 한정될 수 있다고 지적한다. 정신이 기쁨을 느낄 때 신체는 동참하지 않을 수 있다. 오직 공포를 비롯한 격렬한 상태만이 몸 전체, 영혼 또는 정신 전체를 완전히 가득 채운다.

---

[1] Lucretius, *On the Nature of Things*, 68.

이와는 대조적으로, 어떤 남자가 길을 걷다가 관심을 끄는 것을 잠깐씩 쳐다보다가도 마음속으로는 나중에 친구를 만나 돈을 빌려 달라고 해야 하는데 거절당할까 봐 걱정하는 모습을 잠시 생각해 보자. 그의 몸은 길을 걷는 습관적인 행위를 하지만, 그는 걷는 행위를 직접적으로 의식하지 않는다. 그는 여기저기 시끄럽거나 갑작스럽고, 눈에 띌 만큼 놀랍거나 새로운 소리나 광경에 감각을 집중한다. 그러나 그의 마음속에서는 또 다른 일들이 벌어진다. 돈 걱정, 설득력에 대한 걱정, 친구에 대한 기억, 할 말을 속으로 연습하기 등등. 그의 몸, 감각, 생각, 느낌은 모두 흩어져 각기 다른 일, 다른 상태에 몰두한다.

루크레티우스가 묘사한 극심한 공포의 순간에는 자아의 완전한 통합이 일시적으로 이루어진다. 이 통합의 순간에 각 부분의 활동은 최고조에 도달한다. 흄은 열정이 관념이나 감각과 달리 다른 어떤 것도 표상하지 않는다고 지적하면서, 이러한 통일성을 다음과 같은 예로 설득력 있게 설명한다. "내가 화가 났을 때, 나는 실제로 그 열정에 사로잡힌다. 그 감정을 느낄 때 나는 목이 마르거나 아프거나 5피트 이상 높은 곳에 있을 때와 마찬가지로, 다른 대상에 신경 쓸 겨를이 없다."[2] 흄의 분노처럼 루크레티우스의 공포는 철저하고 격렬하다. 자아의 각 부분은 개

---

[2] Hume, *Treatise of Human Nature*, 462–63.

별적인 분석이 필요하다. 가령 의학에서는 신체, 과학에서는 정신, 심리학에서는 영혼 또는 정신을 분석한다. 그런데 이 모든 개별적인 분석을 통해 우리는 열정의 상태에서 자아의 모든 부분들이 서로 연결되어 있을 뿐만 아니라 서로에게 깊은 영향을 미치며, 이로 인해 각 부분이 동시에 충만한 존재성을 얻는다는 것을 알 수 있다. 루크레티우스에게 공포는 그러한 사실을 지적하는 하나의 방법이다.

생각은 이와 정반대다. 눈을 감아 예민하게 집중하는 생각의 상태는 신체와 감각의 감소 또는 망각을 요구한다. 배가 고프다거나 한쪽 다리가 욱신거린다는 사실을 알았을 때, 생각은 깊어지기보다 산만해지고 그 흐름이 끊겨 버린다. 가장 완벽한 사유의 순간에, 자아의 충만함은 존재하지 않는다. 그 결과, 우리가 사유에서 인간 가치의 핵심을 찾을 때마다, 그 즉시 신체와 감각에 대한 적대감이 발생한다. 추론(로고스)이나 선택 행위(도덕적 삶)를 자아의 가장 높은 활동으로 간주하는 경우, 정신은 근본적으로 자아의 다른 모든 특성과 갈등하는 상태가 된다. 물론 근심에 젖어 길을 걷는 사람이 그렇듯이, 몸, 마음, 감각, 기억이 따로 노는 일상의 상태에서는 전체 자아의 통일성이나 동시성은 경험될 수 없다.

루크레티우스는 마음과 영혼이 하나의 본성을 이루고, 한 걸음 더 나아가 이 본성이 신체에까지 퍼져 있음을 주장하기 위해 열정을 예로 들지 않을 수 없었다. 그가 든 예가 공포라는 점에서 루크레티우스는 분노가 아닌 공포를 열정의 원형으로 삼는 스토아학파와 헬레니즘 학파에 속한다. 그러나 분노의 원형에서도 통합은 일어난다. 흄이 들었던 예를 상기해 보면 쉽게 이해할 수 있다. 분노든 공포든, 격정의 순간에 자아의 모든 작은 부분들은 한꺼번에 능동적이고 충만하게 발현한다.

자아를 설명하는 어떤 철학 이론에서는 분노, 경이로움, 슬픔, 공포를 겪는 순간에 자아가 통합되는 경험을 열정의 주요한 가치로 여긴다(다른 경우라면 신체와 영혼의 분리가 규범이겠지만, 이와 같은 통합의 경험에서는 그러한 분리가 폄하된다). 그러나 다른 자아 이론은 그러한 통합의 경험을 당혹스러운 일로 간주한다. 이 통합에는 두 번째 중요한 특성이 수반된다. 그것은 바로 내부와 외부 사이의 경계를 제거하는 것이다. 루크레티우스의 경험은 나에 대한 나 자신의 경험에만 관련된다. 사회적 요소는 전혀 없다. 무인도에 혼자 있을 때 밤중에 들리는 소리가 점점 더 다가오는 사나운 동물의 울음소리 같아서 겁에 질리더라도, 그 경험이 나만의 경험이라는 이유로 그 중요성이 반감되지는 않는다. 혼자든 다른 사람들과 함께 있든, 공포의 표현은 외부 세계를 전혀 고려하지 않는다. 공포는 극화될 수도 없고, 전시될 수도 없고, 다른 사람들에게 호소할 수도 없다.

상태의 공개

열정이 다른 사람들에게 보여지는 경우, 이러한 열정의 물리적 요소를 내적 상태의 공개라고 부를 수 있을 것이다. 이 공개의 문제와 관련하여, 인간 본성을 영혼, 개성, 성격, 의식이 아닌 정신으로 이해하는 이론은 17세기에 큰 변화를 겪게 된다. 욕구와 식욕, 그리고 이러한 욕구를 충족시킬 수 있는 유일한 행위인 노동을 중시하는 새로운 경제이론이 등장했기 때문이다. 노동이나 직업(막스 베버의 용어로는 천직 또는 소명)을 통한 자아의 표현은, 정신의 세계에서 열정과 그 열정으로 추동되는 행위가 그랬듯이 세속적인 중산층 세계의 자아를 외재화한다.

노동과 더불어 17세기의 새로운 인간 본성론은 의식, 자기 성찰, 반성의 풍요로운 내면을 강력하게 주장했다. 이를 위해 꼭 필요했던 한 가지는 사적 경험을 공적 세계와 분리해야만 얻을 수 있는 사생활의 영역이었다. 사회적 난제, 즉 중요한 경험의 순간에 나와 타인의 관계를 조정하는 문제가 열정을 포위하기 시작했다. 세계 표현하자면, 열정은 사생활이라는 현대의 중요한 개념이 전혀 불가능한 영역이다. 사생활이라는 이 핵심 개념은 본질적인 경험의 장소가 타인의 시선에서 벗어난 집 또는 방이라는 생각뿐만 아니라, 무엇보다도 자신의 의식만을 위한 내면적 삶이라는 개념에 의존한다. 그다음에 사생활은 선택의 행위를 거쳐 다른 사람들과 공유된다. 이 선택의 결과가 우리가 말하는 친밀성을 규정한다. 우리는 경험을 마치 일종의 내적 소유물인 것처럼 소유할 수 있다고 상상한다. 그래서 경험을 열쇠로 잠근 일기장에 매일 기록하거나, 또는 다른 사람과 공유하거나 배포할 수 있다. 가령 우리는 휴가 때 찍은 사진을 보여 주고 누군가에게 연애 이야기를 털어놓고 특정한 친구와 같이 있을 때는 울어도 괜찮다고 생각한다. 우리가 친밀하다고 여기는 소수의 사람들은 나 자신만의 고유한 것으로 여겨지는 느낌, 생각, 경험을 공유하는 사람들이다.

열정의 순간에 우리는 누가 나의 표정을 투명하게 들여다본다 해도 전혀 개의치 않고 가장 깊숙한 감정을 즉시 표현한다. 슬픔의 눈물과 흐느낌, 분노의 고성, 얼굴이 빨개지는 부끄러움, 그리고 무엇보다도 경이로움의 "아!" 하는 해맑은 감탄사가 열정 속에서 느낌을 공개하는 전형적인 모습이다. 문명은 사생활의 영역, 내면성의 영역, 그리고 특히 내적 상태의 배포에 대한 통제(가령, 어떤 감정을 특정한 사람들에게만 공유하는 것, 특정한 상황에서만 공유하는 것, 감정을 개인의 것으로 생각해서 친밀한 사람들과도 공유하지 않는 것)의 영역을 만듦으로써 시작되고, 열정을 배척하고 감정, 기분, 느낌을 선호함으로써 끝난다.

왜냐하면 열정은 성급함과 자기 몰입으로 인해 다른 사람을 완전히 망각하고, 따라서 경험의 선택적 공개를 조절하지 못하기 때문이다. 열정을 통제하면, 감정의 개인화가 가능하다. 즉, 무감정한 외면을 만들고 원할 때만 감정을 "표출"할 수 있다. 스토아주의는 신체를 훈련하여 변하지 않는 외면을 만드는 최상의 철학이다. 이 무감정의 외관을 만들기 위한 첫 번째 작업은 열정을 통제하는 것이다. 사실 열정은 완전히 배척된다.

열정 안에는 선택도 없고 선택 이전의 것(개인화)도 없다. 아킬레우스가 파트로클로스의 사망 소식을 들었을 때, 슬픔이 터져 나왔고 곧 스스로 움직인다. 호메로스가 처음 기록한 것은 순수한 감정의 상태였다. 그런데 역설적이게도 그 감정은 외부로부터 그에게 발생한 어떤 사건으로 묘사된다. "슬픔의 먹구름이 아킬레우스를 에워쌌다." 여기까지는 슬픔이 마음속에 남아있다. 하지만 다음을 살펴보자. "그는 양손으로 검은 흙을 퍼서 머리 위에 쏟아부었고, 잘생긴 그의 얼굴이 더러워졌다. 달콤한 향기가 나는 겉옷에 온통 검은 재가 묻었다. 그리고 아킬레우스는 온몸에 흙먼지를 뒤집어쓴 채 누워 있었다. 두 손으로 머리카락을 잡아 뜯고 더럽혔다. 아킬레우스는 끔찍스러운 울음소리를 내뱉었다."[3] 아킬레우스는 "검은 흙"을 머리 위에 부어 얼굴과 겉옷을 더럽게 하는데, 그의 감정 속에 있는 "슬픔의 검은 구름"은 바로 그 "검은 흙"에서 외재화된 표현을 찾으려 한다. 그는 충격을 받았다고 느꼈고 땅바닥에 쓰러진다.

마침내 내면의 슬픔은 "끔찍스러운 울음소리"로 음성화된다. 검은 흙, 쓰러짐, 울음소리는 내면의 "검은 구름"을 공개한다. 시간과 장소를 가리지 않고 즉시, 성급하게 그렇게 한다. 여기

---

[3] Homer, *Iliad*, trans. Martin Hammond (New York, Penguin Books, 1987), 18.1–36.

서 아킬레우스는 누가 보지 못하게 열정을 감추지 않는다. 그는 혼자서 또는 친한 사람들과 함께 천막 안에 은거할 때까지 열정을 마음속에 간직하지 않는다. 오히려 근처에 있는 모든 사람에게 거의 연극적인 가시성을 보여 준다. 이러한 슬픔의 세목細目들은 슬픔의 "징후"가 아니라 그 본질의 일부다. 아킬레우스의 슬픔에는 육체와 정신이 똑같이 나타난다. 그리고 여기서 의식이나 내면의 영역은 존재하지 않는다. 다시 말해, 아킬레우스의 슬픔을 목격할 수도 있는 주변 세계와 구별되는, 아킬레우스 자신만이 경험하는 선행적이고 사적인 경험의 영역은 존재하지 않는다.

현대적 관점에서 볼 때 열정의 가장 중요한 특성은, 내적 감정 상태와 외적 표현 사이의 구분을 무시하는 것이다. 열정의 상태에서는 육체의 언어로 나타나는 정신의 표현으로부터 정신을 분리하는 것은 불가능하다. 사생활이라는 중요한 영역은 몸의 표면과 내면의 감정을 분리하는 절제의 정신에 의해 부분적으로 만들어진다. 부끄러움, 분노, 경이로움, 슬픔 등 내면의 열정은 얼굴의 홍조, 분노의 고함, 경이로움의 미소, 흐르는 눈물을 통해 바깥 세계로 표출된다. 사생활과 내면의 영역은 열정을 재설계하고 걸러 내는 대가를 치르고 나서야 비로소 만들어진다. 이를 통해 감정, 느낌, 기분, 정서로 구성된 새로운 내면세계가 창조된다.

이 새로운 사생활 영역은 자아와 내면적 상태에 관한 정보의 유통을 통제해야 한다는 전제 조건이 필요하다. 즉, 어떤 감정은 모든 사람에게 숨겨야 한다. 어떤 감정은 친밀성의 영역에 있는 사람들과만 공유해야 한다. 또 어떤 감정은 공개적으로 표출되거나 아니면 무심하게 표현되어야 한다. 각 개인은 이 세 가지 자기표현 영역을 독자적으로 통제하는데, 내적 삶을 공개할 것인지 말 것인지 선택하는 것도 통제권에 포함된다. 그렇게 함으로써 개인은 부분적으로나마 자아의 자율성을 확보한다. 의식과 감정의 구체적인 사항들을 공유하거나 공유하지 않는 것은 예의범절을 중시하는 시민사회의 특징이자 고백적 자아 또는 과묵한 자아의 특징이 되었다. 이처럼 때로는 고백하고 때로는 침묵하는 자아야말로 근대 공적 영역의 시민을 규정한다.

열정의 투명성 그리고 타인의 관찰을 개의치 않는 특성은 사생활 및 선택의 영역과 양립할 수 없다. 감정의 순간을 관찰하고 있을지도 모르는 다른 사람들을 의식하는 행위는 열정과 양립할 수 없다. 애도의 한숨, 신음, 눈물은 마치 세상에 혼자 있는 "것처럼" 일어난다. 언뜻 보기에, 표출된 열정을 누가 볼지도 모른다는 문제에 대해 열정은 완전히 무관심한 것처럼 보이는데, 이는 사실 열정의 일방적 성격을 증명한다. 즉, 타인의 세계는 그 존재감을 완전히 상실한다. 이는 마치 가장 열정적인 상태의 자아를 제외하고는 아무도 존재하지 않는 것과 같다. 친밀성이나 사생활과 같은 구별이 만들어졌다는 사실은 정서적 삶이 타인의 존재에 대한 끊임없는 의식에 침범당했음을 의미한다. 타인을 의식하는 행위 그 자체는 앞서 설명했던 열정의 조건과 상충한다.

열정적 상태의 고독

열정은 타인의 존재와 주장을 완전히 파괴한다. 그와 동시에 질병이 그러하듯 거의 고통스러울 만큼 급박한 자기의식을 만들어 낸다. 이때는 오직 자아만이, 오로지 공황, 슬픔, 분노의 현재 상태에 놓인 자아만이 현실 속에 존재하는 것처럼 여겨진다. 이와 같은 열정의 힘은 이후에 전개할 많은 분석에 필수적이다. 따라서 나는 공포의 순간을 재검토함으로써, 이를 다시 설명해 보고자 한다.

죽음과 마찬가지로 공포의 본질은 바깥의 위협에 직면하여 내가 세상에서 완전히 혼자라는 사실이다. 다른 사람들이 곁에 있더라도 마치 다른 장소, 다른 시간에 있는 것처럼 느껴질 정도로 타인의 존재감은 사라진다. 타인을 의식하는 마음 대신에 나의 의식을 가득 채우는 것은 심장이 쿵쾅거리는 소리, 달리거나 손을 들어 올리는 것조차 불가능한 의지의 마비, 입안의 건조함, 돌덩이처럼 무거운 몸의 무게, 1초가 10분의 1로 잘게 쪼개져 각각이 몇 분처럼 느껴질 만큼 끝없는 시간의 늘어짐이다.

울고 있는 나, 몸을 떨고 있는 나는 다른 사람에게 무관심할 뿐만 아니라, 누군가 보고 있을지도 모른다는 사실마저 거의 인식하지 못한다. 극도의 공포로 인해 다른 사람이 존재하지 않는 세계로 들어간 것처럼 느낀다. 나중에 다시 타인을 의식하게 되면 공황의 순간에 자신이 남들한테 어떻게 보였을지 문득 깨닫고 수치심과 창피함을 느낀다. 그러나 공황을 경험하는 바로 그 순간 수치심을 느끼는 사람은 아무도 없다. 수치심의 전제는 타인의 존재와 그들의 견해에 대한 민감한 의식이기 때문이다.

열정 속에서 우리는 우리 자신에게 일어나는 개별적 현실을 가장 강력하게 경험하는 동시에, 현재 순간을 비타협적으로 철저하게 경험한다. 그 순수한 현재의 순간은, 다른 상황이었다면 나의 정체성에 중요한 요소로 여겨졌을 과거든 미래든 다른 시간의 주장에 대해 일말의 재고도 하지 않으며, 그에 영향을 받거나 타협하지도 않는다. 그 모든 옛날 모습들, 내가 계획하고 희망했던 미래의 모든 일들이 남김없이 지워진 이 열정의 순간에, 과연 내가 존재의 본질과 접촉하고 있다고 생각하는지, 아니면 정반대로 존재의 외부("베헤vehe"-"멘테mente", 즉 "정신이 나간 상태")에 있다고 생각하는지는 전적으로 열정을 어떻게 이해하느냐에 달려 있다.

어떤 오래된 기록에 따르면, 열정은 자아가 다른 사람이나 세상에 어떠한 제한도 받지 않으며, 심지어 다른 시간과 상황이었다면 발현되었을 자아의 모습에도 아무런 제약을 받지 않는다는 점을 보여 주는 가장 분명한 사례다. 두 번째 설명, 즉 자아가 존재의 외부에 있다는 설명에 따르면, 열정은 질병과 마찬가지로 자아의 중단, 혼란 또는 무언가에 씌워진 상태로 간주된다. 그래서 열정이 다 해소될 때까지 자아에 대한 아무런 설명도 제공되지 않는다. 이 두 번째 설명은 열정에 대한 스토아학파 또는 헬레니즘 학파의 이론을 요약한 것이다(이 이론은 후대의 모든 서양 문화를 완전히 지배할 만큼 대단한 성공을 거두었다. 물론 마키아벨리와 셰익스피어를 위시한 후기 르네상스처럼 드물지만 중요한 예외가 없지는 않다.)

　분노의 열정적인 상태는 예의범절을 완전히 파괴하는 자기 몰입, 정신의 교착 상태 또는 분노의 해결책에 완전히 **빠져든** 채, 마치 세상에 홀로 존재하는 것처럼 행동하게 만드는 자기 몰입이 어느 정도로 강한지 그 증거를 제시한다. 이 분노의 상태가 지속되는 동안 열정에 빠진 사람은 죽음의 고독과 크게 다르지 않은 사회 이전의 고독으로 회귀한다. 화난 사람은 다른 사람들이 앞에 있지만 고독하다. 깊은 우울감에 **빠져** 있거나, 공포 때문에 몸이 얼어붙거나, 경이로움의 매혹에 사로잡혀 있거나, 격렬한 슬픔과 애도의 상태일 때 그렇듯이 주변 환경과 사람들에 아예 무관심해지고 내면으로만 파고드는 사람들도 마찬가지다. 이와 같은 열정의 모습을 보면, 사회와는 정반대 방향으로 진행하는 과정, 즉 사회 세계를 포함하여 세상이라는 틀을 깨고, 죽음이 그렇듯이 우리가 결국 사회 외적인 존재임을 알려 주는 어떤 과정을 정확하게 포착하기 위해, "사회화"와는 정반대되는 용어를 새로 만들어야 하지 않을까 하는 생각이 든다.

　각각의 열정에는 공포의 "규율"(워즈워스의 용어)이 존재한다. 사회화가 다른 조건에서는 전혀 나타나지 않았을 시민적·공동체적 존재를 자아라는 재료로부터 추출하는 과정이라면, 열정의 규율은 타인의 존재는 아랑곳하지 않는 전혀 다른 유형의 자아에 형태를 부여하고 정당성을 부여한다. 공포나 경이로움처럼 어떤 열정들은, 세계의 다른 모습들이 모두 사라지고 오직 그것 하나만이 자아 앞에 버티고 서 있는 것처럼 그 존재감이 강력한 어떤 하나의 대상으로부터 시작한다. 이와 비슷하게 각각의 열정에는 뚜렷한 하나의 장벽이 있고, 이 장벽은 프로이트가 애도와 우울의 핵심적 증상으로 간주한 "외부 세계에 대한 관심의 포기"[4]에 상응한다.

엄밀하게 따지자면, 프로이트가 말한 "외부 세계에 대한 관심의 포기"는 우울의 경우를 제외하고는 틀린 말이다. 공포, 슬픔, 사랑에 빠지기, 분노, 질투, 수치심을 비롯한 격정들이 분명하게 보여 주는 것은, 열정을 통해 우리는 다른 모든 가능한 관심을 모조리 희생하면서까지 바깥세상의 한 대상에 실시간으로 몰입하고 집중한다는 것이다. 방금 전에 일어난 사건 또는 가까운 미래나 더 먼 미래의 사건이 있다고 할 때, 열정적인 상태는 다양한 사람과 사물에 관심을 기울이는 대신, 하나의 사실(가령 얼마 전 돌아가신 부모님, 길 앞에서 으르렁대는 개, 방금 알아차린 경멸과 모욕, 처음 발견한 바로 그 순간 나에게 경이로움을 안겨 준 놀라운 사물)에 독점적으로 시선을 고정시킨다.

정확하게 말해서, 오로지 우울함과 지루함의 기분만이 외부 세계에 관한 관심과 집중이 없는 상태라고 볼 수 있다. 그래서

---

[4] Sigmund Freud, "Mourning and Melancholy" (1917), in *Collected Papers*, trans. under the supervision of Joan Riviere (New York: Basic Books, 1959), 4:153.

이것들을 열정에 포함하는 것은 실수다. 관심, 에너지, 주의집중, 완전한 관계는 모두 열정의 특징이지만, 이는 세상이라는 복잡하고 다면적으로 전개되는 과정에 대한 모든 통합적이고 다양한 관심을 희생함으로써 얻어진다.

에이햅이 고래에 몰입하거나 아킬레우스가 아가멤논에게 당한 모욕에 집중하고 나중에 파트로클로스의 죽음에 집중하듯이, 관심은 모든 것을 집어삼키는 단 하나의 군주적 대상에 집중된다.

역사적으로 단독성이 해체되고 사적 개인성이 나타났다는 것은, 한때는 절대적이었던 각 개인 존재의 권위가 점점 더 보편화되고 널리 퍼진 사회적 존재 속에서 홀로 고립된 하나의 섬으로서 조심스럽게 다시 등장했다는 것을 의미한다. 과거의 정치문화에서, 왕이나 왕자가 지닌 특별한 단독성은 그 본질상 다른 모든 이들은 그에 비해 전혀 중요하지 않다는 관념을 전제로 한다. 그런데, 새로 등장한 시민적 정치문화에서는 이와 달리 각각의 시민들이 다른 모든 이들과 동등한 지위를 인정받기를 요구한다. 사적 개인성의 등장은 바로 이와 같은 정치문화의 변화를 반영한다. 현대 민주주의 사회에서, 분노에 관한 멜빌의 이야기는 선장이 구시대적 단독성과 만인에 대한 지배권(이는 폭정과 군주제가 있었던 과거에는 예외가 아니라 통상적인 정치 규범이었다)을 여전히 행사할 수 있는 배라는 특수 공간에서만 일어날 수 있다. 왕권의 한 가지 의미는, 다른 사람과의 일방적인 관계(이것이 바로 군주제가 갖는 정치적 단독성의 본질이다)를 가감

없이 적나라하게 드러내는 열정의 심리를 통해서만 표현될 수 있다.

군주적 정치제도에서 말하는 한 개인의 절대적 가치가, 다른 모든 개인성 또는 누구든지 경험할 수 있는 비타협적 개인성의 근거를 제공한다고 주장하는 것은 언뜻 보면 역설적이다. 근대의 시작과 함께 셰익스피어 비극이 등장한 것도 이와 비슷하게 역설적이다. 언뜻 보면, 셰익스피어의 희곡들은 열정적인 한 사람의 폭정에 지배당한 어떤 세계를 묘사한다. 그런 세계에서는 다른 자아가 생겨날 수 없다. 사실 셰익스피어 비극은 이전에는 왕에게만 허용되었던 자아 규범, 오직 한 사람이 왕으로 등장하는 이야기를 통해서만 상상할 수 있는 자아 규범을 이제는 모두가 가질 수 있는 새로운 개인주의 세계를 대표한다. 새로운 상황으로 붕괴된 바로 그 과거를 널리 일반화함으로써 세상이 진짜로 바뀌었음을 보여 주는 상상력의 마법은 매우 흔하게 일어나는 일이다. 가령, 투표함의 민주주의는 흔히 "모든 사람이 왕"이라는 문구를 통해 묘사된다.

시민권의 상호적 세계에서, 개인성의 이미지 그리고 격렬한 상태 내에서 가끔 경험되는 충만하고 무한한 개인적 존재에 대한 근거는 또 다른 근거를 필요로 한다. 그 근거는 이제 열정의 내적 경험을 모델로 삼을 수 없다. 열정에 반대하는 많은 주장의 핵심은, 열정이 사회적 세계에 적대적이라는 사실이다. 사회적 세계가 요구하는 것은 상호성, 쌍방적 권리, 상대방이 나를 인정하는 만큼 나도 상대방을 인정하는 태도, 즉 사회계약이다.

어떤 종류의 계약이든 그 전제는 두 명 이상의 사람이 존재한다는 점, 그리고 각자가 인정을 요구할 합당한 권리를 가진다는 점을 받아들이는 것이다.

열정은 다른 모든 사람과 대비되는 단 한 사람만 존재하는 세계를 주장한다. 분노하는 아킬레우스가 행하는 첫 번째 행동은 전투를 거부하고 동맹군의 생명을 구하는 것조차 거부하는 것이다. 그는 자신의 사회적 세계가 파괴되는 모습을 지켜볼 수 있는 고독 속으로 물러난다. 프로이트가 〈애도와 우울〉에서 설명한 급진적 애도처럼, 분노는 "외부 세계에 관한 관심의 상실, 새로운 사랑의 대상을 받아들이는 능력의 상실"을 수반한다.[5] 《오셀로》에서 볼 수 있는 질투,《맥베스》 또는《줄리어스 시저》에서 셰익스피어가 묘사한 야망은 사회적 세계가 하나의 열정, 열정적인 한 사람의 의지로 완전히 대체되는 결과를 빚어낸다. 《모비 딕》에서는 에이햅 선장이 배를 분노의 도구로 전락시킨 후 배의 세계 전체가 붕괴한다.

맥베스, 아킬레우스, 에이햅 선장 또는 하인리히 폰 클라이스트[19세기 초 독일의 극작가]의 미하엘 콜하스가 처한 상황은 어떤 사회적 세계보다 더 구시대적이고 오래된 상황일까? 아니면 그 반대일까? 하나의 의지만으로 세상을 사는 이 극단의 경험은 공적 세

---

[5] Ibid.

계의 토대를 가능하게 만든 과거의 양보를 다시 취소해 버리려는 자아의 반란일까? 어떤 공적 세계든지 그 본질은 상호성 그리고 의지의 상호의존성에 대한 인정이다. 호메로스는 동맹에서 탈퇴하는 행위로《일리아드》를 시작한다. 이 탈퇴 행위는 공적 세계에 암묵적으로 양보한 과거를 지우려는 개인성의 반란을 명시적으로 드러낸다. 그러한 양보 가운데 하나는 전시戰時 연합의 일부가 되겠다는 약속이다.

수치심으로 분명해진 후퇴

이제 이 장을 마무리하면서 수치심을 다른 열정의 결과로 발생하는 상태, 말하자면 후속 결과의 상태로 간주함으로써, 열정의 특징인 극단적이고 탈사회적인 개인주의의 한계를 살펴보고자 한다. 수치심은 합리적 성찰이 아니라 뒤이어 발생하는 열정이라는 사실로 인해 타인이 엄존한다는 현실을 재구성한다. 탐욕, 시기, 질투, 공포는 (다른 사람들이 나의 열정을 알아차렸다는 사실을 내가 알게 되면) 누구에게나 수치심을 느끼는 열정이 될 수 있다. 그러나 이는 슬픔이나 경이로움에 대해 느끼는 수치심의 감정을 설명하지 못한다. 공포를 느끼는 게 당연한 경우에도, 주변 사람들이 공포의 증상을 목격했다는 단순한 이유로 차후에 수치심을 느끼는 경우가 가끔 있다. 이처럼 어떤 열정적 상태의 후속 결과로 경험하는 수치심의 논리는 먼저 수치심과 사과 행위 사이의 연관성을 고려하면 가장 잘 이해할 수 있다.

우리는 분노나 슬픔의 폭발에 대해 나중에 사과할 때가 있다. 사과할 때에는 철회의 행위, 또는 이른바 의지의 부정이 발생한다. 사과 행위는 범죄자가 자백하는 순간과 유사하다. 자백에는 자기 부인의 요소가 들어 있기 때문이다. 자백할 때, 나는 지금 말하는 나와 과거 그 행위를 했던 나를 구별한다(물론 둘 다 나 자신이다). 그리고 함께 범죄를 저질렀지만 변심한 공범이 그러듯이, 나를 비난한 사람들 편에 서서 이전의 나에 대해 불리한 증언을 함으로써 이전의 나에게 반대한다.

열정, 특히 분노는 과격한 자기주장과 유일함을 과시한다. 그래서 이에 반대되는 사과 행위는 매우 이상하다. 그러나 복수를 막기 위해 공식적 사과 행위가 필요할 때가 있다는 사실을 생각하면 둘 사이의 연관성은 별로 이상하지 않다. 싸움할 때 흔히 그렇듯, 두들겨 맞지 않는 유일한 방법은 "미안하다"고 말하는 것이다. 반면, 사과를 거부하는 아이는 무자비하게 응징된다. "미안하다"는 말을 거부하는 것은 가장 완고한 자기주장으로 여겨지기 때문이다. 사과를 거부하는 행위는 사과의 구조와 열정의 일방적인 오만함이 서로 적대적인 관계임을 명확하게 보여준다. 사과는 내가 다른 사람에게 분노의 원인을 제공했음을 가정한다.

나중에 자세히 설명하겠지만, 분노는 정의를 추구하는 비공식적인 순간과 밀접하다. 왜냐하면 모욕을 인지하고 사과를 요구하고 사과를 하거나 받는 일상적인 행동을 통해서, 진부하지만 확실한 자기 가치의 경계 단속이 가능해지기 때문이다. 사과 또는 자발적인 보상이 없는 경우, 보복은 걷잡을 수 없는 사태의 악화로 이어진다. 즉, 상처나 공격이 발생했으며 타인이 이를 인지하고 인정해야 한다고 주장하는 일이 재차 삼차로 발생하게 된다. 이러한 연속적 행위는 의지 범위의 근본적인 한계를 암시한다. 이 복잡한 과정은 9장과 10장에서 다시 자세히 다룰 것이다.

성급한 사람들이 결국에는 신중한 사람들보다 더 자주 사과한다는 것을 알 수 있다. 성급함과 사과 또는 성급함과 보상은 필연적으로 연결된 것으로 보인다. 분노와 공포에서 관찰할 수 있는 수치심, 사과, 성급함과의 연관성은 분노와 공포뿐만 아니라 격정 일반에 큰 문제가 있음을 보여 주는 것처럼 보인다. 분노와 공포가 다른 모든 상태를 설명하는 원형을 제공하기 때문이다.

분노와 공포 이외의 격렬한 상태에서는 수치심의 결과로 드러나는 것이 격정 자체의 본질에 더 중요하다. 왜냐하면 그것은 공포나 분노의 경우처럼 상태의 내용에 관한 것이 아니라 격렬한 상태 자체의 구조적 특징에 관한 것이기 때문이다. 우리는 다른 사람들이 나의 질투심에 불타는 집착 또는 탐욕의 증거를 목격했다고 생각할 때 수치심을 느낀다. 가령 우리는 때로 극단적인 열정을 "수치를 모르는 탐욕" 또는 "부끄러운 줄 모르는 공포"라고 표현하기도 한다.

수치심은 내가 다른 사람을 의식할 때, 사회적 의식을 되찾을 때 발생한다. 사회적 의식을 잠시 망각했던 시간이 지나고 나서, 나는 내 모습을 목격했던 사람들에게 내가 어떻게 보일지 생각한다. 평온을 되찾고 사회적 의식이 돌아오면, 눈물을 흘렸던 일, 화를 내고 고함쳤던 일, 또는 공포에 떨었던 일에 대해 사과하는 것이 일반적이다. "미안하다, 내가 왜 그랬는지 모르겠다"라는 말은 사과와 부끄러움의 일반적인 공식이다. 이것은 분노나 슬픔에 대한 사과일까, 아니면 상대방이 존재하지 않는 것처럼 행동한 것에 대한 사과일까? 부끄러운 것은 내용일까, 아니면 타인에 대해 무관심했고 폐쇄적인 이기심의 세계로 퇴행했었다는 구조적인 사실일까?

열정의 일반적 특징은 슬픔의 현상에서 가장 쉽게 찾을 수 있다. 모든 것을 집어삼키는 격렬한 애도의 한 가지 요소는 살아 있는 사람에 대한 일종의 모욕이다. 애도하는 동안 우리는 자신의 상실감에 몰두하고, 지금 살아 있는 사람보다 그 부재가 훨씬 더 가슴 아프게 여겨지는 특정한 사람에게 집착한다. 주변 사람들은 나의 슬픔을 덜어 주거나 주의를 딴 데로 돌릴 수 없다. 일상생활을 재개함으로써 일상의 즐거움과 관심사, 자잘한 흥미와 감정을 회복하도록 유도할 수도 없다. 애도가 계속되는 한, 우리가 몰두하는 애도는 한 사람의 상실로 인한 주변 사람 모두에 대한 평가절하를 암시한다. 이와 더불어 이차적인 평가절하도 발생한다. 우리는 다른 기분이나 다른 주장이 나의 내면 상태의 현실과 주장을 방해하지 않도록 철저하게 보호하려고 하기 때문이다.

애도가 끝나는 시점에, 우리는 더 큰 사회적 관계망에 재진입하여 애도의 기간 동안 평가절하되었던 관계를 회복하려 한다. 다른 모든 사람의 중요성에 대한 경시나 모욕은 역전되어야 한다. 애도의 증거가 명백하게 보여 주는 것은 상실한 사람뿐만 아니라 우리 자신의 다른 상태들도 몰입이 필요하다는 사실, 그 사람과 함께 나눈 세계만큼이나 우리 자신의 세계 또한 절실하게 중요하다는 사실이다. 분노, 질투, 공포, 경이로움은 자아 전체를 사로잡는다. 이러한 감정들은 고정적이고 움직이지 않는 성질을 가지고 있으며, 그 강렬함은 완고하고 논의의 여지가 없다. 이러한 사실은 우리가 매일 취하는 8시간의 수면이 그렇듯이, 결국 우리의 내적 삶이 타인의 삶이나 주장과 거의 관련이 없거나 있더라도 매우 약하다는 가장 강력한 증거다.

우리의 잠자는 모습, 분노하는 모습, 겁에 질린 모습을 보는 타인들은 무엇보다 탈사회적 자아 또는 은둔적 자아를 우선적으로 목격하는 셈이다. 그러한 자아에게 타인은 존재하지 않으며, 우리 내면의 주장과 맞먹는 수준으로 그들의 주장이 중요하다고 압박할 수 없다. 수면은 존재가 사회적이라는 주장을 반박하는 우리 삶의 근원적 사실로서 우리의 마음속에 항상 각인되어야 한다. 수면은 그러한 한계를 설정함으로써 사회를 근본적으로 부정한다. 열정도 마찬가지다.

상호성을 모든 사회적 세계의 가장 근본적인 조건으로 생각한다면, 우리는 타인의 고통이 내 고통만큼 중요하고, 타인의 기쁨이나 즐거움, 안전이나 편안함, 노력의 수고, 타인의 노동을 동등한 수준으로 중요하다고 여겨야 한다. "각자 자신을 위하여!"라는 문구로 대변될 수 있는 극심한 공포의 순간에, 우리는 상호주의를 중단하고 갑자기 우리 자신의 생존만을 중시한다. 극심한 공포의 본질은, 잠이 그렇듯이 나를 나만이 세상에 홀로 존재하는 탈사회적 상태로 되돌려 놓는 것이다. 공포에 질린 상태에서 우리는 불타는 방의 하나뿐인 출구로 나가려고 다른 사람을 짓밟거나 불타는 배의 구명보트에 먼저 뛰어든다. 이와 같은 행동은 공포가 타인의 현실을 망각하게 만든다는 것을 증명한다.

사후에 느끼는 수치심은 분노, 애도, 질투 후에 느끼는 사과나 당황스러움과 크게 다르지 않다. 이 수치심은 상호주의가 안중에 없었다는 사실을 타인들에게 드러내는 명백한 증거다. 우리가 공포, 분노, 슬픔, 질투를 느끼는 동안 다른 모든 이들은 칸트적 의미에서 목적에서 수단으로 격하되었을 뿐만 아니라, 수단으로서도 중요하지 않았다.

문학이나 서사에서 이러한 열정의 단독성을 주장하는 공식적인 방법은, 열정적인 사람을 통상적인 상호주의의 바깥에 미리 위치시키는 상징적 장치로부터 시작하는 것이다. 예를 들어, 《리어왕》에서 리어왕의 분노는 이미 가능한 상태다. 왕과 신하의 사회적 영역에서 이미 어떤 한 사람은 상호적 중요성과 상호적 관심의 세계를 중단할 필요조차 없기 때문이다. 즉, 리어왕은 이미 왕으로서 그 세계 바깥에 존재한다. 셰익스피어가 그리는 각 왕들은 신하들의 세계에서 유일한 왕으로 지정된다. 그럼으로써 사회적으로 왕은 애초부터 하나의 중심만 있고 다른 모든 것은 둘레가 되는 세계 안에 이미 존재하는 것으로 표현된다.

마찬가지로, 모세오경五經Pentateuch〔구약의 첫 다섯 권. 〈창세기〉, 〈출애굽기〉, 〈레위기〉, 〈민수기〉, 〈신명기〉〕의 신, 즉 분노와 질투의 신은 신으로서 이미 단독자다. 신 이외에 다른 모든 존재는 피조물에 불과한 우주에서 유일무이한 창조자이기 때문이다. 아킬레우스는 분노에 휩싸여 상호성의 사회적 세계를 멈추고 끊어 버린다. 그러고 나서 자신의 분노와 파트로클로스에 대한 애도의 현실만이 중요한 왕과 같은 세계, 신과 같은 세계를 건설한다. 아가멤논이 그에게 가한 상처 때문에 분노하는 아킬레우스, 가장 친한 친구 파트로클로스의 죽음을 애도하는 아킬레우스는 열정의 시각에서 《일리아드》의 심층적 주제를 명확하게 보여 준다. 두 번째 타격, 즉 가장 친한 친구의 죽음은 호메로스가 《일리아드》의 서두에 이야기한 상실에서 무엇이 쟁점인지를 드러낸다.

다시 말해, 서사문학에서 이미 상호주의를 면제받은 인물에게만 열정이 구현된다는 사실은, 열정이 상호적 세계의 중단을 전제로 한다는 점을 보여 준다. 왕이나 신은 영구적으로 또는 존재론적으로 상호주의의 바깥에 머물러 있다. 따라서 왕이나 신에게 분노, 질투, 공포, 경이로움 같은 열정으로 대표되는 철저함이나 격렬함은 규범적인 상태, 일상적인 상태로 볼 수 있다. 그런데 왕이나 신과 달리, 일시적으로 분노, 슬픔, 공포에 빠진 사람은 상호성의 해체, 상호성의 바깥에 머문 기간, 마지막으로 상호적 세계로의 복귀, 상호성의 회복이라는 복잡한 과정을 거친다. 수치심 또는 사과의 순간은 바로 이러한 회복과 복귀를 증명한다. 그러한 사과 또는 수치심은 중단되었던 상호성을 인정하는 것이기 때문에 민주적이라고 부를 수 있다.

인간 본성에 관한 민주적 이론에서 의지의 힘은 상호적이며, 피조물 또는 신하로 둘러싸인 신이나 왕이 아니라 모든 시민에게 골고루 분배된다. 그런데 왕이나 신과 같은 열정의 행위자는 상호성의 바깥에 영구히 머물러 있으며, 수치심이나 사과라는 후속 결과를 필요로 하지 않는다. 민주적 이론의 시각에서 열정은 근본적으로 불편한 요소일 수밖에 없다.

5장

시간

마르쿠스 아우렐리우스는 삶의 예술은 무용수보다는 레슬링 선수의 기예에 더 가깝다고 말한다.[1] 레슬링 선수는 갑작스럽고 예상치 못한 돌진에 맞설 준비와 자세를 취한다. 춤꾼은 자신이 취할 동작을 의지^{意志}한다. 우리가 만약 의지라면, 춤과 춤꾼을 구별할 수 없다는 예이츠의 말은 틀리지 않았다. 춤은 움직이는 몸에 투사되는 춤꾼의 가시적인 의지이기 때문이다. 레슬링 선수는 몇 피트의 좁은 공간에서 상대방이 균형을 무너뜨리려고 새로운 동작을 시도하는 몇 초의 짧은 시간 동안, 변화하는 조건에 적응하기 위해 몸의 모든 근육을 배치한다. 그의 의지는 상대가 다음에 취할 것으로 예상하는 다양한 동작에 대해 준비가 되어 있다. 그러나 앞서 언급한 "예상치 못한"이라는 단어는 다음에 그가 마주하는 모든 것이 자기 의지의 산물이 아님을 의미한다. 댄서는 언제나 한 명이고, 레슬러는 언제나 두 명이다.

경기가 진행되는 동안 레슬링 선수의 유일한 세계를 구성하는 가까운 시간과 공간이 그렇듯이, 갑작스러운 것과 예상치 못한 것은 열정의 영역이다. 공포와 분노는 가까운 시간 영역에 있는 무언가를 우리에게 알려 준다. 흄은 우리가 시간적으로 인접한 사건에 가장 강한 반응을 보인다는 사실을 상기시킨다.[2] 분노는 방금 일어난 무시와 모욕을 인지하고 그에 반응한다. 우

---

[1] Marcus Aurelius, *Meditations* 7.61.
[2] Hume, *Treatise of Human Nature*, bk. 2, sec. 7, 474–79.

리는 방금 일어난 죽음에 대해 슬픔을 터트리고 애도를 표한다. 방금 일어난 일은 흄의 말을 빌리자면 즉각적인 과거 또는 인접한 과거를 구성한다.

그 반대의 상황을 생각해 보자. 우리가 아는 어떤 사람이 심각한 모욕이나 상처를 받았는데, 가만히 있다가 6개월 또는 7년이 지나서야 처음으로 (그때쯤이면 그 일이 일어났다는 사실조차 잊어버렸을) 그 모욕에 대해 갑자기 분노를 표출했다고 가정해 보자. 우리는 상처와 분노의 반응 사이에 존재하는 이 간극을 특이하다고 여길 것이다. 현대적인 용어를 쓰자면, 이는 억압의 사례라고 할 수 있다.

즉시 발생하는 것이 분노의 본질이다. 마찬가지로, 열과 강도가 즉각적으로 최대 또는 거의 최대치에 도달하는 것 또한 분노의 본질이다. 시간이 지남에 따라 사그라드는 것도 분노의 본질이다. 일주일이 지나도 모욕감은 여전히 뜨겁지만, 분노와 폭풍은 덜하다. 이따금 생각이 날 뿐이다. 1년이 지나면 더욱 희미해지고 드문 경우에만 생각이 난다. 마찬가지로 10대 딸이 교통사고로 사망했을 때 우리가 느끼는 슬픔과 애도는 사망 소식을 처음 듣는 순간에 가장 강렬하고 완전하며 집중적이다. 일주일 후, 한 달 후, 1년 후, 20년 후, 감소의 곡선과 시간적 격차라는 약이 효력을 발휘한다.

방금 저지른 잘못된 행동에 대한 수치심도 마찬가지다. 즉시 발생하는 것이 수치심의 본질이다. 분노, 슬픔, 수치심은 즉각적인 과거라는 좁은 시간대가 특별하게 중요하다는 점을 부각시킨다. 우리는 또한 이 열정들이 최대로 강렬했다가 느리지만 점진적으로 감소하고 뜸해지면서 마침내 소멸에 이르는 궤적에 익숙하다.

반대로 미래에서는 곧 일어날 일에 대해 공포를 느낀다. 방금just 일어난 일이나 곧just 일어날 일을 말할 때 우리는 특이하게도 "just"라는 단어를 같이 쓴다. 그런데 이 단어는 열정이 자극되는 영역을 표시하는 역할을 한다. 삐걱거리는 문이나 마룻바닥은 침입자가 이미 집에 들어와 있다는 것을 의미한다. 그래서 공포 감을 느낀다. 무슨 일이 생긴다면 몇 분 내로 일어날 것이다. 배가 기울어지고 선체의 갈라진 틈으로 물이 쏟아져 들어오는 걸 보면 배가 곧 가라앉을 거라는 생각에 공포를 느끼고 뛰어내린다. 길 앞을 가로막고 으르렁거리는 개를 보면 몇 초 안에 개가 공격할지 모르기 때문에 얼어붙는다.

이러한 예는 극도의 공포를 정확히 포착한다. 가까운 미래 시간, 즉 임박한 미래 시간(인접한 미래)이라는 좁은 영역을 보여주기 때문이다. 임박한 미래는 직전 과거와 대칭적인 관계에 있다. 이 둘 사이에 0에 가까울 정도로 짧은 현재 시간이 있다.

우리는 모두 암으로 죽는 것을 막연하게 두려워한다. 그러나 내 가슴에 총을 겨눈 남자는, 내가 죽을 수도 있거나 실제로 죽음의 가능성이 높은 단기적 미래를 만들어 내기 때문에 나는 공포 그 자체가 되어 버린다. 나를 이루는 모든 다양한 사실, 세부 내용, 계획, 기억은 장전된 권총이 아니라 거기서 발사된 총알에 의해 취소된다. 순수한 공포만으로 이루어진 새로운 자아,

다음 몇 초 동안 벌어질 급박한 상황에 의해 완전히 규정되는 이 새로운 자아가, 성격, 다양한 관심사, 복잡한 과거, 수많은 의도와 예정된 사건들로 구성된 장기적 미래를 가진 일상적인 자아를 대체하는 것처럼 보인다. 이 공포의 격렬함을 정확히 측정해 달라고 누가 요청한다면, 우리는 그 격렬함은 그것이 점령해 버린 자아와 같은 정도라고 말할 수 있다.

경험의 핵심적 원형을 만들 때, 그리고 시간과 시간적 경험 일반의 결정적인 모델을 만들 때, 신중한 이성의 시간 계획이 아닌 열정의 시간 계획 또는 욕망과 욕구의 시간 계획을 사용한다면 어떤 결과가 만들어질까? 가장 중요한 결과는, 갑작스럽고 예상하지 못한 것에 더 많은 가중치를 두게 된다는 것이다. 그것이 가까운 미래 시간의 영역에서 나타나는 경험의 특징이기 때문이다.

오래전부터 예상했던 일은 그에 대처하는 전략을 준비할 시간이 충분하다. 우리는 마음을 차분히 가다듬고, 생각하고, 대처 방법을 선택한 다음 계획을 실행한다. 다시 말해, 우리는 번잡하지 않을 때에만 더 사려 깊게 생각하고 신중하게 행동한다. 선택의 시간, 전략의 시간, 결단의 시간 등 합리성이 우위를 점할 시간이 충분해야 한다.

아리스토텔레스에 따르면, 용기의 가장 훌륭한 증거는 갑작스러운 위험에 어떻게 반응하는지를 보는 것이다. 용기 있고 안정적인 사람의 습관과 마찬가지로, 어떤 사람의 윤리 또는 성격은 신속하고 반사적인 반응을 통해 드러나기 때문이다. 안정적인 성격을 가졌을 것으로 생각했던 사람이 갑작스러운 위험에 직면하여 수치를 모르는 공포에 빠져 도주할 수도 있다. 아리스토텔레스가 전투를 예로 들어 설명하듯이, 갑작스러운 위험은 용기와 공포에 영향을 끼친다. 갑작스럽고 예견하지 못한 친구의 죽음도 슬픔과 애도라는 열정에 그와 똑같은 영향을 미친다. 장기 요양 중인 80세 아버지의 경우에는 죽음을 예상하기 마련이다. 마음의 준비가 어느 정도 되어 있는 상태다. 돌아가신다는 생각에 익숙해지면서 반응은 이미 어느 정도 소진된다.

놀라움과 갑작스러움의 시간적 메커니즘, 특히 의지와의 깊은 관계(우리가 계획하고, 예상하고, 일으킨 미래와의 깊은 관계)는 직전 과거와 임박한 미래의 영역에서 열정을 경험한 첫 번째 결과다.

윤리적 삶이 여러 가지 대안을 신중하게 검토하는 일(사전 계획)인 만큼, 우리는 균형 잡힌 사고, 성찰, 선택의 시간에 특별히 우선권을 부여하려 한다. 의지의 자유와 삶에 대한 책임이라는 개념 전체는 법정에서 말하듯이 사전 계획을 통해 행위가 이루어져야 할 것을 요구한다. 그런데 우리가 임박한 미래와 직전 과거를 다루고자 한다면, 그리고 이 시간 영역에서 이루어진 행위와 반응이 인간 개념에 핵심적이라고 여긴다면, 계획의 요소는 배제된다.

갑작스럽고 임박한 상황에 직면할 때 우리는 성급하게 행동한다. 열정에 관한 한, 성급함은 중요한 윤리적 단어다. 선택에 대한 우리의 생각은 그 선택의 복잡한 의미가 마음속에서 이해될 때까지 시간에 의존한다. 본능적 반응 또는 자동적 반응, 분노로 인한 행위를 비롯한 성급한 행위는 특히 선택과 자유의지의 시간 계획과 합리적 행위 개념(칭찬을 받거나 책임을 지는 어떤 행위)에 문제를 일으킨다. "홧김에 저지른 범죄crime of passion"라는 표현은 사법제도가 갑작스러운 반응, 특히 분노나 질투심에 의한 살인, 직접적인 사실에 대한 반응으로 즉석에서 행한 행동을 문제적으로 보고 있음을 정확히 보여 준다.

다음 장에서는 열정에 의해서만 가능한 윤리적 명료성의 특징을 설명할 것이다. 숙고에 기반한 신중하고 조심스러운 선택만이 윤리적 삶을 가능하게 한다고 보는 것은 잘못된 생각이다. 예를 들어, 성급함 또는 아리스토텔레스의 표현으로 충동적 성격은 부분적인 의미에서만 선택이라고 부를 수 있지만, 이것이 정의justice 개념의 핵심을 차지한다. 이에 대해서는 9장과 10장에서 자세히 설명할 것이다.

임박한 미래, 직전 과거

열정은 자아를 고도로 분화된 시간 속으로 밀어 넣는다. 이 분화된 시간 개념에서, 과거와 미래는 미래 쪽의 한 방향으로만 화살표 표시가 있는, 시간이라는 직선에 존재하는 두 영역이 아니다. 오히려 과거와 미래는 가령 바다의 물고기와 공중의 새가 사는 삶처럼 서로 완전히 분리된 영역이다. 열정은 특히 직전 과거와 임박한 미래의 규모와 중요성에 대한 끊임없는 단서를 제공한다. 열정은 "가까운" 또는 임박한 미래와 "가까운" 또는 직전 과거를 식별하는 데에 너무나 중요한 역할을 담당한다. 그래서 열정이 없다면 그러한 개념들은 전혀 존재할 수 없다고까지 말할 수 있다.

낭만주의(가령 워즈워스의 "시간의 지점spots of time")와 문학적 모더니즘은 현재를 숭배했다. 프루스트, 루소, 조이스, 울프에게서 우리는 계시적이고 영적으로 충만한 시간을 발견한다. 여기에 전통적 서사문학의 긴 시간적 관점은 설 자리가 없다. 전형적으로, 그러한 긴 시간적 관점은 1년씩 걸리는 오디세우스의 귀향 프로젝트, 수많은 19세기 소설에 등장하는 사랑에 빠지고 결혼하는 프로젝트, 범죄를 인지하고 나서 끈기 있게 해결하는 탐정 프로젝트처럼 어떤 의지와 계획을 수반한다. 그러나 임박한 미래와 직전 과거는 시간의 지점으로 알려진 순수 현재와도 다르고, 구애와 결혼, 범죄 해결, 전쟁터에서 집으로 돌아가는 긴 여정과 같은 긴 목적성을 가진 인간 프로젝트와도 사뭇 다르다.

흄은 열정의 시간적 양상을 연구한 근대 최고의 철학자로 자리매김했다. 그는 아리스토텔레스의 뒤를 이어 열정은 시간적으로 인접하거나 가까운 것에 대해서만 느껴진다는 점을 지적했다. 흄에 따르면, "같은 선善이라도 가까이 있으면 격렬한 열정을 일으키고, 멀리 있으면 차분한 열정만 일으킨다."[3] 과거에

---

[3] Ibid., 466.

대해서 흄은 "우리가 최근에 누렸던 만족감, 그래서 그 기억이 여전히 생생한 만족감은 그 흔적이 훼손되고 거의 지워져 버린 만족감보다 더 격렬하게 의지에 작용한다"[4]고 지적한다. 흄이 언급한 격렬한 열정은 느낌이나 감정에 대비되는 열정이며, 나의 관심 대상이다. 열정이 발생한 현재를 중심으로 근접한 시간 구역을 확정하는 것은 열정에 대한 흄의 설명에서 매우 중요한 특징이다. 공포의 경험이 가장 선명하게 드러내는 것이 바로 이러한 열정의 특징이다.

열정을 통해 시간은 세분화되고, 초, 분, 시, 일, 년이라는 기계적이고 동일한 단위가 아닌 다른 시간 단위가 주어진다. ① 어떤 이론에 따르면, 현재와 얼마나 가깝고 먼가에 상관없이, 동일한 시간 범위는 동일한 가치를 지닌 것으로 취급해야 한다. ② 이는 현대 합리적 선택이론의 중요한 요건이며, 존 롤스가 《정의론》에서 제시한 합리적 삶의 계획 개념에서도 중요한 필요조건이다.[5] ③ 그러나, 열정은 그러한 이론 앞에 완강한 장애물을 세운다.

열정은 우리의 시간 경험을 전경foreground(과거와 미래), 중간 거리, 배경으로 이루어진 이중적 풍경으로 바꾸어 놓는다. 그리

---

[4] Ibid., 473.
[5] John Rawls, *Theory of Justice* (Cambridge: Harvard University Press, Belknap Press, 1971), sec. 63–64, pp. 407–24.

고 이 모든 것들은 감정적 중심이 되는 긴박한 현재라는 한 지점을 둘러싸고 있다. 전경(중간 거리의 과거 또는 먼 배경의 과거가 아니라)은 이미 일어난 일에 대해서만 느낄 수 있는 열정들(분노, 죄책감, 감사, 슬픔, 기쁨)이 위치한 곳이다. 나는 이미 일어난 일에 대해서만 화를 낼 수 있다. 나는 이미 발생한 죽음에 대해서만 슬퍼할 수 있다. 죄책감이나 수치심은 내가 이미 한 일에 대해서만 생길 수 있다. 따라서 이 열정들은 과거만을 향한 열정이다. 어떤 의미에서는, 바로 이 열정들이 과거를 과거로 인식하게 만든다고 할 수 있다. 과거 내에서의 작은 변화들은 과거를 향한 이러한 열정의 강렬함 그리고 쇠퇴에 의해 구조화되거나 측정된다. 보통 나는 둘째 날에는 수치심을 덜 느끼고, 나흘 후에는 그보다 훨씬 덜 느낀다. 두 달이 지난 후 또는 12년 후에는 거의 또는 전혀 느끼지 못한다.

반대 방향에서, 미래의 전경, 중간 거리, 원거리 구역도 마찬가지로 희망, 공포, 탐욕, 절망, 용기에 의한 작은 변화들이 주어진다. 이 열정들은 미래를 나타내는 다른 열정과 마찬가지로 개인의 미래를 들여다보는 창구다. 욕망과 욕망의 미래지향적 시간 범위 또한 열정과는 별개로 개인의 미래를 보는 창구를 제공한다. 미래의 영역에서, 경험을 시간적으로 설명할 때 욕망은 열정의 경쟁자다. 과거의 영역에서는 열정의 경쟁자가 없다. 욕망에는 과거를 돌아다보는 파트너가 없기 때문이다.

분노, 감사, 슬픔의 강도가 희미해지고 다른 열정의 개입을 수용하면서, 마침내 일상의 평온을 되찾는 이완의 과정은 직전 과거와 중간 과거와 먼 과거 사이의 경계를 결정한다. 여기서 먼 과거의 특징은 더 이상 현재와 연결되지 않고 기억되어야 한다는 것이다. 친구가 방금 배신했거나 아이가 방금 죽었다는 사실은 기억할 필요가 없다. 그러나 일정 시간이 지나면 어떤 순간, 즉 어떤 것이 잠시 망각되었다는 바로 그 이유로 인해 처음으로 기억된다고 말할 수 있는 놀라운 경험의 순간이 발생한다. 열정이 걷히는 과정에는 무언가가 처음으로 망각되고 난 후 다시 기억되는 어떤 지점이 존재한다. 이를 우리는 간헐성intermittence이라고 부른다.

낭만주의 이후 문학은 현재라는 시간 지점에 대한 관심을 보완하는, 나중에 기억하는 순간을 섬세하게 설명한다. 프루스트와 워즈워스는 이러한 시간성의 거장들이다. 현재의 시간과 훨씬 나중에 이를 기억하는 시간을 집중적으로 탐구한다는 것은 목적과 욕망에 몰입하는 성인의 시간에 대한 관심, 계획과 행위의 세계에 대한 관심을 배제한다는 것이다. 이와 마찬가지로 그것은 열정이 지배하는 시간대에 관한 관심을 괄호로 묶고 배제한다는 뜻이다. 어린아이와 늙은이는 워즈워스, 이보다는 약하지만 프루스트의 작품에 어울리는 자연스러운 등장인물들이다. 워즈워스는 그 중간의 모든 것들, 즉 의지와 기획의 삶을 건너뛴다. 그뿐만 아니라 열정이 발생하는 현재의 앞과 뒤 두 시간대를 매우 다른 방식으로 건너뛴다.

과거와 비슷하게, 추상적인 미래와 임박한 미래 사이의 경계는 공포 또는 갈망, 희망 또는 두려움이 개입하는 순간에 의해 만들어진다. 우리는 흔히 먼 미래에 구체적으로 무슨 일이 벌어질지 희망을 갖기에는 아직 너무 이르다고 생각한다. 막연한 미래에 일어날 수 있는 위험은 공포의 대상이 될 수 없다. 그런데 막연한 미래가 끝나고 임박한 미래, 즉 확실한 미래가 시작되는 지점을 알려 주는 것이 바로 공포(또는 희망)다. 흄이 말하듯이, "어떤 사람한테 30년 후에 어떻게 될지 이야기하면 쳐다볼 생각도 안 할 것이다. 그런데 내일 무슨 일이 생길지 이야기하면, 귀를 기울일 것이다."[6] 흄의 관심이 집중되는 구역 또는 주변 구역이 바로 열정이 활동하는 영역이다.

이러한 열정의 본질적인 특징을 우리는 "시간의 명료화"라고 부를 수 있다. 열정은 순수하고 특징이 없는, 어디에서나 똑같은 시간을 시간적 풍경으로 변환함으로써 시간 속에 건축물을 짓는다. 우리는 공포와 분노의 차이를 통해 미래와 과거를 완전히 다른 방식으로 경험한다. 우리가 과거를 두려워하거나 과거에 일어난 일에 대해 희망을 느낄 수 없고, 미래에 일어날 일에 분노나 수치심을 느낄 수 없다는 것은 실제로 존재하는 과거·현재·미래의 중요한 특징이다. 열정은 시간의 구조를 표시하거나 그에 대한 증거를 제시하지 않는다. 시간이 우리의 개인적인 경험에 들어오는 한, 열정은 오히려 바로 그 시간 구조다. 이것

---

[6] Hume, *Treatise of Human Nature*, bk. 2, sec. 7, p. 475.

이 열정에 대해 우리가 제시할 수 있는 가장 강력한 주장이다.

본질적으로 말해서, 시간적 과거라는 건축물은 우리의 관심사 중 어떤 것이 열정(기쁨, 수치심, 분노, 슬픔)의 활동 영역 안에 여전히 존재하는지, 어떤 것이 그 영역을 떠난 후 기억, 망각, 회상의 영역 안에 존재하는지 우리가 알게 되었을 때 비로소 만들어진다. 미래에 대해서는, 현재 활발한 열정의 영역과 아직 임박하지 않은 관심 영역(아직 열정을 자극하지 않았기 때문에 오직 상상으로만 존재하는 관심사)을 구분하는 선이 표시되어 있다.

상상과 아직 임박하지 않은 미래의 관계는 기억과 이제는 직접적이지 않은 과거의 관계와 같다. 그 둘 사이 어딘가에 열정의 시간적 영역, 즉 임박한 미래, 현재, 직전 과거가 있다. 아리스토텔레스는 이 영역을 방금 일어났거나 곧 일어날 모든 일로 정의한다. 물론 한동안 또는 간헐적으로 망각될 만큼 이미 과거 속으로 멀리 떠나가 버린 일들에 대해서도 우리는 여전히 분노나 애도를 느낄 수 있다. 그러나 그 모든 것들은 이미 사라지는 과정에 있다.

과거		현재	미래	
추상적 과거	직전 과거		임박한 미래	추상적 미래
기억	**열정**		**열정**	**상상력**
	분노 *수치심* *슬픔* *기쁨*	*경이*	*공포* *희망* *질투* *탐욕*	

요약: 시간의 영역들

앞의 표는 방금 설명한 특징을 도표로 재구성한 것으로, 앞서 전개한 시간에 관한 주장을 요약한 것이다. 요점을 요약하자면, 열정에 대한 철학적·문화적 논쟁은 특정 시간대에 대한 논쟁이며, 임박한 미래와 직전 과거가 우리의 행동과 선택, 궁극적으로 자아 개념에 어떤 역할을 하는지에 관한 논쟁이다. 그 결과, 열정과 신중한 합리성 사이의 논쟁은 행동의 시간적 특징들(가령, 갑작스럽고 예상치 못한 일들이 하는 역할과 성급함의 역할)을 두드러지게 만든다. 갑작스럽고 예상치 못한 사건은 더 큰 사건 영역에서 어떤 역할을 할까? 우리의 성급한 행동이나 반응은 더 넓은 행동 범위에서 어떤 역할을 할까? 무엇보다도, 이 시간대와 성급함과 갑작스러움의 특징들은 우리의 이성 개념과 숙고 의지를 어렵게 또는 불가능하게 만드는 데에 어떤 역할을 할까?

숙고 의지는 선택 행위, 그 선택에 대한 사후 책임, 대안과 결과를 검토하고 숙고할 수 있는 넉넉한 시간의 사용과 필요성을 포함한다. 그런데 법률적 책임을 포함하여 윤리적 삶과 도덕적 행동에 관한 개념 전체는 그러한 숙고 의지 개념, 그리고 숙고 의지에 대한 시간적·이성적 설명에 의존한다. 사전 계획에 기반한 행위는 도덕적 행위, 더 나아가서는 어쩌면 매우 인간적인 행위 모델이다.

임박한 미래, 행위, 결정

시간의 영역으로서 가까운 미래는 경제학과 합리적 선택이론의 주된 관심 사항이다(이들의 사유 방식은 뒷배경에서 벌어지는 열정의 행위를 보여 준다). 숙고와 선택에 대한 아리스토텔레스의 이론도 그렇지만, 위기 분석과 의사결정은 특정한 미래 시간을 특별히 중요하게 여긴다.

의사결정은 미래 시간의 한 영역에만 관련된다. 우리는 과거에 대해 어떤 결정을 내리지 않는다. 먼 미래에 대한 의사결정도 하지 않는다. 20년 또는 100년 후에 일어날 일들에 대해 아는 게 별로 없기 때문이다. 그러므로 미래에 벌어질 사건에 대해 어떤 결정을 내렸다면 합리적으로 행동했다고 볼 수 없다. 삶의 영구적인 근본 조건에 대해 어떤 결정을 내리는 것 또한 인간 능력 밖의 일이다. 현재에 대해서 어떤 결정을 내리기에는 너무 늦었다. 앞으로 몇 초 안에 일어날 사건에 대해서조차, 우리의 결정 능력은 현저하게 저하된다. 예를 들어, 두통이 있을 때에는 어떤 치료법을 쓸지, 올겨울에 장거리 여행을 간다면 어떤 도로로 갈지 우리는 고민하고 결정한다. 일자리 제안이 두 개 들어오면, 숙고하고 결정한다. 오늘 저녁에 볼 만한 영화가 여러 개라면 뭘 볼지 고민한다.

대부분의 계획은 인접한 사건, 임박한 선택, 가까운 미래에 다가올 사건 또는 기회에 관한 것이다. 물론 우리는 먼 미래의 사건에 대해서도 중대한 결정을 내린다. 가령 퇴임일로부터 20년 전에 벌써 은퇴 계획을 세울 수 있다. 그러나 대부분의 선택은 가까운 시간 영역 안에서 이루어진다. 그래서 의사결정의 내용 자체가 그 사실에 영향을 받는다. 우리는 인접한 시간을 염두에 둔 결정과 계획의 모양과 느낌에 더 익숙하다. 몇 달, 몇 년, 몇 십 년, 몇 백 년이 지나면 불확실성은 증가한다. 이 때문에, 신호 대 잡음의 비율도 점점 더 높아진다. 결국 원래 의도는 구조적으로 합리적인 과정(선택 또는 의사결정)이었지만, 점점 더 비합리성이 증가하고 우연에 좌우되면서 근본과 세부 내용 모두가 불분명해진다. 점점 더 많은 추측이 개입되고, 현재로부터 안전하게 추정할 수 있는 윤곽이나 조건은 점점 더 줄어든다. 그래서 합리적 과정은 어떤 대안이 최선인지 결정하는 일이지만, 결국 나중에 가서는 그 대안들의 일종의 허상 또는 상상적 진술을 심사숙고하는 지경에 이른다.

요컨대, 우리가 임박한 미래에 대해 더 강하게 관심을 갖는 데에는 합리적 동기가 있다. 심리학 및 경제학에서는 이를 "근시안myopia"이라고 생각한다. 이는 마치 사물이 가까운 곳에서 점점 더 멀어질수록 시야가 흐려지고 관심이 희미해지는 것과 같다.[7] 이러한 합리성 개념에 따르면, 우리는 지금부터 한 시간 또는 며칠 후의 사건을 1년 후 또는 10년 후의 사건과 같은 범주

---

[7] Derek Parfit, *Reasons and Persons* (Oxford: Oxford University Press, 1984), 161. Robert H. Frank, *Passions within Reason* (New York: Norton, 1988), 76–80, 84–88.

로 바라보아야 한다(그에 따른 불확실성의 증가에 대해서는 적절하게 조정하면 된다고 생각한다). 과거의 경험상 근본적 조건이 일정해서 현재를 바탕으로 먼 미래를 추측하는 것이 가까운 미래를 추측하는 것만큼 용이하다는 것이 밝혀진다면, 충분히 그렇게 할 수 있다. 이보다 더 비합리적일 수는 없다. 임박하거나 가까운 미래에 대해서는, 갑작스러운 변화가 발생하는 경우를 제외하고 외부 세계의 근본 조건, 욕망과 목표의 근본 조건은 별다른 변화가 없을 것이다. 그러나 더 긴 시간 단위를 포함하면, 사정은 달라진다. 예를 들어, 언젠가 돈을 많이 벌어 원하는 만큼 많은 사탕과 만화책을 사겠다고 계획한 여덟 살짜리 어린아이가 서른이 되어서 고액 연봉을 받는다면, 터무니없는 행복의 꿈을 실현해 줄 것만 같았던 수천 개의 사탕과 수백 권의 만화책에는 아무런 관심을 갖지 않을 것이다.[8] 데릭 파핏Derek Parfit은 저서《이성과 개인Reasons and Persons》에서 한 세대의 생애보다 더 긴 미래 시간을 포함하여 장기간에 걸친 인간의 선택과 욕망 문제를 매우 탁월하게 설명한다.

의사결정도 열정과 마찬가지로 가까운 경험 범위 내에서 발생한 사건을 멀리 있거나 가깝지 않은 사건이나 고려 사항에 비해 과대평가하는 결과를 초래한다. 경제학, 게임이론, 합리적

---

[8] 비슷한 예를 찾으려면, Derek Parfit, "Different Attitudes to Time," in *Reasons and Persons*, 149–86.

선택이론은 선택에 대한 문제, 우리가 어떻게 선택하는지의 문제를 다루기 때문에 미래에 대한 이론을 만들어 낸다. 바로 그러한 이유로 인해, 우리는 미래 근시라고 불리는 변칙적인 현상을 정확하게 이해해야 한다.

미래 근시란, 조금 더 먼 미래에 주어질 더 큰 보상보다 즉각적인 보상을 선호하는 경향을 말한다. 미래의 이득을 고려하지 않더라도, 미래 근시의 선택은 가령 내일부터 열흘과 두 달 후부터 열흘처럼 동일한 시간 단위를 동일하게 취급하는 합리성 이론으로 설명되어야 한다. 수많은 경제심리학 실험을 통해 알 수 있듯이, 임박한 미래는 거의 별개의 시간으로 존재한다. 지금 당장 100달러를 현금으로 즉시 지급하는 것과 다음 달 1일에 125달러를 지급하는 것 중 하나를 선택하는 것은 내년 오늘 100달러를 지급하는 것 또는 13개월 후 오늘 125달러를 지급하는 것과는 다르게 취급된다. 1개월 연기에 대한 보너스 25달러는 동일하다.[9]

이와 같은 미래 이득에 대한 선호는 합리적 선택이론에서 비합리적인 것으로 간주된다. 동일한 양의 시간은 어디든 비슷하게 취급된다는 생각을 제외하기 때문이다. 존 롤스는 《정의론》의 서두에서 합리적 삶의 계획은 가까운 것을 선호하지 않고 미

---

9 비슷한 예를 Frank's *Passions within Reason*, 77–80에서 찾을 수 있다.

래의 모든 부분을 동등하게 중요한 것으로 취급한다고 주장한 다.[10] 매력적인 즉각적 쾌락보다 지연된 만족(전자가 후자보다 열 등하다)에 대한 인내심에 따라 사람들을 사회적으로 분류한다 는 말은 이제 진부한 표현이 되었다.

일반적으로 시간은 잘못 취급되지 않는다. 이 실험에서 대부 분의 분야는 현재로부터 어느 정도 시간이 지나도 인간의 수명 한계 내에서는 동등하게 취급된다. 다만, 임박한 미래를 가치 있게 여기는 태도만이 문제가 된다(임박한 미래와 추상적인 미래 간의 경계가 정확히 어디에 있는지에 대한 문제도 그렇다).

과거의 일부분에 비슷한 변칙이 있는지, 그리고 즉각적인 과 거를 특징짓는 슬픔, 분노, 수치심, 기쁨과 같은 열정에서 그렇 듯이 즉각적인 과거와 과거 전체 사이에 차이가 있는지, 그래서 그 차이가 합리성에 어떤 문제를 야기하는지 (우리는 물어볼 수 있지만) 경제학자들은 묻지 않는다. 경제학자들은 행동과 선택 에만 관심이 있다. 그래서 그들의 관심은 미래에 한정되기 마련 이다. 우리는 과거를 바꿀 수 없기 때문에, 과거에 했던 행동에 대해서 아무런 선택도 할 수 없다. 바로 그 이유로 인해 내가 지 금 제기하고자 하는 질문은 경제학이나 합리적 선택이론에서는 질문이 될 수 없다. 그러나 열정에 대한 훨씬 더 중요하고 포괄

---

[10] Rawls, *Theory of Justice*, 420.

적인 문제를 고려할 때에는 중요한 관심사다.

열정을 경험하거나 생각할 때 직전 과거는 과거 전체로부터 분리해야 한다는 신호가 문득 떠오른다. 이와 같은 변칙적 현상에 대한 단서는 다음과 같은 흔한 실수, 즉 군사전략가들은 항상 과거의 전쟁에서 승리하려 한다는 진술에서 발견된다. 문제 해결 사고방식은 항상 눈앞에 있는 문제가 아니라 과거의 문제를 해결하려고 한다. 1929년 주식시장 폭락과 연이은 대공황으로 막대한 타격을 입은 사람들은 이후 폭락이나 대공황에 대처하려고 평생 동안 철저하게 준비했지만, 아무런 일도 일어나지 않았다. 독일 중앙은행은 1923년의 악성 인플레이션이 반복되는 상황을 방지하고자 지나치게 조심했다는 비난을 항상 받았다.

과거 전체가 거의 무한대로 다양한 경험의 영역을 포괄한다면, 현재 어떤 계획을 세우면서 과거에 있었던 해결책이나 재앙으로부터 교훈을 얻고 그 가능성을 고민하지 않는 것은 어리석은 일이다. 그런데 막상 실제 벌어지는 일은 과거의 사례를 공정하고 공평하게 다루는 일과는 거리가 멀다. 최근에 발생한 강렬한 경험이 결과적으로 가능성의 모든 영역을 완전히 말소하거나 압도해 버린다. 과거 경험에 대한 이러한 근시안적 시각은 최근에 일어난 일련의 사건들 중에서 피해가 가장 컸던 사건을 지나치게 과대평가한다. 100년 만에 한 번 홍수가 발생하면, 말 그대로 100년에 한 번 있을까 말까 한 사건임에도 불구하고 모든 사람들이 막대한 비용을 들여 다음 홍수에 대비한다. 과거 근시는 또한 어떤 전략이 크게 성공했던 과거 상황이 현재 상황과 조금이라도 유사해 보일 때, 그 전략을 다시 시도해야 한다는 확신으로 이어진다.

미래 근시와 마찬가지로, 과거 근시는 과거 경험이라는 더 큰 영역에 영향을 끼치는 최근 사례에 과도하게 몰입한 나머지, 널리 인정된 근접한 미래라는 범주가 추상적 미래와 다르듯이 직전 과거라는 시간 영역이 범주적으로 과거와 다르다고 주장한다.

여기서 합리적 선택이론은 현재의 직전과 직후에 위치한 시간 영역이 공포, 분노, 후회, 희망, 슬픔에 의해 능동적으로 구조화되며, 먼 미래와 과거의 관계에는 그러한 일이 발생하지 않는다고 주장하는 열정 이론을 부분적으로 반복한다(더 정확하게 말하자면, 그 열정 이론에 의해 설명된다).

불확실성의 맥락에서 시간과 열정을 가장 정밀하게 사유한 흄은 이러한 영역을 근접성proximity이라고 부른다. 여기서 근접성은 느슨한 형태의 인접성을 말한다. 근접성이 무슨 뜻인지 비유를 하나 들어 보자. 언뜻 보면 딱 들어맞는 비유는 아닌 것처럼 보이지만, 비유 이상의 의미로 이해되기를 바란다.

공간적으로 가깝거나 근처에 있는 모든 것은 인식론적으로 나머지 공간과 다르다. 지구의 곡률로 시야가 제한되어 수평선이 생기고 시야에 한계가 생기기 때문이다. 우리는 볼 수 있는 것만 본다. 그래서 공간 또는 세계 그 자체는 항상 능동적인 관심 영역인 가까운 곳과, 생각과 상상으로만 가늠할 수 있는 추상적이고 훨씬 더 큰 사물과 장소의 영역으로 나뉜다. 내 눈에는 내가 있는 방도 보이고 몇 마일 떨어진 작은 언덕에서 끝나는 들판도 보이지만, 그 언덕 너머 런던과 바다는 내 시야에서 가깝지 않다. 가까운 곳에 공간적 우선권이 부여되는 것은 자연스러운 일이다. 그곳이 내 시각과 청각은 물론 내 행위의 유일한 영역이기 때문이다. 그곳은 조만간 나에게 일어날 수 있는 일들의 영역이기도 하다. 그 일들이 나에게 다가오는 것을 볼 수 있기 때문이다. 이것이 바로 시간 속에서 이루어지는 열정의 작용과 관련하여 내가 제시하는 비유다. 물론 보고 듣는 가까운 세계와 상상만 할 수 있는 그 너머의 세계 사이에 존재하는 절대적인 경험적 장벽에 상응하는 것이 열정에는 경우에는 존재하지 않는다. 눈앞의 풍경처럼 우리가 언제든지 보고, 만지고, 냄새 맡을 수 있는 지구의 작은 공간은, 가까운 곳이 지구 공간의 나머지 중요한 부분에 비해 상대적으로 과대평가되고 있음을 명확하게 보여 준다.

흄은 왜 공간의 거리가 시간의 거리보다 더 중요하게 여겨지는지, 왜 건물 꼭대기에서 거리를 내려다보는 것이 건물 꼭대기를 올려다보는 것보다 더 멀게 느껴지는지 풍부한 사변적 사유를 통해 면밀하게 살펴본다.[11] 그는 왜 과거의 특정 사건이 미래의 같은 거리에 있는 사건보다 더 멀게 느껴지는지 질문한다.

흄은 모든 측정의 출발점, 즉 우리 자신의 이미지로부터 서로

---

11 David Hume, "Of the Passions," in *Treatise of Human Nature*, bk. 2, secs. 7–8, pp. 478, 481–82.

다른 거리에 있는 사건 또는 경험에 도달하고 생각하기 위해 우리가 수행해야 하는 작업을 완전하게 이론화한다. 과거를 측정하는 방법이 미래를 측정하는 방법과 단위가 다른 이유는 무엇일까? 측면 공간이 상승하는 공간 또는 하강하는 공간과 다른 척도를 갖는 것처럼 느껴지는 이유는 무엇일까? 같은 크기의 간격 내에 불일치가 발생하는 이유는 무엇일까? 이 서로 다른 크기의 간격들은 열정이 모든 측정법에 초래한 변화를 분석하기 위해 흄이 사용한 도식이다.

현대의 합리적 선택이론에서 사용되는 용어인 미래 근시는 어떤 결함을 암시한다. 근시는 정상 시력에 비해 결함이 있는 상태를 말한다. 질병이 있을 때 고열과 환각이 정상 체온과 시력의 일시적인 혼란이듯이, 시력을 위해 설계된 세계에서 실명이 장애로 여겨지듯이, 스토아학파는 열정을 정상적 상태에 변화를 일으키는 교란으로 설명한다. 근시도 이와 마찬가지다. 근시는 교정 가능한 비정상으로 그러한 스토아학파의 친숙한 이론을 암시한다.

근시와 선명한 시력이라는 은근히 스토아주의적인 차이를 눈에 보이는 공간(시야가 닿는 범위에서 눈앞에 펼쳐진 풍경)과 그 풍경 너머에 있을 것으로 상상되는 공간(10마일 또는 2천 마일 앞으로 나아가면 볼 수 있다고 생각되는 공간)의 정확한 구분으로 바꾸어 보자. 그러면 근거리 또는 가까운 세계(공간적으로 이곳, 시간적으로 지금)가 멀리 떨어져 있지만, 시공간적으로 실재하는 상상 가능한 세계와 어떻게 관계되는지 더 정확하게 설명할 수 있게 된다.

감각이 공간적으로 가깝고 근접한 세계에 절대적인 의미를 부여하듯이, 열정은 시간 속에서 작용한다. 감각이 끄집어낸, 우리를 둘러싼 한정된 영역 저 너머에, 열정이 끄집어낸, 우리를 둘러싼 한정된 영역 저 너머에, 훨씬 더 큰 영역이 존재한다. 우리는 이 큰 영역의 테두리 안에서 벌어지는 사건들을 상상해 볼 수 있지만, 감각과 열정이 근접한 세계에 구조를 부여하듯이 그 영역 자체를 구조화하지는 않는다. 내가 볼 수 있는 것만이 지평선으로 둘러싸인 나의 풍경 또는 시각적 영역이다. 그 너머에 대한 감각 정보는 우리에게 전혀 전달되지 않는다. 이와 마찬가지로, 가까운 세계는 우리가 나만의 세계라고 말하는 영역이다.

행위자로서, 또는 우리가 스스로를 행위자라고 생각하는 한, 우리가 가장 관심을 갖는 것은 공간적 또는 지리적으로 인접한 곳 그리고 가까운 미래다. 왜냐하면 이것이 우리가 의미 있게 활동하는 유일한 영역이며, 우리가 하는 일이 중요할 가능성이 있는 유일한 영역이기 때문이다. 인간의 본성을 순수하게 관조적인 것으로 본다면, 과거는 미래보다 훨씬 더 풍부한 영역이다. 그리고 인간의 행동으로 바꿀 수 있는 것들보다 변하지 않는 것들을 생각하는 것이 훨씬 더 이득일 것이다. 필요한 것은 가능한 것보다 순수한 사색에 더 많은 흥미를 유발한다. 또는, 불가능한 것은 우연적이고 일상적인 것보다 더 흥미로울 수 있다. 관조적인 존재인 우리에게는, 상상할 수 있지만 비현실적인 것이 실제적인 것보다 더 매력적이다. 그러나 관조에서 벗어나 인간의 삶을 행동으로, 선택으로, 계획과 계획의 실현으로, 기대와 의사결정으로 간주한다면, 시간의 한 영역, 즉 가깝고 직접적인 미래만이 핵심적인 관심의 초점이 된다. 경제학에서 먼 미래의 더 큰 보상보다 가까운 보상이 선택되는 역설이 이를 여실히 증명한다. 우리가 가까운 미래의 임박한 사건에 관심이 있고 자신감이 있다는 것은 그것을 특별히 주의 깊게 눈여겨본다는 뜻이다. 그러한 임박한 사건들은 인접한 시간대를 만든다. 우리가 인간 행위자이기 때문이다. 가까운 곳이 우리의 노력과 열정, 반응의 영역이라는 사실은 근시 때문이 아니다. 그것은 시력과 시각의 근본적인 사실이다.

어떤 열정의 지속 기간

열정은 시간을 설계한다. 그런데 그 자체로도 시간적이다. 열정은 시간 속에서 전개된다. 그래서 시간이 걸린다고 말할 수 있다. 열정은 자아를 점유한다. 나는 이러한 특성을 철저함이라고 명명했다. 이때 열정은 큰 물체가 공간을 차지하는 방식으로 시간을 차지한다. 아킬레우스는 분노에 사로잡혀 있는 동안 다른 일을 할 수가 없었다. 나중에 그 분노가 친한 친구 파트로클로스에 대한 슬픔으로 바뀌었을 때, 그는 다시 한 번 아무것도 할 수 없었다. 친구가 죽은 후 그의 모든 행동은 애도의 도구 또는 표현이 되어 버렸다.

적절한 지속 기간은 열정의 특징이다. 《햄릿》에서 침울하고 무뚝뚝한 왕자는 아버지에게 허용된 애도 기간이 너무 짧다고 항의한다. 아버지가 그렇게 황망하게 돌아가셨는데, 어머니는 어떻게 그렇게 서둘러 재혼을 했으며 그렇게 빨리 기쁨과 열정을 느낄 수 있었을까? 애도가 너무 빨리 끝난다면 그게 무슨 애도란 말인가? 애도하는 데에 시간이 걸린다는 사실을 마음속에 품고 있다면, 우리는 애도에는 일정한 기간이 존재하며 그 지속 기간이 애도의 본질이라는 점을 깨닫는다. 너무 빨리 종결되는 애도는 애도가 아니라 마지못한 형식적 애도의 제스처일 뿐이다. 이것이 바로 햄릿이 어머니와 새아버지를 비난하는 이유다.

사랑하는 남편이 갑자기 죽었는데, 어떻게 미망인은 결혼 첫날의 성적 쾌락을 그렇게 서둘러 탐닉할 생각을 했을까? 이것은 애도 기간의 문제에서 관찰되는 하나의 내밀한 내용일 것이다. 어떤 문화에서는 몇 주 또는 몇 달 동안의 애도가 의무라고 말한다. 여기서 지속 시간은 단지 피상적인 차원에서만 그 타당성을 갖는다. 애도에 대한 집착을 다른 열정, 다른 관심사, 새로운 기쁨으로 바꿀 때는 언제가 가장 좋을까? 미망인이 새로운 파트너와 성적인 쾌락을 즐기는 첫날이 바로 새로운 관심이 최근의 상실보다 우세하다는 정확한 징표일 것이다. 어머니와 새아버지에 대한 햄릿의 항의는 이 점을 암시적으로 강조한다.

마찬가지로 너무 오래 지연된 복수는 전혀 복수가 아니다. 복수의 본질은 갑작스러운 분노의 폭발이다. 너무 빨리 끝난 애도에 항의하는 햄릿에게서 우리가 주목하는 것은, 모든 열정에 시간적 특성이 있다는 사실이다. 햄릿의 경우도 결국 너무 느리게 시작된 자신의 복수를 가장 강력하게 비난한다. 너무 빨리 끝난 애도와 너무 오래 지연된 복수의 대칭관계는 분노와 애도의 밀접한 관계를 표현하는 수단이다. 이러한 분노와 애도의 밀접한 관계는《일리아드》에서도 핵심이었고, 셰익스피어의《리어왕》에서도 다시 한 번 다루어진다.

그러나 그 반대편 극단에 자리한 너무 긴 애도 또한 애도라고 할 수 없다. 그것은 무관심, 낙심, 우울증 또는 강박적인 집착이다. 새 왕 클로디어스는 햄릿이 그렇다고 비난한다. 애도에는 일정한 길이와 강도가 있어야 한다는 것이 애도의 본질이다. 그렇지 않으면 그것이 무엇이든 애도가 아니다. 분노나 수치심도 마찬가지다. 임박한 미래의 경우, 몇 년 뒤에 벌어질 사건에 대한 강렬하고 집착적인 공포는 일상으로 돌아가지 못하는 수년 동안의 긴 애도만큼이나 적정 기간을 위반한 것이다.

앞에서 우리는 경험이 시간에 삽입되는 과정, 즉 임박한 미래가 추상적 미래와 단절되고 직전 과거가 기억의 영역인 과거와 단절되는 과정을 살펴보았다. 그런데 각각의 열정이 펼쳐졌다가 소진되는 시간은 열정의 본질에 대한 또 다른 질문을 제기한다.

가장 널리 알려진 열정에 관한 분석은 열정의 지속 기간에 대한 문제를 중심으로 전개된다. 〈애도와 우울〉에서 프로이트는 애도에 왜 시간이 걸리는지에 대해 이상하게도 기계적인 방식으로 답한다. 그는 "애도 작업Trauerarbeit"이라는 개념을 새로 만든다. 프로이트는 애도 작업을 통해 잃어버린 사랑의 대상에 대한 세밀한 기억들 하나하나가 조금씩 떠오르고 리비도가 과도하게 집중된 다음 배출된다고 주장한다.

애도 작업에 대한 프로이트의 설명에 따르면, 슬픔은 세부적인 사항에 지나치게 집착한다. 상실은 세부적인 부분으로 잘게 쪼개진다. 일생의 경험들은 순차적으로 하나씩 꺼내어진다. 각각의 부분을 따로따로 경험할 수 있도록 하기 위함이다. 직설적인 프로이트의 설명은 다음과 같은 요약에서 선명하게 드러난다. "기억과 희망 하나하나에 대해 현실은 판결을 내린다—그 대상은 더 이상 존재하지 않는다고."[12] 프로이트의 이론은 본인도 말했듯이 경제이론이다. 따라서 계량적이다. 애도가 끝나기 전에 애정의 대상에 대한 자아의 "투자"는 한 푼도 남김없이 "투자회수disinvested"가 이루어져야 한다.

영혼을 경제로 설명하는 직설적 방식에도 불구하고, 프로이트가 애도 작업 개념에서 주목한 것은 지속 기간이 열정의 본질이라는 점이다. 열정이 얼마나 오래 지속되는지 아직 설명되지 않은 채로 남아 있다. 열정의 시간 크기는 열정을 기반으로 한 문학이 시간적으로 짧은 에피소드를 다룬다는 점을 보여 준다. 호메로스의 《일리아드》가 10년에 걸친 전쟁 중에서 4일간의 사

---

[12] Freud, "Mourning and Melancholia," in *Collected Papers*, 4:166.

건을 아주 세밀하게 묘사한 이유는, 전쟁 자체의 행위(아리스토텔레스적인 의미에서 완전한 행위)가 아니라 아킬레우스의 분노를 주제로 삼았기 때문이다. 열정의 시간 구조는 짧고 구체적인 에피소드를 요구한다. 더 긴 시간 구조가 사용되는 경우, 에밀리 브론테의 《폭풍의 언덕》처럼 수십 개의 2장 또는 3장짜리 장면으로 세분화된다. 각 장면은 어떤 열정의 폭발, 전개, 소멸의 과정을 추적한다.

열정의 지속 시간은 프로이트의 애도처럼 기억 속의 사진을 한 장 한 장 넘겨서 마음의 탁자 위에 앞면을 뒤집어 내려놓는 기계적 노동으로 환원될 수 없다. 그럼에도 불구하고, 프로이트가 "애도 작업"이라는 용어를 사용한 것은 중요한 함의를 갖는다. 애도 작업은 우리가 열정이 저절로 사라지기를 기다리고만 있지 않는다는 것을 시사하기 때문이다.

아킬레우스는 미친 듯한 행위를 통해 파트로클로스에 대한 애도를 소진한다. 흙바닥에 몸을 구르고 해변을 쏘다니고 눈물을 흘리고 정성을 다해 장례식을 치르고 장례식 게임(파트로클로스를 기리기 위해 실시한 전차 경주, 레슬링, 달리기, 창던지기, 활쏘기 등 일종의 체육대회)을 준비하고 시신을 잘 돌보고 적을 학살해 복수한 다음, 마침내 파트로클로스의 살인자 헥토르를 추적해 살해하는 행위를 통해 아킬레우스는 자신의 열정을 "작업"한다. 그는 열정이 사라지기를 기다리는 대신 열정을 소모한다. 그는 다양한 행위를 통해 열정을 소진한다. 그중에는 제의적이거나 관습적인 행위, 개인적인 행위, 그리고 복수와 만족을 얻기 위한 폭력적이고 살인적인 행위도 포함된다. 《일리아드》의 마지막 4분의 1은 프로이트의 용어로 말하자면(프로이트적인 의미는 아니지만) "애도 작업"이다. 포크너의 소설 《소리와 분노》 전체도 이와 비슷하고, 마르셀의 할머니가 죽고 알베르틴을 잃은 이후를 다룬 프루스트의 걸작 《잃어버린 시간을 찾아서》의 마지막 3분의 1도 마찬가지다.

프로이트가 "애도 작업"이라는 개념으로 설명한 것은 열정이 서사 안으로 들어가는 방식 또는 서사가 되는 방식이다. 슬픔은 시간이 지나면 해소된다. 슬픔은 스스로 소멸하거나 소진된다. 마찬가지로 복수는 "분노의 작업," 도주는 "공포의 작업"이라고 말할 수 있다. 작업 또는 해소의 서사는 열정의 문학에서 하나의, 단 하나의 서사적 공식만을 설명한다. 애도는 자극되고 전개된 다음 소멸되어 기억 속으로 사라진다. 잃어버린 것은 나중에 "추모"되지만 더 이상 애도되지 않는다. 슬픔, 분노, 수치심, 공포의 에너지는 투자되고 소비되고 소진된다.

단계적 부정을 통해 열정을 "작업"하거나 소진하는 시간적 서사는 열정문학에서 두 가지 중요한 서사로 대신할 수 있다. 첫 번째는 한 열정이 다른 열정으로 갑자기 치환되는 서사다. 《리어왕》이나 《일리아드》에서는 분노가 애도로 치환되고, 《맥베스》에서는 야망이 죄책감으로 치환된다(적어도 레이디 맥베스의 경우에는 그렇다). 이러한 치환의 경우에 열정의 양은 보존되지만, 주제나 성격은 보존되지 않는다. 공포가 지나가고 나면 종종 수치심으로 바뀐다. 그리고 우리는 속으로 별것 아니었다고 말한다.

아리스토텔레스는 《영혼에 관하여》에서 공포가 시작되기 직전에 격렬한 분노 또는 그 격렬함이 새로운 열정으로 전이될 수 있는 다른 어떤 상태를 느꼈다면, 공포의 상황과 무관한 강렬한 공포를 느낀다고 지적한다.[13] 우리가 느끼는 강렬함에 대해서는 ① 상황의 심각성, 또는 ② 그 상황 직전에 다른 이유로 인해 우리가 가졌던 열정의 격렬함 등 두 가지 독자적인 설명이 가능하다.

열정의 서사 미학에 관련해서는, 두 번째 설명이 더 흥미롭다. 데스데모나와 대화하면서 오셀로의 격렬한 질투심은 살인적인 분노로 변한다. 이 과정은 앞 장에서 열정들 사이의 경로를 설명할 때 이미 다루었다. 여기에서는 분노가 애도로 이행할 때 그렇듯이, 격렬함이 새로운 상태로 옮겨 갈 때 똑같은 양의 격렬함이 보존된다는 점만 상기하자. 즉, 한 상태가 사라지고 다른 상태가 촉발되는 방식이 전혀 아니다. 격정은 한 위치에서 다른 위치로 재분배될 뿐이다.

치환의 서사 또는 병렬적 치환의 서사는 "애도 작업"이라는 프로이트 용어에서 나타나듯이 격렬한 상태를 소진하고 줄이고 비우고 그로부터 벗어나는 "작업"의 서사를 대신할 첫 번째 가장 중요한 대안이다. 그러나 또 다른 대안도 존재한다. 그것은 열정의 문학에 훨씬 더 널리 퍼져 있고 더 중요한 대안이다. 이

---

[13] Aristotle, *On the Soul* 1.1.403a15–25, in *Introduction to Aristotle*, ed. Richard McKeon (New York: Random House, Modern Library, 1947).

대안은 열정문학에서 나타나는바 성급함의 시간적 중요성과 살인 행위의 서사적 중요성에 의존한다.

프로이트가 묘사한 애도의 내적 세밀함에 대한 대안은, 즉각적인 배출, 의지의 성급한 폭발, 그리고 분노, 슬픔, 질투의 모든 범위를 측정할 수 있는 행위들을 의지의 에피소드 하나에 집중시키는 것이다. 가장 압축된 서사적 분출은 셰익스피어의 열정 서사, 호메로스의《일리아드》, 멜빌의《모비 딕》에서 감각이 마비될 정도로 반복되는 행위, 즉 (시몬 베유Simone Weil가〈일리아드, 또는 힘의 시〉라는 논문에서 지적한 것처럼) 살인이다.

전통적으로 살인은 분노 그리고 열정 그 자체를 비판하는 담론에서 핵심적인 부분이다. 열정범죄에서처럼 살인이 열정 내에서 구조적으로 두드러진다면, 충동적이고 성급하고 계산되지 않은 반응, 즉각적인 대응, 직전 과거와 임박한 미래에 기반한 행동을 비판하는 모든 주장이 즉시 그리고 널리 수용될 것이다. 이 모든 것이 인정되어야 한다. 살인은 모든 열정문학의 중심축이다. 내가 하려는 것은, 이 사실을 성급함이라는 더 큰 논제 속에 위치시키는 것이다(성급함은 열정을 일으키는 갑작스럽고 예상치 못한 상황에 대한 반응으로 발생하는 의지의 갑작스러움으로 볼 수 있다).

| 6장 |

성급함

일반적으로 성급함은 신중한 속도로 진행되는 합리적인 행동이라는 핵심 개념에 딸린 부수적인 용어로, 결함을 나타낸다. 성급함은 망설임, 햄릿과 같은 의심, 신중함과 강한 대조를 이룬다. 여기서 신중함은 행동에 착수하기 전에 주의 깊게 생각할 시간을 가짐으로써 의지를 늦추거나, 극단적인 경우 의지를 마비시켜 행동을 불가능하게 만드는 태도를 말한다. 천천히 시간을 두고 생각해야만 비로소 결과를 가늠할 수 있고, 행동을 실행에 옮기기 전에 가능한 최선의 행동을 선택할 수 있다. 애덤 스미스가 도덕적 감정에서 신중함이라는 핵심 원칙을 세웠을 때, 그는 신중함을 열정의 행동을 억제하는 방책으로 사용했다.[1]

"신중한 합리성"은 이제 너무나 기초적인 문구가 되어 버려서, 지성과 도덕적 행동의 바람직한 관계를 제시하는 다른 종류의 합리성은 불가능해 보인다. 이 책의 전반에 걸쳐 내가 주장하는 바는, 격렬한 상태에 있는 사람은 열정을 통해 일종의 즉각적인 이해를 얻는다는 점이다. 열정적 상태를 관찰하는 사람도 거의 동시에 이를 알 수 있다. 열정적인 상태에 기반한 행동에서, 갑작스러운 외부 사건과 성급한 반응은 결합되어 있으며 서로를 거울처럼 비춘다. 갑작스러움과 성급함은 결합하여 완전히 다른 종류의 합리적인 행동을 규정한다.

---

[1] Adam Smith, *The Theory of Moral Sentiments*, ed. A. L. Macfie and D. D. Raphael (Oxford: Clarendon Press, 1976), pt. 6, sec. 3, pp. 237–64.

10장에서 나는 단순한 분노의 표출이든 아니면 그 뒤에 따르는 행동이든 관계없이, 성급한 반응이 더 넓은 정의justice 개념(몇몇 행위와 피해에만 집중하는 공식적인 법체계는 더 넓은 정의 개념에서 아주 작은 부분만을 차지할 뿐이다)에서 근본적인 역할을 한다고 주장할 것이다. 합리적이고 명시적인 열정의 특징은 슬픔, 경이로움, 공포를 다루는 이 책의 주제라고 할 수 있다. 여기서 다시 한 번 말하지만, 타인에게 그리고 종종 우리 자신에게 드러나는 것은 격렬한 상태의 발생으로 인해 생기는 것이지 그 상태와 차후 어떤 행동과의 관계 때문에 발생하는 것이 아니다. 합리적인 행동이 합리적인 상태와 다르다는 점, 그리고 합리적인 상태 안에 담긴 인식하고 사유할 수 있는 내용과도 다르다는 점을 명확히 해야 한다. 그러나 성급함의 경우, 우리가 주목해야 할 것은 행동과 반응의 합리성 문제다.

열정을 중심으로 전개되는 셰익스피어의 희곡에서 리어왕, 맥베스, 오셀로, 로미오, 줄리엣의 본질적인 특징은 그들의 의지가 성급하다는 것이다. 리어왕은 사랑을 맹세하지 않겠다는 코델리아의 완강한 거절에 잠시 귀를 기울이다가 이내 분노에 휩싸여 의절한다. 처음에 리어왕은 코델리아를 "우리의 기쁨"이라고 부른다. 마찬가지로 프랑스 왕은 그녀가 "총애의 대상, / 상찬의 주제, 노년의 위로, / 가장 소중한 최고의 딸"이었음을 리어왕에게 상기시킨다.[2] 그런데 리어왕은 그런 코델리아를 하루아침에 제 자식을 잡아먹는 식인종만큼이나 역겨운 딸로 내쳐버린다. 켄트는 리어왕에게 "신중"이라는 표현을 쓰면서 말을 끊고 천천히 생각해 보라고 요청한다. 켄트는 방금 일어난 사건을 "이 끔찍한 성급함"[3]이라고 부른다.

사랑하는 아내와 가장 오랜 친구에게 분노하고 그들을 죽이려는 《겨울 이야기》의 레온테스도 리어왕만큼이나 성급하다. 잔혹한 살인을 저질렀는데도 살인을 멈추지 않는 맥베스의 고집은 그의 의지가 저지른 최초의 성급한 행위를 시간적으로 연장시키는 완고함이다. 비극의 메커니즘은 의지의 흔들림 또는 아크라시아akrasia(의지박약)보다는 《모비 딕》의 에이햅 선장에게서 볼 수 있는 끈질긴 고집, 세계를 다 절멸해 버리겠다는 비타협적 집념에 뿌리를 둔다. 성급함과 완고함은 불타는 의지가 보여 주는 모습들이다. 이 두 특성은 신중함과 숙고라는 의지 규범, 그리고 재검토와 추후 조정도 허용하는 숙고의 과정이 무엇인지 대립을 통해 드러낸다. 이성적 의지의 규범적 특성들은 열정의 성급함과 완고함에는 그것들이 부재한다는 사실로 인해 그 면모가 명확하게 밝혀진다.

아리스토텔레스에게 성급함은 용기라는 미덕의 한 극단을 차지한다. 그 반대쪽 극단에는 무반응 또는 비겁함이 위치한다.[4] 셰익스피어 이전에 성급함, 용기, 분노, 의지를 잇는 긴밀한 연

---

[2] William Shakespeare, *King Lear* 1.1.214–16 (Boston: Riverside/Houghton Mifflin, 1974). 이후 모든 쪽수는 이 책을 따른다.

[3] Ibid., 1.1.150–51.

[4] Aristotle, *Nicomachean Ethics* 3.6–9, in McKeon, *Introduction to Aristotle*.

결 고리는 소포클레스의 《오이디푸스 왕》에서 가장 선명하게 나타난다. 티레시아스, 크레온, 그리고 마지막 증거를 내놓으라고 그가 다그쳤던 양치기를 향한 오이디푸스의 분노는 그가 성급하고 고집 센 사람임을 보여 준다. 탐색을 늦추거나 중단하라고 간청하는 왕비 이오카스테를 비롯한 여러 사람의 경고는 오이디푸스가 화가 나서 성급하게 일을 진행한다는 사실만을 명확히 할 뿐이다. 극의 시점에서, 그의 성급함은 무슨 대가를 치르더라도 진실을 밝히겠다는 그의 결연한 의지를 뒷받침하는 용기의 한 측면이다. 그러나 과거에 그가 운명을 피해 도망치고 교차로에서 아버지를 살해하게 된 것도 그의 성급함 탓이었다. 그의 친부살해는 길에서 마주친 낯선 사람들과 사소한 다툼을 벌이다가 홧김에 충동적으로 저지른 일이었다.

《오이디푸스 왕》에 나타난 앎의 신비는, 오이디푸스를 완전한 앎을 향해 전진하도록 만든 용기(과거에는 스핑크스의 수수께끼를 풀어 인간의 정체성을 알아맞힘으로써 나라를 재앙에서 구하도록 했고, 이제는 "과연 나는 누구인가"라는 개인적 질문에 그 해답을 찾아 나서도록 만든 용기)와 친부살해와 근친상간을 저지르고 자녀를 낳은 성급함이 상호의존하고 있다는 것이다. 성급함과 용기는 격렬한 자아, 즉 의지의 순수 결정체인 자아의 주요 특징이며 서로 얽혀 있다.

여기서 나는 서로 얽히고설킨 갖가지 열정들 속에서 성급함이 각각의 열정과 교차하는 모습을 살펴보고자 한다. 먼저 셰익스피어의 《로미오와 줄리엣》에 정성스럽게 배치된 여러 성급한 행동과 열정들을 빠른 속도로 훑어보자. 이 유명한 이야기를 통해 성급함을 압축적이고 신속하게 탐구할 수 있다. 《로미오와 줄리엣》에서 상당히 과열된 극의 속도는 성급함에 기인한다. 첫눈에 반한다는 것은 꿈처럼 달콤하게 포장한, 성급함의 다른 표현에 불과하다. 그런데 여기서 성급한 것은 단지 첫눈에 사랑에 빠진 두 젊은 연인의 열정만이 아니다. 예를 들어, 줄리엣이 일주일 후 패리스와 결혼시키겠다는 느닷없는 계획을 거부하자, 아버지는 분노를 터뜨리며 딸을 비난한다. 불복하면 연을 끊을 것이며 잘 살거나 말거나 죽거나 말거나 내 알 바 아니라고 으름장을 놓는다. 그러면서 "썩어 문드러진 송장," "질질 짜대는 천치바보, / 징징거리는 허수아비"라며 욕을 퍼붓고 "목매달고 구걸하고 길바닥에서 굶어 죽어 버려라"라고 저주한다.[5]

줄리엣 아버지의 분노는 자신의 의지를 모욕한 딸에 대한 갑작스러운 반응이다. 그런데 사실, 아버지의 결혼 계획 자체가 성급하고 충격적인 것이었다. 예상치 못한 상을 당한 지 얼마 안 돼서 다들 아직 애도 중이었으니 말이다. 캐플렛은 셰익스피어 극의 수많은 성난 아버지들처럼 계획이 좌절되자 격노하며 고함을 지른다. 그의 의지는 상처를 입었고, 그의 행동은 충동적이고 성급한 기운이 가득하다. 무엇보다, 그의 의지는 즉각

---

5 *Romeo and Juliet* 3.5.156, 183–84, 192.

적이다. 힘으로 따지면 단번에 최대치에 도달한 셈이다. 우리는 그의 열정이 쌓이기보다는 사라질 것으로 기대한다. 열정의 시간적 추이로 보면, 열정의 시작이 절정이고 이후는 내리막이기 때문이다.

줄리엣 아버지의 성급한 분노는 마치 시간 자체가 없는 듯이 작동한다. 하나뿐인 자식을 사랑했고 같이 있어 행복했던 과거는 더 이상 존재하지 않는다. 아버지와 그가 지금 멸시하는 딸에게 다가올 미래는 현재 느끼는 증오의 연장에 불과하다. 그는 딸이 굶주리고 구걸하고 목을 매고 길바닥에서 죽어 가도 하등 관심을 두지 않겠노라 다짐한다. 리어왕이 코델리아를 저주했듯이, 캐풀렛은 "절대로" 다시는 말을 걸지 않을 것이며, 그녀를 "절대로" 다시는 딸로 인정하지 않을 생각이다. 이와 같은 위협 또는 저주에서 완고함이 성급함과 연결되어 있다는 것은 분명하다. 마치 성급한 행동은 자신이 갑작스럽고 극단적이라는 것을 알고 있는데, 곧 갑작스럽고 극단적인 또 다른 상태가 자신을 대체할 수도 있음을 아는 것만 같다. 필연코 일어날 무언가를 미리 차단하기 위해 성급한 상태는 완고함과 짝을 짓는다. 그리고 저주를 내뱉어 자신이 대체되어 없어질지도 모르는 미래를 사전에 파괴해 버린다.

성급함은 현재 순간을 마지막 시간으로 만든다. 당연히 주변 사람 모두는 자제하라고 간청한다. 그런데 그들은 분노를 제어하기는커녕, 오히려 그 분노가 그들을 향하도록 부추길 뿐이다. 분노는 성급하며, 끝도 없이 계속하겠다고 고집을 부린다. 화난 사람의 편을 드는 이들조차 혀를 내두를 정도다. 그런데 줄리엣 아버지의 분노는 극의 여러 열정 중에서도 아주 특이하다. 사실, 아버지가 딸을 격렬하게 저주하는 이 작은 사건은 연극 전체를 추동하는 성급함의 원형을 제시한다. 열정과 영구적인 조건(언제나, 절대로, 영원히) 사이의 관계는 성급함의 시간적 계획의 핵심이다.

로미오와 줄리엣은 처음 만난 지 24시간 만에 다음 날 결혼하기로 합의한다. 이 성급한 결정은 무엇을 의미할까? 이는 "영원히 함께"(결혼)와 첫눈에 빠진 사랑의 관계가, 아버지의 분노와 딸이 길바닥에서 죽게 내버려 두겠다는 맹세의 관계와 같다는 것을 의미한다. 극의 플롯에서 볼 때, 조급한 결혼을 통해 현실의 영구적인 조건으로 자리매김하겠다며 앞으로만 치닫는 성급한 사랑의 "즉시"는, 끝 모르는 가족의 증오와 복수의 순환이라는 더 심각한 배경은 물론이거니와 결혼 준비, 신중함, 구애, 가족의 음모라는 느리게 움직이는 배경에 직면한다. 그러나 열정으로서의 사랑의 구조는 용병이나 가족의 음모에 반대함으로써 그 형태를 취하지 않는다.

결혼이라는 결실을 향해 치닫는 이 사랑의 성급함은 극이 진행되면서 벌어지는 수많은 살인의 성급함과 유사하다. 특히 결투 관습에서 이를 확인할 수 있다. 길거리에서 벌어지는 결투에서, 가벼운 모욕이 촉발하는 순간적인 열정의 폭발은 뒤이어 벌어지는 칼싸움을 통해 영구적인 결과로 고착되는 수단을 갖게 된다. 영원히 지속되는 것은 죽음의 상태뿐이다. 머큐시오와 티볼트가 길거리에서 서로를 언짢게 했다면, 명예 관습과 뒤따르는 칼싸움은 그 우발적인 언짢음을 머큐시오의 죽음으로 바꿔 버린다. 그 열정의 성급한 순간은 로미오와 줄리엣의 갑작스러운 사랑이 절정의 순간에 이르러 결혼으로 박제되는 것보다 더 확실하게 하나의 영구적인 사실로 굳어 버린다.

나중에 로미오가 티볼트를 죽일 때, 이 두 번째 살인 행위는 다툼이 있었던 그 짧은 순간의 상황을 영원히 남을 영구적 상태로 굳혀 버린다. 죽은 티볼트나 살아남은 로미오나 똑같다. 로미오도 사형선고를 받거나 형이 감면되더라도 영원히 추방되어 줄리엣과 헤어져야 하기 때문이다. 다시 말해, 성급하고 절대적이고 영원히 각인되는 열정의 구조가 실질적으로 구체화되는 것은 바로 살인 행위를 통해서다. 아버지의 분노에 찬 맹세와 저주는 나중에 취소될 수 있지만, 살인은 순간을 영원으로 바꾸는 가장 확실한 방법이다.

줄리엣과 열렬한 사랑에 빠진 로미오는 하루 만에 그녀와 결혼한다. 그러나 그녀가 죽었다는 잘못된 소식에 절망해서 또 하루 만에 독약을 마셔 버린다. 절망의 열정은 성급한 결과를 낳고 충동적 자살을 초래한다. 몇 시간만 지체되었더라도 실제 상황을 정확히 알았겠지만, 이 자살로 말미암아 그마저 실패로 돌아간다. 줄리엣은 결코 죽지 않았다. 아버지의 분노, 줄리엣에 대한 로미오의 사랑, 사촌에 대한 줄리엣의 애도와는 별개로, 자살이라는 영구적 종결로 극점에 도달한 절망은 열정의 시간 계획을 완수한다.

로미오와 줄리엣의 자살은 시간적으로 다르다. 로미오의 자살은 서두름, 충동적인 최후의 행동, 성급함을 비판하는 고전적 주장을 뒷받침한다. 그것은 모든 열정이 신념, 보통은 잘못된 신념에 근거한다는 헬레니즘 철학의 전형적인 사례일 수 있다. 한 시간만 기다렸다면 로미오는 행복을 얻었을 것이다. 아니면 적어도, 줄리엣의 죽음이 거짓임을, 두 연인을 하나로 만들려고 꾸민 일임을 알게 되었을 것이다. 반면에 죽은 로미오를 보고 줄리엣이 자살한 것은 정확하고 완전한 앎에 근거한 것이다. 그녀의 행동은 슬픔을 느낀 첫 순간의 상실감과 절망감을 영구적으로 박제한다. 자살로 인해 열정이 서서히 사라지거나, 시간의 흐름에 따라 다른 일, 다른 연인이 생겨 열정이 흐트러지는 일은 이제 불가능해진다. 첫눈에 죽는 죽음이라는 표현이 이 상황에 딱 들어맞는다. 첫눈에 반한 사랑보다 더 정확하다. 갑작스러운 결혼은 열렬한 사랑을 박제한다. 그러나 자살은 그보다 더 확실하게 열정적 상태의 첫 순간(슬픔과 절망)을 고정된 형상으로 바꾸어 버린다.

열정은 자신의 시간적 과정, 즉 미래의 어느 시점에 자신이 감소하고 소멸한다는 사실을 부정한다. 이로 인해, 열정은 절대적인 행위에 호소함으로써 미래의 시간을 차단하고 변화의 가능성을 봉쇄하고자 한다. 하루 동안의 사랑이 결혼으로 결실을 얻고 1분 동안의 절망이 자살로 끝나는 것이 그 대표적인 예다. 그러나 분노한 사람의 맹세나 그가 내뱉는 저주, 나중에 철회하더라도 결코 되돌릴 수 없을 만큼 미래의 순수성을 해치는 저주와 같은 더 일상적인 사례도 포함시켜야 한다. 캐풀렛이 딸한테 퍼붓는 저주는 리어왕의 저주,《겨울 이야기》에서 레온테스의 저주,《심벨린》이나《아테네의 티몬》의 저주에 비하면 약과다. 인간의 저주나 신의 분노처럼 살인까지 이어지지 않는 행위들을 고려해야 비로소 성급함의 영향을 온전히 느낄 수 있다. 저주나 맹세는 신의 분노를 중점적으로 다루는 종교문학, 열정문학의 핵심을 차지하는 비극문학에서 살인을 대체하는 성급한 행위다.

셰익스피어의 많은 아버지들에게 저주는 인간이 상상할 수 있는 최후의 가해 행위다. 저주는 절대적 격렬함이며, 한순간에 백열처럼 타올랐다가 한없이 시간 속으로 뻗어 나가는 분노의 돌이킬 수 없는 형식적 표현이다. 저주는 살인적인 타격과 같은 순간적인 행동으로 분노를 한꺼번에 쏟아 내는 대신 일순간에 극점에 다다른 분노를 포획하고 냉각시켜 법처럼 추상적인 형벌로 만든다. 이성적인 삶에서 약속과 계약은 도덕적으로 중요한 역할을 수행한다. 즉, 미래의 자신을 현재의 마음 상태와 이해에 묶어 둔다. 열정에서 그와 같은 역할은 저주나 맹세가 맡는다. 저주는 지속될 수 없는 열정을 재료 삼아 고통의 집을 짓고, 그 희생자를 석방의 희망도 없이 그 안에 가둔다.

오늘날 대부분의 사람들에게, 처형이나 살인은 더 강력한 복수의 행위로, 상대방이 존재하지 않는 불변의 상황을 만드는 방식으로 분노를 표출한다. 살인에서 무언가 가치를 찾아보겠다는 것은 순진한 발상일지도 모른다. 그러나, 처형과 살인은 피해자가 잠깐의 폭력으로 죽음을 맞이하도록 해 준다. 저주는 의도적으로 그 대상을 모든 탈출도 죽음도 없이 살아가도록 단죄하고, 변화를 통해 갱생을 꾀하거나 다른 자아로 거듭날 수 있는 모든 능력을 앗아가 버린다. 카인이 처형 대신 저주를 받은 이유는 처형이 더 가벼운 형벌이기 때문이다. 저주는 남은 생애를 한 번 저지른 잘못의 후유증으로 만들어 버린다. 저주는 그 한 번의 잘못에 대한 보복이다. 오이디푸스는 자살하지 않고 자신과 자신의 눈을 저주했다.

사실 인류 자체가 에덴동산에서 추방된 후 출산의 고통을 겪고 살기 위해 노동하다가 죽어야 하는 저주받은 존재로 정의된다. 저주를 받았다는 것은 창세기가 말하는 인간 삶의 존재론적 설명이다. 창조된 다음 저주를 받았다는 것이 바로 인간의 본질이다.

법률이 생기기 전 복수는 동등한 사람들 사이에 통용된 사적인 형태의 법률이었고, 비인격적인 법률이 등장하면서 금지되었다. 마찬가지로, 저주도 아버지와 자식 간에 적용된 과거의 사적 법률이었다. 그러나 복수와 달리, 저주는 정의의 통제나 비인격적 법률의 통제를 받지 않는다. 셰익스피어의 《리어왕》이나 《로미오와 줄리엣》에 나타나는 아버지의 저주는 상대방의 의지를 박탈하는 극단적인 의지 행위에 해당한다. 저주는 또한 시간에 구애받지 않는다. 저주는 이성의 구속력 있는 행위인 약속이나 계약보다 오래 지속된다. 일반적으로, 계약과 약속은 미래의 특정 순간만을 현재에 연결한 다음 이를 인접성 또는 근접성에 고정시킨다. 철회 불가능한 저주와 맹세는 성급함의 궁극적이고 영원한 문제로, 열린 미래를 파괴하는 동시에 힘겨운 하루하루를 살아가도록 강제한다.

성급함의 중요성을 요약한다면, 우리는 의지의 철학자들에게 성급함은 수수께끼라는 점을 지적할 수 있다. 자유의지는 숙고와 책임이라는 그림을 기반으로 하기 때문에, 본질적으로 성급한 메커니즘이 제기하는 위협은 매우 심각하다. 선택하는 의지의 핵심적 요소는 선택에 도달하는 데까지 걸리는 시간과 동의(바로 여기에 책임 소재가 있다)를 위한 시간이다. 그런데 어떤 순간에 의지는 즉각적이거나 기계적이며, 생물학적 용어로는 본능적이다. 그렇다면 움츠러드는 공포 또는 격정적인 분노는 선택하는 의지라는 개념에 의문을 제기한다. 이것이 바로 "사전 계획"이 책임의 기준으로 설정하는 것이다. 사전에 계획된 행위와 성급한 행위는 정반대의 개념이다.

지난 2천 년 동안 철학자들은 의지의 약화, 즉 아크라시아 akarasia라는 주제에 흥미를 가져 왔다. 어떻게 우리는 무언가를 하려고 했다가 그 선택을 실행에 옮기지 못하는 것일까? 아리스토텔레스에 따르면, 아크라시아는 합리적 의지의 두 가지 결함으로 구성되어 있다. 그중 하나만 의지의 약화라고 부를 수 있다. 다른 하나는 충동 또는 성급함이다.

"아크라시아에는 충동과 약함, 두 가지 형태가 있다. 약한 사람은 숙고하지만 열정 때문에 결심을 지키지 못하고, 충동적인 사람은 숙고하지 않으므로 열정에 이끌린다. 충동적인 아크라시아에 빠지기 쉬운 사람은 성급한 사람과 흥분하는 사람이다. 전자는 너무 서두르고 후자는 너무 격렬해서 이성을 기다리지 못하고 상상력phantasia을 따르기 때문이다."[6]

철학에서 열정이 제거되면서 아리스토텔레스의 아크라시아는 절반만 언급되었고, 개념 자체도 그 절반에 해당하는 의지의 약함만을 의미하는 것으로 번역되었다. 그러나 아리스토텔레스의 설명에 따르면, 합리적 의지에 생기는 두 가지 결함은 모두 열정으로 발생하며 열정의 작용이 먼저냐 나중이냐로만 구별된다. 이 점을 고려할 때, 합리적 의지에 반대되는 것이 실제로는 성급함임을 알 수 있다. 더욱이, 기독교와 현대철학이 주로 윤리학 분야에서 의지의 약화라는 사소한 문제에 관심을 가지는 바람에, 첫 번째 (그리고 이 경우에는 마지막) 단계에서, 또는 열정이 또다시 결과를 결정하는 두 번째 단계에서 열정의 시간적 개입이라는 의지의 본질적인 특성이 없어졌다.

포괄적인 의지 개념에는 반드시 성급함, 신중한 행동, 숙고 후 행동 실패가 포함되어야 한다. 이 세 가지는 별개지만 똑같이 중요한 의지의 전개 과정이다. 앞서 언급한 두 경우에 따르면, 합리적 의지는 포괄적인 의지 개념을 구성하는 하나의 요소일 뿐이다. 사실 아리스토텔레스의 설명에 따르면 세 번째 경

---

6 Aristotle, *Nicomachean Ethics*, Loeb Classical Library, 7.7.1150b15–25.

우, 즉 이른바 의지의 약함은 열정의 고집으로 이해될 수 있다. 왜냐하면 열정은 합리적 의지의 숙고를 견디고 자신의 차례를 기다린 다음, 어떤 결과를 산출하기 때문이다(물론 의지의 일부는 신중한 이성에 일시적으로 충성하는 척한다).

성급함의 시간적 대안들

이러한 특성을 가진 성급함의 시간성은 의지와 열정이 서로 의존한다는 점, 열정의 존재가 이성과 도덕적 책임을 강조하는 특정 유형의 의지(스토아주의 및 기독교와 연관된)에 장애를 초래한다는 점을 분명하게 보여 준다. 성급함은 직전 과거와 임박한 미래라는 좁은 시간 구조 내에서 발생한다. 성급함은 격렬한 상태의 철저함과 현재성을 행동으로 옮긴다. 성급함은 또한 외부로부터 우리에게 덮치는 갑작스럽고 예기치 못한 사건에 대한 반응이므로, 숙고가 합리적 의지와 독특한 관계를 맺듯이 열정과 독특한 관계를 맺는다. 그와 동시에, 성급함이나 빠른 반응은 격렬한 열정 속에서 행동할 수 있는 여러 시간 계획 중 하나에 불과하다.

이 장을 마무리하면서 나는 보복의 모든 시간 체계를 다루고자 한다. 열정의 경험 내에서 시간이 어떻게 작동하는지를 폭넓은 문화적 관점에서 설명하기 위함이다. 이에 대해서는 분노와 일상적 정의를 다룬 9장과 10장에서 좀 더 상세히 다룰 것이다.

나는 시간의 범주들을 분노라는 열정 하나에만 제한하지는 않을 것이다. 임박한 미래와 직전 과거는 모든 열정과 깊숙이 연관되어 있다. 성급함은 의지의 한 메커니즘이며, 공포, 슬픔, 희망, 분노, 수치심을 비롯해 대부분의 격렬한 상태에 연결된다. 이 마지막 절에서도 성급함의 다양한 변이들은 정의와 보복이라는 문제를 통해서 제시되지만, 더 넓은 범위의 격정과 행동에도 적용된다.

《로미오와 줄리엣》의 길거리 다툼에서 보듯이, 촉발된 분노에 뒤따르는 보복은 갑작스러울 수밖에 없다. 성급함은 갑작스러움을 암시한다. 주저하거나 숙고하지 않고 행동한다. 정의 justice의 한 형태로서 분노나 복수는 성급함에 의존한다. 격분과 처벌 사이의 시간이 길어질수록 정당성은 복수에서 비인격적인 정의로 이행한다. 핵심은 첫째, 격분과 열정의 촉발 사이의 시간적 간격, 둘째, 열정의 촉발과 분노를 종결짓는 보복 행위 사이의 시간적 간격이다. 공식적인 정의 체계와 타인의 열정적인 행위에 대한 구경꾼의 일상적 반응에 이 두 시간적 간격들이 깊숙이 내장되어 있다.

어떤 사람이 방금 전 자기 자식을 끔찍하게 살해한 범죄자를 만나 분노에 휩싸여 그 자리에서 그를 때려죽였다면 우리는 그의 행동을 정당하게 여길 것이다. 리어왕은 코델리아를 죽인 살인자를 즉시 교수형에 처한다. 그러나 하루가 지나서 그가 그렇게 한다면 그 복수와 보복에 대해 의구심이 발동할 것이다. 복수가 한 달 후에 이루어진다면, 리어왕의 잘못이라고 여길 것이다. 이제 복수는 객관적인 정의의 영역으로 옮겨진 셈이고, 그렇다면 국가가 이를 처리하는 게 맞다고 생각되기 때문이다. 리어왕이 20년 후에 복수를 한다면 동정이야 하겠지만 미쳤다고 생각할 것이다.

리어왕이 살인자가 방금 살인을 저지른 사실을 발견하자마자 즉시 행동할 때, 슬픔과 분노의 긴급함은 그의 복수에 정당성을 부여한다. 몇 분 더 일찍 와서 자식을 보호할 수 있었다면 그는 즉시 반격을 가했을 것이다. 그런 점에서 그의 행동은 복수가 아니라 방어적 타격으로 생각할 여지가 충분하다. 10분만 더 일찍 도착했더라면 아버지는 아이의 죽음을 막기 위해 기꺼이 가해자를 죽였을 것이다. 그가 몇 분 늦게 도착했기 때문에 그의 살인은 약간 늦었지만 "마치" 방어하는 듯한, "마치" 예방하는 듯한 효과가 있다.

여기서 복수와 예방, 복수와 방어는 떼려야 뗄 수 없을 만큼 가까워 보인다. 그래서 리어왕은 이렇게 말한다. "살릴 수도 있었는데. 이젠 죽었어! / 코델리아, 코델리아, 조금만 더 기다려 줘. 아! / 무슨, 말이라도 하는 거니? 늘 상냥한 목소리였어 / 부드럽고 나직했고, 여자한테 최곤거지. / 네 목을 조른 그 노예 놈, 내가 처치했어."[7] 이것은 애도와 슬픔이 함께 녹아든 복수의

---

[7] *King Lear* 5.3.271–75.

결정체다. 코델리아는 여전히 살아 있는 것처럼 보인다. 그녀가 특유의 상냥한 목소리로 말을 한다고 리어왕이 상상하는 순간, 삶과 죽음의 경계는 모호해진다. 이는 또한 예방과 복수의 경계를 지워 버린다. 리어왕은 코델리아의 목을 졸라 죽이려 했지만, 아직 살인을 완수하지 않았던 자를 살해함으로써 딸의 목숨을 구하고, 일단 완료되면 복수로 변질하는 살인을 막는 행동을 한 셈이다.

복수의 한 측면은 이처럼 "마치" 예방하는 듯하지만 지연된, 너무 늦은 예방이다. 이것이 바로 복수의 핵심에 자리한 결백이다. 이러한 행위는 제때 이루어졌다면(실제로는 그렇지 않았지만), 어떻게 해야 살인을 예방하고 피해자를 보호할 수 있었는지 정확하게 보여 준다. "제때"라는 말보다 더 강력한 단어는 없다. 복수가 용인될 수 있는 시간의 축소 또는 확장(어떤 행위를 단호한 예방, 분노의 개인적 복수, 비인격적 정의로 구분하는 시간적 경계선)은 열정의 지속 영역을 규정하는 핵심적인 경계선을 만든다.

분노의 정도에 따라 정의가 결정되며, 그러기 위해서는 분노의 시간적인 지속과 간격에 대한 정확한 인식이 필요하다. 방어와 복수의 경계를 모호하게 만드는 예방이라는 허구가 없더라도, 법률 체계에는 그처럼 분노의 정도에 따라 정의를 결정하는 메커니즘이 갖추어져 있다. 이와 마찬가지로 종교, 문화 또는 비공식적으로 승인된 사적 정의 체계에도 어느 만큼 처벌해야 만족스러운지를 가늠하는 메커니즘이 장착되어 있다.

유대-기독교 전통에서 신은 정의를 집행한다. 그래서 신은 범죄에 대해서만큼은 분노의 신이다. 지옥 개념은 인간이 법을 잘 지키도록 만드는 데에 필요한 경고의 수위*位가 아니라, 격분한 정의의 신이 어느 만큼 분노했는지 그 강도를 측정한다. 중세 기독교의 지옥은 구체적으로 구현된 신의 분노다. 창조가 신성한 사랑의 구체화이듯이, 지옥은 신의 분노의 구체화이다.

모든 격분에 관한 한, 최후의 심판을 내리는 신은, "딸을 교살하는" 놈을 살해하고서 살해당한 코델리아를 품에 안은 리어 왕의 입장과 마찬가지다. 현재진행형 "교살하는a-hanging"은 최후의 심판에서 신의 시점이 영원한 현재형임을 정확히 나타낸다. 신에게 모든 도둑질은 인간의 시간이 지속되는 동안 내내 "현재 진행 중인 도둑질a-thieving"이나 마찬가지다. 시간이 흘러 열정이 식어 가고 마지막에 무관심에 이르는 과정은 인간 경험의 본질적 특성이지만, 무시간적 영원 속에서 그런 일은 존재하지 않는다.

열정의 철학에서 최후 심판의 의미는 모든 행위가 마지막 시간 바로 직전에 행해지는 것처럼 여겨져야 하며, "시간의 작용"이 전혀 일어나지 않은 것처럼 심판에 직면해야 한다는 것이다. 최후의 심판이라는 개념보다 정의가 열정이 측정하는 시간에 연결되어 있다는 사실을 더 명확하게 보여 주는 것은 없다. 최후의 심판에서 흐르는 시간의 작용은 아예 고려 대상이 아니다. 각 행위는 그 끔찍함과 그에 대한 심판자의 반응 사이에 아무리 많은 시간이 흘렀다 해도 전혀 보호를 받지 못한다. 단테의《신곡》에서 우리는 이러한 흐르는 시간의 붕괴가 가져온 결과를 볼 수 있다. 단테에 따르면, 곤충에서 물고기, 새, 포유류에 이르기까지 수만 가지 다양한 형태를 지닌 모든 지구상의 종들은 신의 사랑의 에너지를 빠짐없이 구현한다. 단테는 이와 비슷하게 하나님의 분노를 나타내는 모든 구체적인 형태를 남김없이 보여 준다. 카프카는 노트에 다음과 같이 쓴다. "최후의 심판이라는 용어를 쓰는 것은 우리 인간이 가진 시간 개념 때문이다. 그런데 사실 최후의 심판은 일종의 계엄령이다."[8]

최후의 심판이라는 개념에서 행위와 형벌의 관계는 시간적 간격이 없으며 형벌은 영원하다. 이와 대조적으로 일상적인 사회정의는 분노에 한계를 설정하는 과정을 포함한다. 정의와 복수를 세밀하게 구분하기 위해서다.

역사적으로 볼 때, 이처럼 사적 복수에 한계를 설정함으로써 복수 체제에서 비인격적인 정의 체제로의 전환이 가능해졌다. 분노 제어의 필수적인 특징은 정의의 과정에서 시간적 지연이라는 요소로 나타난 것이다. 직관적으로 "정당하다" 또는 "마땅하다"고 느껴지는 처벌은, 범죄가 일어난 후 얼마나 빨리 처벌을 집행하느냐에 따라 크게 달라진다. 끔찍하고 잔인한 범죄가 발생한 지 몇 시간 후 또는 그 첫날에는 어떤 잔인한 처벌도 충

---

[8] Kafka, *The Blue Octavo Notebooks*, trans. Ernst Kaiser and Eithne Wilkins, ed. Max Brod (Cambridge, Mass.: Exact Change, 1991), 90.

분해 보이지 않는다. 모든 살인범, 강간범, 고문 범죄자가 범행 후 48시간 이내에 체포되어 재판에 회부된 다음 유죄를 선고받고 처벌된다고 상상해 보자. 이 경우 사회가 부과하는 처벌은 지나치게 가혹해서 범죄 자체의 잔인함에 맞먹거나 그 이상이라고 여겨질지도 모른다. 범죄의 충격이 채 가시지 않은 상태에서는, 희생자에게 이런 일이 일어나지 말았어야 했다는 생각이 몇 번이고 들 것이다. 범죄가 발생하기 전에 인간의 삶을 오롯이 살았을 희생자가 한동안 떠오르기 때문이다. 이때 부과되는 높은 형량은 희생자에게 가해진 피해를 마치 마법처럼 복구할지도 모른다는 상상적 가능성과 연관된다. 《리어왕》처럼 범행 직후 부과된 처형은 여전히 예방의 측면이 있다.

반면, 80세 노인이 60년 전에 앞서 언급한 것과 같은 끔찍하고 잔인한 범죄를 저질렀다는 증거가 발견되었다고 상상해 보자. 이 경우 60년이라는 세월이 지났으므로 중형이 부과된다면 과중하다고 생각될 것이다. 범죄가 발생한 직후에는 분노가 흔히 말하는 정의의 핵심을 차지한다. 그래서 어떤 처벌도 강력하다고 생각하기 힘들다. 하지만 반대편 극단으로 가서 범죄와 처벌 사이에 흘러간 평생의 시간을 고려하면, 처벌이 좀 관대해도 괜찮겠다는 생각이 들 수 있다.

우리의 관용은 어느 정도 분노의 감소와 관련이 있지만, 정의의 근본적 특징과도 관련이 있다. 80세의 나이를 감안하면 예방의 요소는 배제된다. 처벌을 정당화하는 갱생의 동기도 이와 다르지 않다. 그가 다른 범죄를 저지르지 않고 60년을 살았다면

"갱생"은 불필요하다. 반복할 수 없는 특수한 상황의 산물이라는 이유로 재발 가능성이 없는 사건으로 인식되는 범죄가 많다. 가령, 나치 전쟁범죄를 명백한 예로 들 수 있겠다(80세의 노인이라도 여전히 추적당하고 재판에 회부되고 있다).

이러한 사례에서 알 수 있듯이, 열정과의 시간적 관계에서 정의가 의미하는 바는 재판과 선고를 받아야 할 원인 행위로부터 얼마만큼의 시간이 지났는가의 문제를 포함한다. 너무 가까운 시간도 너무 먼 시간도 정의가 요구하는 방식으로 열정을 제약하지 않는다. 미국 사법제도에서는 통상적으로 범죄에서 재판까지 1년의 시간이 소요된다. 그 기간에 사회적 공분은 잦아들지만, 관심이 아예 사라지는 것은 아니다. 린치를 가하는 폭도(범죄에 가까운)에서 최후의 심판(인간의 시간으로는 범죄에서 가장 멀리 떨어져 있지만, 하나님의 관점에서는 영원히 범죄와 인접한—이것이 바로 신의 "인내"가 뜻하는 바이다)에 이르기까지 다양한 법률 체계는 분노가 희미해지는 정도에 따라 구분된다.

지연은 두 가지 뚜렷한 이유로 범죄와 정의 사이에 상당한 간격을 만든다. 첫째, 아무리 극악무도한 행위라도 시간이 지나면 반복을 통해 익숙해진다. 우리는 그 행위가 일어났다는 사실에 익숙해진다. 그 일이 일어나지 않았다고 상상하는 것은 불가능하다. 복수의 본질은 아직도 사태를 뒤집을 수 있다는 생각, 즉 가역성可逆性이다. 둘째, 행위가 불가역적인 만큼, 피해를 당한 사람의 상태도 불가역적이다. 시간이 지나면 피해자는 피해를 당하지 않은 사람으로 기억될 수 없다. 이제 우리 마음속에 그 사람은 다시 돌아올 사람, 회복할 사람처럼 보이는 것이 아니라, 오랫동안 시각장애인으로 살아온 사람 또는 휠체어를 탄 사람처럼 완전한 개인성을 갖춘 어떤 존재로 여겨진다. 우리의 마음은 본능적으로, (물론 처음에는 그렇게 하려고 하겠지만) 새로운 상태를 원상태로 복구하고 그 사건이 발생하기 전의 그 사람에 대한 기억으로 바꾸려 하지 않는다.

살인 피해자의 경우에는 특히 그렇다. 어제 죽은 사람은 아직 살아 있는 것만 같아 이제 그가 살아 있지 않다는 사실을 계속 상기해야 한다. 그러나 죽은 지 1년, 3년, 10년이 지나면 그 사람이 죽었다는 사실이 가장 먼저 떠오른다. 그 사람의 죽음은 이제 우연이나 끔찍한 사고처럼 느껴지지 않는다. 죽음이 오랫동안 그의 본질이자 실체였기 때문이다.

시간이 지남에 따라 우리의 마음은 사람에 관한 생각을 바꿀 수밖에 없다. 또 그렇게 함으로써 상상조차 할 수 없었던 것을 일어날 수 있는 것으로, 그리고 마침내 필연적인 것으로 바꾸지 않을 수 없다. 정의 개념에 담긴 분노의 다양한 양상들 그리고 시간이 흐르면서 희미해지는 분노의 변화는 그러한 마음의 경로를 표시한다. 이 특별한 분노는 상상력이 예방의 정반대, 즉 비가역성과 싸우고 있음을 나타내는 신호다. 그 범죄가 불가역적이라는 사실이 한번 각인되고 나면, 마음이 우연적이라고 생각하는 것은 이제 희생자가 아니라 사형이나 투옥 등의 처분을 받을 수 있는(또는 받지 않을 수 있는) 현재 재판 중인 범죄자다. 범죄가 발생한 후 얼마 되지 않았을 때(분노와 복수의 시간), 우연성은 희생자의 핵심적 속성이었다. 즉, 우리는 희생자의 죽음이 일어나지 말았어야 했다고 생각한다. 그런데 그 시간이 지나고 나면, 범죄자가 그 우연성을 흡수한다. 사정이 달라질 수도 있었을 것이다. 시간이 좀 달랐더라면, 누군가 막았더라면 죽음을 방지할 수 있었을 것이다.

분노와 정의의 관계가 가진 이러한 시간적 특징은 상상력이 시간적으로 작용하고 있다는 신호다. 다시 말해, 처음에는 일어난 일에 대해 반발심이 생기지만, 곧 속으로 부인해 봤자 그 행위를 되돌릴 수 없다는 사실을 깨닫고 이미 벌어진 일을 체념하며 받아들인다. 이 마지막 단계에서 우연성은 피해자에서 가해자에게로 넘어간다. 최후의 심판에서와 같이 인간이든 종교든 정의 체계 내에서, 우리는 분노라는 열정(분노는 사회와 종교가 각기 다른 방식으로 요구하는 정의 개념에 필수적이면서도 불편을 야기하는 열정이다)의 시간적 특징을 사용하지만 나중에는 이를 무력화하는 기술들을 추적한다. 눈에 보이는 상처가 신체의 손상을 알려 주듯이, 분노는 자아 가치가 손상되었음을 알린다. 그러나 모든 종교적 시민적 정의 체계는 분노에 내재된 시간의 본질적 특성을 부정을 통해서 추적함으로써 분노의 시간 계획을 무시한다. 정의에서 우리는 본질적인 시간적 특징을 명확하게 볼 수 있는 어떤 원형을 발견한다. 시간적 특징들이 중지된 경로를 찾을 수 있기 때문이다.

| 7장 |

상호적
공포

30년 전 (철학자) 로버트 노직Robert Nozick은 저서《무질서, 국가, 유토피아》에서 자유를 극단적으로 확장하면 어떻게 될까 상상했다. 나중에 보상을 지급하기로 하고, 타인에 대한 폭력까지 포함하여 모든 행동을 허용해 보면 어떨까? 누군가 내 팔을 부러뜨렸다면 치료비는 물론이고 고통, 실직 등을 전액 보상해야 한다. 이른바 손해배상 시장을 만들 수 있다면 왜 굳이 금지하는 법률이 필요할까?[1]

노직은 이 터무니없는 제안에 대한 의외의 해답이 있다는 것을 알았다. 실제로도 타인에게 해를 당한 사람만 보상을 받을 것이다. 그러나 돈을 내서라도 내 팔을 부러뜨리고 싶은 사람이 있는 세상에 살고 있다면, 노직의 용어로 "일반적 기대 공포," 즉 해를 당하지만 보상은 받을 수 없을 것이라는 공포가 생길 것이다. 이는 현행 보상법에서도 발견되는 결함이다. 위험한 탄광에 100명이 투입되었는데 그중 한 명이 쓰러진 목재에 맞아 장애를 갖게 되었다면, 그 광부는 보상을 받겠지만 99명의 나머지 광부들은 아무것도 받지 못한 채 사고에 대한 공포로 하루하루를 보낼 것이다.

노직의 일반적 기대 공포 개념은 논의 맥락과 상관없이 근대성에서 중요한 정치적 개념이다. 예를 들어, 이 개념은 어떤 지

---

[1] Robert Nozick, "Prohibition, Compensation, and Risk," in *Anarchy, State, and Utopia* (New York: Basic Books, 1974), 54–87.

역의 실질적 범죄 비용 중에서도 거의 논의되지 않는 비용, 즉 실제로는 강도를 당하지 않았지만 강도가 무서워 밤길을 다니지 않는 사람, 강간을 당한 적은 없지만 강간의 분위기 때문에 일상생활의 작은 일과들을 항상 세밀하게 조정해야 하는 사람이 지불하는 비용을 말한다.

그런데 여기서 노직이 다루지 않는 것을 아는 것이 중요하다. 노직은 밤길을 혼자 걷고 있는데 곧 내 팔을 부러뜨릴 남자가 다가오는 순간을 상상하지 않는다. 어떤 해코지를 당하기 직전 마지막 순간은 내 식으로 말해서 전형적인 공포 설명 모델이다. 여기에는 곧 자신에게 무슨 일이 닥칠지 아는 피해자의 내적 상태도 포함된다. 노직이 상상하는 것은 임박한 위험이 전혀 없는 사람들의 공포를 중심으로 하는 모델이다. 이 공포는 개별적인 것이 아니라 일반적인 것이다. 그 대상은 밤길에 내가 마주치는 특정인이 아니라 불특정인이다. 그리고 그것은 특정한 순간, 즉 결국 언젠가는 끝날 예외적 순간이 아니라 불특정한 어느 순간에라도 일어날 수 있는 일이다. 이 공포는 끝나지도 시작되지도 않으며 중력처럼 언제나 존재한다.

일반적 기대 공포는 또한 단지 누군가 내 팔을 부러뜨릴지도 모른다는 공포만을 뜻하지 않는다. 예를 들어, 누군가 내 차에 불을 지른 다음 보상하고, 창문에 총을 쏜 다음 보상하고, 새로 산 코트를 찢은 다음에 새 코트를 사 주고, 아이들을 납치했다가 며칠 뒤에 돌려보낸 다음 집세와 손해배상금으로 보상하고, 내 집을 점거하고 문을 잠가 접근을 막았다가 퇴거 두 달 후 보상하는 등 온갖 종류의 피해를 말한다. 일반적 기대 공포는 어느 때 누구에게 상상할 수 있는 어떤 피해도 당할 수 있다는 공포다.

노직이 법체계를 손해배상 시장 체제로 바꾸는 데에는 또 다른 중요한 이유가 있다. 이 폭력적인 공동체의 시민들에게는 각자 지속적으로 또는 간헐적으로 두려워하는 어떤 구체적인 위험들이 있다. 각 개인은 일반적 기대 공포를 각자 삶의 지형에 맞게 위치시킬 것이며, 이 위치 설정 작업을 하려면 나름의 상상력을 발휘해야 할 것이다. 그리고 그 작업은 자기노출, 자기발견, 자기폭로가 될 것이다. "최악의 상황"에 대한 이미지가 각자의 마음속에 있을 것이고, 이는 사람마다 다르기 때문이다. "나쁘지 않다"고 생각되는 다른 피해들도 마찬가지다.

《무질서, 국가, 유토피아》에서 다루는 노직의 공포모델은 경제학과 게임이론에서 많은 영향을 받았다. 《이성과 개인》의 데릭 파핏과 함께, 노직은 현대 경제이론의 요소와 관행을 활용하여 사회적 주체성의 형이상학을 정립했다.[2] 노직의 손해배상 시장의 특징을 살펴보면, 그것이 일반적인 시장과 많은 특징을 공유한다는 점을 금방 알 수 있다. 한 가지 차이점이 있다면, 노직의 시장에서는 수익의 기회는 없고 손실만 있다는 점이다.

[2] Parfit, *Reasons and Persons*.

1920년대의 고전적 저서《위험, 불확실성, 이익》에서 프랭크 나이트가 말했듯이, 모든 경제학은 "우리가 생각하는 미래를 기반으로 행동하고 경쟁하는 것"이다. 나이트에 따르면, "우리는 미래에 대해 무언가를 알아야만 살아갈 수 있다. 반면 삶의 문제, 행위의 문제는 아는 것이 너무 적기 때문에 발생한다."(나이트의 강조)[3] 이러한 불균형은 미래의 구조적인 사실이다.

경제학에서 말하는 "기대anticipations"라는 용어는 기대수익, 기대시장, 기대비용, 심지어 예상치 못한 기계 고장, 실업, 파업 등의 기대 빈도까지 포괄한다. 문화적 관점에서 볼 때, 일상생활에서 경제적 사실과 경제적 에너지의 비중이 전반적으로 크다는 것은 기억, 습관, 관습에 대한 기대의 중요성이 커졌으며, 무엇보다도 과거보다 미래의 비중이 커졌음을 의미한다. 심리적·윤리적 관점에서 볼 때, 경제 영역의 비중이 높아짐에 따라 기억, 과거에 대한 지식, 관습 또는 제의를 수행하거나 경험을 통해 배우는 능력보다는 낙관주의, 자신감, 용기 있고 현명한 기대의 사회적 가치가 더 중요해진다.

길거리에서 임박한 위험에 직면한 남자라는 전통적인 이미지와는 대조적으로, 노직의 모델에서는 임박한 미래가 아닌 열린 미래를 할인하거나(경제학자가 사용하는 용어의 의미에서) 높

---

[3] Frank H. Knight, *Risk, Uncertainty and Profit* (Boston: Houghton Mifflin, Riverside Press Cambridge, 1921), 273, 199.

이 평가한다. 이것은 경제학에서 말하는 본질적 미래 시간, 즉 앨프레드 마셜Alfred Marshall의 "장기 지속"[4] 미래 또는 장기적 미래다. 열려 있는 장기 미래에 직면할 때 표면화될 수밖에 없는 경험적 요소는 불확실성이며, 이것은 말하자면 내면적 불확실성의 비용이다. 열정이라는 주제에 불확실성을 처음으로 추가한 사람은 흄이었다. 흄은 불확실성으로 인해 정신이 여러 가지 선택지를 넘나들고 다양한 상태를 공포와 유사한 상태로 바꾼다고 주장한다. 흄이 드는 예는 기이하지만 탁월하다. 흄은 아들 중 한 명이 전투에서 죽었지만 어떤 아들인지 알지 못하는 상황을 가정한다. 아들을 잃은 아버지는 존이 죽었다거나 윌이 죽었다는 사실을 알면 깊은 슬픔에 빠질 수 있다. 그런데 어느 쪽인지 알지 못하면 마음은 두 가지 가능성 사이를 왔다 갔다 하면서 공포 상태에 빠진다.[5] 이에 대해서는 나중에 다시 다루도록 하겠다.

흄과 애덤 스미스 이후 불확실성은 공포를 대신하게 되었다. 이 말은 이 두 철학자를 기점으로 이제 역사상 처음으로 과거보다 미래가, 일반적인 삶의 조건에서 정치적·법적 프레임보다 경제적 삶이 점점 더 중요해졌다는 뜻이다.

---

[4] Mark Blaug, *Economic Theory in Retrospect* (Cambridge: Cambridge University Press, 1997), chap. 10, sec. 3, pp. 359–61.

[5] Hume, *Treatise of Human Nature*, bk. 2, sec. 9, p. 492.

밤길에 어떤 남자를 마주치는 경험에서 불확실성은 아무런 작용을 하지 않는다. 그러나 일반적 기대 공포에서, 누가 무엇이 언제 닥칠지 모르는 불확실성은 공포를 대신하는 대체 상태로 간주될 수 있다. 80년 전 프랭크 나이트는 "기술 방법의 변화로 생산과정 시간이 길어지고 그에 따라 연관된 불확실성이 증가하는"[6] 현대에는, 구조적 불확실성의 중요성이 커질 수밖에 없다고 지적했다.

이러한 긴 시간 단위로 인해, 우리가 가진 기대의 대부분은 한때 배를 타고 긴 항해를 떠났던 베네치아 상인들과 연관된 어떤 특성을 띠게 되었다. 셰익스피어 작품《베니스의 상인》의 도입부에서 우리는 상인 안토니오의 우울함이 일반적 기대 공포에서 비롯된 것임을 추측할 수 있다. 돈을 항해에 쏟아부은 사람은 배가 시야에서 사라지고 나면, 바람이 불어 수프가 식는 것만 봐도 바다에 바람이 치는 날엔 큰일 나겠구나, 생각하게 된다고 그의 친구들은 이야기한다. 모래시계에 떨어지는 모래를 보면 안토니오는 모래톱, 얕은 물, 여울을 떠올리면서 배가 난파되어 모래 속에 처박히는 상상을 하게 될 것이다. 절망과 불안감에 교회에 가서 기도를 한다 한들 무슨 소용이 있으랴. 교회 돌담만 봐도 폭풍에 떠밀린 배가 바위에 부딪혀 침몰하겠

---

[6] Knight, *Risk, Uncertainty and Profit*, 245.

구나, 생각이 들고 "향신료가 바닷물에 흩어지고 / 비단이 포효하는 물살을 뒤덮는"[7] 모습만 떠오를 뿐이다. 안토니오는 요즘식으로 말해서 위험을 분산했기 때문에 그런 생각 안 한다고 대답한다. 재산을 배 한 척에 모두 투자한 것도 아니고, 같은 곳에 가는 배 여러 척에 모두 투자한 것도 아니며, 한 해에 전 재산을 다 쏟아 넣은 것도 아니기 때문이다. 선박, 목적지, 시간을 모두 다각화하여 상인의 불안감, 즉 노직이 말하는 일반적 기대 공포를 줄인 셈이다.

일반적 기대 공포는 주디스 슈클라가 유명한 에세이에서 말한 공포의 자유주의와는 다르다.[8] 슈클라는 우리 모두가 잔인함에 대한 반대, 인권의 보편적 타당성, 고통의 정치에 기반한 일종의 최소 자유주의에 동의해야 한다고 주장한다. 그러한 자유주의는 공포라는 의제가 요구하는 것 이상의 다양한 쟁점에는 관심을 두지 않는다. 슈클라와 노직과 같은 현대 정치사상은 서로 반대 방향에서 근대성의 가장 깊은 흐름, 즉 공포의 정신화 spiritualization가 빚은 정치적 양상을 보여 준다. 근대의 정치 이론에서 공포의 궁극적 효용가치는 증가할 수밖에 없다.

---

7 Shakespeare, *The Merchant of Venice* 1.1.33–34.
8 Judith N. Shklar, "Bad Characters for Good Liberals," in *Ordinary Vices* (Cambridge: Harvard University Press, Belknap Press, 1984), 238.

상호적 공포,
그리고 공포를 대신하는 것들

토머스 홉스의 기억할 만한 표현을 빌리자면, 모든 인간 사회는 "상호적 공포"를 기반으로 한다. 인간이 고독과 자급자족에서 벗어나 사회를 건설하게 만든 원동력은 상호적 공포다. 협력의 이점도 아니고, 아리스토텔레스가 《정치학》에서 말한 어떤 선천적인 사회의식, 공동체 의식도 아니라는 말이다. 홉스는 공포의 증거가 인간 삶 어느 곳에나 존재한다는 점을 웅변적으로 보여 준다.

진정한 의미에서 비행공포를 겪는 사람은 이착륙할 때 떨고 있는 옆자리 승객이 아니라 비행기를 타 본 적이 없고 작년에 뉴욕에서 캘리포니아까지 기차를 타고 간 친구라는 앞서 내가 언급한 예가 이 상황에 딱 들어맞는다. 사실 공포가 너무 강할 때는 절대로 경험으로 발현되지 않는다. 공포를 유발할 수도 있는 상황을 회피하거나 애초부터 만들지 않기 때문이다. 홉스는 다음과 같이 말한다.

"나는 공포라는 단어에서 미래의 악을 알아내는 어떤 예지력을 본다. 나는 또한 도주만이 공포의 유일한 속성이라고 생각하

---

9 Thomas Hobbes, *Man and Citizen*, ed. Bernard Gert, trans. Charles T. Wood, T.S.K. Scott-Craig, and Bernard Gert (Garden City, N.Y.: Doubleday, Anchor Books, 1972), 113.

지 않는다. 불신하고 의심하고 조심하거나 두려움을 갖지 않도록 미리 대비하는 것 역시 공포의 속성이다. 잠을 자려는 사람은 문을 닫고, 여행하는 사람은 칼을 가지고 다닌다. 도둑이 무서워서다. 왕국은 요새와 성으로 해안과 국경을 지키고, 도시는 성벽을 촘촘히 둘러싸는데, 이 모든 것은 이웃 왕국과 마을이 두렵기 때문이다."[10]

자세히 보면, 모든 자물쇠와 높은 창문은 공포를 예상하고 예방한 흔적이다. 모든 총은 공포를 대신하는 도구이다. 불신, 신중함, 경계심과 같은 심리도 마찬가지다. 산꼭대기나 강이 굽은 곳에 지은 마을은 공포를 막기 위해 지리적 예방책을 쓴 셈이다. 우리가 사는 건축물은 공포심을 보여 주는데, 내면 깊숙한 곳에도 공포가 설치한 건축물이 존재한다. 기절하고, 기억을 상실하고, 무엇보다도 먼 미래를 분명하게 상상하거나 집중하지 못하는 것이 그것이다.

홉스는 왜 공포가 아니라 "상호적 공포"에 주목했을까? 그에 대한 대답은 간단하지만, 오랜 공포의 분석사에서 중요하다. 공포가 아니라 상호적 공포에 대해 말할 때, 내가 상대방을 두려워하는 만큼 상대방도 나를 두려워한다는 것을 알게 된다. 타인들이 행동하고 준비하는 이유는 일정 부분 나를 두려워하기 때

---

[10] Ibid., 113n.

문이다. 거꾸로 나의 의식은 타인의 내면적 삶을 상상하고 고려하지 않을 수 없다. 나는 두려워하지만 동시에 두려운 존재다. 다른 모든 사람들과의 관계는 이 이중적 사실을 통해 만들어진다. 홉스는 내가 나의 상태에 몰입해 있는 상황에서 타자의 상태를 상상하는 이러한 의식의 작용을 정치적으로 활용함으로써, 상호적 공포라는 사실에 기초한 정치적 삶과 사회를 구축했다. 이러한 의식의 작용은 그 이상의 중요한 미학적 함의를 지닌다.

"내가 느낀 가장 강력한 감정은 공포였다"[11]고 인정한 것도 다름 아닌 홉스였다. 홉스는 공포에 관한 서양의 가장 위대한 시, 호메로스의 《일리아드》를 번역한 번역자이자 20세기 전까지 이를 능가하는 전쟁이 없었을 정도로 당대 유럽을 통틀어 가장 잔혹했던 종교전쟁인 영국내전(1642~1651)을 겪은 사람이다.

강력하고 폭력적이고 원초적인 열정의 목록에서 공포가 빠진 적은 없다. 물론 어떤 열정이 포함되는지는 목록마다 현저히 다르다. 스토아철학은 쾌락, 고뇌, 욕망, 공포 등 네 가지 주요 열정을 꼽는다.[12] 스토아철학은 보통 분노, 슬픔, 공포가 촉발하는 순간에 대비할 수 있도록 정신을 철저하게 훈련하는 일에 골몰

---

[11] See Roland Barthes, *The Pleasure of the Text*, trans. Richard Miller (New York: Farrar, Straus and Giroux, Hill and Wang, 1975), 48.

[12] See Long and Sedley, *Translations of the Principal Sources with Philosophical Commentary*, 411.

했지만, 극단적이고 갑작스러운 공포에 대해서는 완전히 실패했다. 그래서 스토아철학은 훈련으로도 다스릴 수 없는 통제 불가능하고 본능적인 "예비적 열정"[13]이라는 궤변에 가까운 개념을 새로 만들어야 했다. 스토아주의는 분노에 대해서는 승리를 거두었지만, 공포와 슬픔 앞에서는 무너졌다.

극심한 공포는 열정에 대한 수많은 글에서 발견되는 일상적인 감정과 폭력적이고 원초적이고 강력한 열정 사이의 구분을 합당하게 만드는 열정이다. 때로 우리는 이 극단적이고 만연한 공포에 대해 "끔찍한 공포terror"라는 단어를 별도로 사용한다. 그러나 아리스토텔레스의 고전적인 공포 개념이 전쟁터에서 병사가 겪는 죽음에 대한 공포를 염두에 둔 점을 고려하면, 공포의 원래 의미는 언제나 극단적인 공포였다. 분노를 경험한 적이 없는 사람은 제법 되지만, 살면서 한 번쯤 극심한 공포를 겪지 않은 사람은 없다. 극심한 공포는 열정 일반을 혼란, 질병, 정신과 신체의 부정적인 장애로 보는 관점을 유효한 것으로 만든다.

에드먼드 버크는 "공포만큼 정신의 행동 능력, 추론 능력을 완전히 빼앗는 것은 없다"[14]고 지적한다. 공포를 전형적인 열정 또는 다른 모든 열정의 원형으로 간주한다면, 모든 열정에 대한

---

[13] Brad Inwood, *Ethics and Human Action in Early Stoicism* (Oxford: Clarendon, 1985), 175–81.

[14] Burke, *A Philosophical Enquiry into the Origin of Our Ideas of the Sublime and Beautiful*, 57.

오랜 치료의 역사는 현명하고 필연적으로 여겨질 것이다. 가능하다면 공포를 줄이거나 없애고 싶지 않은 사람이 어디 있을까? 야간 전기 조명, 보험정책, 경찰, 상비군, 포식 동물의 퇴치, 교회 피뢰침, 건물의 견고한 잠금장치, 그 밖에 수천 가지 소소한 디자인 등을 통해 공포를 전반적으로 감소시킨 것이 현대문명의 주요 업적이 아닐까?

전쟁, 도적 떼, 해적, 포식 동물, 전염병 등을 제거하고, 범람하는 강을 다스리고, 대양을 항해해도 끄떡없는 더 크고 튼튼한 배를 만들고, 바다와 육지 사이의 통신망을 늘리고, 해안 경비 및 구조 체계를 구축하고, 보험증권을 발행하고, 흉작으로부터 농부들을 보호하는 금융상품을 만드는 등 문명이 제공하는 모든 안전 강화는 경험적 공포를 현저히 감소시키는 일과 다름없다. 그러나 집 밖의 늑대 또는 옛날 여행자들이 만났던 도적과 같은 단기적 경험을 제거하는 바로 그 행위 덕분에 인류는 역사상 처음으로 새로운 자신감과 안정감을 얻는다. 그 결과, 인류는 장기적인 계획을 세우고 장기적인 프로젝트에 투자할 수 있게 되었으며, 부분적으로는 예측 가능하지만 궁극적으로는 불확실한 장기적인 미래에도 관심을 가질 수 있게 되었다.

따라서 인류는 먼 미래에 더 많은 희망과 기대를 걸게 되고, 결과적으로 새로운 공포(이를테면 옛날 2년간의 항해를 떠났던 19세기 포경선 또는 3년 후 치약 시장을 예상하고 중국에 공장을 짓는 사업가가 겪었을 공포)의 근원에 노출되었다. 끊임없는 전쟁, 포식 동물, 자연의 변화 등 전통적인 공포의 대상을 부분적으로나

마 줄이거나 순치시킨 문명만이 결과적으로 장기적인 미래를 일상적 상상의 일부로 삼고, 과거에는 존재하지 않았던 행운에 운명을 맡길 수 있게 되었다. 상당히 안전한 상태에 있어야만 2040년에 은퇴자금이 고갈될 것이라는 공포를 겪을 수 있다. 임박한 공포를 감소시키거나 성공적으로 극복함으로써 우리는 점점 더 길어진 미래에 살게 되었다. 그 결과, 우리는 긴 미래의 시간 단위가 부과하는, 과거 인류가 겪지 않았던 통제할 수 없는 불확실성에 노출되었다. 우리는 이제 한 번에 한 계절, 며칠, 몇 분을 사는 사람들의 삶, 이를테면 호메로스의 《일리아드》에 나오는 전쟁터 병사의 삶과는 전혀 상관없는 새로운 공포의 지형 안에 살게 되었다.

전통적 모델

고전적 공포모델은 한 사람의 마음 상태와 그에 따른 행동, 가령 산책하러 나갔다가 으르렁거리는 개를 마주친 사람 또는 아침에 사형이 집행될 것을 알고 있는 사형수의 상태와 행동을 살펴본다. 내가 이것을 고전적 모델이라고 부르는 이유는, 아리스토텔레스부터 칸트, 다윈, 윌리엄 제임스, 하이데거를 거쳐 현대 심리학 및 신경생물학에 이르기까지, 뱀, 곧 총을 쏘게 될 군인, 침몰이 임박한 배 등 생명의 위협에 직면한 어떤 사람이라는 모델을 통해 공포 경험의 두드러진 요소에 대한 근본적인 관넘이 만들어졌기 때문이다. 전통적인 공포모델을 사용하는 한 가지 방법은, 공포를 통해 열정과 "경험"이라는 더 넓은 개념 사이의 명확한 연관성을 살펴보는 것이다.

공포는 으르렁거리는 개를 처음 본 순간부터 시작되어 몇 초 또는 몇 분 동안 지속되다가 끝난다. 공포 상태가 지속되는 동안 장기적인 미래는 물론이고 몇 분 전, 몇 주 전에 일어난 일도 마치 존재하지 않는 것처럼 느껴진다. 지속 시간이 짧고, 설득력이 있으며, 철저하고, 시작과 끝이 있는 에피소드처럼 특징이 분명한 사건만이 우리가 말하는 경험에 포함될 수 있다. 예를 들어, 우리는 그러한 종류의 어떤 사건을 "오늘 내가 겪은 일"이라고 이야기하거나, 나중에 "내가 겪은 가장 끔찍한 일"로 기억한다. 우리가 했던 이야기와 기억한 이야기를 맞추어 봄으로써, 공포 경험은 그 자체로 "경험"을 대신할 수 있다.

물론 경이로움이나 성적 쾌락의 순간도 경험의 원형으로 간주되어야 한다. 그러나 공포를 경험할 때는 무언가를 해야 한다. 즉, 행동해야 한다. 공포에는 계획이 있으며, 그 계획에는 선택들이 있다. 도주가 첫 번째 선택일 것이다. 선택과 함께 저절로 드러나는 사실이 있다. 즉, 비겁한 사람이냐 아니면 용기 있는 사람이냐, 영웅적인, 거의 초인적인 침착함이냐 아니면 비참한 패배냐. 마침내, 이든 저든 어느 하나의 결과만 남는다. 내가 던진 돌멩이 때문에 개가 도망가거나, 으르렁거리는 개가 무서워 나무에서 하룻밤을 보내든가. 끝이 어떻게 났을까?

공포 경험의 이러한 서사적 특징들(즉, 내적 상태와 그에 따른 행동, 이야기 또는 기억과의 연관성, 짧지만 그 자체로 완결된 시간 단위, 도덕적 차원의 선택과 자기현시를 포함한 종결된 완전한 행위)은 나중에 공포의 미학을 논할 때 다시 다룰 것이다. 공포 경험은 경험 그 자체의 특징, 기억 그 자체의 특징, 이야기 그 자체의 특징을 선명하게 드러내기 때문에, 서술과 서사성은 열정 중에서도 특히 공포를 뒷배경의 후원자로 삼는다고 강력하게 주장할 수 있다. 서술과 서술 가능성은 욕망에서 그리고 욕망의 서사적 가능성에서 또 다른 후원자를 찾을 수 있다. 그러나 욕망과 반대되는 열정 중에서 서술을 후원하는 것은 공포모델이다.

으르렁거리는 개는 사소한 예에 불과하지만, 이것이 설명하는 것은 고전적 모델이다. 이에 대해서는 아리스토텔레스의 용기 분석에 명확하게 설명되어 있다. 아리스토텔레스가 정의한 용기는 공포에 직면했을 때, 내가 두려워하는 모든 것, 특히 죽음에 직면했을 때 나타나는 훌륭한 행동이다. 아리스토텔레스는 바다에서의 죽음, 질병에 의한 죽음, 전투에 의한 죽음 등 세 가지 종류의 죽음을 빠르게 나열한다. 이 중에서 전투에서의 죽음만이 가장 고귀하고 궁극적으로 용기 있는 죽음이다. 무엇보다도 전투에서는 바다 또는 질병과는 달리 도주라는 대안이 있기 때문이다. 둘째, 전투에서 우리는 행동해야 한다. 바다에 있을 때나 열병이 났을 때 우리는 수동적으로 기다릴 수밖에 없다. 승객과 달리 선원은 배를 구하려고 행동할 수 있지만, 아리스토텔레스, 에픽테토스, 아우구스티누스가 침몰하는 배의 공

포를 분석할 때 염두에 둔 것은 승객이다.[15]

　마지막으로 아리스토텔레스가 보기에 전투는 용기를 보여 줄 수 있는 기회다. 전투에서 인간은 기술, 리더십, 단순한 에너지는 물론이고 본인의 행위에 따라 우열이 가려질 수 있다. 전투는 침몰하는 배에서처럼 모두가 똑같이 물에 빠져 죽는 공허한 보편적 운명이 아니다. 도주의 가능성이 고전적 모델의 핵심이다. 즉, 그 가능성에 따라 도망치거나 물러서지 않겠다는 선택을 할 수 있고, 그 선택에 따라 나중에 그 행위를 판단하며 도망치지 않은 사람에게는 박수를 보내고 도망친 사람은 비난할 수 있다. 공포를 뜻하는 그리스어와 라틴어는 도주라는 단어와 구별되지 않는다. 공포를 말할 때 쓰는 포보스phobos와 푸가fuga는 모두 자동적으로 도주를 의미한다. 여기서 두 단어는 가장 강력한 공포, 즉 도주는 자연스럽고 충동적이지만 이를 극복하면 용기 있는 행동으로 간주되는 공포를 뜻한다.

　애초부터 이 윤리적 모델은 나중의 판단, 즉 법률용어로는 판결을 지향한다. 용감했다 또는 비겁했다, 약간 또는 최고로 용감했다는 판결은 아리스토텔레스가 공포 경험의 특징을 규정할 때 목표로 삼은 것이다. 물론 "판결"이라는 용어에는 타인에 대한 우리의 말 없는 판단과 우리 자신의 행위에 대한 판단도 포

---

[15] Aristotle, *Nicomachean Ethics* 3.6–9; Saint Augustine, *City of God*, trans. Henry Bettenson (Harmondsworth: Penguin, Pelican Classics, 1972), 9.4.4.

함된다. 경험에 대한 설명조차도 윤리적 판단이든 법적 판단이든 판결 시점에서 과거를 돌아보기 때문에 본질적으로 법적 구조의 서사적 성격을 띤다. 법적 판단과 윤리적 판단은 둘 다 시간적 과거로 돌아가, 현재 이 판단의 순간까지 이어졌다고 말할 수 있는 어떤 문제를 해결하거나 그에 대한 결론을 내린다.

일반적 기대 공포 또는 토머스 셸링의 게임이론에 나오는 전략적 게임의 배후에 있는 경제모델은 미래와의 관계에 의존하며, 현재를 오직 전략적 결정의 순간, 여러 가지 대안 중에서 하나를 선택하는 순간으로만 간주한다. 이 전략의 유일한 관심은 미래뿐이다. 이와 달리, 아리스토텔레스 모델은 과거를 돌아본다. 이와 마찬가지로 모든 법체계도 과거의 특정 순간에 행해진 이미 완결된 행위, 선고 또는 윤리적 판단(처벌, 칭찬, 보상, 명예)으로 현재 시점에 종착점에 도달할 행동에만 관심을 가진다. 판결과 전략적 결정의 차이는 두 공포모델의 핵심적 특징이다. 판결은 법적이며 과거 행위 중심의 공포모델과 연결되고, 전략적 결정은 경제적이며 미래 행위 중심의 공포모델과 연결된다.[16]

아리스토텔레스에 따르면, 용기의 본질은 선택과 뒤이은 행동(싸울 것이냐 말 것이냐, 도망칠 것이냐 자기 위치를 고수할 것이냐)이 요구되는 상황에 있다. 전쟁터의 용기는 단순히 용감한

---

[16] See Thomas C. Schelling, *Strategy and Conflict* (Cambridge: Harvard University Press, 1980).

내면적 상태가 아니라 용감한 행동을 요구한다. 아리스토텔레스는 가장 고귀한 용기는 용감한 것처럼 보이지만 처벌에 대한 공포, 명예에 대한 희망, 분노나 고통, 낙천적인 기질, 위험한 현실에 대한 무지로 행동하는 다섯 가지 조건 또는 동기와 구별되어야 한다고 덧붙인다.[17] 이러한 정밀함은 행동의 피라미드를 만들기 위해서다. 이 피라미드의 정점을 차지하는 것은 가장 두려운 것, 즉 죽음에 직면할 때 발휘되는 최고의 용기다. 이러한 미묘한 차이를 통해 우리는 정확한 판결의 목표를 파악할 수 있다.

아리스토텔레스는 마지막에 덧붙인 내용에서 시간 문제를 다룬다. "예견된 위급 상황이 아니라 갑작스러운 위급 상황에서 두려워하지 않고 동요하지 않는 것"이 진정한 용기의 징표다. "그 용기는 틀림없이 준비가 아니라 성격에서 비롯되었을 것이기 때문이다. 예견된 행동은 계산과 규칙으로 선택될 수 있지만, 갑작스러운 행동은 자신의 성격에 따라 행해진다."[18]

갑작스러움의 요소와 갑작스러움이 열정에서 차지하는 역할을 부각시키는 것은 무엇보다도 공포의 열정이다. 공포의 원형에서 갑작스러움과 돌발성은 극심한 공포를 초래하는 가장 결정적인 요인인데, 이 공포의 원형을 통해 우리는 다른 모든 열

---

[17] Aristotle, *Nicomachean Ethics* 3.6–9.
[18] Ibid., 3.8.1117a15–25.

정에서 갑작스러움이 차지하는 역할을 생각하게 된다. 그러나 갑작스러움이 하나의 특징으로서 두드러지게 나타나는 이유는 우리가 공포를 먼저 생각하기 때문이다. 그러한 관심 집중은 원형의 한 가지 의미이며, 역사적으로 볼 때 열정에서 공포의 원형이 두드러지기 때문에 발생한 결과이기도 하다.

아리스토텔레스가 들었던 세 가지 예 중 나머지 두 가지를 잘 생각해 보면, 그 사례들이 무엇을 이끌어 내고자 정교하게 고안되었는지 알 수 있다. 침몰하는 배에서는 배를 파괴하는 그 물속으로 뛰어드는 것 말고는 도망칠 방법이 없다. 바다나 자연이 집어삼키겠다고 작심하면, 우리는 도망칠 수 없다. 용감한 사람이나 비겁한 사람, 숙련된 선원이나 승객, 선실에서 잠든 사람이나 배를 구하고 자신도 살고자 마지막까지 미친 듯이 노력하는 선원이나 모두 똑같이 익사할 것이다. 그 배에는 헥토르가 아킬레우스에게 쫓겨 트로이 성벽을 세 번이나 돌고 돌아 결국 죽음을 맞이하는 장면과 같은 극적인 절정의 순간은 없다. 침몰하는 배에서는 누가 용감하고 누가 파렴치하고 비겁했는지 말해 줄 생존자가 남아 있지 않은 경우가 많다. 이런 종류의 사건이 발생하면, 어떤 판결도, 어떤 명성이나 악명도 오래 지속하지 못한다.[19]

---

[19] 아우구스티누스는 아리스토텔레스의 침몰하는 배를 매우 상세하게 분석한다. *City of God*, 9.4.4.

질병은 도주의 문제를 배제한다는 점에서 배와 유사하다. 그러한 이유로 질병은 행위와 내적 상태를 구분한다. 질병은 우리 내부에 있으며, 도망칠 다른 곳이 없다. 이는 자연으로부터 도망칠 수 없다는 스토아주의의 주장과는 다른 문제다. 구조적인 관점에서, 질병은 또한 길에서 만난 사자와 다르다. 사자는 50미터 떨어진 곳에서 시속 50킬로미터로 달리고 있다. 우리는 오른쪽이나 왼쪽으로 달리거나 나무에 올라가거나 등을 돌려 도망칠 수 있다. 사자는 안전을 향해 가는 길 또는 죽음을 늦추는 길목을 막는 특정한 외부적 위험 요인이다. 그러나 질병은 내 몸 어디에나 존재한다.

질병의 예를 생각해 보면, 우리는 스토아주의에서 그렇게 자주 언급되는 아리스토텔레스의 배가 무엇을 보존하고 있는지 알 수 있다. 그것은 바로 죽음의 세계가 가진 귀족적인 이미지다. 가라앉는 배 위에 승객과 선원이 있다고 하면, 선원은 자신의 기술로 자기 생명은 물론이고 몇몇 승객의 생명까지 구할 수 있다. 그러나 이는 선원의 기술과 용기가 충분하고 위험이 압도적이지 않은 경우에만 가능한 일이다.[20]

아리스토텔레스에게 질병은 공포의 민주적 이미지로 간주된다. 질병은 마구잡이로 공격하고 거기에는 아무런 기술이 없다.

[20] Epictetus, *Discourses of Epictetus, in The Stoic and Epicurean Philosophers*, ed. Whitney J. Oates (New York: Random House, 1940), bk. 2, chap. 5, pp. 288–89.

용기의 수동적 의미(이는 트로이 성벽 밖에서 나타나는 용기의 의미가 전혀 아니다) 말고는 용기의 과시도 없다. 전쟁터에는 승객이 없고 가라앉는 배에는 승객과 병사(선원)가 모두 있지만, 병원에는 승객만 있다. 전쟁터에서 우리는 용감한 자에게 죽임을 당하고 배에서는 자연의 손에 죽음을 맞이하지만, 병원에서는 단지 시간과 소모되고 쇠퇴한다는 사실만이 존재한다. 아리스토텔레스가 질병을 목록에 올린 이유는, 질병이야말로 우리 모두가 실제로 반드시 죽는다는 사실, 우리가 가진 시간이 결국 모두 다 소멸된다는 사실을 입증하기 때문이다. 죽음에 관한 가장 위대한 현대소설인 톨스토이의 《이반 일리치의 죽음》은 아리스토텔레스의 세 번째 죽음, 즉 질병에 의한 죽음을 주제로 삼는다.

판결에 기반한 법적 공포모델과 그 현대적 대안인 불확실성에 대한 경제적·미래지향적 설명을 숙고하기 위해, 두 가지 공포의 순간을 살펴보고자 한다. 첫 번째는 호메로스의 《일리아드》에 나오는 이야기다.

《일리아드》 10권에서, 그리스의 두 장수 디오메데스와 오디세우스는 어둠을 틈타 트로이 성벽과 그리스 군함 중간쯤, 전쟁터의 시체들 틈에 매복하고 있었다. 어둠 속에서 그들은 지나가는 트로이 첩자를 지켜보다가 매복에서 튀어나와 첩자의 어깨 너머로 창을 던진다. 창은 바로 코앞에 떨어져 꽂힌 그대로 덫이 되어 버린다. 공포에 질려 도망치던 트로이 병사는 "얼어붙었고 겁에 질려 횡설수설 중얼거린다. 이빨은 덜그럭거렸고 얼굴은 공포로 인해 창백해졌다. 눈물이 쏟아져 나왔고 몸은 덜덜 떨고 있었다."[21] 트로이의 첩자 돌론은 동물 가죽을 덮어쓴 적들의 수중에 떨어졌다. 칠흑 같은 어둠 속 시체들 틈에서 갑자기 솟구쳐 나온 적들에게 붙잡혀 살려 달라 애원한다.

첩자는 곧 아군 야영지의 배치도를 누설하여 경비병이 배치된 곳, 왕과 병사들이 무방비 상태로 잠자는 곳을 알려 준다. 그의 배신 덕분에 두 그리스인은 손쉽게 학살을 자행할 것이다. 잠자는 병사들을 학살하는 장면은 《일리아드》에서 가장 잔인한 에피소드다. 호메로스의 서사시에 등장하는 보통의 전쟁은 적어도 부분적으로는 전쟁터에서 서로 얼굴을 마주 보는 병사들의 싸움이기 때문이다. 병사들은 다음 순간에 승리하거나 죽을 수도 있다는 것을 완전히 의식하고 있다는 말이다. 돌론의 떨림, 눈물, 창백함, 도주, 항복, 목숨을 구걸하는 비겁한 호소, 그리고 아군 12명을 배신한 반역죄로 죽음을 모면할 수 있을 거라는 절박하지만 헛된 희망 등 신체와 행동에 관한 상세한 외적 묘사로 인해 내적 의식의 정교한 묘사는 사실상 불필요하다.

그리스인들과 달리 돌론은 혼자였다. 공포의 상태에서 오로지 자신의 생존만이 중요해졌다. 이제 그는 자신의 목숨을 부지하기 위해 잠들어 있는 친구들과 동료들을 기꺼이 팔아넘긴다.

---

[21] Homer, Iliad 10.358–404.

그는 말하자면 공포에 의해 개인화된 셈이다. 두 그리스인은 돌론과 다르게 선견지명이 있었다. 디오메데스는 이 임무에 자원했을 때 동행을 고집했다.[22] 두 사람은 눈이 네 개다. 둘은 작은 사회를 이루어 서로에게 목격자가 되기 때문에, 잡히더라도 수치스러운 짓은 상상할 수 없다. 게다가 둘이면 어둠 속에 혼자 있는 사람보다는 겁을 덜 먹는다. 그래서 시체가 널려 있는 들판을 건너 적 진영으로 몰래 갈 수 있다. 둘이면 흩어진 시체들 틈에 숨자고 제안하는 것이 어렵지 않다. 혼자 있으면 과연 이런 선택을 할 수 있을까?

호메로스가 관심을 집중시키는 순간을 살펴보자. 붙잡힌 돌론이 살려 달라 애걸하며 동료들을 배신하고 살육을 방조하는 순간은 훗날 사법적 조치에서 가장 면밀하게 검토될 순간이다. 선택은 정해졌다. 협박과 죽음의 공포라는 정상참작의 상황이지만 극악무도한 범죄는 저질러졌다. 물론 재판은 없다. 돌론은 오디세우스와 디오메데스에게 단칼에 목이 잘리는 처형을 당한다. 그는 결코 반역죄로 재판에 회부되어 처형당하지 않을 것이다. 그럼에도 불구하고, 우리는 훗날 이루어질 수도 있을 상상의 재판을 하나의 시각으로 잡을 수 있다. 우리의 관심은 증거, 돌론의 선택과 책임, 범죄의 중대성, 정상참작의 사유에 있다.

---

[22] Ibid., 10.221–65.

재판이 열리기 한참 전인 현재 시점에서도 법적 절차의 그림자가 사건에 드리워져 서술의 시선을 이끌어 간다.

모든 사람을 배신한 돌론은 마치 재판이 있었던 것처럼 포획자들에게 처형당한다. 그의 비겁함은 허망했다. 도주, 전율, 창백함, 비겁함, 배신, 허망하고 절망적인 협상, 이것이 모든 것을 잃어버린 자의 마지막 순간이었다. 여기서 공포의 상태는 육체적·정신적, 궁극적으로는 윤리적이다. 공포로 굳어 버린 몸은 말하자면 이미 항복했다. 의지는 이제 노예가 되었다. 돌론은 자신을 적의 도구이자 동맹으로 삼아 적보다도 더 훌륭하게 첩자의 임무를 수행했다. 여기서 우리는 저 유명한 헤겔의 주인과 노예의 변증법을 떠올리지 않을 수 없다. 헤겔의 우화는 자신의 목숨을 부지하려고 항복한 병사가 다른 병사의 노예가 되어 그를 주인으로 만드는 공포의 우화다. 이 행위는 모든 인류 문화와 역사의 시작점이다. 여기서 헤겔은 의식의 기원을 설명한다. 즉, 의식은 주인이 아닌 노예에게서 발생한다. 의식은 공포에 직면한 항복의 산물이다.[23] 홉스와 마찬가지로, 헤겔은 문명사 전체가 최초의 공포에서 발원한다고 주장한다. 돌론은 노예로 살아갈 수 있는 헤겔적 유예를 받지 못한다. 그는 2분 동안 노예로 이용당하다가 처형된다. 최초의 공포 속에서 그는 적과 맞서

---

[23] G.W.F. Hegel, *Phenomenology of Spirit*, in Alexandre Kojéve, *Introduction to the Reading of Hegel*, ed. Allan Bloom, trans. James H. Nicols, Jr. (1969; reprint, Ithaca: Cornell University Press, Agora Paperbacks, 1980), 3–30 (esp. 26).

싸우지 않았다.

우리가 돌론에 대한 판단을 내릴 때, 그리고 이것이 호메로스가 의도한 바일 텐데, 우리는 이미 완료된 그의 행위, 그의 범죄와 비겁함을 회고하는 이 법적 윤리적 모델에서 무엇이 누락되었는지 질문할 수 있다. 누락된 것은 납치범들의 심리에 대해 돌론이 가진 어떤 의식이나 추정이다. 그는 정보를 한꺼번에 모두 다 누설함으로써 포획자가 그를 살려 두는 데에 관심이 없게 만든다. 그는 자신이 무언가를 주면 그들이 감사의 표시로 그의 목숨을 살려 줄 것이라는 비합리적이고 터무니없는 희망을 품고 정보를 제공한다. 그러나 포로가 항상 그렇듯이 그는 그들에게 짐이 될 것이다. 우리는 돌론이 현대 게임이론의 첫 번째 요소조차 배우지 못했다고 비난할 수 있다. 만일 오디세우스가 포로로 잡혔다면 포획자들이 그를 살려 두는 것이 낫겠다고 생각할 만큼만 정보를 제공했을 것이다. 아니면 안내자를 자처하며 포획자들을 자신의 군대 근처로 유인해 포로로 잡았을 수도 있다. 공포에 질린 돌론은 가장 기본적인 전략인 시간 벌기조차 제대로 하지 못했다. 매번 수를 둘 때마다 두세 수 앞을 내다보고 체포자들의 마음, 특히 그를 살려 둘 이유가 충분할 상황을 상상했어야 한다. 호메로스는 공포에 사로잡힌 순간에는 미래를 상상하지 못하거나 상대의 마음에 관심을 두지 않는다는 점을 보여 준다.

밤중에 각자의 진영에서 몰래 빠져나온 호메로스의 세 첩자는 상호적 공포의 순간이 될 수도 있었을 일을 벌이고 있었다.

오디세우스는 이 사건을 포로의 일방적인 공포로 빠르게 전환시킨다. 호메로스가 관심을 가진 것은 포로가 된 첩자 돌론의 일방적인 공포뿐이다.

냉전이 한창이던 40년 전, 경제학자 토머스 셸링은 저서《갈등의 전략》의 아홉 번째 장에서 독자들에게 다음과 같은 상황을 상상해 보라고 권한다.

"밤중에 무슨 소리가 들려 총을 들고 아래층으로 내려갔는데 총을 든 강도와 마주친다면 둘 다 원하지 않는 결과가 발생할 위험이 있다. 그가 조용히 떠나고 싶고 나도 그러기를 바라더라도, 강도는 내가 쏘고 싶어 한다고 지레짐작하고 먼저 쏠 위험이 있다. 더 나쁜 것은, 그가 쏘고 싶다고 내가 생각한다고 그가 생각할 위험성이다. 또는, 내가 쏘고 싶다고 그가 생각한다고 내가 생각하는 상황을 그가 머릿속에 생각할 위험성이다. 이것이 바로 기습 공격의 문제다"(셸링의 강조).[24]

셸링의 상호적 공포 시나리오는 "기습 공격에 대한 상호적 공포"라는 장에서 시작되는데, 이것이 냉전시대의 국제정치와 관련되어 있다는 것은 분명하다. 셸링의 총을 든 거주자와 무장 강도는 시체가 널려 있는 전쟁터에서 만난 호메로스 첩자들의 상호적 공포를 재현한다. 다만, 셸링의 경우 아직 상대방을 포

---

[24]　Thomas C. Schelling, "The Reciprocal Fear of Surprise Attack," in *Strategy of Conflict*, 207.

로로 잡으려는 움직임은 전혀 없다. 호메로스와 달리, 셸링은 일단 기본적인 사실관계가 확인된 다음에는 그 즉시 상황을 파악하라고 권한다. 단, 이 상황에서 시간은 정지되었다고 가정한다. 미래는 아직 열려 있다. 그다음 행동이 모든 것을 결정한다. 미래를 향해 열려 있는 이 시간의 단면은 상호 의존적 행동에 대한 경제학적·게임이론적 사유의 필수적인 특징이다. 우리가 호메로스에게서 감지한 법적 모델은 미래의 어떤 시점에서 현재를 관찰한다. 우리는 이 미래 시점에서 다시 현재로 돌아가 현재를 판단한다. 공포모델에서, 모든 것은 과거지향적 법적 모델과 열린 미래를 말하는 현대의 미래지향적 전략 모델의 차이에 근거한다.

셸링은 어둠 속에서 무장 강도와 대면한 집주인의 상황이 "서로에 대한 신뢰가 부족한 동업자들의 문제와 논리적으로 동일하다"[25]는 말로 우리를 놀라게 한다. 이 기발한 주장으로, 공포와 선제공격의 유혹은 이제 적에 대한 문제가 아니라 서로를 불신하는 동업자의 불안한 협력이라는 일상적인 문제로 재정의할 수 있다. 또한 이것은 어느 사회에서나 함께 사는 사람들, 또는 결혼한 부부가 상대방이 먼저 나를 공격할지도 모른다는 공포 때문에 상대방에게 해를 끼치려는 유혹을 받는다는 점을 보여

---

[25] Ibid., 207.

준다.

셰익스피어가 말하듯이, 각자는 상대방이 "해를 끼칠 수 있는 힘"이 있다는 것을 알고 있다. 셸링은 강도와 맞대면하는 상황이 "서로에 대한 신뢰가 부족한 동업자들"의 상황과 일치한다는 점을 지적함으로써, 상상할 수 있는 모든 중요한 사적 · 사회적 상황이 공포라는 우산 아래 있음을 보여 준다. 일례로, 프루스트의 소설에서 알베르틴에 대한 공포로 고통을 겪는 마르셀을 들 수 있다. 셸링은 이를 통해 제로섬게임(한 사람의 이득이 다른 사람의 손실이 되는 게임)과 협동 게임의 중간에 위치한 중요한 게임 카테고리를 새로 정의한다. 셸링은 이 게임을 "갈등과 상호 의존이 혼합된 게임"이라고 부른다.

"이러한 게임은 극적인 흥미를 제공하는 갈등의 요소가 있지만 상호 의존이 논리 구조에 포함되어 있으며, 상호적 재앙을 피하기 위해서라도 일종의 암묵적인 협력이나 상호 조정이 요구되는 '게임'이다. 이러한 게임에서는 비밀 유지가 전략적으로 중요할 수도 있지만, 각자의 의도는 물론 신호를 통해 마음의 일치를 알리는 것이 절대적으로 필요하다."[26] 이러한 게임에는 셸링의 표현으로 기대의 상호 의존이 포함된다.

강도와 집주인 모델은 게임이론에 크게 기여한 셸링의 업적

---

[26] Ibid., 83–84.

가운데 하나이다. 현대사회의 우화로 가장 널리 논의되는 죄수의 딜레마 역시 이 모델의 변형이라고 할 수 있다. 죄수의 딜레마는 이기심과 협력, 배신과 변절에 관한 복잡한 합리적 문제를 단순한 이야기를 통해 집약적으로 표현한 이론이다. 죄수의 딜레마는 공포를 통해 사회를 사유하는 방식이다. 오직 처벌만이 있으며, 어떤 결과가 나오든 두 죄수에게는 어느 정도의 처벌이 확실한 상태다. 죄수는 각자의 감방에서 홀로 최소한의 손실만을 계획한다. 죄수는 공범을 밀고하고 배신하여 형기를 단축할까, 아니면 그가 침묵하고 공범이 배신함으로써 가능한 가장 가혹한 형벌을 받고 공범은 1~2년 후에 출소할까? 변절할까, 협조할까, 아니면 상대방의 협조를 바라며 침묵하다가 상대방의 변절로 배신당할까? 이것은 공포와 고통이라는 주제를 통해 이기심, 개인적 선택, 협력적 행동, 변절이라는 더 큰 사회적 문제를 생각하는 방법이다. 그런데 처벌보다는 보상, 공포보다는 희망에 초점을 맞추어 같은 문제를 다룰 수도 있다는 점을 인식할 필요가 있다.[27]

죄수의 딜레마, 셸링의 기습 공격에 대한 상호적 공포, 벤담의 "최대 다수의 최대 행복"을 대체한 주디스 슈클라의 공포의 최소 자유주의와 같은 공포의 정치는, 공포라는 원형이 홉스의

---

[27] William Poundstone, *Prisoner's Dilemma* (New York: Doubleday, Anchor Books, 1992).

상호적 공포와 근대국가의 등장 이후로 사유의 기저 구조에 상당한 영향력을 끼쳤음을 명확하게 보여 준다.

홉스의 동시대인 파스칼은 가장 잘 알려진 이미지를 통해 정신적 차원의 공포 원형을 만들었다. 이 이미지는 죄수의 딜레마나 셸링의 무장한 집주인과 무장 강도 모델이 얼마나 많은 것을 밝혀냈는지 보여 주는 모델이다. 파스칼은 다음과 같이 쓴다.

"인간의 어리석고 비참한 상태를 볼 때, 침묵 속에 침잠한 우주를 둘러보고 누가 자신을 그곳에 데려다 놓았는지, 무엇을 하러 왔는지, 죽으면 어떻게 되는지 아무것도 알지 못한 채, 빛도 없이 캄캄한 우주 한구석에 홀로 남겨진 인간의 모습을 볼 때, 나는 마치 잠자다 황량한 무인도에 옮겨졌는데 깨어 보니 탈출할 수 없어 어쩔 줄 모르는 사람처럼 공포에 휩싸인다."[28]

파스칼이 보여 준 이미지는 탈출할 방도가 없는 죄수의 이미지이기도 하다. 그러나 호메로스의 《일리아드》 10권에서 돌론이 그랬던 것처럼, 파스칼은 그의 신학에 걸맞게 의지를 가진 홀로 있는 한 남자의 이미지를 제시한다. 죄수의 딜레마와 셸링의 무장한 두 사람은 의지가 상호적으로 침투하는 모델, 주어진 상황의 주관적 해석에만 의존해서는 행동할 수 없을 때 느끼는 공포의 모델을 보여 준다. 이 새로운 상황에서 추가된 것은 나

---

[28] Blaise Pascal, *Pensées*, trans. A. J. Krailsheimer (Harmondsworth: Penguin, 1966), 1.15.198h5.

를 향한 상대방의 의식에 대한 나의 의식이 차지하는 핵심적 역할이다. 또 다른 하나는, 셸링이 덧붙인 것처럼 상대방이 무엇을 생각하는지, 그리고 내가 생각한다고 그가 추측한다고 내가 상상하는 것이 무엇인지 알고 싶은 마음에서, 타자와 정신적으로 동일시하려는 경향이다.

상호적 공포는 겉으로 보면 "그가 그렇게 생각한다고 내가 생각한다고 그가 생각한다고 나는 생각한다. 또는 그가 그렇게 생각한다고 내가 생각한다고 그가 생각할지도 모른다" 등과 같은 형태의 단순한 인식론적 퇴행의 문제를 제시하는 것처럼 보인다. 그러나 이와 같은 타자의 공포 상태는 또한 타자의 생각에 대해 생각하는 것 이상의 무언가를 우리가 하게 만든다. 타자의 공포로 인해 우리는 그의 공포가 어떤 모습인지, 내가 총을 가진 것을 본 그 짧은 순간 그의 놀란 반응이 얼마나 극단적이고 충동적이고 성급하고 긴장했는지의 문제를 생각하게 된다. 이 사실을 언급한 것은 공포가 공감의 특이한 예로 생각될 수 있기 때문이다. 즉, 열정은 동시적으로 발생하고 서로에게 영향을 주고받으며, 상대방의 창백함, 초조함, 떨림, 허세 등을 관찰하면서 상승과 하강을 겪는다.

나중에 나는 이와는 약간 다른 공유된 공포라는 상태가 만드는 중요한 미적 결과를 다룰 것이다. 우리는 집주인과 강도가 공포를 공유한다고 생각할 수 없다. 공유된 공포는 같은 것에 대한 공포를 뜻하기 때문이다. 집주인과 강도가 두려워하는 것, 죄수의 딜레마에서 이전에 공범이었던 두 범죄자가 지금 두려위하는 것은 **상대방**이다. 그러나 각자는 나를 두려워하는 것이 어떤 느낌인지, 내가 공포를 느끼는 순간에도 내가 상대방에게 얼마나 공포를 주는지를 감정이입을 통해 파악할 수 있어야 한다는 점에 주목해 보자. 각자는 상대방이 얼마나 겁에 질려 있는지 알아야 하며, 자신이 지금 알아보려고 하는 바로 그 상태를 그가 초래했다는 것을 알아야 한다.

이제 아들 중 한 명이 전쟁에서 사망했지만, 어느 아들이 죽었는지 모르는 아버지의 예로 돌아가 보자. 이제 이 예시의 몇 가지 독창적인 특징을 볼 수 있다. 이 모델은 불확실성의 역할을 별도로 다루기 위해 고안되었지만, 흄은 매우 특이하게도 미래가 아닌 과거에 관한 불확실성이 되도록 모델을 만들었다. 아들은 이미 죽었다. 그렇기 때문에 아버지가 할 수 있는 일은 아무것도 없다. 불확실성으로 인해 아버지는 기다리는 일밖에 할 수 없다. 그는 어떤 전략도 세울 수 없고, 미래지향적인 선택도 할 수 없다. 흄은 아버지의 마음 상태에 집중하는데, 그의 마음 상태는 순환적이고 자기 몰입적이다.[29] 그는 게임에서처럼 다른 사람의 의식에 접근할 이유가 없고, "내가 생각한다고 그가 생각한다고 나는 생각한다"는 역학 관계(다른 사람에 대한 상상을 통한 감정의 사회화로 가는 주요 관문)에 발을 들일 이유가 없다.

---

[29] Hume, *Treatise of Human Nature*, bk. 2. sec. 9, p. 492.

대신, 흄의 아버지는 아직 판결이 내려지지 않은 어떤 완결된 행위에 직면한 사람과 같다. 이 경우 어떤 아들을 애도해야 할지 알고 나면, 판결은 그 자신의 슬픔이 될 것이다.

여기서 우리는 흄이 오래된 사법적·과거지향적 모델의 한계를 확장하고, 그 모델을 비틀어 불확실성과 공포에 초점을 맞추는 것을 볼 수 있다. 그와 동시에 흄이 공포의 원형이 과거가 아닌 미래에 기반하게 되면 자연스러운 위치를 찾게 될 특징들을 포함하지 않으려는 어떤 모델의 조건들을 유지하는 것을 볼 수 있다. 물론 흄의 아버지는 섬으로 끌려간 파스칼의 남자처럼 홀로 서 있다. 그는 말하자면 셸링의 무장한 집주인과 무장한 강도에게서 발견되는 상호적 의식의 문제가 없다.

혼합 게임

셸링은 집주인과 강도 예시를 통해 "혼합 게임"이라는 개념을 소개하고 정의한다. 혼합 게임은 상호 의존적인 의지를 가진 둘 이상의 사람을 포함한다. 가령 이익 추구와 협력을 병행해야만 다치지 않고 살아남아 목적지에 가장 빨리 도달할 수 있는, 위험한 교통체증 속에 있는 운전자를 그 예로 들 수 있다.

셸링이 지적했듯이, 혼합 게임에서는 교통체증에서처럼 참여자가 한 명 이상일 경우, 다른 참여자를 지칭하는 공통된 용어가 없다. 협력 게임에서 다른 참여자는 내 동업자이고, 순수한 갈등 게임에서는 적이다. 그렇다면 동업자와 적의 중간에 위치하며, 둘의 요소를 모두 포함하는(때로는 한쪽의 요소가 더 많고, 때로는 다른 쪽의 요소가 더 많은) 사람을 뭐라고 불러야 할까?

흄과 애덤 스미스 이후 공포가 불확실성을 대신하는 공포의 미학에서 이러한 혼합 게임이 특별히 중요한 이유는 무엇일까?

첫째: 혼합 게임은 독특한 형태의 불확실성, 즉 두 사람 이상이 관련된 불확실성에 의존한다. 여기서 각 참여자는 타자가 무엇을 할지, 타자의 전략, 한계, 마음 상태가 무엇인지, 더 나아가 타자가 누구인지, 그의 행동을 예측 가능하게 만드는 것은 무엇인지에 초점을 맞춘다. 그와 동시에 상대방은 나에 대해 똑같은 방식으로 추측한다. 우리 각자는 타자가 상대방의 내면을 상상하고 의식하고 있음을 알고 있다. 상호적 불확실성은 내가 동전의 앞면 또는 뒷면에 내기를 걸고 동전을 던질 때의 불확실성과는 다르다. 모든 우연의 게임에 내재하는 객관적 불확실성은 모든 시장, 모든 결혼, 모든 전략적 관계의 기본 조건인 상호 불확실성에 대해 아무것도 알려 주지 않는다(케네스 애로가 유명한 논문 〈대리행위의 경제학〉에서 연구한 책임자–대리인 관계도 전략적 관계라고 할 수 있다. 여기서 "대리인"이라는 용어는 가령 내 차를 파손한 교통사고의 운전자와 나와의 관계를 포함한다[30]).

[30] Kenneth Arrow, "The Economics of Agency," in *Principals and Agents: The Structure of Business*, ed. John W. Pratt and Richard J. Zeckhauser (Boston: Harvard Business School Press, 1985), 37–51.

경제학자들이 제시하는 효과적인 모델은 경제학에만 국한되지 않는다. 헨리 제임스의 《비둘기의 날개The Wings of the Dove》는 상호 의존적 의지, 상호적 불확실성, 불완전한 정보, 책임자–대리인 관계, 도덕적 해이, 숨겨진 행위와 정보를 바탕으로 한 가장 위대한 현대 예술 작품이다. 이 작품은 파국적인 운명의 덫에 걸린, 상호 의존적인 의지를 가진 다섯 명의 이야기를 담고 있다.

둘째, 혼합 게임은 의식에 대한 게임이다. 즉, 상대방의 다음 행동에 대한 추측, 그가 어떤 타협과 위험을 감수할지를 추측하는 게임이다. 따라서 이 게임은 수 싸움이며 상대방의 수를 해석하는 게임이다. 즉, 수를 읽어 상대방의 전략이나 마음을 알아내는 게임이다. 죄수의 딜레마에서 중요한 사실은, 어떠한 수도 불가능하다는 것이다. 오직 각 참여자가 내린 단 하나의 결정만 가능하며, 이에 대해 상대방은 아무것도 모른다. 죄수의 딜레마는 단 한 번의 고립된 선택만이 가능한 게임이다.

셋째, 혼합 게임은 전개되는 행위의 중간 부분에 관심을 집중한다. 기본 조건은 정해져 있다. 투자 비용과 약속, 동맹과 대립 관계는 이미 명확하다. 그러나 게임을 종결할 결정적인 행동은 여전히 미래, 즉 곧 닥치게 될 미래에 놓여 있다. 그러한 게임에서는 항상 중후반부가 중요하다.

넷째, 혼합 게임은 죄수의 딜레마처럼 일회성 사건이 아니며, 연속적으로 이루어지는 동전 던지기와 같이 기억이 없는 반복적 사건도 아니다. 대신 경쟁 국가, 시장 투자자, 컴퓨터 생산자,

남편과 아내, 부모와 자식, 노동조합과 경영진의 지속적 관계를 다룬다. 여기에서는 승패가 아닌 **균형**을 추구하기 마련이다.

경제적 관점과 법적 관점이라는 두 가지 공포모델이 우리 앞에 놓여 있다. 공포의 조건을 생각할 때 두 사람 이상을 고려함으로써 우리가 얻는 모든 것을 강조하는 것은 중요하다. 일단 공포의 미학이 상호적·호혜적·일반적 공포 또는 한 사람 이상의 상태와 관련된 모든 조건의 원형이 되려고 한다면, 우리가 관심을 갖는 것이 일회성 에피소드가 아니라 불확실성과 길고 열린 미래라면, 사건이 아니라 조건이라면, 법적-윤리적 모델보다는 경제적 모델이 풍부하고 암시적이며 궁극적으로 미학에 필수적이다. 이제 이 두 가지 공포모델의 미학적 성과를 살펴보자.

| 8장 |

공포의
미학

공포에 대한 고전적 모델은 요즘 식으로 말해서 학제간 연구에서 시작되었다. 아리스토텔레스의 공포론을 이해하려면 용기를 다룬 《니코마코스 윤리학》부터 살펴볼 필요가 있다. 여기서 용기는 임박한 죽음의 공포에 직면한 상황, 가령 도주와 비겁함의 선택지가 존재하고 기술이 중요한 전쟁터, 병사가 어떤 행동을 취해야 하고 그가 두려워하는 바로 그 대상, 즉 적군을 향해 진격해야 하는 전쟁터에서 가장 잘 나타난다. 이와 같은 탁월한 주장에 더해, 범죄가 동정심이 아니라 공포를 불러일으키는지의 여부에 따라 그 범죄의 심각성에 대한 평가와 적절한 처벌이 결정된다는 《수사학》의 법적 사례 분석이 반드시 포함되어야 한다. 그와 동시에 아리스토텔레스에 기반한 모든 고전적 모델은 동정, 공포, 최종적 극단 상태(극심한 공포 또는 공포의 전율) 사이의 정확한 관계가 이야기와 문학적 경험의 본질을 정의하는 비극과 같은 문학작품을 활용해야 한다.

여기서 윤리, 법, 문학적 모방이라는 세 가지 영역은 단순한 의미에서 합쳐진 것이 아니다. 사실 세 영역의 중심에 있는 것은 사법적 재판, 그리고 무엇보다도 평결 또는 판결의 순간이다. 아울러 사법적 재판은 이미 과거의 일이지만 이제 다시 한번 성찰과 열정적인 반응, 판결을 위해 우리 앞에 제시된 경험과 어떤 관계인지 파악하는 것도 중요하다.

윤리학의 영역에서 다양한 등급으로 나뉜, 용감하거나 비겁하다고 판단되는 행위, 법정에서 유죄 또는 무죄로 여겨지는 피고인, 문학작품에서 공포·동정·공포의 전율을 경험하는 관중—이 각각의 실제 모델은 법정, 판결의 결정적 순간, 그리고 최종 판결을 위해 세부 사항을 조정하는 일이다.

고전적인 사례에서 공포의 미학은 이미 종결된 개별적인 사건들을 질서 있게 정리하는 법체계에 의존한다. 절도, 구타, 살인, 반역은 이미 일어난 일이어야 하며, 2시에 시작해 16시간 후에 진화된 방화※※처럼 행위의 완결성을 지녀야 한다. 방화범 재판은 사건 발생 후 10개월이 지나서 판결이 내려지고 형이 선고되었다. 8월 14일 밤에 발생한 사고에서 용기 있는 행동을 보여준 선원에게 2년 후 명예 훈장이 수여되는 경우도 마찬가지다. 그리고 오빠를 매장한 안티고네를 다룬 소포클레스의 희곡도 마찬가지다. 2천 년이 지난 오늘의 관점에서 《안티고네》는 고발, 반대신문, 증거, 증언, 처벌로 구성된 재판과 유사하다.

아리스토텔레스는 세 가지 종류의 경험을 염두에 두면서 공포의 미학을 정립했다. 첫째, 전쟁에 참전한 군인, 둘째, 비극을 관람하는 극장의 관중, 셋째, 극단적인 범죄와 그에 뒤따르는 법의 프레임(가령, 그러한 극단적인 범죄를 유명하게 만든 법률 소송들)이다.

미학은 부분적으로 미적 쾌락의 문제다. 그러므로 아리스토텔레스가 관객의 비극 경험에서 공포와 연민의 쾌락을 논한 것은 놀라운 일이다.[1] 어떻게 그러한 무시무시한 열정이 쾌락의 원천이 될 수 있을까? 호메로스에 따르면, 아킬레우스의 분노가 주는 쾌락은 "흘러내리는 꿀보다 훨씬 달콤하다."[2] 《일리아드》의 마지막 권에서 프리아모스와 아킬레우스가 함께 앉아 한

명은 아들을 위해, 다른 한 명은 친구와 아버지를 위해 울 때(프리아모스가 아킬레우스에게 아버지를 생각해 보라고 말한다), 호메로스는 아킬레우스가 "애도의 쾌락"[3]을 즐긴다고 말한다. 우리 시대에 숭고함의 범주는 공포가 주는 일종의 쾌락을 말한다. 이로 미루어 볼 때, 애도, 분노, 공포, 연민이 주는 미적 쾌락을 논했던 고전 시대가 우리 시대의 사고방식과 그리 멀지 않다는 것은 확실하다.

아리스토텔레스가 비극에 부여한 연민과 공포는 사실 서로 완전히 다른 열정은 아니다. 둘이 서로 얽혀 있다는 사실은 발생 조건이 서로 다르다는 사실만큼이나 중요하다. 일단 애초부터 연민과 공포를 논할 때에는 반드시 비극뿐만 아니라 법정 재판과 형법에 대해서도 생각해 봐야 한다.

말하자면, 동정은 공포의 이차적이고 파생적인 산물이다. 아리스토텔레스에 따르면, 우리 자신에게 일어났다면 공포를 느꼈을 일을 타인이 당할 때 동정심을 느낀다.[4] 나의 팔이 부러질 수 있다는 공포로 인해 우리는 눈앞에서 팔이 부러지는 사람을 볼 때 동정심을 느낀다. 나중에 이야기나 전언傳言으로 그 소식을 들을 때, 또는 배우의 팔이 실제로 부러지는 것이 아님을 알

---

[1]   Aristotle, *Poetics* 14.1453b1–14.

[2]   Homer, *Iliad* 18.85–131.

[3]   Ibid., 24.491–537.

[4]   Aristotle, *Rhetoric* 2.8.1386a25–30.

고 있지만 연극이나 영화에서 그에 대한 표상(미메시스)을 볼 때도 마찬가지다. 내가 피해자이거나 피해자가 될지도 모른다는 공포는 다른 사람이 같은 피해를 당하는 것을 볼 때 걱정을 낳는다. 이와 같은 사실을 바탕으로 루소는 공포, 분노, 호기심, 수치심과 같은 일상적이고 자기보존적인 감정과 대조하여 종족보존적인 감정이라는 개념을 만들었다.[5]

하지만 상황은 좀 더 복잡하다. 아리스토텔레스는 "우리가 동정하는 사람은 우리와 아주 밀접한 관련이 없지만 우리가 아는 사람이다. 이 경우에 마치 우리 자신이 위험에 처한 것처럼 느낀다"고 말한다.[6] 동정심과 공포 사이의 경계는 열정에 존재하는 많은 인지 가능한 경계들 가운데 하나다. 즉, 무언가가 우리와 우리를 관찰하는 다른 사람들에게 드러난다. 드러나는 것이 놀랍거나 심지어 당황스러운 것일 때도 있다. 직접 경험해 보는 것 말고는 다른 어떤 수단으로도 이러한 특정한 사실을 밝힐 수 없다. 이러한 인지 가능성은 열정의 기본 특징이며, 경제이론에서 말하는 "드러난 선호revealed preferences"와 같은 역할을 한다. 게임에서 우리가 "수"라고 부르는 것은 돌이킬 수 없는 방식으로 상대의 생각과 전략을 공개하거나 드러낸다.

---

[5] Jean-Jacques Rousseau, "Discourse on the Origin and Foundations of Inequality among Men," in *The First and Second Discourses*, ed. Roger D. Masters, trans. Roger D. Masters and Judith R. Masters (New York: St. Martin's Press, 1964), 104–20.

[6] Aristotle, *Rhetoric* 2.8.1386a15–20.

아리스토텔레스에 따르면, "아마시스는 아들이 끌려가 죽는 모습을 보고 울지 않았지만, 친구가 구걸하는 것을 보고는 울었다"며 "후자의 광경은 불쌍한 것이지만 전자는 끔찍한 것이다. 끔찍한 것은 불쌍한 것과는 다르며 동정을 차단하는 경향이 있고 종종 동정과 반대되는 감정을 일으킨다."[7] 탈영 죄로 총살당하는 젊은 병사를 보면 동정을 느끼지만, 그 병사가 우리의 형제라면 그렇지 않다. 오히려 공포가 느껴질 것이다. 그리고 예측하기 어려운 상황에서 동정이나 공포를 느낄 때, 다른 사람과 친밀한지 그렇지 않은지는 오직 이런 방식으로만 우리와 우리를 관찰하는 다른 사람들에게 공개되고 드러날 것이다.

아리스토텔레스에 따르면, 범죄를 논할 때 "범죄가 더 잔인할수록" 범죄의 죄질은 더 불량하다. "또는 오랫동안 계획적으로 준비되었을 때, 또는 범죄의 이야기가 동정보다는 공포를 불러일으킬 때"[8] 그 범죄는 더 나쁘다. 이 구분은 보통 우리가 강도, 구타, 이웃의 살해 소식을 들으면 피해자를 떠올리고 그 결과 동정을 느낀다는 것을 암시한다. 그러나 충격적으로 잔인하고 끔찍한 공포를 일으키는 범죄를 접할 때 우리는 이제 피해자보다는 범죄 그 자체, 범죄의 성격, 인간 본성의 무엇이 그러한 행위를 일으켰는지를 생각하게 된다. 이때 우리는 공포를 느낀다.

[7] Ibid., 2.8.1386a15–25.
[8] Ibid., 1.14.1375a5–10.

아리스토텔레스는 "[어떤 사람의] 범죄는 그 범죄를 저지른 최초의 사람일 경우 또는 유일하거나 거의 유일한 사람일 경우, 또는 같은 방식으로 중대한 잘못을 저지른 것이 결코 처음이 아닐 경우, 또는 그의 범죄를 참고하여 유사한 범죄를 예방하고 처벌하기 위한 대책을 고안하고 새로 만드는 경우, 그 죄질이 더욱 불량하다고 여겨진다"[9]고 덧붙인다. 이러한 범죄의 범주들은 법적 심각성을 정의하는 오늘날의 범주들과 유사하다. 가령 사전 계획, 오랜 계획, 상습범, 예외적인 잔혹성, 최근 이른바 "메건법Megan's Law"[미국의 일곱 살 소녀 메건 칸카가 새로 이사온 성범죄자에게 강간살해당한 사건을 계기로 만들어진 성범죄자 정보 공개법]처럼 어떤 범죄가 새로운 법률의 제정으로 이어지는 경우를 말한다. 아리스토텔레스는 직접 보지 않고 뉴스로만 들었어도 동정심보다는 공포(또는 극심한 공포)를 유발할 수 있는 사건을 미학적으로 구별하지만, 현대의 법사상에는 그러한 구분이 공식적으로 존재하지 않는다. 그러나 우리는 아리스토텔레스가 무엇을 의미하는지 금방 알 수 있다.

아리스토텔레스는 비극의 플롯을 논하면서 이와 비슷한 매우 중요한 사항을 지적한다. 그는 어떤 사건의 광경이 아니라 그 사건에 대한 단순한 설명을 듣고 공포의 전율(극심한 공포)을 느낄 때 더 끔찍하다고 주장한다.[10] 예를 들어, 알베르 카뮈처럼

9   Ibid., 1.14.1375a1–5.
10   Aristotle, *Poetics* 14.1453b1–15.

처형, 가령 단두대 처형의 실제 모습을 참관했다면 우리는 공포와 혐오의 강한 열정을 느낄 것이다. 셰익스피어의 《리어왕》에서 글로스터의 눈을 뽑는 장면은 무대 위의 광경으로 우리 눈앞에 펼쳐진다. 이 경우, 우리는 곧 일어날 일, 지금 일어나는 일, 방금 일어난 일 등 사건의 모든 순간을 목격하지 않을 수 없다. 반면에 《오이디푸스 왕》에서는 이오카스테가 목매달아 죽는 장면, 오이디푸스가 스스로 눈을 찌르는 장면이 나오지 않는다. 우리는 이 끔찍한 사건을 전언으로 듣게 되는데, 바로 이것이 아리스토텔레스가 말한 공포의 전율을 불러일으키는 전언이라고 볼 수 있다.

그러나 고립된 행위나 순간에 대한 전언은 아리스토텔레스가 의미하는 바가 전혀 아니다. 《시학》에서는 이러한 끔찍하고 충격적인 순간을 따로 분리해서 플롯의 "고통suffering"이라고 부른다.[11] 고통, 인식, 반전은 아리스토텔레스적 플롯의 세 가지 요소다. 공포의 전율은 아무리 잔인하거나 전무후무한 일이라도 고통의 장면이나 고통에 대한 전언으로 유발되지 않는다. 공포의 전율은 전체에 대한 반응이다.

가장 끔찍한 플롯을 정하는 아리스토텔레스의 기준은, 전체를 요약하는 것만으로도 공포에 떨게 만드는가 그렇지 않은가

---

[11] Ibid., 11.1452b10–15.

이다. 그리 심각하지 않은 사건들은 장면을 직접 목격할 때 공포를 유발한다. 이것은 서술과 광경, 보여 주기와 말하기, 일부에 대한 반응과 전체에 대한 반응의 차이에 관한 중요한 미학적 사실이다.

아리스토텔레스가 든 예는 오이디푸스 왕에 대한 개략적인 이야기다. 그 사건의 단순한 사실을 듣는 것만으로도 공포의 전율이 일어난다. 갓 태어난 아이에 대한 경고성 예언을 들은 부모는 사람을 보내어 아이를 죽이려 한다. 산에 버려진 아이는 불구가 되고(오이디푸스는 고대 그리스어로 '부은 발'이라는 뜻) 구조되고 다른 곳에서 자라고 경고를 받는다. 청년이 된 아이는 도망쳐서 어떤 남자(자신의 아버지)를 죽이고, 사회를 구하고, 과부가 된 여왕(자신의 어머니)과 결혼해 아이를 낳고, 사회에 재앙을 가져오고, 자신의 죄를 깨닫고, 어머니(자신의 아내)가 침실에서 목매달아 자살한 것을 보고 눈을 찔러 맹인이 된다.

분명히 오이디푸스는 역사상 그런 일이 일어난 유일한 남자인데, 그 특이성이 바로 공포를 일으키는 요소다. 오이디푸스의 유죄가 분명하더라도, 우리는 이와 같은 사건을 처벌할 특별법을 통과시키고 싶은 마음이 들지 않을 것이다. 다시는 그런 일이 일어날 것이라고 상상할 수 없기 때문이다. 이와 같은 공포의 한 가지 함의는, 누군가를 동정하려면 그에게 일어난 것과 똑같은 일이 우리에게도 일어날 수 있다고 상상할 수 있어야 한다는 것이다. 오이디푸스의 경우에는, 문자 그대로 그 같은 경우를 상상할 수 없다. 셰익스피어의《로미오와 줄리엣》은 빠르게 요약된 이야기가 동정심을 불러일으키는 완벽한 예다. 얼마나 슬프고 불행한 일인가. 우리에게 또는 가까운 사람에게 일어날 수 있는 일이라고 상상할 수 있기 때문이다. 그들의 젊음, 순수함, 어설픈 실수 때문에 동정을 느끼는 것은 그리 어렵지 않다. 하지만 오이디푸스의 경우처럼 그 사건이 유독 심각해 보일 때, 우리는 더 이상 동정을 느끼지 않는다. 그리고 이상하게도 우리에게 일어날 일이라고 절대 생각하지 않는다.

극소수의 이야기만이 이런 효과를 낼 수 있다. 대부분의 심각한 플롯은 무대 장면으로 연출되거나 우리가 직접 그 사건을 목격했다면 공포를 일으키겠지만, 공포의 전율이나 극심한 공포를 일으키지는 못할 것이다. 아리스토텔레스는 단 한 번만 공포의 전율이라는 용어를 사용했고, 다른 경우에는 보통 포보스phobos, 즉 공포라는 단어를 사용한다. 대부분의 고딕소설이나 스티븐 킹 계열의 현대 공포영화는 그것을 이미 일어난 일에 대한 단순한 전언으로 축약하면 진부해 보일 것이다. 소설의 페이지를 넘기거나 영화에서 펼쳐지는 스펙터클을 볼 때에만 우리는 공포를 경험한다.

서술의 한 가지 특징은, 거의 즉각적으로 이야기 전체를 파악하게 만드는 압축이다. 특히 사건의 간략한 개요가 그렇다. 예를 들어, 그림은 세부적인 사항들을 들여다보기 전에 우리에게 모든 것을 한꺼번에 보여 준다. 끔찍한 사건에 대한 빠른 요약은 그와 같은 시각적 갑작스러움과 유사하다. 앞서 언급했듯이, 갑작스러움은 공포라는 열정의 중요한 특징이다.

형사법 체계로 돌아가 보면, 살인 재판의 배심원들은 서술을 듣는다. 즉, 그들은 전언을 듣는다. 배심원들은 어떤 장면(검사가 주장하는 범죄의 재연과 변호인이 주장하는 또 다른 장면 또는 재연)을 직접 눈으로 보지 않는다. 법률 소송은 서사로 이루어진다. 보여 주기가 아니라 말하기다.

변호인은 하나의 서사를, 검찰은 또 다른 서사를 제시한다. 각 증인은 이야기를 들려 달라는 요청을 받는다. "그날 밤 무엇을 목격했는지 말씀해 주시기 바랍니다." 공포의 전율을 유도하기 위해 검사는 첫 변론에서 사건에 대한 간략한 개요를 제공한다.

전언이나 요약은 전체 행위를 압축된 형태로 이야기한다. 그러므로 우리가 전체 행위를 경험하는 방식은 그 행위의 어떤 짧은 순간을 경험하는 것과 비슷하다. 즉, 전체는 짧은 순간으로 축소된다. 행위는 비극의 가장 중요한 특징이기 때문에, 보통 글로스터의 눈이 찔리는 장면과 같은 예상치 못한 특정 사건으로만 유발되는 공포의 전율은 관객과 이야기 전체의 관계로 구체화된다. 아리스토텔레스가 말하는 더 중요한 점은, 전언이 공포의 전율을 일으킨다면 그 심각성은 스펙터클에서처럼 예상치 못한 부분, 놀라운 부분, 개별적인 세부 사항보다는 전체의 통일성과 질서가 빚어내는 극도의 공포와 연관된다는 점이다. 이것이 암시하는 바는, 다양한 요소들이 서로 어우러져 공포를 자아내는 하나의 우주이며, 바로 이것이 가장 심오한 미적 효과를 일으킨다는 것이다.

이야기와 스펙터클의 마지막 차이점은, 전언은 언제 전달되더라도 동일한 효과를 낸다는 사실이다. 사건 발생 30분 후에 전달되든, 30년 후에 전달되든, 3천 년 후(우리와 오이디푸스의 시간 거리)에 전달되든 효과는 동일하다. 반면에 스펙터클의 효과는 시간이 지나면 사그라든다. 지난주 무대 위에서 뽑혀 버린 글로스터의 눈처럼, 스펙터클 역시 하나의 전언 또는 기억이 되어 버리기 때문이다. 끔찍하거나 혐오스러운 영화를 보고 난 다음, 영화에서 벌어진 사건들은 기억 과정을 통해 또는 친구에게 무슨 일이 있었는지 설명하는 대화를 통해 전언으로 바뀐다. 그때쯤 되면, 좀 더 강력한 기준이 적용된다. 실시간으로 벌어지는 스펙터클이 부재하는 관계로, 극단적 사건의 요약은 우스꽝스럽게 보일 때가 적지 않다.

현대의 법체계에서 재판은 사건 발생 후 대략 1년이 지난 시점에 열린다. 그때쯤이면 관련 사실들은 충분히 소화된다. 가령, 우리는 오클라호마시티 폭탄테러에 관한 이야기를 여러 번 들었다. 그런데 그 심각성과 범죄성이 너무나 커서 실시간으로 벌어진 스펙터클이 아니라 다른 것으로 바뀌었어도 여전히 충격적인 이야기, 그런 일이 일어났다는 사실을 처음 들었을 때의 충격이 여전히 가시지 않는 이야기들만이, 1년이 지나서 그 단순한 사실을 다시 듣기만 하는데도 공포의 전율을 불러일으킨다. 아리스토텔레스의 탁월한 통찰에 따르면, 바로 이것이 "최악"을 가늠하는 척도다. 스토의《톰 아저씨의 오두막》이나 모리슨의《사랑하는 사람》의 긴 소설 서사에 등장하는 짧막한 이야기들은 그러한 전언의 놀라운 효과를 보여 주는 고전적인 예시다. 즉, 두 소설은 반 페이지 정도 되는 분량으로도 어떤 삶의 질서와 통일성이 불러일으키는 공포의 전율을 전달하고자 한다. 짧은 삽화가 일으키는 첫 번째 전율은 두 번째 전율로 이어진다. 다시 말해, 빠르게 요약된 삶을 통해 노예제도에 대한 공포의 전율이 일어나게 한다.

아리스토텔레스가 지적한, 전언이 공포의 전율을 불러일으키는 이야기가 갖는 독보적인 중요성은 서술과 드라마, 전언과 실행의 윤리적 차이를 보여 주는 가장 중요한 미학적 발견이다. 이 발견은 과거를 돌아보는 경험을 택한 고전적 모델의 주요한 미학적 성과이며, 법체계의 미학적 성과이기도 하다(법체계의 비공식적인 파트너인 윤리 체계도 마찬가지다). 법체계는 우리의 관심(이 관심은 궁극적으로 판결 또는 평결의 순간에 연결된다)을 끌기 위해 우리 눈앞에 공포 경험을 갖다 놓는다. 서술, 비극의 스펙터클, 뉴스 보도, 우리가 서로에게 들려주는 이야기는 이처럼 우위를 점한 법체계에 의해 섬세하게 규정된다.

마지막으로, 아리스토텔레스는 공포와 동정 사이의 미묘한 관계를 밝혀냈다. 이 관계는 나 자신의 충만한 경험(지금 여기에서 내가 경험한 공포)으로부터 타인의 상태와 피해에 대한 시민적 관심과 충만한 경험(동정, 공포, 공포의 전율)으로 이동하는 의식의 경로를 말한다.

이제 이전 장에서 다룬 과거지향적인 법적 공포모델과 미래지향적인 경제적 공포모델 사이의 구분을 다시 살펴보자. 여기서 우리는 의식과 미학을 위해, 그리고 개인의 고독한 경험에서 벗어나 우리의 삶과 타인의 삶이 어우러지는 시민적 공간으로 나아가는 데에 필요한 어떤 연결 고리를 위해, 두 번째 또는 전략적 공포모델이 첫 번째 모델과 어떤 유사한 이점을 제공하는지 질문할 수 있다. 과거를 지향하는 법체계 대신에 미래를 지향하는 경제적 체제를 본능적인 기준점으로 삼는다면 우리는 무엇을 얻을 수 있을까? 그 미학적 보상은 불확실성, 타인의 의식에 대한 의식, 의지의 상호 의존성일 것이다.

공유된 공포

지금까지 우리는 광범위한 미학적·법적 경험을 통해 공포를 동정 또는 연민과 연관 지어 생각해 보았고, 법적 상황과 미학적 상황에서 전언을 듣고 경험한 공포의 전율이 서술과 실행 사이에 어떤 차이를 만드는지 살펴보았다. 이제 마지막으로 동정이나 연민의 일반적인 의미에 구체적인 논점 하나를 추가하고자 한다.

다음과 같은 사실을 먼저 살펴보자. 즉, 우리는 의식 속에서 작용하는 연민과 공포의 관계를 파악하기 위하여, 구태여 극장이나 법정에서 다른 사람의 마음 상태를 보면서 반응하는 관찰자의 관중 모델을 사용할 필요가 없다. 직접적인 위험을 겪지 않는 관중이나 배심원의 이미지를 고집한다면, 여러 가지 잘못된 결론이 도출될 것이다.

공포는 한 번에 여러 사람에게 닥칠 때가 많다. 낯선 풍경이 펼쳐진 정글에서 야간 순찰을 하는 열 명의 병사들은 주변에 도사린 위험을 두려워한다. 그들 모두는 누가 죽고 누가 살아남을지 오직 운명이 결정한다는 것도 안다. 내 옆의 병사가 총에 맞았을 때, 그에 대한 연민에는 나 자신의 강렬한 공포와 더불어 이번에는 내가 죽지 않았다는 안도감이 짙게 드리워져 있다. 그의 부상이나 죽음을 상상하는 나의 능력은 그가 쓰러지는 것을 보기 직전까지 나의 모든 생각이 나의 부상이나 죽음에 집중되어 있었다는 사실에서 출발하며, 그와 동시에 그 사실을 흡수해 버린다. 이 경우, 나의 연민은 임박한 죽음과 관련하여 내가 느끼는 강렬한 열정과 맞닿아 있다. 나는 거의 죽을 뻔했다. 그런데 죽지 않고 살아서 실제로 죽은 시신을 바라본다. 내 몸이 아니라 그의 몸을.

동정심은 모두가 똑같이 곧 죽을지도 모른다는 위험이 있지만, 일부만 죽고 다른 일부는 살아남게 되는 어떤 집단에서 모두가 느끼는 공포에 그 뿌리를 두고 있다. 불시착하는 비행기 승객의 공포, 충돌하는 자동차에 동승한 사람들의 공포, 10명 중 1명꼴로 총살당하는 마을 주민들이 느끼는 공포처럼, 함께 나눈 공포는 살아남은 사람들로 하여금 몇 분 전까지만 해도 멀쩡하게 살아 있던 사람들을 깊이 동정하게 만들고, 공포의 연대감 속에서 그들과 하나가 되도록 만든다. 공유된 공포는 동정의 전통적인 예시들보다 훨씬 더 중요하고 경험적으로 정확한 동정의 모델을 제시한다. 여기서 전통적인 예시는 가령 무대 위에서 눈알이 뽑힌 글로스터를 바라보는 차분한 극장 관객의 동정심, 안전한 해안가에서 폭풍우에 가라앉는 배를 바라보는 루크레티우스의 남자, 야생동물이 엄마 품에서 아이를 빼앗아 사정없이 찢어 버리고 그 엄마는 길바닥에서 미친 듯이 울부짖는 모습을 감옥에서 바라보는 루소의 남자를 들 수 있다.[12]

무엇보다도, 동정은 루소나 루크레티우스처럼 개인적으로 아무런 위험을 겪지 않는 안전한 단순 관찰자가 다른 사람의 고통을 보고 눈물을 흘리거나 슬픔을 느끼는 경험을 모델로 삼아서는 안 된다. 물론 우리가 안전한 곳에 있더라도 이러한 형태의 동정과 연민을 경험할 수 있다는 사실은 도덕적·미학적으로 매우 중요하며, 서사 개념의 기초를 이룬다. 가령 소설을 읽거나 오페라를 볼 때 우리는 늘 그러한 경험을 하곤 한다. 이와 같은 미학적 사실에도 불구하고, 우리가 연민을 사유할 때 그 기초가 되는 근원적 원형은 그러한 예가 아니라 임박한 죽음의 위험을 공유하는 사례여야 한다. 가령, 사망 사고에서 일부가 살아남아 죽음을 마주하면서 경험했던 공포를 유명幽明을 달리한 동료 승객에 대한 연민으로 전환하는 경우이다.

가라앉는 배에서 곧 같이 익사할 사람들이 공유하는 공포는 셸링의 무장 강도와 무장한 집주인이 서로를 동시에 두려워하

---

[12] Rousseau, "Discourse on the Origin and Foundations of Inequality among Men," in *The First and Second Discourses*, 131. 루소의 예는 맨더빌의 《꿀벌의 우화》에서 차용한 것이다. 루소의 탁월한 분석은 〈인간 불평등 기원론〉에서 루소가 제시한 유일한 이미지다.

는 것과는 분명히 다르다. 상호적 공포 또는 호혜적 공포는 공유된 공포가 아니다. 그러나 이 세 가지 조건은 고전적 이론의 핵심이었던 열정의 단독성, 즉 급진적 개인주의를 무너뜨린다. 그런데 여기서 상대방의 생각과 감정을 정확히 파악하기 위해 타자를 더욱 깊게 상상하고 생각하게 만드는 것은 공유된 공포가 아니라 상호적 공포다. 이것이 죄수의 딜레마가 제공하는 통찰의 원천이다.

공감, 타자가 느끼지 못하는 것을
느껴 보겠다는 생각

공감이란 보통 타자가 느끼는 감정을 내가 느낀다는 뜻이다. 루소가 전하는 끔찍한 예는 야생 짐승이 엄마 품에서 아이를 빼앗아 물어뜯어 죽이는 모습을 창살 너머로 바라보는 감옥 속의 한 남자다. 창살 뒤의 남자는 루소의 이야기를 읽는 독자와 사실상 동일하다. 그는 반응할 수는 있지만, 눈앞에 일어나는 일을 바꾸기 위해 행동할 수는 없다. 그는 어머니의 공포를 느낀다. 그는 어머니의 공포에 공감하고 슬픔에 공감하지만, 어머니의 감정은 일차적인 감정이고 그의 감정은 이차적인 복제물이다. 그는 그녀가 슬퍼하기 때문에 슬퍼한다. "공감"이라는 단어가 설명하듯이 두 상태는 서로 평행하게 진행된다.

홉이 《인간 본성에 관한 논고》의 공감에 관한 유명한 장에서 지적한 것은, 타자가 느끼지 못하기 때문에 우리가 무언가를 느끼는 경우가 많다는 것이다. 만약 달려드는 말 때문에 들판에서 잠든 사람이 위험에 빠진 것을 봤다면, 우리는 잠에 빠진 사람이 느낄 수 없는 임박한 죽음에 대한 공포를 느낀다.[13] 흄은 또한 훌륭한 일을 해서 명예를 얻을 자격이 있지만, 너무 겸손한 나머지 아무런 자부심도 느끼지 않는 사람을 언급한다. 이때 우리는 그 사람을 대신하여 자부심을 느낀다. 제인 오스틴 소설에서 흔히 볼 수 있듯이, 누군가가 부끄러움을 모르는 행동을 하면 그는 까맣게 모르겠지만 우리는 그의 행동에 수치심을 느낀다. 어떤 사람이 씩씩해서 아니면 극기심이 강해서 끔찍한 상실을 겪었는데도 표현하지 않는 것을 볼 때, 그 상황을 보는 우리는 그를 대신해서 슬픔이나 애도를 표한다.

종교적 신념의 영향을 강하게 받은 사람들은 이와는 다르지만 중요한 예시를 제공한다. 로마 기독교의 순교 시대에 아이의 끔찍한 죽음을 지켜보는 광신적인 어머니의 경우를 보자. 이 아이가 천국에서 성인이 되리라고 확신한 어머니는 아이의 죽음에 감격하는 듯한 모습이다. 아이가 고통받고 죽어 가는 것을 바라보는 그 어머니의 모습을 상상해 보면, 우리는 순교에 대한 믿음으로 인해 그녀가 느끼지 못하는 슬픔과 공포, 또는 그녀가

---

[13]   Hume, *Treatise of Human Nature*, bk. 2, sec. 7, pp. 417–20.

느낀다고 해도 황홀한 기쁨 가운데 아주 작고 사소한 것으로 치부하는 그 슬픔과 공포를 대신 채워 줄 수 있다.

내가 흄의 정신에 따라 제시한 이러한 예시들은 비극을 보거나 소설을 읽을 때 경험하는 감정의 통로를 묘사하기 때문에 미학에 매우 중요하다.

달리는 말이 다가오는데 들판에서 자고 있던 남자가 느끼지 못하는 것을 우리가 대신 느낀다는 사실에서, 우리는 서술 과정에서 쓰이는 다양한 서술 장치나 서술 구성에 관한 설명을 찾아볼 수 있다. 첫째, 아이와 같은 순진한 중심인물이 갖는 힘이다. 아이가 이해하지 못하거나 알지 못하는 모든 것은 독자가 제공해야 한다. 그래서 독자는 말하자면 부재하는 감정의 기록을 담당하는 두 번째 중심인물이 된다. 독자는 아이가 알 수 없는 것을 앎으로써 각 사건에 대한 대안적 이해를 제시한다. 그뿐만 아니라 우리는 그러한 이해가 일반적으로 요구하는 뜻밖의 감정 상태도 대신 느낀다.

흄의 주장은 다음과 같은 미학적 결론으로 이어진다. 즉, 예술은 어떤 인물이 느끼는 감정을 우리가 단순하게 반복할 때보다 느껴지지 않는 열정을 제공해야 할 때 어떤 면에서 더욱 강력한 호소력을 갖는다. 구조적으로, 순진하거나 이해력이 부족한 아이 또는 어린아이 같은 인물은 예술 작품의 처음부터 끝까지 우리에게 그러한 요구를 부과한다. 이러한 중심인물의 사용은 드물다. 이는 예술 작품에서 열정이 인물 사이에 어떻게 작용하는지를 잘 보여 준다. 물론 그렇다고 반드시 필수적인 것은 아니다.

　흔하기 때문에 오히려 더욱 중요한 미학적인 예시는, (다른 면에서는 우리와 비슷하지만) 우리보다 무지한 인물 또는 잘못 알고 있는 인물이다. 그는 지금 무슨 일이 있는지 알지 못하거나 잘못 알고 있는데, 돌아가는 사정을 잘 아는 우리는 그가 실수 또는 무지로 인해 느끼지 못하는 열정을 제공해야 한다. 이와 관련하여 우리가 익히 잘 알고 있는 예가 바로 극적 아이러니다. 소포클레스의 비극에서 관객은 오이디푸스보다 더 많은 것을 알고 있다. 그렇기 때문에 관객은 잘못 알고 있는 오이디푸스가 느끼지 못하는 공포나 수치심을 대신 채워 준다.

　순진함, 극적 아이러니, 인물의 착각, 더 광범위하고 구조적인 종류의 무지, 환상, 무의식, 자기기만, 그리고 중심인물과 독자 또는 관객 사이에 존재하는 모든 간극—이 모든 것에 대한 전통적인 문학적 사유는 인식론적 질문에 집중해 왔다. 구체적으로 말해서, 아는 것과 모르는 것, 맹목과 통찰, 아리스토텔레스의 표현으로 인식과 반전이 초래한 급격한 변화의 조건에서 나타나는 지식의 프레임에 집중해 왔다. 웨인 부스Wayne C. Booth의 《소설의 수사학The Rhetoric of Fiction》과 같은 책은 이러한 간극 속에서 도덕적 지식이 어떻게 작동하는지에 대해 자세하게 설명한다. 그러나 열정의 측면에서는 동일한 상황의 다른 측면이 더 강력하게 시선을 끈다. 그것은 바로 공백이다. 즉, 독자나 관객은 **자발적으로** 열정을 발휘하여 부재하는 공포, 슬픔, 수치심, 분노를 대신 채워 준다. 자발적인 열정은 공감보다 관객에게 더 강력한 요구이며, 열정을 유발하는 더 완벽한 미적 전략이다(여기서 공감은 명백하게 드러난 타인의 감정 상태를 관객이 같이 느끼는 좁은 의미의 공감을 말한다).

극적인 아이러니, 무지, 잘못된 상황 이해 등의 예외적인 경우(들판에서 잠든 흄의 남자나 순진한 어린아이)가 아닌 일반적인 상황에서도 이러한 사실을 알 수 있다. 소설이나 연극, 영화에서 우리는 중심인물보다 독자나 관객이 먼저 충격적인 사건이 터졌다는 것을 알 수 있도록 작가가 서사의 전개 순서를 설정한 경우를 가끔 보게 된다. 무서운 영화에서 우리는 곧 살해당할 위층 사람보다 살인자가 먼저 집에 침입했다는 사실을 안다. 또는, 어떤 사람이 배신당하는 장면을 먼저 보게 된다. 그 사람은 애인이 화가 나서 고백한 후에야 그 사실을 알게 된다. 배신하는 장면을 보면서 우리는 미리 그를 생각하고 그가 나중에 사실을 알게 되었을 때 예상되는 반응과 비슷하게 먼저 반응한다. 우리는 군인이 죽는 것을 본 다음, 전령傳令이 그의 아내에게 그 죽음을 알리기 위해 집으로 향하는 장면을 본다. 이 세 가지 경우에서 우리는 희생자, 애인, 아내의 입장이 되어 미리 감정을 채운다. 우리는 이런 상황을 가끔 가정법으로 표현한다. 그녀가 이 광경을 보고 있었더라면! 유리 깨지는 소리를 그가 들을 수 있었더라면! 나중에 가서야 우리는 그들의 반응을 목격하고, 그들이 느끼는 공포, 분노, 슬픔에 마침내 공감(통상적인 의미의 공감)하게 된다. 두 번째 단계에서야 우리는 그들이 느끼는 감정을 그들이 느끼는 방식으로 느낀다. 그리고 그들이 느끼는 방식으로 그 감정을 느낀다. 이제 당사자가 전면에 등장했으므로 우리가 느끼는 것은 그들이 느끼는 슬픔 또는 공포의 희미한 복제일 뿐이다.

이 기대 감정(밋밋하고 이차적인 감정의 근원이 되는 인물 감정이 눈앞에 재현되기 전에 우리가 이미 가지고 있는 감정)이 드러내는 일반적인 미학적 사실로 미루어 볼 때, 우리는 기대 감정이 미메시스나 재현의 문제가 아니라는 것을 알 수 있다. 기대 감정은 우리가 다른 모델에 의존하지 않고 홀로 갖게 되는 감정이다. 우리는 우리 앞에 놓인 공백으로 인해 아직 존재하지 않는 격렬한 상태를 자발적으로 느끼게 된다. 물론 그 상태는 각자 나름의 방식으로 경험되며, 그 강도 또한 각자 느끼는 대로 다양하다.

자발적 공포는 아리스토텔레스가 말한 공포의 전율이 갖는 중요한 특징을 떠올리게 한다. 우리는 사건의 요약, 전언, 개요를 접하고 공포의 전율을 느낀다. 서사적 요약의 특징은 감정의 분석이나 반응의 기록이 생략된다는 점이다. 실시간으로 펼쳐지는 장면이나 첨가된 분석들은 속 깊은 이야기를 통해 감정이입을 촉발하지만, 요약이나 전언은 앙상한 껍데기만 전달한다. 앞서 오이디푸스 왕의 이야기를 요약한 글에서는 그가 느낀 감정이나 생각의 세밀한 면면을 모두 생략했다. 우리는 오이디푸스 왕이 인생의 단계마다 어떤 열정을 가졌는지 전혀 알 수 없다. 흄의 "들판의 잠자는 사람"처럼 전언은 모방할 수 있는 재현적 모델이 없는 상황에서 우리 스스로 자발적으로 그 열정들을 채워 넣도록 강요한다.

이 누락된 감정의 층을 제공하기 위해, 저자는 종종 독자와 전언 사이에 독자의 반응과 비슷한 반응을 보이는 "등록자"라고 부르는 인물을 설정한다. 감옥에 갇힌 루소의 남자는 창살 밖에서 벌어지는 끔찍한 장면을 바라보면서 우리를 위해 "올바른" 반응을 기록한다. 반면, 아리스토텔레스는 동정의 전율이라는 개념을 통해, 흄은 경험에서 얻을 수 없는 것은 우리 스스로 만들어 낸다는 생각을 통해, 눈앞에 보이는 것을 그대로 따라가기보다 홀로 예상하면서 열정을 자발적으로 만들어 내는 것이 더 강력하다는 점을 강조한다.

숭고미와 공포의 정신화

아리스토텔레스는 공포의 전율을 법적·미학적으로 분석하면서, 이를 일종의 사안의 심각성을 나타내는 신호로 본다. 만약 그렇다면, 에드먼드 버크가 숭고함을 논한 이후 약 200년 동안 공포 이론이 미학적 아마추어리즘의 특징을 띠게 된 것은 참으로 놀라운 일이다. 흄이 공포에 대한 분석을 통해 불확실성과 의식이라는 새로운 영역을 개척한 지 반세기 만에 버크와 칸트는 숭고함에 관한 연구를 발표한다. 흄의 업적은 경제학에서, 그리고 나중에는 전략적 사고에서 자연스럽게 더 정교한 방향으로 발전했다. 흄의 새로운 관심 영역에 상응하는 미학적 관심은 전략과 의식을 다룬 소설, 특히 트롤로프Anthony Trollope, 헨리 제임스, 프루스트의 소설에서 하나의 흐름으로 처음 등장한다. 현대의 미학적 관심은 숭고미에 나타난 공포의 정신화에 매료되었는데, 이제 이 에피소드를 간략하게 소개해 보겠다.

숭고함의 형태로 근대에 나타난 공포의 정신화는 권태(깊은 관심을 의미하는 내적 상태)의 등장 및 새로운 기분 범주(권태와 불안이 그 대표적 사례)의 등장과 함께 발생했다. 보들레르와 T. S. 엘리엇이 권태를 정신화했을 때에도, 권태는 새로운 열정이 아니라 어떤 반열정적 상태를 나타낸다. 다시 말해서, 권태는 열정을 완전히 벗어난 위치를 차지한다. 그러나 권태가 내면적 삶에 대한 새로운 인기 범주인 기분을 벗어난 것은 아니다.

미학에서 숭고함이라는 낭만적 개념은 공포에서 개인적인 관심과 위험을 제거한 다음 공포와 경이로움을 혼합한 경험적 조건을 상상함으로써 공포를 정신화한다. 멀리서 바라본 바다의 폭풍우, 밤하늘의 무수한 별, 수학적 무한, 불과 폭포의 야생성—바로 여기서 스스로를 구할 필요도 없고 도망칠 필요도 없으므로 아무런 위협을 느끼지 않는 관찰자 앞에 비교 불가의 압도적 힘이 모습을 드러낸다. 낭만주의 미학에서 공포가 정신화된 것은 바로 이러한 측면에서다.

전통적인 루크레티우스적 경험에서 거대한 자연의 힘은 작은 인간의 힘을 압도하고, 이 때문에 인간의 상상력은 그 거대한 힘 앞에서 자신이 소멸하는 듯한 느낌을 받는다. 칸트는 이러한 루크레티우스적 경험을 경이로움의 경험(특히 수학적 숭고의 경우)과 결합하여 숭고 이론을 완성한다. 그런 다음 인간의 상상력은 인간 이성의 확장을 경험하는데, 여기서 인간의 이성은 거대한 자연의 힘도 포괄할 수 있다. 칸트의 이론은 궁극적으로 도덕적 감정에 관한 이론이다. 밤하늘의 별빛, 잔잔하든 요동치든 끝없이 펼쳐진 바다는 거대한 크기를 갖고 있으며, 그에 비하면 인간이 가진 힘의 크기는 미미할 뿐이다. 그런데 바로 뒤이어 자연에는 없는 인간 현실의 일부, 즉 도덕적 이성이 자연의 크기를 측정하는데, 칸트는 자연의 힘이 나름의 방식으로 그에 저항하는 인간의 능력을 왜소화시키듯이, 도덕적 이성도 자연의 힘이나 폭력을 왜소화한다고 주장한다.

칸트가 드는 실제 사례는 모두 버크의 정신을 따른다. 칸트는 버크의 예시들을 논하면서 그러한 경험과 세부 사항에 대한 심오하고 새로운 해석을 제시한다.

하늘로 치솟는 거대한 산, 거센 물줄기가 흐르는 깊은 협곡, 우울한 명상을 불러일으키는, 짙은 그림자가 드리워진 황무지 등을 보는 관찰자라면 누구나 실제로 공포에 가까운 놀라움, 끔찍한 공포, 성스러운 전율에 사로잡힌다. 그러나 자신이 안전하다는 것을 알기 때문에 이것은 실제로 느끼는 공포가 아니다. 그것은 단지 우리가 그 힘의 강력함을 느끼고, 그 힘이 불러일으키는 정신적 동요를 마음의 휴식 상태와 연결하기 위해 상상력을 통해 공포를 일으키려는 시도일 뿐이다. 이를 통해 우리는 마음속으로 자연에 대한 우월감을 느끼고, 그럼으로써 자연이 우리의

행복감에 영향을 미칠 수 있는 범위 내에서 외부의 자연에 대해서도 우월감을 [느낀다].[14]

칸트에 따르면, 마음은 "자연의 영역을 완전히 초월하는 소명 (즉, 도덕적 감정)"[15]을 가지고 있으며, 공포스러운 것에 직면하는 구체적인 경험을 통해 자아의 일부는 비로소 자연으로부터 벗어날 수 있다. 심오한 스토아주의적 자연 경험에서 인간은 자연의 작은 일부분일 뿐이다. 그런데 이제 그러한 자연 경험은 스토아주의자들은 전혀 알지 못하는 칸트적 장치에 의해 초월된다. 배를 탄 사람이 폭풍우 속에서 느끼는 공포에서 우리는 스토아주의적 죽음 이론을 본다. 언제나 자연이라는 전체의 일부분에 불과했던 인간은 익사하면서 다시 그 전체 속으로 흡수된다. 바다는 그러한 전체를 상징한다. 바다는 단순하고 특징 없는 거대한 물질의 영역으로 묘사되는 자연을 상징한다. 칸트와 버크는 낭만주의와 더불어 자연과 자연의 힘을 이용하지만, 궁극적으로 인간이 자연으로부터 안전하며 자연(내세적 기독교의 잔재)보다 우월하다는 것을 전제한다.

---

[14] Immanuel Kant, *Critique of Judgment*, trans. Werner S. Pluhar (Indianapolis: Hackett, 1987), 129.

[15] Ibid., 128.

대담하고 위협적으로 돌출된 바위, 번개와 천둥을 동반하며 움직이는, 하늘에 가득한 번개 구름, 파괴적인 힘을 내뿜는 화산, 온갖 재앙을 일으키는 허리케인, 끝없이 펼쳐진 바다, 거대한 강에서 떨어지는 높은 폭포 등을 생각해 보라. 이 모든 것의 위력에 비하면 이를 막을 수 있는 인간의 저항 능력은 미미한 수준에 불과하다. 그러나 우리가 만일 안전한 곳에 있다면 그러한 광경은 공포스러울수록 더 매력적이다. 그리고 우리는 그러한 대상을 숭고하다고 부른다. 이 모든 것들이 영혼의 강인함을 중간 이상으로 끌어올리며, 우리 자신 안에서 전혀 다른 종류의 저항 능력, 즉 우리가 자연의 전능함에 대적할 수 있다는 용기를 주는 저항 능력을 발견하도록 해 주기 때문이다.[16]

칸트가 주장하는 대로 우리는 마침내 자연에서 한 발 물러서서 그의 해석에 내포된 견강부회牽強附會를 인식해야 한다. 앞서 인용한 장면에서 학자들은 칸트가 지나가는 말로 사용한 "우리가 만일 안전한 곳에 있다면"이라는 표현을 강조하고, 이 안전에서 공포와 쾌락의 차이를 발견한다. 물론 칸트는 안전한 장소가 공포가 아닌 숭고함을 느끼는 전제 조건이라는 사실을 결코 부정하지 않는다. 즉, 화산의 용암이 강물처럼 바다를 향해 질

---

16 Ibid., 120.

주하는 곳에 있다면, 사람들은 분명 숭고함보다는 원초적인 공포를 느낄 것이다. 그럼에도 불구하고 칸트는 숭고함을 느끼게 하는 것이 안전한 장소가 아니라 자연 밖에 위치하면서 자연을 포괄하는 이성에 대한 미묘한 믿음이라는 사실을 믿어야 한다고 주장한다. 이 미묘한 가능성이 매력적으로 보이기는 하지만, 여기서 칸트가 "우리가 만일 안전한 곳에 있다면"이라는 말을 빼놓지 않았다는 점에 주목하는 것이 중요하다.

숭고함은 이신론deism(하나님이 우주를 창조했지만 우주는 자체 법칙에 따라 움직인다고 보는 합리적 종교관)에 대한 반응이며, 시계 제작자 신(이 신의 합리적 정확성은 창조주와 동일한 목적과 방향성을 가진 인간 이성의 힘으로 해독될 수 있다)을 향한 계몽주의의 찬사에 대한 반응이다. 숭고함에서 기억되는 것은 우주의 질서가 아니라 우주의 힘이다. 그리고 종교는 항상 우주의 힘에 대한 올바른 반응으로 신에 대한 공포를 권장했지만, 숭고함은 그 공포를 유쾌한 방식으로 세속화한다.

공포의 긴 역사 속에서 버크와 칸트가 말한 알프스산맥 또는 등산에서 느끼는 쾌락의 순간은 스토아주의를 순치하는 새로운 방법으로 보는 것이 가장 좋을지도 모른다.

즉, 자연의 긴 리듬과 법칙 속에서 인간의 삶을 상상하는 스토아주의 물리학 및 철학의 놀라운 업적(스피노자의 철학에는 그 영향력이 여전히 남아 있다)은 이제 그 힘을 상실하고, 고집 센 스토아주의자들에게는 상상조차 할 수 없는 일이지만 "안전한 장소"에서 경험하는 어떤 종류의 감각 경험으로 환원되어 버린다.

지난 200년 동안 경이로움 미학의 부재, 정신화된 공포 미학에 대한 매혹, 공포 그리고 공포 경험 속에서 발생하는 자아의 드러남이 철학적으로 심오하다는 확신(이것은 숭고함의 중요한 심리적 측면이다)—이 모든 것이 열정에 대한 스토아적 해석, 경건주의적 해석이 근대에 끼친 영향이다.

숭고함이 미학을 지배하는 곳에서, 숭고함은 종종 비가elegy와 미학적 영역을 공유한다고 여겨진다. 물론 숭고함이 공포의 미학이라면, 비가적인 것은 슬픔의 미학이다. 고대 스토아학파의 4분법에서 고뇌(슬픔)와 공포는 미학의 일반적 대상인 쾌락과 욕망의 대립항이다.

워즈워스에게서 우리는 기억 속에서 부분적으로만 복구되는 비가적 상실의 시와 공포 경험에 중심을 둔 숭고한 시 사이의 예술 구분을 확인할 수 있다. 이 점에서 워즈워스는 낭만주의 전체를 대표할 수 있을 것이다. 낭만주의의 비가적이고 숭고한 측면은 공포와 애도를 중심으로 한 열정의 구성을 확고하게 만들었다.

공포와 권태: 감정에서 기분으로

숭고 경험에 대한 낭만적 묘사를 시작으로, 공포 개념은 현대에 이르러 고도로 정신화된 내면에 접근하는 근본적인 경로가 되었다. 숭고함의 미적 경험에 나타나는 공포는 이제 종교적이지 않으며, 낭만주의를 규정한 유명한 용어 "흘러나온 종교spilt religion"(T. E. 흄의 용어로, 고전주의와 달리 낭만주의에서는 종교적 성향이 신에게로 향하지 않고 다른 모든 것으로 흘러 들어갔음을 의미)의 모습을 띤다. 다시 말해, 그러한 공포 경험은 본능적이고 시각적인 방식으로 자연의 힘과 대면하는 자아의 모습을 가시화한다.

낭만주의 이후, 키르케고르와 하이데거는 누구나 경험할 수 있는 거대한 크기의 감정 경험(예를 들어, 폭풍우가 휘몰아치는 벼랑 끝을 바라볼 때와 같은 숭고한 공포의 장엄함)을 순치시켜 이를 일상적이고 비영웅적이고 비미학적인 경험인 두려움dread과 불안Angst으로 전환시켰다(낭만주의적 언어로 표현하자면, 천재 또는 위대한 시인은 그러한 거대한 크기의 감정 경험을 다양한 기분으로 바꾸어 표현할 수 있다). 키르케고르에게 두려움의 경험은 기독교적 의미에서 죄를 발견하고 죄를 계속 경험하는 것이다. 따라서 두려움은 궁극적인 인간의 본질과 접촉할 수 있는 가장 확실한 경로가 된다.

잘 알려진 대로, 키르케고르의 공포 분석은 아들 이삭을 제물로 바치라는 신의 명령을 받은 아브라함의 이야기로 시작한다. 키르케고르의《두려움과 떨림》과《두려움의 개념》은 두려움이라는 단 하나의 상태를 가장 풍부하고 상세하게 분석한 책으로, 숭고함에 대한 버크의 분석과 함께 현대의 상태 분석으로 가는 여정에서 가장 중요한 지표가 되는 책이다.

두려움 속에서 우리는 인간의 본질이 무엇인지 적나라하게 경험한다. 키르케고르에게 그 본질은 죄에 있다. 종교적 언어의 틀을 버렸지만 종교적 내면의 삶은 그대로 유지한 하이데거에게, 불안과 두려움은 인간 본성(현존재)을 드러내는 근원적인 기분 또는 상태다. 두 철학자 모두에게, 정신이 자연의 장엄함과 크기와 힘을 직접적으로 경험할 수 있는 공포의 낭만적 환희는 사라졌다. 공포는 말하자면 다시 도덕화되었다. 낭만주의는 종교적 전통에서 탈피하여 공포를 미학으로 흘려 내보냈는데, 종교적 철학 전통이 공포를 다시 되찾아간 셈이다. 키르케고르는 공포를 두려움으로, 1920년대 이후 하이데거와 그의 후계자들은 공포를 불안으로 재도덕화한다. 그럼에도 불구하고, 이는 플라톤이 분노를 중심으로 열정을 모았듯이 인간의 경험을 하나의 중심적 열정으로 모으는 결과를 낳았다.

분노와 달리 공포는 열정 전체를 비판하는 주장을 동반한다. 스토아학파부터 홉스, 그리고 경이로움보다는 공포를 중심에 둔 심리학의 계승자들까지, 공포의 열정을 제시하는 이유는 언제나 공포에 대한 해결책을 찾기 위해서였다. 그 해결책은 때로는 믿음, 때로는 자제력, 깨달음 또는 무감각이다. 공포를 생각한다는 것은 곧 공포로부터의 해방을 상상하는 것이다.

공포가 신을 만들었다는 속담이 있다. 그러나 철학은 경이로움에서 시작된다. 계몽주의만이 이성의 삶 전체를 공포와 미신에 대한 승리로 본 것은 아니다. 홉스가 자연적 인간의 원초적 조건을 공포로 파악한 것은 만연한 공포에 대한 해결책으로 정부를 만든 일을 기념하기 위해서였다. 자제력(스토아주의)이 없었다면, 국가(홉스와 루소)가 없었다면, 신앙과 신의 자비(아우구스티누스와 파스칼에 이르는 기독교 전통)가 없었다면 인간의 상태가 어떠했을지에 대한 극단적 모습으로 제시되는 경우를 제외하고, 공포가 열정의 본질인 경우는 어디에도 없다.

공포는 각각의 열정이 일시적인 상태일 뿐 우리 존재의 변함없는 요소가 아니라는 점을 상기시키며 우리를 안심시킨다. 공포는 열정으로부터의 해방을 먼저 생각하게 만드는 본질적인 열정이다. 그렇기 때문에 열정을 인정하면서도 그것을 단호하게 제외하는 것을 목표로 하는 모든 철학은 공포에 대한 분석을 통해 그렇게 한다. 공포는 모든 열정과 마찬가지로 의지의 한계를 일정한 방향에서 강조한다. 그러나 욕망이나 분노와는 달리 공포를 완전히 제거할 수만 있다면 인간 본성은 확실히 더 개선될 것이며 신과 같은 존재가 될 수도 있을 것이다. 그런 의미에서 공포는 유일무이한 열정이다. 나무에게 공포가 없듯이 인간에게 공포가 없다면, 국가, 종교, 과학과 같은 문화적 장치는 인간의 의지가 기댈 수 있는 평형추로 기능할 필요가 없었을 것이다.

이쯤에서 한 가지를 덧붙이자면, 낭만주의에서 키르케고르와 하이데거에 이르기까지 공포에 대한 문화적 관심은 그 자체로 일종의 자기 의심이다. 즉, 자신감의 문명, 인간의 의지를 맹신하는 오만한 문명 내에서 발생한 작은 회의론이다. 숭고함, 공포, 불안에 대한 서정적 묘사는 그 자체로 지난 200년간 압도적으로 우리를 지배했던 인간의 의지와 힘에 대한 기술적 낙관주의를 거스르는 하나의 작은 이단이다. 이 문명의 열정적이고 서정적인 무드음악을 작곡한 사람은 키르케고르와 하이데거가 아니라 에머슨Ralph Waldo Emerson이었다. 도저到底한 공포는 일종의 종교적 주제인데, 숭고함, 키르케고르식 "심리학," 실존주의라는 이름으로 위장된 채 다시 한 번 등장한다. 그런데 그러한 깊은 공포가 사회 내에서 주변화된 위치에 머물던 문학적 문화에서 가장 강력하고 유일한 청중을 찾은 것은 그리 놀라운 일이 아니다.

낭만주의 이후 열정을 묘사하는 문학적 문화에서 공포에 대응하는 용어는 지루함, 특히 급진적인 형태의 지루함, 즉 권태였다. 이 사소한 열정의 정신화는 바이런과 스탕달에서 비롯된 낭만주의의 놀라운 업적이었다. 보들레르와 엘리엇은 권태를 병든 종교적 의식의 증상으로 표현했다. 여기서 권태란 모두 종교적 충동과 욕구는 만연하지만 이를 더 이상 실행할 수 없는 상태를 말한다. 보들레르가 댄디dandy를 "실업자" 영웅으로 불렀듯이, 권태 역시 이제는 "실업unemployment"의 저주에 걸린 종교 생활의 에너지로 이해될 수 있다. 실업과 여가가 다르듯이, 권태도 종교적 신앙과 다르다. 권태는 말하자면 종교 생활의 성적 발기부전이다. 권태는 더 이상 일시적이지 않은 노년의 발기부전과 마찬가지로, 이제는 부흥할 수 없는 영적 삶의 뼈아픈 말기 상태를 나타낸다. 보들레르와 엘리엇은 또 다른 종교적 아웃사이더인 예언자들과는 정반대다. 예언자는 너무 일찍 도착한 사람이다. 그러나 그는 실제 종교 생활 전체가 너무 늦게 도착한 사람들에 의해 다른 쪽 끝에서 괄호로 묶여 버릴 것임을 예언한다. 보들레르와 엘리엇의 지루함은 한때 예언자의 열렬한 희망이 차지했던 열정적 공간을 대신 차지한다.

공포를 숭고함의 미학 또는 나중에 실존심리학으로 전략적으로 재포장한 것처럼, 쓸모가 없어진 신앙을 지루함으로 그럴듯하게 재포장하여 무의미함의 경험을 정신화하려는 시도는 세속적 근대의 확신에 대항하는 하나의 작은 이단이다. 권태는 한때 공작이나 백작이었던 귀족들이 이를 악물고 싫어도 참으면서 사업에 손을 댔던 것과 비슷한 시기에 종교적 성향이 자존심을 거두고 새로운 주인에게 봉사하려는 마지막 시도에 해당한다.

지루함과 공포는 결정적 시각에서 우리의 관심을 열정으로 향하게 한다. 지루함과 불안은 "기분"으로 설명하는 것이 가장 좋다. 기분은 영혼의 움직임이 아니라 상태를 말한다. "감정"이라는 단어는 그 자체로는 열정의 약화를 의미하지만, 열정에 전형적으로 나타나는 정신의 움직임, 즉 동요(흄의 표현으로는 소동)에 주목하게 한다. 달리기, 운동경기, 놀이하는 어린아이들의 끝없는 움직임, 말과 같은 활기찬 동물들의 움직임은 처음부터 열정의 특징이었다. 아킬레우스는 화를 잘 내는 사람이지만 위대한 달리기 선수이기도 하다. 감정emotion과 움직임motion은 서로 연결되어 있다. 동요, 소동(키케로는 열정을 라틴어로 소동 perturbationes이라고 부른다), 신체적 표현력, 변화의 모든 양상은 열정의 특징이다.

그러나 20세기에 새롭게 등장한 열정의 범주인 우울증과 마찬가지로 공포와 지루함은 정신이 활동을 멈춘 상태, 정신이 움직일 수 없다고 느끼는 고정된 상태다. 공포와 권태는 생명 에너지가 손상된 것처럼 보이는 상태다. 부동성이 신체 손상의 신호이듯이, 지루함, 우울증, 공포("공포로 마비되었다"는 표현처럼)의 부동성은 감정이나 열정이 움직임에서 벗어나 움직이지 않는 상태로 전환되도록 안내한다. 열정은 폭발성이 있는 반면, 상태는 내적 결말이 없는 것처럼 보인다. 우리는 "끝없는" 권태라는 말을 쓴다. 우울증, 공포, 권태에 빠진 정신은 구출될 필요가 있다. 정신이 탈출구를 찾지 못하기 때문이다. 다른 열정과 달리, 이 상태들은 결코 소진되지 않는 것처럼 보이며, 평온함으로 이어지지도 않는다. 그러한 상태들은 성벽을 무너뜨리고 적을 죽인 후 복수가 완료되어 이제 분노하지 않는 삼손을 위해 밀턴이 쓴 시구 "마음의 평온/소진된 모든 열정"과는 전혀 다르다.

하이데거가 쓴 80권의 전집 가운데 가장 탁월한 글은 1929~30년 강의에서 지루함을 분석한 90페이지로, 현재 《형이상학의 근본개념들》로 번역되어 있다. 하이데거는 《존재와 시간》과 이 책의 토대가 된 강의록을 집필할 당시, 공포와 지루함, 그의 어휘를 빌리자면 세계 전체가 자신을 "드러내는" 상태라고 생각했던 것이 분명하다. 《존재와 시간》 직전의 강의 시리즈에서 그의 탁월한 공포 분석은 아리스토텔레스의 걸출한 용기 이론에서 사용된 용어들을 모방하고 정신화했다. 의도적으로 열정에서 기분으로 논의를 옮기면서, 하이데거는 대상도 없고 상황도 없는 공포(키르케고르의 정화된 신학적 언어로 표현하면 불안 또는 두려움)로 다시 설명한다.

하이데거의 독립적인 분석이 현상학에 기여한 바는 지루함의 구조와 단계다.[17] 버크와 칸트 이후 우리는 열정을 미학으로 전환하고 공포의 메커니즘을 통해 열정을 새로 갱신하는 경로, 공포가 도주 또는 연민과 연결될 때 필연적으로 수반되는 복잡한 행동 세계를 제거하는 경로를 근대성 내에서 쉽게 발견할 수 있다. 숭고함의 경험과 같은 단순한 상태들은 이미 절반쯤은 기분이 되어 가는 중이다. 재도덕화는 지난 2세기 동안 숭고함을 중요한 경험 범주로 끌어올리는 데에 중요한 역할을 담당한 기저 요인이었는데, 정신적 상태로서의 권태에 대한 이차적 관심은 이와 같은 재도덕화를 재확인시켜 주었다.

공포의 원형을 다룬 두 장에서는, 대략 홉스 시대 이후 근대의 정치 영역에서 공포 개념이 널리 퍼지는 과정을 다루었다. 게임이론, 죄수의 딜레마, 셸링 류類의 전략적 사고, 슈클라의 "공포의 자유주의," 노직의 일반적 기대 공포—이 모든 것은 공포 개념이 확산되는 과정을 나타내는 표식으로 볼 수 있다.

나는 아리스토텔레스가 제안한 공포의 전율, 그 법적 · 비극적 사용이 공포와 연민의 연결성, 공유된 공포와 마찬가지로 우리의 법체계에도 필수적일 뿐만 아니라 최고 수준의 예술 작품

---

[17] Martin Heidegger, *The Fundamental Concepts of Metaphysics: World, Finitude, Solitude*, trans. William McNeill and Nicholas Walker (Bloomington: Indiana University Press, 1995), 74–184.

에 대한 미학적 사유에도 꼭 필요한 영구적이고 심오한 개념이라는 점을 보여 주고자 했다.

나는 내가 공포의 현대적 정신화에서 나타난 신학의 은밀한 귀환을 (20세기의 중요한 범주인 기분을 정착시키기 위해 "발명"된 지루함과 마찬가지로) 이 길고 구불구불한 공포론의 종착점인 것처럼 제시하지 않았기를 희망한다. 나는 오히려 신학의 귀환이, 공포가 내면적 삶의 원형으로 지속되고 있음을 증명하는 것이라고 본다.

한밤중에 시체가 널린 전쟁터에서 적에게 붙잡힌, 실패한 첩자 돌론의 공포 경험은 열정에 대한 지극히 개인화된 설명을 강조하는 듯하다. 여기서 열정은 상호성이 중단된 어떤 상태, 타인의 존재에 대한 인식마저도 중단된 어떤 상태인 것처럼 보인다. 공포를 경험하는 순간에, 세상에 남은 사람은 단 한 사람뿐이다.

내가 여기서 보여 주고 싶었던 것은, 다양한 종류의 행동을 가능하게 하는 미래지향적 열정인 공포를 통해 타인의 상황을 상상할 수 있는 경로가 열렸다는 것이다. 이 경로는 공포와 동정, 공포와 공감의 관계를 통해 열렸으며, 무엇보다도 공유된 공포라는 공통의 경험으로 인해 가능해졌다. 공유된 공포에서 어떤 사람은 다치지 않고 살아남고 어떤 사람은 그렇지 않은 상반된 결과로 인해, 나와 비슷한 처지에 놓인 타인의 상태를 파악할 수 있는 가능성이 열린다.

홉스에 이르러 이 개념은 규모가 큰 모든 사회의 근간이 되는 상호적 공포로 바뀐다. 셸링의 무장 강도와 무장 집주인이 느끼는 상호적 공포는 상대방의 내적 상태에 대한 상상력의 투사에 의존한다. 죄수의 딜레마 또는 현대 전략적 사고의 핵심 개념인 상호적 공포는, 둘 모두에게 영향을 미치는 어떤 결과(짧은 시간 내에 상대방의 상태와 전략적 선택을 상호적으로 인식하는 과정으로 형성되는 결과)를 만드는 과정에서, 의지의 상호 의존성이 명백하게 작용하고 있음을 보여 준다.

실존적 순간만을 고려한다면, 공포는 상호성이 단절되는 경로, 타인이 무가치한 존재가 되는 경로인 것처럼 보인다. 그러나 공유된 공포, 상호적 공포, 호혜적 공포, 기대 공포, 자발적 공포를 통해 훨씬 더 깊은 상호성이 작용하고 있음을 간과해서는 안 된다. 이러한 과정을 통해 우리는 정치적인 차원에서 공정함보다 더 중요한 사실, 즉 타인의 의지도 가치 있음을 인정하게 된다. 이와 더불어 공포가 만들어 낸 결과, 이익이나 생존을 추구하는 활동이 만들어 낸 결과에서 우리의 의지가 상호적으로 의존한다는 사실도 알게 된다.

아리스토텔레스의 비극 분석에서부터 고딕영화, 감상영화, 공포영화 장르에 이르기까지, 공포는 미학적으로 중요하다. 이와 같은 공포의 미학적 중요성은 우리 자신의 상태를 타인의 상태(또는 다른 많은 사람들의 상태)와 연결시키는 정치적 상상력, 공포로부터 예상치 못한 중요한 시민적 에너지를 끌어내는 정치적 상상력 때문이다.

| 9장 |

의지의
　범위

다른 사람들이 사랑을 말하는 것을 들어 본 적이 없었다면 사랑에 빠지지 못했을 사람이 많다는 라로슈푸코의 격언은 열정에 대한 가장 중요한 지적이다.[1] 그런데 이 격언은 열정에 대한 대부분의 지혜롭고 재치 있는 관찰과 비슷하다. 즉, 라로슈푸코의 지적은 이성의 명료한 빛이 내리쬐는 순간 금방 사라질 어떤 주제를 지성의 도움으로 제시하고 있을 뿐이다. 라로슈푸코는 혼자서는 사랑을 생각해 본 적이 없었을 "몇몇 사람들"만을 가리키고 있다. 그런데 만일 사랑이 배워서 아는 것이라면, 사랑의 경험 자체는 시간이 7일의 주週로 나뉜다는 생각만큼이나 인위적인 일상의 한 부분이 아닐까? 우리 모두는 한 주 한 주를 그냥 살아가는데, 다른 사람들이 그렇게 살아왔고 수세기 동안 그렇게 살아왔기 때문이다. 사랑이 실제가 아니라 인위적으로 만들어진 것이라면, 우리는 한 그룹의 사람들을 통해 나머지 사람들의 조금 더 감추어진 사례를 발견하지 않았을까? 17세기 이후 사랑이라는 열정은 다른 모든 열정을 밀어내고 열정 그 자체의 의미를 독점하게 되었다. 만약 그렇다면, 다른 열정도 사랑과 비슷하게 동일한 위트와 의심에 직면하여 하나의 관습으로 사라졌다가 다시 나타나지 않을까?

그러나 라로슈푸코의 격언에서 중요한 것은 열정에 대한 의심

---

[1] La Rochefoucauld, *Maximes*, 65.

이 아니다. 이 격언에서 분명한 것은 사랑과 열정의 차이다. "우리는 그의 격언을 다음과 같이 바꾸는 것을 상상할 수 없다. 다른 사람들이 공포를 말하는 것을 듣지 못했다면 공포를 경험하지 못했을 사람들이 있다." 이와 마찬가지로, 분노도 놀라움도 슬픔도 경이로움도 라로슈푸코의 방정식에 들어맞지 않는다.

아우구스티누스는 《고백록》에서 어렸을 때 가장 처음 지은 죄가 무엇이었는지 자문하면서, 우리가 아기를 죄 없다고 하는 것은 힘이 부족해서이지 해를 끼치려는 의지가 부족해서가 아니라고 지적한다. 그는 엄마 젖을 물고 있는 배다른 동생을 볼 때마다 격렬한 질투심으로 얼굴이 하얘진 아기를 언급한다. 양은 많아도 먹을 것은 단 하나, 그걸 먹고 싶은 간절한 마음에 경쟁자에게 화가 난 아이. 아우구스티누스는 이것이 어떻게 순수함이냐고 묻는다.[2] 말 못하는 갓난아이의 울화, 눈물, 질투, 무력한 분노는 의지의 존재를 입증한다. 분노의 광경으로 펼쳐지는 갓난아이의 질투는, 타오르는 열정에 끊임없이 공급되는 산소가 바로 분노 또는 격렬함이라는 것을 보여 준다.

아기는 제 소망을 실현할 힘이 부족하기에 의지는 무기력하다. 바로 이 지점에서 열정이 모욕당한 의지, 상처 입은 의지, 특히 의지의 한계(이 용어는 나중에 상세히 다룰 것이다)와 연결되어

[2] Saint Augustine, *Confessions*, trans. R. S. Pine-Coffin (Harmondsworth: Penguin, 1961), 1.7.

있다는 중요한 사실이 매우 명백하게 나타난다. 아우구스티누스가 아기를 열정의 예시로 삼은 이유는, 라로슈푸코의 주장과 달리 열정이 학습된 것이 아니라는 점을 강조하고 싶었기 때문이다. 질투는 언어 이전에, 관찰 이전에, 타인을 모방하기 전에 이미 존재한다.

찰스 다윈은 시각장애인 로라 브리지먼의 얼굴 표정을 통해 단순히 타인의 얼굴을 보는 것만으로는 열정을 표현하는 법을 배울 수 없다는 증거를 제시한다.[3] 다윈은 또한 유아를 대상으로 한 독창적인 실험에서 감정의 시작이 구체적인 방식으로 이루어진다는 것을 보여 주었다. 천 조각으로 유아의 눈을 가볍게 만졌을 때 한쪽 눈에서만 눈물이 나는 것을 볼 수 있었다. 다윈은 이것이 눈물이긴 하지만 감정적인 눈물은 아니라고 결론짓는다. 다윈이 발견한 것처럼 아기는 생후 140일이 될 때까지 눈물을 흘리지 않으며, 다윈은 이때가 감정적 울음이 처음으로 발생하는 시점이라고 주장한다.[4] 아우구스티누스와 마찬가지로, 다윈은 학습과 모방으로 열정을 설명하지 않는다. 그는 특정 열정이 정확히 언제 시작되고 나타나는지를 규명하는 데에 특히 관심이 컸다.

아우구스티누스는 아기를 예로 들어 의지로서의 개인 존재

---

[3] Darwin, *Expression of the Emotions*, 196–310.
[4] Ibid., 152–56.

는 우리가 의지의 목적을 달성하는 능력을 갖추기 훨씬 전에 이미 존재한다는 점을 분명히 했다. 여기서 아우구스티누스는 열정문학, 특히 비극에서 왕의 예(다른 극단은 유아의 선택)를 선택함으로써 명백하게 밝혀지는 것이 무엇인지 분명하게 보여 준다. 왕은 사회에서 자신의 의지가 너무도 완벽하게 실현되기 때문에 의지에 상처를 입으면 모욕과 놀라움이 증폭되는 유일한 사람이다. 그는 또한 의지의 한계에 대해, 심지어 그러한 한계가 과연 존재하는지조차도 가장 헛갈리는 사람이다. 비극이 왕족이나 귀족을 중심인물로 선택하는 이유에 대해 전통적인 해석은 우리의 관심을 전혀 엉뚱한 방향으로 이끈다. 왕을 평범한 사람과 구별하고 왕의 운명을 비극적으로 만드는 것은, 그의 신분이 높거나 손실의 규모가 크거나 몰락의 깊이가 깊기 때문이 아니다. 더 중요한 것은, 비극과 의지의 관계다.

열정은 다툼의 소지가 다분한 의지의 경계선에서 발생한다. 이 경계선은 궁극적으로 죽음이라는 사실로 측정되는 선이다. 우리는 수백 년이 걸리는 프로젝트를 의지로는 완성할 수 없으며, 인간의 삶에 종말이 있다는 사실도 결코 바꿀 수 없다. 그러나 죽음이라는 궁극적 사실을 전혀 생각하지 않고 살아가는 일상의 삶에 비추어 볼 때, 왕이 가진 의지의 반경은 너무나 멀리 확장되어 인간의 평범한 의지 문제를 확대하는 역할을 한다. 문제는 의지의 범위가 어디까지인가 하는 모호함이다. 왕이나 폭군은 칙령으로 인구 전체를 수천 마일 떨어진 곳으로 옮기고, 전쟁을 선포해서 군사를 끌어모으고, 밀이 자라던 곳에 벼를 심고, 늪지대에 새로운 수도를 건설하도록 명령할 수 있다. 이는 의지 반경의 외곽선을 착각해서 무엇이든 명령하면 다 될 거라는 망상의 분명한 한 가지 예라고 할 수 있다.

의지가 입은 상처나 모욕은, 의지가 문제없이 작동할 것으로 기대했으나 실패를 맛보는 불명확성으로 인해 발생한다. 아우구스티누스의 분노하고 질투하는 갓난아이, 의지와 관련하여 치명적인 실수를 저지른 고대 비극의 왕들―이 두 극단적인 사례는 열정의 가장 중요한 주제가 바로 의지라는 점, 구체적으로 말해서 모욕당한 의지, 손상당한 의지라는 점을 명확하게 보여준다.

헬레니즘 철학을 대표하는 에픽테토스에 따르면, "현존하는 모든 것 중에서 어떤 것은 우리의 힘 안에 있고, 어떤 것은 우리의 힘 바깥에 있다."[5] 헬레니즘 철학, 특히 스토아철학이 주목하고 열정 분석의 근본으로 삼은 것이 바로 이 의지의 문제였다. 우리의 힘 안에 있는 것은 무엇일까? 우리의 힘 밖에 있는 것은 무엇일까? 두 영역의 경계는 어디일까? 나는 의지의 한계를 정확하게 설명하기 위해 의지의 반경半徑the radius of the will이라는 새로운 용어를 만들었다. 이 의지 반경의 둘레 안에는 우리가 마음대로 권력을 행사할 수 있는 모든 것이 포함되어 있다.

[5] Epictetus, *The Manual of Epictetus*, in *The Stoic and Epicurean Philosophers*, sec. 1, p. 468.

물론 그 정확한 경계는 모호하다. 열정이라는 것은 한편으로는 모호함의 영역에서, 다른 한편으로는 우리가 헛된 믿음으로 의지의 한계를 오해하거나 망각한 경우에 발생하므로, 의지의 범위를 정확하게 파악할 수 있다면 더 이상 열정은 없을 거라는 말은 스토아주의의 위대한 통찰이다. 열정은 예상치 못한 것, 원치 않는 것, 위협적인 것에 의해 의지가 손상되는 지점을 표시한다. 열정은 의지에 모욕이나 손상이 발생했음을 알림으로써 의지가 성공할 거라고 기대했던 그 지점을 표시한다. 그러므로 열정은 수동성, 무력감, 앞으로 무슨 일이 일어나든 희망이 없다고 체념하는 태도만이 세상을 제대로 읽는 방법이 아님을 보여 주는 신호다. 열정은 성공을 기대하는 적극적인 의지를 중심으로 발생한다. 바로 그런 이유로 의지와 미래에 대한 기대에 모욕이나 손상이 일어나면 깜짝 놀라고 분노한다.

분노, 공포, 슬픔과 같은 열정이 상처받은 의지, 모욕당한 의지, 좌절된 의지의 반응이라는 점을 이해한다면, 열정이 의지의 일부라는 점도 충분히 이해할 수 있다. 둔스 스코투스도 그렇다고 주장한다.[6] 희망은 우리의 의지와 정확하게 일치하는 열정으로, 사실상 생각과 의식의 형태를 띤 의지 그 자체다. 열정의 네 가지 주요 범주 중 하나인 욕망에 대한 스토아철학의 생각도 마

---

[6] See Hannah Arendt, *Willing* (New York: Harcourt Brace Jovanovich, 1978), 37.

찬가지다.

공포가 그렇듯이, 열정이 예상치 못한 것에 반응한다는 점으로 미루어 볼 때, 우리는 인간의 의지에 어떤 이차적인 모호한 영역이 있어서 우리가 예측할 수 있고 기대되는 구체적인 것들을 초래한 원인은 아닐지라도, 예측할 수 있고 예견되고 기대되는 것들이 상당 부분 우리의 계획에 이미 포함되어 있다는 사실을 알 수 있다. 우리는 예측 가능한 것에 투자한다. 그래서 예상치 못한 일이 발생하면 의지에 대한 모욕을 느끼는데, 이는 내가 직접 행한 행동이 실패할 때 생기는 좌절감과 매우 유사하다. 우리가 의도한 모든 행동에는 행위자로서의 효율성에 영향을 미치는 일련의 배경 조건이 안정적이라는 전제가 있어야 하기 때문에 더욱 그렇다. 그런데 위험하게도, 우리는 우리의 의지를 벗어난 많은 것들을 우리 의지대로 할 수 있는 것처럼 생각한다.

농부의 연간 계획은 농작물에 대한 "평균적인 강우량"과 평균적인 시장 상황을 전제로 한다. 농부는 올해도 작년과 마찬가지로 그가 잘 아는 모든 기술과 에너지를 활용하여 열심히 일할 것이라고 가정한다. 한여름에 다리가 부러져서 농사를 못 짓게 되지는 않을 거라고 암묵적으로 가정한다. 물론 농부가 열심히 일하리라는 것은 전적으로 그의 의지에 달렸다. 그러나 강우량, 시장 상황, 불의의 사고는 어떻게 통제할 도리가 없다. 농부의 지식이 아무리 뛰어나다 해도, 평균 강우량에 적절히 대응하는 기술이 아무리 탁월하다 해도, 놀라움을 완전히 피할 수는 없다.

예상되는 것, 일반적인 것, 법칙적인 것, 거의 항상 발생하는 것은 의지의 상당 부분을 차지한다. 우리가 실제로는 아무런 힘도 행사할 수 없는 이러한 영역들은 의지의 영역으로 이첩되어 마치 의지의 일부인 것처럼 여겨질 정도인데, 이는 의지가 하는 모든 행위가 미래에도 배경 조건이 정상적일 것이라는 기대감과 연결되어야 하기 때문이다. 헬레니즘 철학은 우리의 힘 안에 있는 것과 우리의 힘 밖에 있는 것 사이의 경계를 강조했지만, 이를 명확하게 정의할 수 있는 방법은 없다. 의지의 반경은 모호하며 이는 재앙으로 이어질 수 있다. 배경에 존재하는 정상성과 예측 가능성의 문제는 그러한 모호함의 일부일 뿐이다.

의지에 대한 정교한 설명이 역사적으로 왜 필요했는지 이해하는 것은 중요하다. 나는 그 이유가 법체계의 요구 때문이라고 주장할 것이다. 다시 말해, 정확한 처벌과 책임 등급을 명확하게 구분하고 정당화해야 했기 때문이다. 사회적 삶에서, 특히 법의 등급 내에서, 그리고 판사의 시각에서, 우리는 타인의 행위와 그에 대한 우리의 반응과 관련하여 타인의 의지에 대한 이론을 정교하게 만들었다. 이와 같은 법적 영역에서 우리는 의지에 대한 복잡하고 섬세한 설명을 만들어 냈다. 놀랍게도 현대적 관점에서 나 자신의 가장 내밀한 일부여야 할 나의 의지는 정작 내적 성찰의 결과가 아니다. 오히려 나의 의지는 행위에 대한 처벌이라는 공식적 문제와 연관된다. 구체적으로 말해서, 의지는 타인의 행위(범죄와 위반)와 추정되는 타인의 의지를 사회적으로 관찰하는 문제로부터 시작되었다. 그렇게 하고 난 다음에야 비로소 의지에 대한 설명은 일종의 이차적인 단계로서 내가 내적 설명으로서의 나의 의지와 맺는 관계에 적용된다. 그러므로 나의 의지는 필연적으로 상호개인적 관계에서 파생된 특징들을 가질 수밖에 없다. 타인의 의지를 묘사하는 나의 설명에는 즉각적인 직관이 결핍되어 있는데, 그러한 결핍은 상기한 특징들에도 고스란히 드러난다.

우리에게는 우리 자신의 의지를 설명하는 경쟁 이론이 없다. 그런 것이 애초에 필요하지 않았기 때문이다. 그러한 필요성은 범죄와 위반이 제기하는 문제로서 사회적 영역에서 발생했다. 이를 플라톤의 《법률》과 아리스토텔레스의 《수사학》의 법률 부분에서 확인할 수 있다.[7] 이 두 책이 다룬 범죄의 경중과 책임의 등급에 대한 설명을 통해 가장 정확한 "고의적 행위" 개념이 만들어졌다. 고의적 행위가 개발된 이유와 그 개발 형태는, 정당하고 단계적인 처벌을 만들려는 시도에서 비롯되었다. 여기에는 의도하지 않은 것, 불운, 간접적인 결과와 근접한 피해의 구분, 특히 어떠한 처벌도 해서는 안 되는 경우가 포함된다.

나중에 다른 목적을 위해 경험을 평가할 필요가 있을 때, 우리가 찾을 수 있는 유일한 의지의 모델은 범죄와 처벌과 책임의 등급이라는 주제와 관련된 특징들에 이미 물들어 있다. 기독교 신학은 죄, 형벌, 양심, 고해성사, 최후의 심판, 연옥, 지옥 등의

---

[7] Plato, *Laws*, in *The Collected Dialogues*, ed. Edith Hamilton and Huntington Cairns, Bollingen Series (New York: Pantheon Books, 1961), 9.864d–74e; Aristotle, *Rhetoric* 1.13–14.

개념을 통해 의지의 자유와 행위자의 책임을 상세히 설명했다. 각 개념은 사회적 대인관계를 통해 진화된 사법적 관계(배심원과 판사의 눈으로 본)를 내적 자기 관계로 옮긴 것이며, 나중에 가서야 비로소 내적 용도를 위해 일괄적인 수정을 거친 후 양심의 심문審問이라는 개념에 다시 등장하게 된다.

열정 특히 분노는 의지에 관한 대안적 설명, 즉 의지가 전사회적presocial이라는 주장을 뒷받침한다. 부분적으로는 침해, 특히 자아의 정당한 경계를 침범하는 행위를 경계하는 의지와도 연관된다. 그러나 부분적으로만 그렇다. 분노와 열정은 정의에 대한 관심을 모욕당한 의지라는 더 큰 주제에 편입시킨다. 여기서 상실과 공포, 아이의 죽음이나 침몰하는 배에서 느끼는 승객의 공포는 자연, 사고 또는 삶의 법칙에 의해 모욕당한 의지를 보여 준다. 내 집에 불을 지른 사람에게 입은 피해는 법체계에서 방화라고 부르지만, 번개가 화재를 일으켜 집이 폐허가 되었다면 법체계는 이에 관심이 없고 그 사건을 사고 또는 불운이라고 부른다. 그러나 세상의 경계를 지키는 의지의 입장에선, 방화범과 번개는 똑같이 의지에 상처를 입히거나 의지를 모욕하는 것이다.

여기서 법의 유일한 관심사인 처벌은 의지에게는 사소한 문제다. 가장 친한 친구의 죽음, 인생에서 가장 사랑하는 사람의 죽음은 가장 빈번하게 발생하는 의지에 대한 모욕인데, 모두 처벌 가능한 해악이라는 작은 영역을 벗어난다. 의지의 정확한 반경에 연관되는 것은 예상치 못한 해악과 피해라는 훨씬 더 큰 영역이며, 열정은 그 의지의 반경을 우리에게 알리는 역할을 한다. 처벌 가능한 해악의 사법적 영역 또는 처벌 가능성이 높은 해악의 영역은, 해악의 원인 제공자를 식별하는 작업과 함께 더 크고 더 중요한 영역을 가리는 경향이 있다. 말하자면, 법적 정확성을 추구해서 얻은 성과는 훨씬 더 넓은 영역을 침범하여 그 영역에 제 색깔을 입힌다. 그러나 그 성과로 인한 득보다는 실이 더 많다.

분노나 애도는 의도하지 않았던 사건들로 인해, 의지가 원하고 완수하려는 일에 역행하는 사건들로 인해, 의지가 격분하거나 "자극"을 받았을 때 발생한다. 세상은 의지의 밑그림을 따르지 않는다. 가령 나를 도와줄 것으로 기대했던 사람은 오히려 나를 반대한다. 그 결과 분노가 일어난다. 아이의 미래를 위해 많은 노력을 기울였는데 아이가 일곱 살에 죽는다면, 애도는 깊을 수밖에 없다.

슬픔을 불러일으키는 상실이 의지를 모욕한다는 것은 틀림없는 사실이다. 사랑하는 사람, 삶의 모든 면에서 나와 연결된 사람의 죽음은 인간 의지의 근본적인 한계를 드러낸다. 그 한계는 죽음 그 자체를 의미한다.

그러나 외부적 요인으로 인해 의지가 모욕당할 때 발생하는 피해(길을 가로막은 야생동물이 일으키는 공포, 친구의 갑작스러운 죽음 때문에 느끼는 슬픔, 적이 나의 계획을 망가뜨려 발생하는 분노처럼 모욕이 바깥에서 발생하여 우리에게 일어나는 경우)와 공포 · 슬픔 · 분노의 격렬한 상태 자체가 나타내는 활기차고 적극적인 반응은 구별되어야 한다. 무덤덤하거나 수동적인 운명론이 야생동물, 죽은 친구, 적에 대한 의지의 반응일 수도 있다. 세상의 일들이 우리에게 일어났다(실제로 대부분의 일은 우리에게 일어난다)는 의미에서, 우리는 수동적일 수밖에 없다. 열정은 이와 같은 경험의 수동적인 요소를 밝혀 준다. 일상생활에서 의지가 차지하는 비율은 매우 작다.

열정 자체는 패배를 당해 의지가 체념할 만큼 자주 모욕을 당하지 않았다는 증거다. 열정은 의지가 승리해야 한다는 우리의 기대 수준을 정확하게 포착한다. 열정은 의지의 도움으로 작동하며, 의지의 경계를 보호한다.

의지와 법체계

플라톤, 호메로스, 그리스 비극 작가들에게서 영혼의 능력으로서의 명확한 의지 개념을 발견할 수 없다는 주장이 간혹 제기된다.[8] 그리고 오늘날 흔하게 발견되는 의지 이론, 자아를 의지와 동일시하는 이론의 핵심적 특징들은 아우구스티누스와 기독교에서 기원한다는 것이 일반적 주장이다.

---

[8] Bernard Williams, "Centres of Agency," in *Shame and Necessity* (Berkeley and Los Angeles: University of California Press, 1993), 21–49.

장 피에르 베르낭은 그의 중요한 논문을 통해 현대의 의지 개념을 탁월하게 요약하면서, 이전의 많은 학자들과 마찬가지로 그리스 사상에는 체계적인 전체로서의 의지 개념이 없다고 주장했다. 나는 다음 몇 페이지에 걸쳐 베르낭의 주장을 자세히 살펴볼 것이다.[9]

베르낭의 주장을 풀어 말하자면, 의지란 행위자의 역할을 수행하는 사람을 의미한다. 이것은 각 사람이 행동의 원인이며, 타인들이 보기에 그 행동에 책임이 있다는 뜻이다. 그와 동시에 이러한 행동은 그가 밀접하게 관여한다고 생각하는 행동이다. 현대적 자아의 통일성과 그가 느끼는 시간적 연속성은 모두 의지 개념과 밀접한 관련이 있다. 통일성이란 자신이 한 모든 일을 성취했다는 느낌을 의미한다. 더 나아가, 통일성은 자신의 진정한 존재를 증명하는 말과 행동으로 자신을 표현하려는 끊임없는 선택이다. 예술가는 진정성의 중요한 모델이다. 관료제나 공장에서 일하는 사람들은 다른 사람들과 협력하고 자신이 생산한 물건에서 자신의 흔적을 거의 또는 전혀 찾을 수 없지만, 예술가는 혼자 작업하면서 의지적 행위를 통해 자신의 고유성을 더 직접적으로 구현하는 사물을 만들기 때문이다. 예술가는 의지 사회의 영웅이다.

[9] Jean-Pierre Vernant, *Myth and Tragedy in Ancient Greece*, trans. Janet Lloyd (New York: Zone Books, 1990).

베르낭에 따르면, 자아의 연속성은 우리가 기억 속에서 우리 자신을 오래전에 행한 일과 행동에 대해 오늘날에도 책임을 지는 동일한 사람으로 인식함으로써 확보된다. 아우구스티누스, 루소, 워즈워스, 프루스트처럼 이전의 자아를 기억할 때, 더욱 강력한 자아에 대한 감각이 가능해진다. 그 기억이 축적된 행위와 결과물로부터 내적 응집력을 만들어 내기 때문이다. 여전히 인정되는 이와 같은 의지의 행위는 그 연속성 속에서 자아의 역사를 구성한다. 그런데 역설적으로 그 자아의 역사는 자아의 완결성과 연속성에 대한 가장 강력한 증거이기도 하다. 이것이 바로 로크의《인간오성론》에 나타난 자아에 관한 탁월한 지적이다.[10]

베르낭은 그의 풍부하고 명료한 책에서 의지의 범주가 다음 사항들을 전제로 한다고 지적한다. 첫째, 개인의 행동지향성, 둘째, 행동과 그 다양한 실질적 업적의 가치화, 셋째, 우연, 신 또는 상황의 무자비한 힘에 대해 행동의 주체가 맡은 본질적인 역할에 대한 인식. 인간 주체는 그에게서 나오는 모든 행위의 기원 또는 생산적 원인으로 간주된다. 따라서 행위자는 타인 및 자연과의 관계에서 자기 자신을 결정의 중심이자 그러한 결정을 행사하는 능력을 소유한 존재로 경험한다.

우리가 우리 자신을 힘의 중심으로 상상하는 한, 그 힘의 본

---

[10] Locke, *An Essay Concerning Human Understanding*, vol. 1, bk. 2, chap. 27, pp. 439–70.

질은 선택 행위에 있거나 행동하기로 결심하는 순간에 있다. 자아의 자율성과 책임은 모두 자유 선택의 순간에 집중된다. 베르낭의 주장에 따르면, 우리가 우리 자신을 팔과 다리가 있는 존재로 여기듯이 현대인은 자신을 자발적으로 결정하고 행동하는 존재로 여긴다. 의지는 인간이라는 개념에 필수적인 요소다.

여기서 의지에 대한 이 현대적이고 다소 이상화된 설명을, "자발적voluntary"이라는 강한 개념이 아니라 "기꺼이willingly"라는 약한 개념으로 번역해야 하는 그리스어의 헤콘hekon 개념과 구별하는 것이 중요하다. 헤콘은 외부의 강압으로 행해지는 행위를 의미하는 아콘ákon과 반대되는 개념이다. 헤콘이 자유의지라는 현대적 개념과 다르다는 것을 보여 주는 중요한 사례는 동물의 열정과 행동이다. 동물의 열정과 행동은 헤콘이다. 즉, 외부의 압력에 의한 것도 아니고, 우리가 말하는 자유의지 행위에 포함되지도 않는다. 분노한 사람이나 굶주린 사자의 행동은 베르낭의 말처럼 본성에 따른 것이지만, 의지의 경우에는 우리가 보통 기대하는 합리적 선택의 결과는 아니다.

열정이 일으키는 행위는 너무나 빠르게 일어나기 때문에 성찰을 허용하지 않으며, 아리스토텔레스가 프로아이레시스proairesis(숙고)라고 부른 숙고적 행위의 바깥에 놓여 있다. 세 부분으로 구성된 플라톤의 영혼에서, 행위는 활력적 자아, 즉 투모스thumós에서 비롯되며 동물의 행위, 특히 말과 사자와 같은 고귀한 동물의 행위와 가장 가까운 연관성이 있다. 여기서 말하는 행위를 통해 우리는 자유의지의 현대적 개념이 훨씬 약한 그리스적 구분인 아콘(강요된 행위)과 헤콘(강요되지 않은 행위)의 구분과 전혀 다르다는 것을 명확하게 알 수 있다.

배가 고플 때 음식을 먹는 것처럼 헤콘은 강박으로 보일 수 있지만, 그 강박은 자아 내부에서 발생하고 자아의 본성을 반영하는 많은 행위를 포함한다. 이러한 내적 압력은 예를 들어 죄수가 간수에게 특정 약물을 복용하도록 강요받는 경우와는 상당히 다르다. 동물의 경우 "본능"이라는 현대적 용어는 목적을 가진 복잡한 동물 행동과 이와 거의 동일한 인간의 의지 행위 사이에 있을지도 모르는 불편한 유사성을 제거하기 위해 존재한다. 동물이 본능에 따라 행동한다면, 활력적인 영역(열정 내) 또는 고의적인 영역(의지 내)을 생각할 필요가 없다. 기독교의 영향으로 인해 이 영역은 현재 우리가 고유한 인간 정체성이라고 여기는 핵심이 되었는데, 인간과 동물의 영역이 중첩된다고 하면 바로 그 핵심을 건드리는 셈이다.

법체계는 동물이 범죄를 저지른다고 생각하지 않으며, 그럼으로써 기소될 수 있는 인간과 그렇지 않은 다른 모든 종을 구분한다. 유대-기독교와 법체계를 참고한다면, 열정이라는 주제에서 항상 중요한 문제였던 인간과 동물의 유사성에 대한 우리의 관심은 사라진다.

행동과 관련된 어휘의 정화작용이 발생하는 사회적 영역은 사법 체계, 특히 살인에 대한 책임 판단과 관련된 영역이다. "계획된" 살인의 범주는 오랜 시간에 걸쳐 정교화되면서 신중하고 명시적인 "자유의지" 개념을 좁은 틀에 가두었다. 여기서 우리는 행위주체성과 자유의지 개념을 더 순수하게 만든 것이 바로 책임의 문제(책임 자체도 처벌을 정당화하는 문제와 깊은 관련이 있다)임을 분명히 알 수 있다. 베르낭이 지적하듯이, 헤콘과 아콘의 구분은 순전히 주관적이거나 객관적인 추측에서 발생하지 않았다. 그러한 구분은, 한 사람이 다른 사람의 죽음을 초래하는 경우 사적 복수를 정교하게 개발된 책임의 등급으로 바꿈으로써 사적 복수를 규제(주로는 제거)하려는 국가에 의해 만들어졌다.

자유의지와 그에 수반되는 책임의 정확한 개념이 개인이 스스로를 보는 관점에 가장 중대한 영향을 끼칠 정도로 견고하게 확립된 것은, 행동이 개인의 영역에서 사회의 영역으로 이전되었기 때문이다. 이는 "양심"의 형태를 취할 수도 있고, 이른바 "행위자의 자부심," 즉 자신을 행위의 근원으로 여기는 데서 비롯되는 자기존중의 형태로 나타날 수도 있다. 이러한 의지 범주의 내밀한 심리적 특징은 법체계에서 사용되기 전에 이미 존재했던 것처럼 보이지만, 오히려 그 반대로 공적 사실의 결과, 즉 사회적 계획을 개인에게 적용한 결과로 보아야 한다.

사법 체계 내에서 처벌이 합법적으로 보이도록 다양한 처벌이 필요하다는 인식이 생겼고, 이를 위해 더욱더 세밀한 구분이 생겨났다. 복수나 열정에 따른 행위에서 가장 분명한 것은 처벌의 등급이 없다는 점이다. 분노라는 즉각적이고 성급한 반응에서는, 살인을 통해 범죄의 원인을 제거하는 것만이 적절해 보인다. 이는 마치 마법의 힘으로 범죄의 순간 자체를 취소하는 것과 같다. 만약 그럴 수만 있다면 범죄를 저지를지도 모르는 행위자가 존재하지 않는 셈이기 때문에, 범죄의 원인을 제거하는 것은 범죄가 전혀 발생하지 않은 세상을 새로 창조하는 행위나 다름없다.

베르낭이 보여 주듯이 아리스토텔레스는 프로아이레시스(숙고) 개념을 상세하게 논의했으며, 살인에 관한 법률은 완전한 법적 책임을 더욱 정교하게 만들었다. 이를 충분히 감안한다면 이와 같은 의지 개념이 대체한, 심리학이 다루지 않은 특징들이 무엇인지 알 수 있다. 아리스토텔레스가 관심을 갖는 의지의 영역은 계획적 이성에 종속된 의지다. 반면에 살인죄와 관련된 법률을 통해 국가가 관심을 가진 의지는 이미 사회에 묶여 있는 의지, 시민과 동등한 지위를 가진 것으로 간주되는 타인을 침해하는 행위로 그 지위가 규정되는 의지다.

아리스토텔레스의 프로아이레시스 개념에 나타나는 의지의 지성화는 베르낭이 나열한 다음과 같은 의지의 조건에서 확인할 수 있다.

자율성과 자유 선택 이외에, 의지는 많은 조건들을 전제한다. 첫째, 서로 연결되고 시간과 공간의 제한을 받는, 순수하게 인간적이라고 여겨지는 일련의 체계적 행위들(시작, 전개, 결말을 가진 통일된 행위)이 이미 규정되어 있어야 한다. 둘째, 의지는 개인의 등장, 특히 행위자로서 기능하는 개인의 등장을 요구한다. 이와 관련하여 개인의 가치 및 책임 개념도 아울러 정교하게 설명되어야 한다. 셋째, 의지는 이른바 객관적 전개를 대체하는 주관적 책임감을 요구한다. 넷째, 의지는 다양한 등급의 의지와 다양한 등급의 성과에 대한 분석을 요구한다.[11]

여기서 특히 성인답고 인간다운 책임감 있는 행동이 중요하다. 베르낭은 다음과 같이 결론을 내린다. "분명 프로아이레시스는 소망이나 욕망에 기초한다. 그러나 그것은 합리적인 욕망, 즉 지성으로 충만한 소망, 쾌락이 아니라 실천적 목표(마음이 이미 영혼에게 선으로 제시한)를 지향하는 보울레시스boulesis(소망)에 기초한다."[12]

열정의 관점에서 그러한 합리적인 의지가 얼마나 제한적인지 주목하는 것은 중요하다. 그와 동시에 자아의 자율성을 확보하기 위해서 의지의 자율성이 얼마나 희생되어야 하는지도 아울러 살펴보아야 한다. 의지의 자율성은 이제 이성의 도구이며 독립적인 능력이 아니다. 마찬가지로, 책임과 처벌에 대한 사법적 이해관계가 의지 개념에 가하는 제약은 의지에 대한 개인의 관심을 대체한다. 책임의 사회적·외적 문제는 개인이 자신을 바라볼 수 있는 어떤 시각을 만들어 내지만, 이는 의지나 열정의 시각과는 상당히 다르다.

---

[11] Vernant, *Myth and Tragedy*, 47.
[12] Ibid., 49.

10장

분노와
축소

일상생활과 심리학에 많은 영향을 끼친 법체계의 오랜 역사를 통해 만들어진 의지 개념이 아니라 열정과 활력적 자아에 의해 설계된 의지 개념에 대해 생각하려면, 책임과 처벌 및 합리적 효과에 관한 관심을 접고 의지에 대한 "피해" 또는 "모욕"이라는 전혀 다른 상황에 관심을 가지면 된다. 가령, 방으로 들어가는 길을 막고 있는 막대기, 가장 친한 친구의 목숨을 앗아 간 열병, 배의 갑판을 파괴하고 항해뿐 아니라 생명까지도 위험에 빠뜨리는 바다의 폭풍우 등을 살펴보자. 이러한 순간은 의지를 암시하지만, 의지의 한계를 표시하는 순간이기도 하다. 즉, 의지가 제대로 작동하기를 바라지만 뜻대로 되지 않았다는 것을 경험적으로 발견하는 순간이다.

열정은 갑자기 놀란 의지, 상처를 입은 의지를 중심으로 시작된다. 의지가 관철되리라는 기대가 무너지는 곳에서 열정이 타오르기 때문이다. 호메로스의 《일리아드》에서 아가멤논이 브리세이스를 아킬레우스에게서 빼앗으려 할 때, 아킬레우스의 의지가 관철될 수 없는 지점(이 경우에는 그리스 연합군의 지도자인 아가멤논의 권력을 기반으로 한 사회적 선)을 표시하는 선이 그어진다.[1] 의지에 대한 자극은 의지의 경계가 불명확한 곳에서 발생한다. 열정은 의지가 자신의 경계(또는 경계라고 생각하

---

[1] Homer, *Iliad* 1.262–309.

는 곳)를 순찰하는 호전적인 상태에서 발생하며, 그 상태를 우리 자신과 다른 사람들이 알 수 있도록 표시한다. 강렬한 공포와 분노(열정에 대한 공식적 설명은 공포나 분노 둘 중 하나로부터 시작되는 경향이 있다)는 의지의 반경(세계를 향한 의지의 주장에 어떤 손상이 가해질 때 자아는 경계 상태에 돌입한다)을 교섭하는 문제를 명확하게 부각한다.

분노의 세부적인 양상들을 살펴보면 이러한 의지의 특징을 가장 쉽게 파악할 수 있다. 분노는 역사적으로 가장 치밀한 연구 대상이었는데, 그 이유는 분노가 일으키는 폭력적 행위 때문이다. 분노는 열정에 관한 순수한 내적 설명과 행동에 대한 관심을 잇는 핵심적인 교량 역할을 담당한다. 다름 아닌 분노를 통해 영혼이나 정신의 흥분 상태가 바깥세상의 주먹이나 신체의 물리적 행위와 가장 즉각적으로 연결되기 때문이다. 그리고 분노를 둘러싸고 우리는 열정을 비판하는 주장뿐만 아니라 폭력에 대한 법체계의 대응을 통한 노골적인 사회적 개입과 맞닥뜨린다. 그와 같은 대응은, 단지 사회적 관점에서 볼 때 살인 행위가 다른 사람의 안녕, 즉 생존 자체에 심각한 도전을 제기했다는 이유로 의지의 주제를 제대로 다루지 않는다.

이제부터 나는 열정과 흥분된 정신의 원형으로서 분노를 분석해 보고자 한다. 분노의 원형을 다룰 때, 우리 머릿속에 가장 먼저 떠오르는 사례, 즉 치료 문제는 제쳐 두어야 한다. 프로이트 이후의 치료문화에서 우리의 가장 첨예한 관심사는 분노를 통제하거나 분노의 근원을 이해하는 것, 가시적인 분노의 실제

대상(현대 문화에서는 오래전 어린 시절에 겪은 어떤 경험에 관한 것이라고 여겨지는)이 치환 과정을 통해 어떻게 은폐되었는지를 배우는 것이다. 그런데 이 분노라는 열정이 윤리적으로 바람직한 열정임을 입증하는 한편 분노를 가장 긍정적인 열정적 상태 모델로 만들고자 한다면, 치환, 무의식적 동기, 격렬한 상태보다 온건한 상태를 선호하는 경향 등 20세기적 주제로부터 한 발짝 뒤로 물러서야 한다.

호메로스, 플라톤, 아리스토텔레스는 분노를 그렇게 이해했으며, 그들이 설계한 열정 이론은 적어도 흄과 칸트 시대까지 살아남았다. 여기서 내가 설명할 분노는 직관적이고 통제할 수 있는 일상적 정의와 연관된 분노를 말한다. 그러니까 분노는 중대 범죄와 위반 행위들을 응징하기 위한 복수나 명예와 같은 원시적 형태의 정의에만 국한되어서는 안 된다(우리는 이 원시적 정의를 명시적인 법률과 비인격적 정의라는 객관적 문명 시스템으로 대체했다는 데에 자부심을 느낀다).

아리스토텔레스의 《니코마코스 윤리학》에 따르면, 분노는 제대로만 이해한다면 극단적인 상태가 아니라 바람직한 수단이다. 아리스토텔레스는 다음과 같이 말한다. "마땅한 일에 대해, 마땅한 사람에게, 그리고 더 나아가 마땅히 해야 할 때, 마땅히 해야 할 만큼 화를 내는 사람은 칭찬받아야 한다."[2] 이어서 오늘

---

[2] Aristotle, *Nicomachean Ethics* 4.5.1125b30–35.

날의 독자가 깜짝 놀랄 단어를 덧붙여 "그렇게 해야 성품이 좋은 사람"이라고 말한다. 우리가 생각하는 "성품이 좋은 사람"은 아리스토텔레스의 주장과는 정반대로 분노가 없는 사람을 의미한다.

올바른 분노의 능력은 아리스토텔레스의 모든 덕목과 마찬가지로 두 개의 부정적인 극단, 즉 과잉과 결핍 사이에 위치한다. 분노의 과잉은 분명히 성격이 나쁘거나 성을 잘 내는 사람, 끊임없이 또는 지나치게 화를 내는 사람, 사소한 일에도 화를 내는 사람이다. 그러나 아리스토텔레스가 세심한 관심을 기울인 것은, 우리에게는 이를 표현할 마땅한 단어가 없지만, 그의 표현으로는 "분노할 수 없는in-irascible" 사람의 특성, 즉 분노의 극단적인 결핍이다. 분노할 수 없는 사람은 분노를 느껴야 할 때 분노를 느끼지 않는다. "그런 사람은 아무것도 느끼지도 않고 고통스러워하지도 않는다고 생각되며, 화를 내지 않기 때문에 자신을 방어할 수 없을 것으로 여겨진다. 모욕을 견디고 친구에게 가해진 모욕도 참는 것은 노예적이다."[3]

아리스토텔레스가 열정을 설명할 때 자주 등장하는 표현은 "자기 자신이나 친구에게," "자기 자신과 그와 가까운 사람들"이라는 문구다. 분노가 그렇듯이 열정은 단순히 나 자신뿐만 아니

---

[3] Ibid.

라 부모, 내가 사랑하는 사람들, 자녀, 형제, 자매, 친구, 이웃, 즉 나의 세계를 구성하는 사람들에게 일어나는 사건으로 촉발된다. 이 확장된 세계의 중요성은 간단하다. 여러 가지 이유로 우리 자신보다는 사랑하는 사람, 자녀, 부모, 배우자가 모욕이나 상처를 당할 때 우리는 더 쉽게 분노한다. 우리 자신의 일에 분노한다면 이기주의, 과잉예민, 균형감각의 부족이라는 비난을 감수해야 할지도 모른다. 우리 자신은 피해를 당하더라도 눈감아 주는 용서의 화신이라고 생각할 수 있다. 그러나 내가 용서하고 눈감아 주었을 대상이 내가 사랑하는 사람에게 피해를 줄 때, 우리는 결단코 용서하지 않을 것이고 피해를 간과하지 않을 것이다. 정당한 분노를 느끼지 않는다는 것은, 아리스토텔레스가 말하듯이, 우리가 "아무것도 느끼지" 못했음을 의미한다.

아리스토텔레스가 열정의 구조에 친구, 가족 등 우리와 가까운 사람들을 포함시킨 것은 그의 저작에서 가장 중요하고 가장 정확한 사항이다. 이는 또한 열정을 다룬 현대의 모든 과학적 연구가 간과한 부분이다. 현대의 연구자들은 공포, 분노, 기쁨을 주체 자신에게 일어나는 일과 관련해서만 연구함으로써 열정의 자기중심성을 당연하게 여기는 것처럼 보인다. 아리스토텔레스부터 흄에 이르기까지, 열정에 대한 철학적 설명에는 언제나 우리에게 직접 일어나는 일뿐만 아니라 걱정과 관심의 세계(부모, 자녀, 친구, 사랑하는 사람이나 가까운 사람)에서 일어나는 일로 열정이 촉발된다는 생각이 포함된다.

칸트와 루소 이후 우리는 세계를 다른 방식으로 구분하게 되었고, 동정과 연민을 독립적인 자아를 벗어나 타인의 고통에 관심을 보이는 최초이자 유일한 열정으로 새롭게 주목하게 되었다. 그러나 동정은 낯선 타인에게까지 그 열정을 확장해야 한다는 점을 강조해야 한다. 동정은, 현대적 관점에서 보면 일반적으로는 자기 이익만 추구하고 자아의 경계 밖으로 나가지 않는 열정 내의 어떤 관대함을 보편화한다. 다른 모든 사람, 나를 모르는 사람으로까지 확장하는 것은 현대의 감정 분석에서 중요한 부분이다. 이는 18세기 이후 "인류애"로 알려진 감정의 민주화 및 보편화뿐만 아니라 감상주의의 핵심에 놓여 있다. 동시에 낯선 사람에게까지 확장된 동정과 연민은 예술 작품에서 우리가 전혀 모르는 사람, 특히 허구적 인물의 기쁨과 고통을 깊이 느끼는 방식을 설명하는 데에 매우 중요한 역할을 담당한다.

그러나 현대에 이르러서야 우리는 나와 우리가 "타인"이라고 부르는 존재로 이루어진 세계를 사유하게 되었다. 아리스토텔레스부터 흄에 이르기까지 철학자들이 설명한 열정은 칸트적 의미에서 결코 보편적이지 않다. 그럼에도 불구하고, 열정은 내가 다른 모든 사람에게 아낌없이 나누어 줄 수 있는 것을 나 자신만을 위해 간직하는 것과는 관련이 없다. 열정은 고립된 자아보다는 더 넓은 행동 영역과 관련이 있다. 아리스토텔레스가 "나에게 또는 내 친구에게"라는 표현을 통해 분명히 밝힌 것처럼, 나와 내 친구들에게 일어나는 일, 나의 세계에서 일어나는 일이 바로 열정의 대상이다. 그리고 아리스토텔레스에 따르면, 다른 사람에게 곧 일어날 어떤 끔찍한 일을 볼 때 동정심(상대방이 낯선 사람일 경우)을 느끼는지 아니면 공포(상대방이 친구 또는 나와 가까운 사람일 경우)를 느끼는지 결정하는 것도 나와 타인을 가르는 바로 그 구분선이다.[4]

나중에 논하겠지만, 우리는 바로 열정을 통해 "세계"가 아닌 "나의 세계"의 경계와 특성을 알게 되고, "나와 가까운 사람들"이 누구인지 정확하게 알게 된다. 열정은 두 가지 전혀 다른 경계를 표시하고 드러내는데, 첫째는 내 의지의 반경이고, 둘째는 나의 세계를 구성하는 집단의 경계, 그리고 "나와 내 사람들"의 정확한 윤곽이다.

아리스토텔레스의 분노에 대한 설명으로 돌아가 보자. 아리스토텔레스는 지나치게 화를 내는 사람은 항상 폭군으로 비난받지만, 화를 내지 않는 사람은 노예 또는 바보라고 불린다고 지적한다.[5] 노예는 자신만의 의지가 없으며 오직 다른 사람의 의지를 실행하기 위해서만 존재한다. 자부심과 자존감을 가진 자유인이 된다는 것은 폭군과 노예 사이에 있는 것이며, 이 두 극단 사이의 중간 지점은 무엇보다도 올바르게 분노할 수 있는지에 따라 결정된다.

《수사학》과 《니코마코스 윤리학》 모두 분노의 핵심적 특징을 강조하는데, 정당한 형태의 분노는 불의에 대한 느낌과 인식

---

[4] Aristotle, *Rhetoric* 2.8.1386a15–20.
[5] Aristotle, *Nicomachean Ethics* 4.5.1126a1–10.

에 그 근원을 두고 있다. 아리스토텔레스가 원래 정의한 분노는 다음과 같다. "[분노는] 자신이나 친구와 관련된 일에 대해 부당하고 명백한 모욕을 당할 때 이를 확실하게 복수하려는 충동과 그에 수반되는 고통으로 정의될 수 있다"(저자 강조).[6]

아리스토텔레스는 분노가 복수를 추구하며 부당한 피해 또는 모욕에 대한 인식에서 출발한다는 점을 상기시키면서 분노를 정의의 선사시대로 되돌려 놓는다. 객관적인 법체계가 존재하기 전, 정의는 개인적 보복의 실행에 달려 있으며, 이 보복은 분노에 의존한다. 중대한 범죄에 대해서는 공식적이고 비인격적인 법체계가 이를 처리하겠지만, 일상에서 발생하는 불의와 상해에는 작은 보복들이 필요하다. 이는 표정, 잠깐의 침묵, 어조의 변화, 경고 또는 공격적인 행동일 수도 있다. 정의와 불의를 경험하는 일상의 대부분을 차지하는 것은 바로 이러한 작은 크기의 일상적 사건들이다.

나를 모욕한 사람에게 말을 걸지 않는 것, 동생을 못살게 군 아이를 혼내는 것, 놀이터에서 괴롭히는 아이에게 욕설을 퍼붓는 것 등은 촉발된 분노에 의존하는 일상의 작은 정의로운 행위다. 정의롭고 공정한 삶에 대한 대부분의 일상적 관념은 법정과 교정矯正 제도에서 벌어지는 일들과는 무관하다. 또한 그러한 제

---

6 Aristotle, *Rhetoric* 2.2.1378a30–1378b.

도로부터 아무런 영향도 받지 않는다. 오히려, 정의롭고 공정한 삶에 대한 일상의 느낌은 법원, 판사, 배심원, 교도소 등 제도화된 기관의 관심 또는 사회 전반의 관심을 끌기에는 너무나 사소한 수백 가지 법률 외적인 불의와 해결에 그 근원을 두고 있다.

분노의 자극은 자존감이나 명예가 침해된 곳을 표시한다. 명예를 기반으로 하는 사회에서는 각 개인이 자신의 자존감을 침해당하는 일에 대해 전투적인 태도와 경계심을 취할 것을 요구한다. 그리고 분노는 자존감에 용납할 수 없는 상처가 발생했다는 사실을 자신과 밖으로는 타인에게 드러낸다. 《니코마코스 윤리학》에서 분노하지 않는 성격을 논할 때 아리스토텔레스는 경멸감을 감추지 않았다. 모욕을 느끼지 않는다는 것은 싸워서 지켜야 할 자존감이 없다는 신호일 수 있다.

분노에서 불의, 그리고 예민하고 호전적인 자존감의 개념에 이르는 경로를 보면, 우리는 왜 아리스토텔레스가 열정의 핵심 텍스트인 《수사학》에서 열정의 목록을 만들면서 분노로 시작했는지 알 수 있다. 여기서 다시 한 번 말하지만, 이러한 모든 특징은 나 자신과 나와 가까운 사람들에게 일어난 일에 적용된다는 점을 덧붙일 필요가 있다.

분노는 인지된 불의에 대해 반드시 복수해야 한다는 점을 포착하고 공표하는데, 자존감 또는 위험에 빠진 자존감은 바로 그러한 분노의 에너지를 통해 방어된다. 다시 말해, 자아와 그 세계 모두의 운명이 분노에 달려 있다.

역설적으로 들릴지 모르지만, 아리스토텔레스가 분노로 시작했을 때 그의 의도는 흄의 의도와 일치했다. 물론, 흄은《인간 본성에 관한 논고》에서 열정에 관한 부분을 교만에 대한 분석으로 시작한다.[7] 아리스토텔레스와 흄 모두 자아의 자존감과 연관된 열정을 먼저 논의한다. 흄은 이러한 자존감을 안정된 확장적 쾌락으로 생각하는데, 이는 반대하는 힘에 도전받았을 때 자존감 개념이 분명해진다고 본 그리스 사상과는 상당히 다르다. 자존감의 경계를 발견하고 방어함으로써 자존감에 대한 어떤 사소한 침해나 도전도 용납하지 않겠다는 결심은, 투쟁agon을 통해서만 모든 것의 본질적인 특징과 한계가 드러난다고 생각한 그리스적 관념의 표식이다. 반면에 흄의 편안한 자존심은 자신을 포함하여 어떤 것의 특징과 가치는 그에 대립하는 힘이 없어도 마음속에 떠오를 수 있다는 현대적 관념에 의존한다. 흄의 자존심과 아리스토텔레스의 분노는 모두 열정의 핵심적 근거로서 자존감을 부각한다.

《공화국》제4권에서 플라톤이 설명한 영혼의 구성을 살펴보면, 영혼의 세 번째 부분인 열정은 분노에 의해 확립된다. 여기서 열정은 이성과 구별되고 식욕 및 욕망과도 다르다. 이 영혼의 세 번째 부분은 직관적인, 촉발된 정의감을 보여 준다. 소크라테스는 어떤 사람이 자신의 잘못을 알면, 그가 정의롭다고 생

7   See Hume, "Of Pride and Humility," pt. 1 of bk. 2 in *A Treatise of Human Nature*, 327–78.

각하는 사람의 손에 굶주림과 추위와 같은 고통을 당해도 이를 견뎌 낼 것이라고 주장한다. 고귀한 사람이라면 그렇게 할 것이다. 그러나 그 반대로 자신이 억울하다고 느낄 때, 그가 겪는 배고픔과 추위는 그의 정신을 "들끓게 하고 사나워지게" 만들 것이다. 그는 정의를 위해 싸우거나 죽음을 받아들일 것이다.[8] 여기서 분노의 자발적인 발생 또는 분노의 결핍은 정의의 세계가 어디까지인지 그 경계선을 명확하게 한다. 의학용어로 표현하자면, 분노는 이성의 판단을 뒷받침하거나 이성의 판단에 선행하는 내면적 정의감의 증상이다. 억울한 일을 당한 사람의 분노는 인내심과 투쟁 의지를 불러일으키고, 체육이나 전쟁의 언어로 표현하자면 경험을 죽기 살기의 치열한 투쟁으로 바꾸어 버린다. 분노의 본질은 아리스토텔레스가 말하듯이 균형을 바로잡는 데 있지만, 여기에는 복수의 언어가 없다.

플라톤은 《법률》에서 정의를 마지막으로 설명하면서 분노하는 자아 또는 활력적 자아는 정의를 주장하는 데에 꼭 필요한 분노의 근원이라고 말한다. 즉, 우리는 정의를 선호하고 승인해야 할 뿐만 아니라 정의를 추구하고 정의가 필요한 곳이라면 어디든 정의를 실현해야 한다. "타인이 저지른 잔인하고 회복할 수 없는 잘못은 오직 한 가지 방법, 즉 승리와 격퇴, 엄중한 징계

---

[8] Plato, *Republic* (Loeb) 4.440C–440D.

를 통해서만 피할 수 있으며, 그러한 행동은 아낌없는 열정 없이는 불가능하다."[9] 이성만으로는 정의를 구현할 수 없다. 이성은 법을 만들 수는 있지만, 법을 위반하는 구체적인 사례를 일일이 다 알 수 없다. 여기서 "아낌없는 열정"이라는 것은 정신이나 분노, 심지어 투쟁 정신이나 광신적 행위와 같은 것이 필요하다는 뜻이다.

플라톤의《공화국》에서 정의는 사회의 덕목 중에서 영혼의 가장 심오하고 포괄적인 덕목이자 가장 고귀한 덕목이다. 그러므로 우리는 분노가 영혼의 세 번째 부분을 가장 먼저 드러내는 열정인 이유를 알 수 있다. 아리스토텔레스의 설명을 고려하면, 분노는 인간 본성에 내재하는 정의와 불의에 대한 내적 감정의 가장 원초적이고 자연적인 증거다. 비공식적이고 일상적인 정의 체계는 분노에 전적으로 의존하고 분노에 의해 제한되기 때문에, 플라톤과 아리스토텔레스가 분노를 높이 평가한 것은 개인적 정의 체계와 비인격적 정의 체계 사이의 경계를 되돌아보기 위해서였다. 플라톤이 마지막 저서《법률》을 집필했을 때, 가장 발전되고 조직화된 법체계 안에서도 격렬함은 여전히 사회에서 정의를 생생하고 강렬하게 만드는 정신의 필수 요소였다.

흄은 그로부터 2천 년 후 그의 가장 도발적인 글에서 "이성은

---

[9] Plato, *Laws* 5.731b.

열정의 노예일 뿐, 결코 그 이상이 될 수 없다"고 썼다.[10] "노예" 라는 단어를 사용할 때 흄은 있는 그대로의 사실을 말했는데, 이는 내가 앞에서 주장한 바에서도 분명하게 드러난다. 흄이 말한 의미는 이성이 의지의 일부가 아니며 의지에 접근할 수 없다는 것이다. 열정만이 의지를 불타오르게 한다. 이는 정의에 대한 플라톤의 진술과 일치한다. 자극된 열정만이 우리의 행동을 촉발할 수 있으며, 정의는 다른 무엇보다도 다른 사람의 행동에 반응하는 행동으로 규정된다. 정의는 사건에 대한 의견이나 생각으로 구성되어 있지 않다.

플라톤의 《법률》과 아리스토텔레스의 《수사학》에 따르면, 분노(요즘 표현으로는 열정범죄, 즉 분노에 의한 범죄)에 대한 분석은 살인을 묘사하고 살인에 대한 수정된 책임 등급을 논할 때 가장 첨예한 형태를 띤다. 열정(투모스)의 상태에서 이루어진 행위는 오직 부분적인 의미에서만 "선택에 의한" 행위 또는 요즘 표현으로 바꾸자면 계획된 행위라고 할 수 있다. 그렇기 때문에, 법은 고의성, 행위주체성, 한정 책임, 완전한 처벌 책임의 심리학을 발전시킬 수밖에 없다. 법은 또한 선택된 행위, 선택되지 않은 행위, 우발적 행위, 강요된 행위 등급과 일치하는 단계적으로 심각해지는 행위의 등급을 설계하지 않을 수 없다. 열정

---

[10] Hume, *Treatise of Human Nature*, bk. 2, sec. 3, pp. 462–63.

범죄에 대한 한정 책임 이론을 가장 철저하게 설명한 사람은 바로 플라톤과 아리스토텔레스다.[11]

복수의 윤리에서, 분노는 나를 비롯하여 확대된 자아라고 할 수 있는 친구와 가족을 위한 정의만을 요구한다. 이로 인해 일단 모든 사람이 공유하는 공정성을 통해, 그리고 복수와 구별되는 처벌 시스템을 통해 모든 시민의 정의가 보장되어야 한다면, 분노는 장기적으로 사회에 부담을 가중시킬 수밖에 없다. "나(또는 나와 가까운 누군가)는 다쳐서는 안 된다"는 공식으로 구체화된 전투적 인식에서 "어떤 시민도 다쳐서는 안 된다"는 비인격적 인식으로의 전환은 복수가 공적 세계의 정의(공적 세계가 인정하는 소수의 정의로운 행동)로 전환되는 과정이다.

비인격적 정의 개념에서 상해는 피해자가 아니라 사회 전체에 가해진 행위로 간주되며, 처벌하거나 책임을 물을 수 있는 사회의 권리는 복수를 통해서만 충족될 수 있는 피해자 개인의 사적 권리를 무시한다. 이 지점에서 피해자의 분노는 정의의 실현에 방해가 된다. 사회와 피해자 중 누가 더 큰 고통을 당했는지의 문제를 두고 사회 전체와 싸워야 하기 때문이다. 객관적인 정의 체계 외에도 기독교를 통해 힘을 얻게 된 용서에 대한 윤리적 강조는 분노의 도덕적·심리적 주장에 그에 못지않은 중

---

[11] Plato, *Laws* 864d-874e; Aristotle, *Rhetoric* 1.13–14.

대한 타격을 가한다.

비인격적 정의 체계의 구체적인 특징을 통해, 우리는 현재 사용되고 있지만 치환된 분노의 중요한 특징을 부정의 방식으로 파악할 수 있다. 이 특징들을 빠르게 나열해 보자. 부정의 방식으로도 정의 개념에 드리워진 분노의 그림자의 윤곽을 그릴 수 있기 때문이다.

재판에서는, 피해자가 멀쩡하게 살아 있고 법정에 출석했더라도 검사가 그를 대변한다. 피해자는 자신의 소송을 직접 맡지 않는다. 이러한 조치로 인해 피해자는 비인격화된다. 반면, 화가 났을 때 보통 우리는 각자 자신의 상황을 직접 설명한다. 배심원과 판사는 피해를 입은 사람과는 더욱 멀리 떨어져 있다. 검사와 변호인, 상반되는 두 입장 사이에서 심판하기 때문이다. 유죄가 확정되고 나면, 선고는 또 다른 별개의 행위로 간주된다. 일단 형이 부과되면 이전 단계에서 아무런 역할을 하지 않은 사람들, 즉 사형집행관, 교도관, 교도소장이 나머지 절차를 집행한다. 사형집행관, 판사, 배심원, 검사, 피해자는 복수의 행위에서 한 사람에게 집중된 역할들을 각각 따로 분담한다. 마지막으로, 법원 제도의 본질은 수백 건의 유사한 사건을 심리함으로써 범죄를 관료화하는 것이다.

피해자 개인에게 일어난 범죄는 유일하고 끔찍하다. 그러나 날마다 음주 운전자, 아내를 살해한 남자, 경비원을 쏜 은행 강도 등을 처리해야 하는 법원의 입장에서는 오랜 세월 감각을 마비시킬 정도로 반복되는 법 경험이 범죄의 유일무이함을 파괴한다. 아울러, 일어난 사건의 유일무이한 끔찍함과 관련하여 모든 피해자가 느끼는 격분도 그와 함께 파괴된다. 피해 발생 직후, 그와 같은 사건의 끔찍함은 그가 속한 세계의 경계를 방어하는 사람에게는 삶의 핵심적 문제인데도 불구하고, 사정은 달라지지 않는다.

이러한 모든 사안을 종합해 보면, 우리는 법체계가 강렬한 분노의 구체적 특징들을 어떻게 무력화하려고 하는지 그 전모를 파악할 수 있다. 비인격적 정의 체계는 분노의 구체적인 속성들을 부정함으로써 현재 우리가 아는 특징을 갖게 되었다.

보복과 비인격적 정의 체계의 마지막 차이점을 상세하게 설명해 보자. 일반적으로 재판이 열리기까지 6개월에서 1년 정도의 시간이 걸린다. 분노는 즉각적으로 작용하고 시간이 지나면 식는다. 1년의 지연 기간은 분노가 지속하는 시간보다 더 길다. 이 정도의 기간은 오클라호마시티 폭탄테러 또는 어린아이 납치, 강간, 잔인한 살인과 같은 행위에 대해 우리가 처음 느꼈던 혐오와 분노를 어느 정도 씻어 낸다.

분노, 자존감 그리고 의지의 반경

린치를 일삼는 폭도, 현대의 배심원 재판, 개인적 복수, 최후의 심판이라는 종교적 관념 등 다양한 형태의 공식적이고 제도화된 정의의 문제에서 벗어나면, 아리스토텔레스가 정의를 통해 분명히 밝힌 것이 분노는 영토적 열정이며 정의는 세상을 내 것과 내 것이 아닌 것, 마땅한 것과 마땅치 않은 것, 모욕과 명예처럼 오직 단 하나의 방식으로 세상을 구분하는 것임을 알 수 있다. 일반화를 통해 우리는 분노할 때 우리 자신의 의지가 어디까지 확장되는지 주의 깊게 관찰한다. 다른 사람의 시각에 맞게 사회적 가치를 획득하고 유지하는 것은 의지가 계획하는 여러 프로젝트 가운데 하나일 뿐이다.

분노는 유대-기독교 신과 그리스-로마의 우두머리 신 모두의 주요한 속성이다. 각각의 경우 신은 의지로 묘사되기 때문이다. 유대-기독교에서 신의 의지는 무엇이 존재할지, 그리고 존재의 조건은 물론이거니와 심지어는 어떤 것이 존재할지 말지를 결정한다. 따라서 인간의 반항(창세기에서 "불복종"이라고 칭한)은 신의 의지에 대한 모욕이나 방해를 의미한다. 신의 의지는 본질적으로 실질적인 한계가 없는 단 하나의 의지다. 그보다는 약하지만, 왕의 분노는 리어왕, 아킬레우스, 오이디푸스의 분노에서 보듯이, 우리가 왕, 지도자, 반신半神, 영웅에게 부여한 의지가 얼마나 무제한적인지 보여 주는 표식이다. 그가 의지하거나 명령하는 것은 일반적으로 그리고 광범위하게 효력을 발휘한다.

신에서 왕, 왕에서 인간으로 힘의 크기가 작아지고 효과적인 의지의 크기가 작아질수록 우리는 분노의 기능이 감소할 것으로 기대한다. 왜냐하면 의지의 효력 범위가 점점 더 작아지고 승리할 가능성이 점점 더 줄어들수록, 의지의 실패가 의지에 대한 모욕으로 받아들여질 가능성은 더욱 희박해지기 때문이다. 내가 비가 와야 한다고 의지하고will 60일 동안 어둠이 땅을 덮으라고 의지했는데 그런 일이 일어나지 않는다고 해서 나는 화를 내지 않는다. 대부분의 사건은 나의 의지가 승리할 거라는 나의 기대나 희망 그 바깥에 위치한다. 반면에 가령 못을 박았는데 나무에 박히지 않고 옆으로 휘어졌다면, 나는 화가 나서 망가진 못을 한 번 더 내려친다. 이 간단한 행위를 하면서 나의 의지가 효과를 발휘할 것이라고 기대했기 때문이다.

어떤 피조물이나 사물이 신의 뜻에 부합하지 않는 행위를 한다면, 신은 이를 의지에 대한 모욕, 존엄에 대한 상처, 가치에 대한 감소로 받아들일 수 있지만, 평범한 인간에게 그런 종류의 감소나 모욕을 일으킬 만한 행위는 손으로 꼽을 정도로 적을 것이다. 분노는 의지와 그것이 통제할 수 있다고 생각하는 반경과의 관계다(그 반경 내에서 발생하는 일은 의지의 영토를 긍정하거나 부정하거나 둘 중 하나다). 왕의 의지 반경은 보통 사람보다 크지만, 왕조차도 자신의 함대가 별 탈 없이 항해하도록 바람과 조수를 명령할 수는 없다. 그럼에도 불구하고, 일반인과 달리 왕은 그 의지가 알 수 없을 만큼 멀리 뻗어 있기 때문에 자신의 의지가 어디까지 확장되는지 혼란스러워할 가능성이 높다.

의지의 반경 내에서 우리가 실행하고 완수하고자 하는 행위는 자아의 전체 영토에서 우리의 존재를 옹호하거나 재주장한다. 그 행위는 자유와 효력의 경계를 보호한다. 분노에 대한 아리스토텔레스의 정의를 이제는 좀 더 넓은 관점에서 해석할 수 있다.

그는 분노를 "노골적인 무시에 대해 노골적으로 복수하려는, 고통을 수반하는 충동"이라고 설명한다. 그가 열거한 무시의 형태는 경멸, 악의, 모욕 세 가지다. 번역자가 아리스토텔레스《수사학》의 영어 번역본에서 언급했듯이, "그리스 법에서 히브리스hybris(모욕적이고 모멸적인 취급)는 아이키아aikia(신체적 학대)보다 더 심각한 범죄였다. 그것은 국가 형사 기소의 대상이었다. 그에 상응하는 처벌이 법정에서 평가되었고, 사형까지 선고될 수 있었다."[12] 아리스토텔레스는 이 세 가지 형태의 무시를 각각 어떤 것이 가치가 없다는 견해를 현실화하는 행위로 정의했다. 무시하고 분노를 불러일으키는 말이나 행동은 상대방이 중요성이나 가치가 거의 또는 전혀 없다고 여겨진다는 사실을 그에게 알리는 행위에 해당한다.

아리스토텔레스는 무시의 예를 설명하면서, 우리가 경멸 또는 경멸의 신호로 생각하는 어떤 것에 분노를 느낀다는 사실을 몇 번이고 되풀이해서 설명한다. 아가멤논에 대한 아킬레우스의 분노는, 아가멤논이 약탈한 마을의 전리품으로 아킬레우스에게 주었던 젊은 여인 브리세이스를 다시 빼앗는 행위에서 시작된다. 브리세이스는 아킬레우스가 약탈에 참여한 보답으로 받은 것이기 때문에, 그녀를 다시 빼앗아 가는 것은 아킬레우스

---

[12]   Aristotle, *Rhetoric*, ed. J. H. Freese, Loeb Classical Library, 174–75n.

의 명예를 더럽히고 그를 경멸하는 처사다. 브리세이스를 빼앗는 바로 그 행위는 아가멤논이 사령관으로서 자신의 높은 지위를 주장하고, 다른 모든 사람 앞에서 아킬레우스를 명백하게 낮은 등급의 존재, 즉 아킬레우스가 명예의 표시로 받았던 것을 빼앗을 수 있는 사람으로 인식한다는 것을 보여 준다.

아리스토텔레스가 사용한 "무시"에 해당하는 단어는 올리고리아oligoria로, 줄이다, 감소하다, 무시한다는 뜻이다. 이 단어는 양적이고 거의 물리적인 의미, 즉 타인을 줄어들게 한다는 뜻이다. 따라서 이 단어는 존중하거나 칭찬하는 행동이나 말과 반대된다. 무시나 모욕으로 상대를 축소하는 것은 타인의 영역을 넓혀 주는 선물 제공과 같은 행위와 정반대다. 따라서 무시하는 행위는 상대방을 인정하고, 긍정하고, 존중하고, 칭찬하고, 타인의 영역, 즉 타인의 의지 반경을 넓히는 모든 행위와 반대되는 개념이다.

아리스토텔레스에게 분노는 그러한 무시에 대한 반응이자 이를 복수하려는 충동이다. 이는 무시할 것인지 존중할 것인지의 선택이 타인에게 맡겨져서는 안 된다는 것을 의미한다. 나의 분노는 내가 무시당하지 않고 존중받을 권리가 있다는 주장을 암시한다. 여기서 우리는 관련된 두 사람 모두가 자존감의 암묵적인 경계를 알고 있음을 볼 수 있다. 이 경계를 넘어가는 것은 우발적인 사건이 아니다. 고의적으로 그 경계를 넘었을 때에는 반드시 이를 알아차려야 한다. 그렇지 않으면 그 시점부터 축소된 가치의 경계가 새로 생긴다. 이것이 무시가 무시당한 사람을 축소한다는 것의 의미다. 그러므로 경멸은 타인을 일시적으로 축소하는 태도뿐만 아니라 그를 계속 축소하고 무시하려는 의도를 전투적으로 표현하는 태도다. 그 반대편에 위치한 분노는 자존감의 특정한 경계를 계속 주장하려는 의도의 전투적인 표현이다. 무시와 분노는 모두 한 사람의 가치에 대한 어떤 생각을 표현한 진술이다. 그 사람은 나 자신이거나 나와 가까운, 나의 세계에 속하는 사람이다.

공유된 세계에서의 반복 행동

도전받은 가치라는 개념을 통해 우리는 분노의 가장 중요한 특징에 도달한다. 즉, 분노는 고립된 사건과는 크게 관련이 없으며, 낯선 사람과의 우연한 만남과도 거의 관련이 없다. 분노의 경우, 우리는 계속 진행하는 사건과 관계들, 실제적인 또는 잠재적인 일련의 사건들을 통해 분노와 일상적 정의의 관계를 관찰할 수 있다.

공포를 생각할 때 우리는 가는 길을 막고 으르렁거리는 개, 지진, 내 차가 빙판길에서 미끄러져 마주 오는 차량을 향해 돌진하는 순간과 같은 유일하고 단일한 사건을 떠올린다. 분노의 경우, 그러한 일회성 사건은 왜곡을 일으킨다. 분노를 통해 우리는 우선 일련의 행동, 특히 현재 진행 중인 상황에서 앞으로 예상되는 더욱 중대한 일련의 행동을 상상해야 한다. 공포는 예상치 못한 일, 갑작스러운 일에 대한 것이다. 반면 윤리적 형태의 분노에서는 예상되는 예측 가능한 행위들의 연속에 대해 생각해야 한다.

그런데 여기서 분노의 공적 제도, 즉 복수 제도, 명예 코드, 현대의 비인격적인 법체계는 오해를 불러일으킨다. 우리는 보통 보복이나 복수를 완전하고 독립적인 하나의 사건에 대한 반응으로 생각한다. 복수를 용서해야 할까? 아니면 무시해야 할까? 보복은 꼭 필요한 것일까? 보복이 발생하면 쉽게 해결될 수 없는 폭력의 소용돌이로 이어질까?

마찬가지로 복수와 처벌을 비인격화하는 우리의 법체계는 지속적인 관계의 흐름이 아니라 독립적인 사건들을 다룬다. 재판은 실제 범죄에 대한 증거에 무게를 둔다. 법체계는 완결된 행위가 우리 앞에 놓인 상황에서만 처벌한다. 그 어떤 것도 이를 바꿀 수 없다. 내가 옆집 사람에게 위협을 느낀다고 해도 법은 아무것도 할 수 없다. 그러나 그 사람이 내 집에 불을 지른다면, 법은 그를 방화죄로 체포하고 감옥에 보낸다. 살인, 강도, 낯선 사람에 의한 강간과 같은 일회성 사건은 법체계의 주목을 받고 유죄 또는 무죄, 처벌, 보복, 자비, 용서에 대한 문제를 제기한다. 그런데 바로 이러한 문제들이야말로 일단 논의에서 제외되어야 할 것들이다. 일상적인 상황에서 행위들은 연속적으로 이루어지기 때문이다. 조금 전에 발생한 일은 다음 행동은 물론이고 그다음 행동에도 영향을 미친다.

현대 게임이론과 전략적 사유, 특히 경제학에서 연속되는 행위에 대한 탁월한 설명을 발견할 수 있다. 게임이론에 따르면, 결정적으로 중요한 것은 단 한 번의 게임이 아니라 반복되는 게임이다. 즉, 단 한 번에 이루어지는 죄수의 딜레마가 아니라 신뢰, 불신, 협력, 이기적 변절이 시간이 흐르면서 무한한 미래까지 반복되는 게임이다. 알 수 없는 미래까지 계속 반복적으로 게임을 하면서 자신의 이득을 추구하되, 장기적인 이득을 취하는 방식으로만 연속되는 게임에 참여하는 참가자에게 최적의 전략은 무엇일까? 로버트 액슬로드는 저서 《협력의 진화》에서 다른 모든 전략보다 우월한 전략이 바로 "맞불 전략"이라고 말한다.[13] 첫 번째 수에서 협력한 다음, 상대방이 비슷하게 행동하면 다음번에도 계속 협력한다. 그런 다음 이후의 모든 반응은 상대방의 이전 행동을 수동적으로 반영하도록 한다. 상대방이 공정하지 않으면 다음 수에서 이탈해야 한다. 그 후 상대가 다시 공정성을 되찾고 협력하면, 다음 수에서 협력한다. 호메로스와 아리스토텔레스부터 현재까지 분노에 대한 논의를 주도한 분노의 윤리적 이해 가능성을 파악하기 위해서는 반복 행동의 핵심적 전제를 반드시 알아야 하는데, 이를 제공하는 것은 법체계나 복수 체계가 아니라 게임이론이다.

이해 가능한 분노의 영역은 계속되는 행동의 영역 또는 이미

---

[13] Robert Axelrod, "The Success of TIT FOR TAT in Computer Tournaments," in *Evolution of Cooperation* (n.p.: Harper Collins, Basic Books, 1984), 27–54.

발생한 행동과 동일한 추가 행동에 대한 기대의 영역이다. 동네 사람들, 군대 막사의 남자들, 놀이터에서 매일 함께 노는 어린 학생들, 가족과 한집에서 같이 사는 아이들, 국경을 맞댄 나라들, 남편과 아내—이 예시들은, 방금 발생한 행위에 대한 반응을 통해 만들어지는 미지의 미래에 발생할 행위들이 주를 이루는 어떤 상황들을 보여 준다. 아리스토텔레스가 무시, 상처, 모욕 때문에 고통을 가하려는 욕망으로 정의한 분노 개념이 가장 분명하게 드러나는 곳은 바로 이 예시들이다.[14]

　이웃 간에는 어떤 침범의 행위로 인해 권리와 안락함의 경계가 한쪽에서 확장되거나 다른 쪽에서 축소되는 일이 일어난다. 나의 안락과 행복은 옆집 사는 사람이 무엇을 하느냐 또는 하지 않느냐에 따라 그때마다 달라진다. 옆집 사람이 매일 저녁에 불을 피워 온 동네를 연기로 가득 채우거나 시끄러운 음악을 틀거나 개를 바깥에 풀어 놓아 그 개를 무서워한 사람이 아이들을 집 안에서만 놀게 하거나 개가 밖에 있을지 몰라 놀던 아이들이 약간의 공포를 느껴 경계심을 가져야 한다면, 무언가 조처를 취해야 한다. 첫 번째 조처로, 경고 또는 압박을 가해야 한다(적어도 상대방에게 어떤 무시 또는 피해가 발생했음을 알리는 가벼운 종류의 보복). 여기서 경고의 유일한 대안은 위반 행위를 눈감아

14　Aristotle, *Rhetoric* 2.2.1378a30–1378b.

주는 것이다. 그런데 이를 못 본 체하는 것은 진정한 대안이 아니다. 오밤중에 화재가 나서 연기가 자욱하게 퍼진 일 또는 개의 위협으로 피해를 입었다는 사실을 동네 사람들에게 최소한 알릴 필요가 있기 때문이다.

아리스토텔레스의 분노에 대한 설명을 빌려 이야기하자면, 각 사람은 큰일이든 작은 일이든 일상적으로 자신의 의지 영역을 끊임없이 확장하거나 축소한다. 앞에서 든 예시에서 알 수 있듯이, 한 사람의 영역을 확장하면 다른 사람의 자유와 즐거움은 위축되거나 침해된다. 이러한 행위들은 보통 확대의 단계들을 거친다. 예를 들어, 소심한 아이 하나를 놀리는 일은 괴롭힘, 때리기, 공포를 불러일으키는 협박으로 더욱 악화될 수 있으며, 이로 인해 피해자는 결국 최악의 축소된 세상에서 살게 된다.

법철학자 로버트 엘릭슨은 저서 《법 없는 질서》에서 변경 지역의 목장주나 개척자들이 공정한 거래를 위반하는 행위(내 방식으로 표현하자면 연속되는 행위들)들을 외부의 공권력에 호소하지 않고 어떻게 처리했는지 설명한다.[15] 위반 행위를 지적하고 그 행위가 위반임을 명확하게 밝히는 것이 첫 번째 중요한 단계다. 이것은 또한 아리스토텔레스가 정의한 분노 개념의 첫 번째 결과이기도 하다. 사건의 흐름 속에서 모욕이나 나를 축

---

15 Robert C. Ellickson, *Order without Law* (Cambridge: Harvard University Press, 1991).

소하는 행위는 그냥 지나치지 않는다. 상대방에게 통보한 피해나 모욕은 나의 가치가 축소되었음을 알린다. 사건의 흐름은 잠시 정지되거나 중단되며, 방금 발생한 사건은 특별한 관심 사항으로 지정된다. 그 사건은 알려지고 강조된다. 상대방은 "아무 일도 없었던 것처럼 행동"할 수도 있다. 분노는 "방금 어떤 일이 발생했다"고 고지한다. 경고가 주어진다.

계속되는 일련의 행동에서 분노는 두 가지 기능을 수행한다. 분노는 과거를 돌아봄으로써 방금 일어난 일에 프레임을 씌우고, 자아의 경계(또는 내가 마땅히 받을 만하다고 생각하는 어떤 대접의 경계)가 축소되었음을 알린다. 그러나 분노는 또한 미래를 보면서 상대방에게 다음 행동은 비싼 대가를 치르게 될 것이라고 경고한다. 이 때문에, 맞불 전략에서와 마찬가지로 분노는 이번 항의가 없었다면 일어났을지도 모를 고조되는 행동으로 이루어진 어떤 미래를 상상한다. 분노는 그런 일이 일어나지 않아야 한다고 주장하고, 그러한 행위들을 생각조차 할 수 없는 일로 만들려고 한다. 분노는 첫 번째 피해를 일종의 시험으로 간주한다. 이를 제대로 처리하지 못하면, 더불어 살아가야 하는 사람들은 악화일로의 상황에 빠질 것이다.

분노함으로써 나는 내가 가진 가치의 경계를 유지하겠다고 주장하고 선언한다. 나에게 상처를 주는 행동, 내가 타인으로부터 기대하는 존중을 암시적으로 축소하는 행동은 분노를 통해 상대방에게 통지되고 지적될 것이다. 이것은 오랫동안 함께 살아야 하는 대가족의 자녀들에게 항상 일어나는 일이다. 그리고 국경을 맞댄 국가, 남편과 아내도 이와 비슷하다.

상대방이 인지한 분노는 내가 피해 또는 무시로 간주하는 행위가 발생했음을 그와 주변 사람들에게 알린다. 그러나 더 중요한 것은, 내가 어떤 일에 대해 화를 냈을 때(또는 경우에 따라서 화를 내지 않을 때), 나는 많은 경우 내가 어떤 사람인지, 어떤 종류의 무시 또는 나의 가치에 대한 암시적인 폄훼가 나의 분노를 촉발하는지를 발견한다는 사실이다. 내가 화를 낼지 또는 어느 정도 화를 낼지 미리 예측할 수 없는 경우가 많다. 그렇기 때문에, 화를 내는 나 자신에게 얼마만큼 놀라는지에 따라 내가 열성적으로 유지하고자 하는 자존감의 반경이 어느 정도로 넓은지를 알게 된다. 경이로움이나 슬픔처럼 분노의 열정은 새로운 지평선의 발견을 의미한다. 내 이웃이 나의 항의(또는 항의하지 않음)로 인해 어떤 사실을 알게 되듯이, 나는 나의 분노로 인해 무언가를 알게 된다.

지속적으로 공유된 일련의 경험 속에서 발생하는 분노는 자존감의 경계를 전투적으로 방어하는 행위와 더 밀접하게 연관되어 있다. 모욕이나 상해와 같은 고립된 행위(법적인 사건에서 흔히 볼 수 있는 살인, 강도, 강간과 같은 단일 사례)와는 크게 관련이 없다. 물론 이러한 경우에도 분노나 격분은 우리가 느끼는 감정의 일부일 수 있다. 그렇지만 그 역할은 다르다. 반복게임에 관한 연구가 나오기 전, 철학에서 논의했던 윤리적 사례는 보통 과거나 미래에 대한 설명이 없는 단일 사건들이 주를 이루었다. 그런데 일회성 사건을 윤리적 예로 사용하는 것은 심각한 실수다. 왜냐하면 그로 인해 공유된 삶의 가장 중요한 사실, 특히 분노가 정의로운 세계의 윤곽을 파악하는 중요한 일상적 역할을 담당한다는 사실을 제대로 파악할 수 없기 때문이다.

아가멤논은 아킬레우스를 모욕하고 그의 분노를 자극했으며, 이를 다룬 것이 바로 호메로스의 일리아드 이야기다. 그런데 여기서 중요한 것은 아킬레우스와 아가멤논이 9년에 걸친 트로이 공격에 함께 참여하고 있었다는 사실이다. 두 사람은 매일매일 공동 작업을 함께 수행해야 하는 상황이었고, 따라서 오랜 시간에 걸쳐 반복되는 행동과 협력, 권력과 그 분배, 존경과 명예, 또는 무시와 경멸과 불명예 등 다양한 일들을 함께 겪었다. 여기 지금 당장 벌어지는 다툼과 분노의 순간에도, 둘 사이의 경계, 첫 사건 이후 계속해서 점진적으로 축소되어 가는, 각자가 방어해야 할 자존감의 경계가 항상 도사리고 있다. 이 모욕을 받아들이면, 축소된 새로운 경계가 만들어지는데, 이는 그 다음에 계속 이어지는 행동을 통해 둘 중 한 사람을 하찮은 존재, "축소된 존재"로 만들어 버릴 수 있다. 앞으로 계속 함께 살아가야 하는 사람들 사이에 형성되는 상호의존적 자존감의 경계는 고정되지 않고 움직이기 마련인데, 이것이 바로 정의를 요구하는 분노의 진정한 주제다.

보통 리어왕의 분노라고 하면 왕국을 분할하는 의식을 거행할 때 효심 경쟁을 거부한 코델리아에 대한 분노를 말한다. 이것은 일회적인 행동이며, 일생에 단 한 번 일어나는 순간이다. 코델리아의 남편을 간택하고 리어왕이 물러나서 세 자녀에게 나라를 물려주는 순간이기 때문이다. 여기서 리어왕의 분노는 우리가 일반적으로 생각하고 사용하는 분노와 같다.

몇 개의 장면이 지난 후, 리어왕은 다른 두 딸에게 더욱 격렬하게 분노를 표출하며 가혹한 말로 딸들을 저주한다. 그러나 이 경우에는 점점 더 심해지는 축소 행위에 따른 상해가 연달아 발생한다. 가령, 리어왕의 부하 켄트는 모욕을 당하고 창고에 갇혀 군중의 조롱거리가 된다. 딸들은 아버지를 보호하겠다고 약속하지만, 처음에는 100명, 다음에는 25명, 나중에는 10명으로 리어왕을 수행하는 부하의 수를 줄여야 한다고 말한다. 결국에는 부하들이 꼭 필요한가, 의문을 가질 것이다. 여기서 우리는 연속적으로 반복되는 모욕으로 인해 리어왕의 세계와 그의 가치가 축소되는 모습을 본다. 드라마가 그렇듯이 일반적으로 몇 달 또는 몇 년에 걸쳐 발생하는 사건들이 단 몇 초 만에 빠르게 이어진다. 점점 축소되는 이러한 과정이 멈추지 않고 지속된다면, 리어왕은 결국 하인의 방에 머물게 되는 걸까? 아니면 밖으로 내쫓겨 돼지들과 함께 잠을 자게 될까? 아니면 초라한 행색 때문에 다른 사람들이 먹고 남은 찌꺼기를 먹게 되는 건 아닐까?

리어왕의 딸 리건과 고너릴이 등장하는 이 끔찍한 장면에서, 우리는 분노가 점진적으로 자존감을 압박하는 사건들을 알아차리고 완전히 중단시키려 하는 광경을 목격한다. 분노의 중요한 메커니즘은 코델리아가 등장하는 오프닝 장면보다 이러한 장면에서 더욱 생생하게 드러난다. 왜냐하면 바로 우리 눈앞에서 연속되는 행동이 벌어지는 장면을 보기 때문이다.

분노는 우정과 사랑을 낳는다

오랜 시간에 걸쳐 반복되는 행동에 대한 이러한 개념들을 염두에 두면서, 나는 아리스토텔레스가 《정치학》에서 제시한 탁월한 주장을 소개하고자 한다. 아리스토텔레스는 이상적인 사회를 구성하는 사람들의 성격을 설명하면서, 지성과 정신이라는 두 가지 특징을 이야기한다. 여기서 정신은 그리스어로 투모스thumós인데, 분노와 열정의 의미를 동시에 담고 있다. 정신이나 격렬함이 부족한 인간은 노예나 다름없다. 《니코마코스 윤리학》에서와 마찬가지로, 아리스토텔레스는 상처를 입거나 무시를 당하거나 경멸당할 기미가 보일 때 분노하지 않는 것은 노예의 상태, 즉 아무런 의지가 없는 상태와 같다고 말한다. 《정치학》에서 자존감의 경계를 지키는 것은 개인적인 이유 때문만은 아니다. 아리스토텔레스가 항상 말하는 넓은 의미의 나의 세계, 즉 나 자신과 친구, 부모, 자녀 등 나에게 중요한 사람들에게만 국한된 문제도 아니다. 여기에서 지성과 더불어 열정과 활력spiritedness를 요구하는 것은 이상적인 사회의 더 큰 공동의 노력이다.

보호되어야 할 자존감의 경계는 많다. 이를 아는 것은 매우 중요하다. 아리스토텔레스의 노예 같은 인간은 무엇을 받을 자격이 별로 없다고 생각하고 이를 받아들인다. 그는 또한 자신을 낮게 평가하기 때문에 어떤 책임도 맡지 않는다. 이와는 정반대로, 아리스토텔레스가 메갑수키아megapsuchia, 즉 위대한 영혼이라고 말한 사람들은 최고의 명예와 존경을 요구하며, (사포가 시에서 그랬던 것처럼, 미켈란젤로가 조각에서 그랬던 것처럼, 나폴레옹이나 카이사르가 전쟁에서 그랬던 것처럼) 위대한 프로젝트를 수행한다. 보통 사람들은 이 두 극단 사이 어디쯤에서 약간의 존경을 받고자 자존심 경계와 행동 영역을 유지하려는 한다고 볼 수 있다.

아리스토텔레스가 《정치학》에서 제기한 주장은, 놀랍게도 시민권뿐만 아니라 사랑과 우정도 활력 또는 투모스와 연관되어 있다는 것이다.

이제 열정[투모스: 격정, 활력]은 우정을 낳고 사랑을 불러일으키는 영혼의 특성이다. 특히 우리 안에 있는 정신[분노]은 모르는 사람보다 친구나 지인에게 멸시를 당한다고 생각할 때 더 크게 자극받는다. 고상한 정신은 본성적으로 사납지 않다. 그러나 악행을 저지르는 사람들에 대해서만 자극을 받고 사나워진다. 그리고 내가 전에 말했듯이 이것은 친구들에게 부당한 취급을 받았다고 생각할 때 가장 강렬하게 나타나는 감정이다.[16]

여기서 아리스토텔레스가 보여 주는 생각들은 놀랍다. 첫째, 열정(투모스)은 우정과 사랑을 낳는 영혼의 특성이다. 격렬함 또

---

16 Aristotle, *Politics*, in *The Complete Works of Aristotle*, ed. Jonathan Barnes, Bollingen Series (Princeton: Princeton University Press, 1984), vol. 2, bk. 7, sec. 7.

는 패기(투모스)는 사랑과 우정의 핵심이다. 우리는 흔히 활력을 분노, 노여움, 적대감, 증오, 전쟁, 투쟁의 근거라고 생각한다. 그러나 사실은 그렇지 않다. 투모스(활력)가 사랑과 우정의 근간을 이룬다는 아리스토텔레스의 증거는 역설적으로 우리가 낯선 사람보다 우리를 무시하거나 상처를 주거나 경멸하는 친구나 연인에게 더 자주 분노한다는 사실이다. 아리스토텔레스는 《수사학》에서 분노를 정의할 때 썼던 용어를 그대로 《정치학》에서도 사용하는데, 여기서 분노란 부당하게 경멸, 무시, 상처를 당했을 때 그에 대해 보복하려는 욕망이다. 그리고 이것은 《공화국》에서 영혼의 세 번째 부분, 즉 우리가 화를 내는 부분인 투모스의 존재를 증명하기 위해 플라톤이 제시한 사례와도 동일하다. 연인이나 친구의 경멸 또는 은근히 업신여기는 태도는 낯선 사람이 그랬을 때보다 우리에게 더 큰 상처를 준다. 그래서 이에 대응하거나 보복하려는 마음이 생긴다. 친구들이 우리에게 잘못을 저질렀다고 생각할 때 우리는 더욱 격렬하게 반응한다. 투모스가 우정을 낳고 사랑을 불러일으킨다는 더 강력한 진술이 비록 사실이 아니더라도, 이것만은 사실일 수 있다. 다른 사람보다 친구나 사랑하는 사람의 무시하는 태도에 우리가 더 격렬하게 반응하는 것은 사실이지만, 이러한 격렬한 반응은 오히려 사랑의 부작용이라고 생각할 수도 있다. 그러나 아리스토텔레스의 주장은 이와는 정반대다. 즉, 친구가 우리에게 상처를 입혔을 때 느끼는 더 강한 분노는 달갑지 않은 사랑과 우정의 어두운 이면이 아니라 오히려 사랑을 가능하게 하고 우정을 낳는다.

여행 중인 도시에서 모르는 사람에게 무시당했을 때, 나에 대한 그의 의견이 나에게는 별로 중요하지 않은 사람, 미래에도 전혀 중요하지 않을 사람, 그리고 앞으로 우연히 만날 가능성조차 없는 사람에게 무시당했을 때, 우리는 그 무시에 관심을 보이지 않거나 이를 모른 체하고 무시할 수 있다. 반대로 내가 사랑하는 사람, 그의 의견에 내가 관심을 가지는 사람에게 무시당하거나 경멸당할 때, 우리는 무관심할 수가 없다. 아리스토텔레스의 이 기묘해 보이는 주장은 두 가지로 다시 설명할 수 있다. 즉, 보복 충동을 일으키는 갑작스러운 분노는 첫째, 우리가 경멸을 당했다는 것, 둘째, 우리를 무시한 사람이 우리에게 중요하다는 두 가지를 알려 준다. 치밀어오르는 분노는 내가 그 사람을 얼마나 소중하게 생각하는지, 그리고 그 사람의 경멸로 인해 내가 얼마나 큰 상처를 받았는지를 알려 준다. 반면에 어떤 무시에 대해 무관심하다는 사실은 나를 무시한 그 사람에 대해 내가 전혀 신경 쓰지 않는다는 것을 의미한다. 보복하고 싶은 충동이 솟구치거나 그런 충동이 느껴지지 않는다는 것은 나에게 중요한 사람과 그렇지 않은 사람 사이에 선을 긋는 것이다.

물론 이러한 선을 긋는 것은 분노만이 아니다. 하루종일 어떤 일을 도와줄 사람과 그렇지 않은 사람, 또는 잘하는 일을 했을 때 우리가 일반적으로 칭찬하는 사람과 그렇지 않은 사람 사이에도 선을 그을 수 있다. 아리스토텔레스가 말한 선을 표시하는 방법은 이외에도 여러 가지가 있다. 그러나 분노, 특히 공적 세계의 분노는 특별하게 친밀한 방식으로 선을 긋는다(공적 세계의 분노는 우리가 마땅히 받아야 한다고 생각하는 것과 관련하여 상대방이 우리를 얼마나 적게 또는 많이 생각하는지에 대해 매우 강하게 반응한다).

우리는 친구나 사랑하는 사람이 우리에게 저지른 잘못에 대해 가장 강렬하게 반응한다. 그 상처가 우리와 관련된 것이라면 화를 내고, 다른 사람에게 가한 것이면 수치심을 느낀다. 사실, 우리를 무시한 사람에게 분노를 느끼고, 다른 사람에게 상처를 준 사람에 대해 수치심을 느낌으로써, 우리는 그들이 우리에게 중요하다는 사실을 강렬하게 깨닫게 된다. 어떤 사람의 무관심이나 무시가 격렬함을 자극할 때, 그 징후 자체가 바로 그 사람의 선의와 존경이 우리에게 매우 중요하다는 것을 증명한다.

슬픔이나 경이로움의 경우와 마찬가지로, 갑작스러운 열정의 발동으로 인해, 이 경우에는 투모스(격렬하고 강렬한 분노)에 의해, 마음속에 어떤 지평선이 그려지는 것을 알 수 있다. 그 지평선을 통해 우리는 친구와 우리가 사랑하는 사람들과 낯선 사람들의 차이, 다른 사람에게 마땅히 받아야 한다고 생각하는 것과 상처 또는 경멸이라고 생각하는 것 사이의 차이를 느낀다. 이것이 바로 시민적 의미에서든 가족·우정·사랑이라는 작은 의미에서든, 하나의 이상적인 사회를 구성하는 사람들을 규정할 때 아리스토텔레스가 격렬함을 요구하는 이유다.

워즈워스의 가장 유명한 어떤 시는 "기쁨에 놀란"이라는 구절로 시작된다. 분노를 논할 때 내가 주목한 한 가지는 놀라움과 알림의 역할이다. 이는 분노뿐만 아니라 각 열정도 마찬가지다.

분노는 상대방에게 어떤 사실을 알린다. 분노는 방관자를 포함하여 다른 사람들에게 가치의 축소된 경계를 뜻하는 상처가 발생했음을 알리고 그들의 눈에 띄게 한다. 대부분의 경우, 그 분노는 (내가 어느 만큼의 분노를 느끼는지 정확하게 안다면) 의지의 경계를 포함하여 내 자존감의 윤곽이나 중요성을 나에게 알리거나 찾아 준다. 이를 통해 드러나는 사실은 차분한 성찰이나 자기 분석만으로는 발견할 수 없는 것이다. 분노는 세상을 우리와 가까운 사람과 그렇지 않은 사람으로 나눈다. 이때 우리를 무시하거나 상처를 주는 사람이 우리와 가깝지 않다면 그 사람이 우리를 경멸한다는 사실은 우리에게 전혀 중요하지 않으며, 어떤 지속적인 중요성도 갖지 않는다.

축소: 의지를 모욕하기

분노라는 주제는 개인적 가치의 경계와 의지의 능동적 영역에 대한 전투적 방어로 요약될 수 있다. 이 두 가지는 강하게 주장된다. 두 주장은 자존감이 결국 의지의 반경 내에서 어떤 선택과 프로젝트를 설계할 수 있고 노력을 통해 이를 완수할 수 있다는 기대감과 밀접하게 연관되어 있음을 강조한다. 분노는 상처나 경멸이 우리를 축소된 자존감과 활동의 영역에 가둔다는 것을 타인에게 알림으로써 의지의 반경과 둘레를 감시한다. 분노를 통해 우리는 우리의 행위가 얼마나 잘 실행되는지 알 수 있을 뿐만 아니라, 우리가 얼마만큼 타인이 우리의 목적을 방해하도록 허용할지, 얼마만큼 우리 행위에 대한 타인의 간섭을 허용할지도 알 수 있다. 나에게 해를 끼친 어떤 범죄는 내 의지의 정당한 경계에 심각한 상처 또는 모욕을 가한 여러 행위 중에서 공개적으로 알려진 하나의 행위일 뿐이다.

자존감의 경계가 어떻게 그리고 어디까지 보호되어야 하는지는 매우 복잡한 문제인데, 공식적인 법체계는 이에 관한 부분적인 설명을 제공한다. 분노가 막을 수 있는 여러 가지 유형의 축소는 다른 사람, 즉 행위자를 포함한다. 아리스토텔레스의 정의에 따르면, 우리는 항상 얼마 전에 발생한 어떤 특정한 행위에 대해 어떤 특정한 사람에게 화를 낸다. 우리 법체계의 구조도 이와 똑같다. 즉, 법체계는 특정한 범죄를 저지른 혐의로 특정한 사람을 기소한다. 그 사람은 고발자가 입은 피해, 부상 또는 손실로 고소당한다. 그런데 인생에서 대부분의 피해와 축소는 이러한 유형에 해당하지 않는다. 피해와 축소를 일으킨 행위자가 따로 없다는 말이다. 평균적으로 사고로 인한 주택 소실 건수는 방화범에 의한 방화보다 훨씬 더 많다. 낙상이나 교통사고로 인한 심각한 부상은 법원 시스템이 처벌하는 소수의 잔인한 폭행보다 더 많은 활동적인 삶을 위축시킨다. 살인으로 가족을 잃는 경우는 거의 없지만, 누구나 노화로 부모를 잃거나 사고나 질병으로 친구와 자녀를 잃는다.

헬레니즘 철학자들은 의지의 제한된 영역과 관련하여 우리의 마음이 많은 실수를 저지른다고 강조하며, 이러한 실수를 근거로 분노를 깎아내리고 열정으로 인한 성급한 행위를 비판한다. 그들은 열정이 잘못된 믿음에서 비롯된다고 주장한다. 의지의 반경에 대해 착각하는 것은 마치 바위에 걸려 넘어진 다음에 바위를 저주하는 것과 같다. 에픽테토스에 따르면, 아이가 죽었을 때 느끼는 슬픔은 자연에 대한 잘못된 분노, 상실에 대한 잘못된 생각이다. 우리는 슬퍼하기보다 자연이 잠시 빌려 준 것을 자연에 돌려주었다고 말해야 한다.[17]

상실과 축소는 분노의 구조적 중심을 이룬다. 통증이 신체에 어떤 손상이 발생했음을 알려 주듯이, 촉발된 상태는 내적으로 피해나 상처가 발생했음을 알려 주는데, 분노는 그에 뒤따르는 외부적 항의와 경고로 볼 수 있다. 예를 들어, 아킬레우스의 분노는 본성 깊숙한 곳에서 슬픔에 빠진 어떤 인간, 분노와 애도가 뒤섞인 상태에 갇혀 있는 한 인간의 모습을 보여 준다. 후대의 문화(가령, 기독교)에서 인간을 "선과 악을 자유롭게 선택할 수 있는 존재" 또는 "원죄로 인해 타락한 존재"로 정의한 것처럼, 니체와 프로이트가 인간을 "병든 동물"로 정의한 것처럼, 아킬레우스는 "분노"를 표현한다. "불멸"이 신을 설명하듯이, "화를 내다"는 "자유롭다" 또는 "이성적이다"처럼 인간을 설명하는 결정적인 형용사다.

---

[17] Epictetus, *Manual of Epictetus*, sec. 11, p. 470.

아킬레우스의 분노는 여러 감정 중 하나의 상태가 아니라, 인간으로서 그가 가진 본성이다. 즉, 그는 유한한 생명을 가진 사람이며, 걷잡을 수 없는 수많은 상실을 겪는 사람이다. 전쟁의 상태는 그러한 상실을 더욱 증가시키고 가속화시킨다. 시간도 다만 좀 더 온화한 전쟁의 상태이며, 상실을 강요할 뿐이다. 아킬레우스가 분노를 용기, 복수, 고집, 살인을 위한 추격, 잔인함, 슬픔, 우정, 자존심으로 만들고 표현할 수 있는 한, 분노는 그의 재료다. 용기, 군사력, 자존심, 슬픔, 고집, 강탈은 나뭇잎, 석유, 석탄, 다이아몬드가 탄소로 이루어진 것처럼 분노의 변형이다.

상실, 축소, 그리고 의지의 모호한 영역이 제기하는 문제는 분노에만 국한되는 것은 아니다. 그러나 분노를 통해 다양한 열정의 더 큰 구조적 핵심이 명확하게 드러난다. 플라톤이나 아리스토텔레스는 일반적으로 분노와 열정을 모두 의미하는 단어, 즉 투모스를 통해 분노를 열정적 상태의 원형으로 제시한다. 분노의 경험에서 우리는 적극적으로 방어되는 자아의 경계와 제한적이지만 개인적으로 주장되는 의지의 반경(의지를 주장하는 것이 옳을 수도 있고 아닐 수도 있는 모호한 외부 영역을 가진)을 볼 수 있다. 당연한 말이지만, 이러한 의지의 반경은 유년기부터 성년기, 노년기는 물론이고 죽음이라는 삶의 마지막 날에 이르기까지 일생의 단계에 따라 그 범위가 달라진다.

촉발된 열정에 대해 분노가 명확하게 밝히는 것은 공포, 슬픔, 질투, 자부심, 수치심, 그리고 다른 많은 격렬한 상태로 이어진다. 상실, 상처, 축소는 분노의 각본도 쓰지만 슬픔이나 수치심의 각본도 쓴다. 놀랍게도 수치심에 대한 설명에서 이 사실을 명확하게 알 수 있다. 존 롤스의 《정의론》에는 열정이 거의 등장하지 않는다. 그에 따르면, 무지의 객관화라는 베일은 사회 세계를 공평무사하고 비인격적으로 창조할 수 있게 한다. 그러나 롤스는 수치심이라는 열정만큼은 길게 논의한다. 각 개인의 행복과 윤리적 선은 롤스의 표현에 따르면 합리적 삶의 계획에 달려 있는데, 이 계획은 자기 인식과 욕망은 물론이거니와 결국 우리 자신과의 관계에만 관련되어 있다. 롤스는 우리 자신이 설계한 목표를 달성하지 못할 때, 그리고 자신의 잘못으로 인해 그런 일이 생길 때, 후회와 수치심을 경험한다고 주장한다. 롤스에 따르면, 수치심은 "자존감에 가해진 충격"으로 유발되며, "우리 자신과의 친밀한 관계, 우리가 가치 있는 존재임을 확인해 주는 사람들과의 친밀한 관계"를 암시한다. "수치심은 자아가 축소되었다는 느낌에서 비롯되며," "자존감에 상처를 주는 결함"[18]에서 생긴다.

이렇게 정의된 수치심은 우리가 유지하고자 노력하는 자아 개념의 축소와 상처를 드러내지만, 그 상처가 우리 자신에 의한 것일 경우에만 해당된다. 다른 사람이 나에게 가한 상처는 축소를 암시하는데, 아킬레우스의 분노에서 볼 수 있듯이 아리스토

---

[18] Rawls, *Theory of Justice*, 445.

텔레스의 분노 개념과 직접적으로 관련이 있다. 롤스의 수치심은 자기와의 관계로서 자기 가치의 경계와 의지의 반경을 적극적으로 주장하지만, 수치심이 촉발되는 순간 자기 모욕 또는 자기 경멸을 동반한다.

롤스가 강조하듯이, 도덕적 수치심은 단순히 우리 행위에 대한 타인의 의견이 사회적 의식으로 전환된 상태가 아니다. 우리는 수치심 문화와 죄책감 문화를 대조할 때 이러한 실수를 저지르곤 한다. 그러나 수치심에서도 분노와 마찬가지로 자존감의 외적 경계는 타인들을 포함한다. 여기서 타인들은 그 경계에 상처를 가할 수 있는 잠재적 또는 우발적 원인이자, 우리의 의지가 주장하는 활동 영역을 긍정하거나 확장하도록 도와주는 적극적 협력자다.

우리가 방금 한 행위가 갑자기 창피하다고 느꼈다는 바로 그 사실에서 수치스러운 행위는 우리에게 어떤 축소가 발생했음을 알린다. 그러한 축소는 다음 행위에 대한 경고를 의미하며, 우리의 자존감을 낮추라는 요청이기도 하다. 그리하여 우리가 비슷한 행위를 반복하고자 한다면, 그 행위는 이제부터 자존감의 경계 밖에 있게 될 것이다. 우리가 장기적으로 우리 자신에게 기대하는 것의 크기를 축소했기 때문이다.

수치심은 분노와 마찬가지로 경계선이 현재 어디에 있는지 알려 준다. 그러나 그 경계선을 넘고 싶은 유혹을 느꼈을 때, 그 경계선을 방어할 것인지의 여부는 그 순간에 결정되지 않는다. 우리는 종종 의지의 패배에 체념하면서 그 선을 안쪽으로 옮김으로써 자존감의 축소를 영구화한다. 여기서, 순간적으로 폭발한 분노나 수치심은 그러한 자존감의 축소를 하나의 놀라움, 즉 예기치 못한 달갑지 않은 사건으로 표현한다. 아리스토텔레스는 분노를 설명하면서 모욕, 상처, 경멸을 요약하기 위해 말 그대로 수량적인 단어를 사용했다. "경시하다, 줄이다"를 의미하는 올리고리아oligoria는 소수에 의한 지배라는 뜻을 가진 "과두정치oligarchy"의 어원이 된 단어다. 그것은 분노나 수치심이 표현하는 축소, 즉 우리가 이제부터 명백하게 더 작아졌다는 것에 대한 항의다.

11장

슬픔

열정과 관련된 모든 용어가 문명화되었다는 사실은 기분, 즉 "무드mood"라는 단어의 역사에서 분명하게 드러난다. 한때 사나움과 격렬함을 의미했던 고대 및 중세 영어 단어 "무드"는 용기를 뜻하는 게르만어(현대 독일어에서는 무트Mut)에서 유래했다. 그리고 칸트 시대까지 "영혼"의 주요 대체어로 사용되던 단어, 즉 정신 또는 사람의 내면을 가리키는 광범위한 독일어 단어 게뮈트Gemüt와 일치한다.

무드는 전투나 경주에서 가장 잘 드러나는 활기차고 정력적이고 개방적인 상태를 의미했다. 무드는 호메로스와 플라톤이 정력적이고 활기찬 자아를 설명하기 위해 사용한 그리스어 투모스, 즉 이성 및 식욕과는 구별되는, 플라톤이 말한 영혼의 세 번째 부분에 해당하는 투모스와 같은 영역을 지칭한다. 투모스는 우리가 흥분하거나 화를 내는 부분, 더 나아가 분노 모델로 설명되는 다른 모든 열정적인 상태의 근간이 되는 에너지를 말한다. 무드, 게뮈트, 투모스는 열정을 중심으로, 더 구체적으로 말하자면 분노 경험을 통해 가장 잘 드러나듯이 흥분된 정신을 중심으로 내면적 삶(정신 또는 영혼)을 설계한다. 호메로스에서 플라톤과 아리스토텔레스에 이르는 초기 그리스 문화와 함께, 영어와 독일어 문화는 이러한 키워드를 사용함으로써 내면적 삶 전체에 대한 유사한 원형을 보여 준다.

"무드"는 용기와 분노, 열정과 용기라는 원래 의미에서 점차 격렬함의 흔적을 없애 버렸고, 마침내 "무드음악"이라는 문구가 보여 주듯이 저강도의 암시적 상태를 나타내는 현대의 "무드"라는 단어에 도달하게 되었다. 19세기 후반부터 휘슬러James Whistler의 그림이나 드뷔시의 음악과 같은 섬세하고 우울한 예술은 기분 자체가 부드럽고 에너지가 낮은 상태이며, 가끔 슬픔이나 조용한 만족감을 드러내지만 극적이고 이기적인 분노와 슬픔의 표현에 빠지지 않는다는 우리의 생각을 가장 잘 보여 주는 예시일 것이다.

역사적으로 처음에는 "무드," "무디moody", "무디니스moodiness"는 분노를 나타내는 단어였다. 이 단어들은 용기, 호전성, 병사의 덕목과 밀접한 관련이 있었다. 셰익스피어 시대에 이르러, 오비디우스를 번역한 골딩과 얼마 후 베르길리우스를 번역한 드라이든은 신의 분노나 진노를 표현할 때 라틴어 ira(분노)의 번역어로 영어 단어 "moody"를 사용했다.[1] 플루타르코스가 코리올라누스의 생애에서 말했듯이 로마인에게 미덕을 뜻하는 단어는 하나뿐이며, 그것은 남자다운 용기를 의미한다.[2] 로마 시대의 덕목에 대한 논의에서 격렬함이 등장하는 이유는 바로 이 원형 때문이다. 영국에서 쓰인 무드의 옛날 의미도 이와 비슷했다.

활동적이고 외향적인 상태인 무드는 용기를 통해 가장 구체적으로 표현된다. 용기는 단순한 상태가 아니라, 도전이나 위험에 직면했을 때 행동으로써 입증되어야 하기 때문이다. 용기와

[1] *Oxford English Dictionary*, 2d ed., s.v. "mood."
[2] Plutarch, "Coriolanus," in *Makers of Rome* (Harmondsworth: Penguin Books, 1965), 16.

관련된 모든 요소(극한 상황에서 발생하고 가장 잘 표현되는 활동성, 표현력, 격렬함, 넘치는 활력, 분노의 핵심)는 20세기 용어인 "기분"으로 가는 과정에서 모두 떨어져 나갔다. 지루함, 고뇌, 몽상적 그리움, 후회, 실망, 짜증, 고요한 기쁨의 비활동성이 기분의 자연스러운 예시일 것이다. "조심해! 그 사람 오늘 기분 안 좋아!"라는 문장처럼 "나쁜 기분"에 대해 말하는 경우에만, 그리고 "기분"이라는 단어에 "나쁘다"라는 단어를 추가함으로써만, 우리는 한때 "기분"이라는 단어 자체에 내재되어 있던 격렬함 또는 폭발성을 떠올리게 된다.

전쟁터의 극한 조건이나 폭력적이고 권력에 치우친 정치만이 기분의 격렬함을 설명하는 유일한 근거는 아니다. 만약 그랬다면, 평화로운 시민 생활, 전사와 이상화된 군대 생활(그에 수반되는 윤리)의 주변화는 현대사회에서 완전히 환영할 만한 발전일 것이다. 만약 "기분"이라는 용어의 의미가 변화하여 현대 중산층의 관심사를 포괄하고 가정성과 더불어 안정적이고 예측 가능한 생활 환경의 일상적 변화를 반영하게 되었다면, 그리고 그렇게 된 이유가 이제 많은 사람들이 그러한 안정을 얻었기 때문이라면, "기분"이라는 단어의 옛날 의미가 오늘날 우리가 사용하는 의미와 뉘앙스로 바뀌었다는 사실은 분명 이득일 것이다.

그러나 "기분"에는 분노, 용기, 잔인함과는 구별되지만, 강렬함과 극단성을 유지하는 두 번째 영역이 있다. 바로 슬픔의 경험이다. 이를 통해 기분은 쾌락hedoné과 반대되는 고통lúpe을 뜻하는 중요한 헬레니즘 용어와 연결된다. 문명이 발전하면서 격렬한 상태는 덜 중요해졌을지 모르지만, 상실과 슬픔의 경험과 함께 인간의 죽음은 절대로 순치될 수 없는 하나의 사실, 절대로 평온한 일상의 일부분으로 바뀌지 않을 사실로 항상 남아 있다.

셰익스피어의 《리어왕》, 호메로스의 《일리아드》, 멜빌의 《모비 딕》에서처럼 분노와 애도는 서로 연결된 격렬한 상태였다. 그런데 문화가 격렬함에서 온화한 기분으로 이행하면서, 분노가 가득한 세상에서 일어나는 폭력, 전쟁 학살, 복수 살인은 줄어들고 평범함과 일상성에 대한 요구가 수용되었다. 그러나 그로 인해, "열정"이라는 용어가 배제되었듯이, 죽음의 주제 역시 배제되어 버렸다(또는 유예되었다). 죽음이 사라지면서, 인간이 죽음을 의식하고 있으며 죽음에 항의하고 있음을 나타내는 표지인 슬픔과 애도의 열정 또한 축소되거나 희미해진다. 분노는 불의를 지적하고 이에 항의하는 열정이며, 정의의 경계에 대한 최초이자 가장 중요한 경험이다. 이와 마찬가지로 애도와 슬픔역시 격렬한 상태로서 죽음의 경험을 더 구체적으로 경험하게 만든다. 즉, 죽음은 애도와 슬픔을 통해 현재 겪는 하나의 상실로 경험되는 동시에 궁극적으로 애도자가 자신의 죽음을 예상하고 미리 체험하는 계기로 경험된다.

문화의 역사에서 새로운 순간마다 열정은 다시 걸러진다. 시기나 절망과 같은 열정은 어떻게 설명한다 해도 인간 본성의 어두운 부분이다. 우리가 제기하는 질문은 이러한 열정을 어떻게 제한하거나 치유할 수 있는가다. 그 반대편에서, 슬픔처럼 인간이 겪는 중요한 사건과 경험에 매우 근본적인 열정, 가장 급진적인 문화의 변화조차도 열정의 심리학에서 그 열정이 차지하는 근원적 위치를 결코 바꿀 수 없는 열정이 있다. 공포나 분노의 경우와 달리, 우리는 일상적인 애도나 슬픔을 의학적으로 억제하거나 치료하려 하지 않는다. 오히려 상실, 고통, 슬픔을 느낄 수 없고 표현할 수 없는 사람을 비인간적인 사람으로 간주한다.

그런데 2천 년 전 두 부류의 철학 사상이 등장하여 슬픔을 무력화하는 장벽을 세웠다. 이 철학 사상들은 압도적이었지만, 궁극적으로는 성과가 미미했다. 첫 번째는 영생에 대한 기독교의 약속이다. 기독교에 따르면, 죽음은 사실 존재하지 않으며, 인간은 영원히 살 것이므로 죽음은 인간의 본질이 아니다. 완전하고 최종적인 죽음은 오직 자연계의 특성일 뿐이다. 두 번째 사상은 법칙적이지만 끊임없이 변화하는 자연을 강조한 웅장한 스토아주의적 자연 개념이다. 스토아주의자들에게 자연은 하나의 진정한 전체이기 때문에, 새로운 부분과 새로운 구성이 등장했다가 다시 다른 부분으로 되돌아가거나 재조립되는 과정은 죽음이 아니라 끊임없이 지속되지만 질서정연한 시간의 흐름 속에서 한 형태에서 다른 형태로 변화하는 것일 뿐이다. 법칙에 따라 움직이는 자연은 완전한 하나의 물질적 우주를 이루며, 인간은 전체가 아니라 잠깐 왔다가 사라지는 하나의 작은 부분으로서만 자연에 참여한다. 스토아학파는 어떤 한 부분이 자연을 지배하는 그러한 법칙에 대해 불평하는 것을 "반란"이라고 부른다. 여기서 자연의 보편적 법칙은 끊임없이 변화하는 다양한 부분들이 처음 등장한 후 잠깐 삶을 영위하다가 자연이라는 안정적인 거대 전체 속으로 다시 회귀하는 과정을 포함한다. 기독교의 영생과 마찬가지로 스토아철학의 자연 개념에서도 "죽음"이라는 단어는 사라진다.

비인격적이고 형식적인 정의 체계에서 우리는 분노에 대한 승리를 확인하거나, 적어도 모든 분노가 그 가장 격렬한 주장을 누그러뜨리지 않을 수 없는 근거를 찾을 수 있다. 마찬가지로, 부분적으로 기독교적이고 스토아주의적인 서구문화에서 기독교의 영생과 스토아주의의 자연은 2천 년 동안 애도의 정당성에 의문을 제기했고, 개인적인 상실과 죽음을 단지 막연한 생각이 아니라 하나의 절실한 신체적·정서적 경험으로 만드는 슬픔에 압박을 가했다.

우리는 영생에 대한 믿음을 강조하는 초기 기독교철학에서 슬픔의 정당성을 두고 벌어지는 갈등을 상세하게 볼 수 있다. 아우구스티누스는《고백록》에서 어머니의 죽음으로 슬픔을 느꼈을 때, 슬픔과 싸우면서 왜 슬픔을 느끼는지 고민했다고 말한다. 그가 우리에게 말하는 것은 어머니의 죽음이 아니라 이생과 육신으로부터의 해방, 즉 영생의 관점에서 인간 존재를 근원적으로 재구성하는 것이다. 아우구스티누스에 따르면, "어머니의 경건하고 신실한 영혼이 육신에서 해방되었을 때, 쉰여섯 살이셨고 나는 서른셋이었다." 여기서 그는 "육체의 감옥에서"라고 덧붙일 필요조차 없었다. 그러면서도 그는 다음과 같이 말한다.

"어머니의 눈을 감겨 드렸을 때 슬픔의 큰 파도가 가슴에 밀려왔다. 내가 초인적인 의지력으로 울음을 삼켜 눈물을 막지 않았다면 슬픔은 눈물이 되어 흘러넘쳤을 것이다. 눈물을 참는 것은 참으로 끔찍한 싸움이었다! 어머니가 마지막 숨을 거두자 소년 아데오다투스는 큰 소리로 통곡했다. 모두가 만류하자 그제야 울음을 멈췄다. 나도 어린아이처럼 울고 싶었다. 하지만, 내 안의 더 성숙한 목소리, 내 마음의 목소리가 울음을 억누르라고 말했고 나는 침묵을 지켰다. 우리는 어머니의 죽음을 울음과 비탄으로 맞이하는 것이 옳지 않다고 생각했다. 그러한 비탄은 죽음을 비참한 상태 또는 완전한 소멸로 생각했을 때 흔히 일어나는 일이기 때문이다. 그러나 어머니는 비참하게 죽지도 않았고 완전히 죽은 것도 아니었다. 우리는 그렇게 확신했다."[3]

그녀는 이제 천국에 있으며, 두 사람이 그토록 열렬히 고대하던 바로 그 천상의 기쁨을 누리고 있다. 두 사람의 이별도 잠시일 뿐, 아들은 몇 년 안에 영원히 그녀와 함께할 것이다. 만약 그렇다면 어떻게 슬픔에 빠질 수 있으랴? 이 부분은 아우구스티누스의 모든 저술에서 가장 복잡하고 감동적이다. 슬픔을 고백한다는 것은, 그의 신앙이 옳다고 말하는 것을 그가 완전히는 믿지 않는다는 뜻이다. 이는 그가 말한 모든 것 중에서 가장 심각한 실패일 것이다. 믿음이 부족하다고 고백하는 것과 마찬가지이기 때문이다.

---

[3] Augustine, *Confessions* 9.12.

슬픔을 경험하는 첫 순간, 무언가가 그에게 드러난다. 이때 그는 그에게 가장 중요한 한 사람이 죽은 직후의 순간들을 경험하고, 그러한 상태에 빠지지 않고서는 결코 배울 수 없었을 것을 배운다. 슬픔을 통해 그는 자신에 대해, 신앙에 대해, 그리고 영생에 대한 확신에도 불구하고 여전히 남아 있는 죽음의 문제에 대해 무언가를 배운다.

발견과 폭로라는 똑같은 사실을 정반대 편에서 확인하기 위해, 나는 영혼의 불멸에 대한 흄의 주장을 간략히 살펴보고자 한다. 흄은 죽음에 대해 주목할 만한 주장을 하는데, 그의 주장은 우리의 열정(특히 슬픔)이 보여 주는 것, 열정이 알려 주는 것이 바로 인간 조건의 본질이라는 관념에 의존한다. 흄은 《자연 종교에 관한 대화》의 각주에서 우리의 열정, 관심사, 사고방식, 미래를 상상하는 척도를 검토해 보면, 인간이 유한한 존재이며, 70년의 수명과 연동된 시간 단위, 우리의 프로젝트 및 일상생활의 시간 계획과 연동된 시간 단위에만 몰두한다는 사실을 알 수 있다고 말한다.[4] 우리의 열정과 그 대상은 이러한 생애 시간에만 관계된다. 감정적인 삶을 사는 동안만큼, 우리가 사는 이 짧은 시간이 영원의 시간, 즉 이 짧은 생애가 끝나면 계속 살게 될 그 영원의 시간에 비하면 하나의 작은 점에 불과하다는 생각은

---

[4] David Hume, *Dialogues Concerning Natural Religion* (London: Penguin Classics, 1990), 67–68, 132.

전혀 떠오르지 않는다. 흄의 주장에 따르면, 우리는 상상 속에서도 그런 종류의 사람이 될 준비가 되어 있지 않다.

흄은 이와 같은 주장을 통해 아우구스티누스가 왜 슬픔에 빠졌는지 설명한다. 분노, 희망, 슬픔, 수치심과 같은 영혼의 활기찬 부분은, 지금 여기 우리가 사는 바로 이 삶만이 가지는 특징이다. 흄의 주장은 인간 본성에 관한 다원주의적 시각 또는 생물학적 시각과 거의 유사하다. 열정적인 상태는 내면적 삶이 바로 이러한 유한한 인간 존재에 적응했다는 사실을 보여 주는 동시에 이를 반영한다. 현재 우리의 삶에서 가장 흔하게 발견되는 격정은 다른 종류의 삶의 조건을 상정하지 않는다.

예를 들어, 마음대로 시간을 거슬러 과거의 특정한 날짜로 돌아가 그날을 그대로 반복한다고 상상해 보라. 아니면 피하고 싶은 특정한 날이나 해를 마음대로 건너뛸 수 있는 능력이 있다고 상상해 보라. 공상과학소설에나 나올 법한 그러한 가능성은, 격정하고 계획하는 습관은 물론이고 우리가 가진 많은 열정을 쓸데없고 무의미하게 만들 것이다. 만약 그렇게 된다면, 우리는 마음대로 시간을 건너뛸 수도 없고 과거의 특정 시점으로 돌아가 그 순간을 다시 사는 선택권도 없이 오로지 미래로만 직진해야 하는 현재의 삶에서는 도저히 상상할 수 없는 새로운 열정을 갖게 될 것이다.

다시 말해, 불멸이라는 조건에서만 삶의 열정과 상황이 지금과 전혀 다른 것은 아니다. 이러한 실제적인, 현재의 경계 조건 중에서 가장 중요한 첫 번째 조건은 죽음, 그리고 70년이라는 유한한 시간이다. 2년의 제한된 삶이나 800년의 삶 역시 똑같이 유한하고 똑같이 죽을 수밖에 없는 삶이겠지만, 우리의 삶과는 전혀 다른 종류의 열정과 관심을 갖게 될 것이다. 흄에 따르면, 이러한 조건의 삶이야말로 우리가 가진 생각의 범위, 우리가 가진 열정의 종류와 강도의 전제 조건이어야만 한다.

분노를 제외하면, 슬픔은 유한하고 죽을 수밖에 없고 타인의 의지에 제한되는 인간 존재의 경계 조건을 표현하는 열정(일상적이고 온건한 느낌, 기분, 감정이 아니라)의 역할을 가장 잘 보여 주는 예다. "무드"라는 단어의 초기 의미가 갖는 중요성은 전쟁의 중요성 또는 전쟁 조건의 중요성이 아니었다. 그것은 전쟁에는 항상 죽음이 가까이 있으므로, 전쟁이야말로 모든 행동이 죽음의 경계선 내에서 발생한다는 인간 존재의 진실을 가장 압축적으로 보여 줄 수 있기 때문이다. 깊은 의미에서 "무드"라는 고어古語는 격정과 분노의 경로를 내면의 삶을 파악하는 핵심으로 설정하며, 의지가 죽음에 의해 부정당하는 모습을 보여 준다.

의지 또는 스피노자의 표현에 따르면 코나투스(노력)는 의지가 시간의 제약 없이 계속 존재하기 위해 노력한다는 역설을 제시한다.[5] 달리 표현하면, 의지는 죽음과 유한성이라는 사실에 전혀 적응하지 못하는 셈이다. 흄이 피력한 주장에 따라 생각

---

[5] Spinoza, *Ethics*, pt. 3, propositions 9–10, p. 92.

해 보자면, 의지는 인간 존재의 주된 경계 조건이 없는 인간 기질의 한 부분이라고 말할 수 있다. 의지는 현실에 굴욕당함으로써 의지를 제약하는 반경이 존재한다는 사실을 깨닫는다. 의지의 효력은 거기까지고, 그 이상은 어쩔 수 없다. 그러나 의지는 시간으로 인해, 70년이라는 작은 시간 단위로 인해 더 치명적인 두 번째 굴욕을 당한다. 이 기간이 끝나면 의지는 더 이상 아무런 효력을 발휘할 수 없다. 의지의 반경으로서 한계를 안고 살아가는 법을 배웠다 하더라도 사정은 마찬가지다(여기서 의지의 반경은 다른 사람의 의지가 부과하는 제약과 우리가 세운 계획의 일부만 받아들이고 다른 일부는 거절하는 완고한 세계가 부과하는 제약, 이 두 가지로 나뉜다).

호메로스와 셰익스피어에서 발견되는 분노와 애도의 밀접한 관계는, 분노의 숨겨진 원형이 궁극적으로 슬픔과 애도에 있음을 강조한다. 《일리아드》의 마지막 권은 친구 파트로클로스의 죽음을 애도하는 아킬레우스의 슬픔으로 시작한다. 복수는 이미 끝났고 친구를 죽인 헥토르도 이제 죽었지만, 그 슬픔은 여전히 강렬하다.

사람들은 모두 저녁 식사와 달콤한 수면을 즐길 생각만 가득하다. 그러나 아킬레우스는 사랑하는 친구를 생각하며 울기 시작했고, 천하의 무적이라는 잠마저도 그를 이길 재간이 없었다. 그는 몸을 뒤척거리며 파트로클로스의 죽음과 그의 남자다움과 용맹함, 그리고 그와 함께 전쟁터를 누비며, 위험한 바다를 헤쳐

나가며 겪었던 모든 고난을 떠올리며 울었다. 이 모든 것이 생각나자 그는 굵은 눈물을 흘리며 옆으로 누웠다 바로 누웠다 다시 엎드렸다. 그런 다음 그는 벌떡 일어나 바닷가를 미친 듯이 걸었고 바다와 해변에 내려앉은 새벽빛을 보았다. 빠른 말을 전차에 연결한 다음, 뒤쪽에 묶어 둔 헥토르를 땅바닥에 질질 끌면서 죽은 파트로클로스의 무덤 주위를 세 번 돌았다. 다시 오두막에 돌아와 휴식을 취한 다음 헥토르를 흙바닥에 내동댕이쳤다.[6]

호메로스는 슬픔의 모습들을 마치 해부하듯이 상세하게 그려 낸다. 눈물, 불면, 뒤척임, 불편함, 불안한 움직임, 가만히 있다가 빠르게 걷는 모습, 아킬레우스가 헥토르의 시신을 끌고 무덤 주위를 돌고 나서 땅에 묻지 않고 먼지 속에 내버려 둠으로써 제의를 통해 모욕과 상해를 반복하는 절정의 장면까지 남김없이 보여 준다. 친구를 기억하고 되새기는 것, 그와 함께 견뎌 온 모든 삶을 기억하고 되돌아보는 것은 외적으로 표현된 불안과 눈물과 제의적 행동에 상응하는 내적인 행위다.

헥토르의 몸에 가한 상해를 통해, 애도에 아직 남은 분노의 찌꺼기가 다시 솟아오른다. 앞서 헥토르를 추적하고 살해하는 과정을 통해, 그리고 헥토르의 죽음에 수반된 수많은 죽음을 통해, 우

---

[6] Homer, *Iliad* 24.1–37.

리는 애도 안에 담긴 분노의 무게를 충분히 가늠할 수 있다.

애도와 분노는 저울의 양쪽과 같아서 한쪽이 움직이면 다른 쪽도 따라서 움직이게 마련이다. 이는 어떤 점에서 《일리아드》와 《리어왕》의 핵심적 문제라고 볼 수 있다. 처음에는 분노가 핵심인 것처럼 보이지만, 궁극적으로는 분노가 애도로 바뀌는 구도가 중심이다. 아킬레우스나 리어왕의 분노는 파트로클로스와 코델리아의 죽음 이후 슬픔으로 전환된다. 여기서 슬픔은 분노의 에너지를 새로운 방향으로 재투자하는 동시에, 분노와 슬픔을 동전의 양면(한 번에 한 면만 볼 수 있는)처럼 만드는 어떤 내용이나 주제를 처음으로 드러낸다.

동전을 던질 때 한 번에 오직 한 면만 보인다. 그러나 동전의 어느 면이든 그것을 뒤집으면 다른 면을 볼 수 있다. 분노나 애도 중 어느 한 면만을 살펴봐서는 동전을 찾을 수 없다. 동전 자체는 보이지 않는다. 동전의 두 면 중에서 오직 한 면만 볼 수 있다. 한 면이 나타나려면 그 대가로 반드시 다른 면은 보이지 않아야 한다. 이러한 동전의 모습은, 그 자체로는 시간적이지 않음에도 불구하고 연속적으로만 나타날 수 있는 어떤 전체의 본질을 명확하게 보여 준다.

우리가 동전의 앞면과 뒷면을 봐야만 동전이라는 전체를 조직할 수 있는 것은 감각의 한계 때문이다. 이러한 순차성을 통한 인지는 일종의 칸트적 한계라고 할 수 있다. 이는 경험을 가능하게 하는 조건이지만, 그 조건은 알 수 없는 방식으로만 실제 경험의 바탕에 상응한다. 레싱이 말한 시간예술(시, 음악, 서사, 춤)은 이러한 칸트적 한계에서 비롯된다. 공간예술은 순차적인 사건으로 제시되어야 하는 보이지 않는 표면들이 암시하는 복잡성을 수용할 수 없다. 분노와 애도는 시간적인 순서대로 나타난다. 그러한 방법을 통해서만 우리는 분노와 애도에 접근할 수 있다. 그렇게 함으로써만, 분노와 애도의 핵심적 주제에 접근할 수 있다.

분노할 때 우리는 마치 상실이라는 정적인 사실 그 자체가 견딜 수 없다는 듯이 죽음의 사실을 제쳐 놓고 죽음의 원인에만 집중한다. 상실이라는 수동적 고통을 외면하고 복수의 능동적 프로젝트에 몰두한다. 복수가 가능하다면, 우리가 경험하는 고통을 단순히 어쩔 수 없는 일로 여기고 묵묵히 감내할 필요가 없다. 복수의 윤리는 애도의 치명적인 상태, 즉 아무것도 하지 않고 그저 기다리기만 하는 무력함을 가장 강력하게 거부한다. 파트로클로스를 애도할 때 아킬레우스는 흙바닥에 뒹굴고 눈물을 흘리지만, 헥토르를 죽이러 나설 때에는 애도를 복수로 바꾼다. 슬픔에 빠진 애도자는 죽음의 효과를 모방함으로써, 가령 식사를 거부하거나 꼭 해야 할 일을 하지 않거나 타인에게 공감하지 못함으로써 죽음에 경의를 표한다. 아킬레우스는 그러한 애도를 복수로 바꿈으로써 슬픔의 무기력한 수동성을 피할 수 있었다. 햄릿의 말을 빌리자면, "이 세상 모든 것이 / 얼마나 지루하고, 진부하고, 밋밋하고, 무익한지!"[7]

슬픔과 분노는 죽음과 상실을 대신하는 적극적인 반응이다. 분노의 전략과 애도의 전략을 가르는 가장 중요한 구분은 모든 애도에는 죄책감과 자기 비난의 요소가 포함되어 있다는 점이다.[7] 모든 상실에는 죽음에 대한 책임감, 적어도 죽음을 막지 못했다는 죄책감이 뒤따른다. 그런데 이는 죽음에 대한 오해에서 비롯된 것이다. 또는, 그러한 죄책감은 상실에 내재하는 수동성을 거부하는 태도다. 자신에게 책임이 있다고 생각하면 상실은 수동적이지 않은 셈이기 때문이다. 분노와 복수를 통해 죄책감은 자아에 있지 않고 공격할 수 있고 처벌할 수 있는 외부 세계에 있는 것으로 밝혀진다.

복수와 분노는 슬픔을 단순화한다. 이를 통해 자아는 책임을 부인하고 자신을 죽은 사람의 옹호자로 제시하면서, 죽은 사람이 살아 있었다면 반드시 했을 행동을 대리적으로 수행한다. 만일 희생자가 죽지 않고 상처만 입었다면, 그의 첫 번째 행동은 보복이었을 것이다. 복수를 통해 우리는, 마치 피습을 당해 눈이 멀게 된 피해자가 나중에 법정에서 공격한 사람을 식별할 수 없게 된 것처럼 희생자가 극한의 고통(죽음) 속에서 할 수 없었던 바로 그 행위를 희생자를 위해 실행한다. 셰익스피어의 희곡에서 햄릿이 아버지로부터 요청받은 복수는, 죽지 않고 손을 움직일 수 있었다면 아버지가 직접 했을 행동이다. 바꾸어 말해서, 정원의 독살을 미리 막았더라면 햄릿의 아버지는 자신의 칼

---

[7] Shakespeare, *Hamlet* 1.2.133–34.

로 클로디어스를 죽였을 것이다. 마찬가지로 클로디어스가 거트루드와 잠자리를 같이 한 장면을 직접 봤더라면, 왕위를 찬탈하려는 음모를 직접 엿들었다면, 햄릿의 아버지는 바로 그 자리에서 클로디어스를 처형했을 것이다. 햄릿은 모든 복수자와 마찬가지로 희생자가 살해당하지 않고 살았더라면 즉시 실행했을 바로 그 행위를 수행하는 대리인이다.

애도 속에서 발생하는 분노와 보복 행위는 마치 희생자의 죽음이 전혀 일어나지 않았던 것처럼 전개되는데, 이는 복수자가 희생자를 대신하기 때문이다. 이 점은 호메로스의 《일리아드》에서 특히 명확하게 드러난다. 파트로클로스가 아킬레우스의 갑옷을 입고 전투에 나섰기 때문이다. 그는 아킬레우스를 대신하여 죽었는데, 이것은 나중에 아킬레우스의 분노와 분노에 찬 행동을 통해 두 번째 대체 행위로 이어진다.

애도 속의 분노는 절정 부분에서 헥토르의 시신을 모욕하는 제의적 행위로 드러나는데, 이는 《일리아드》의 첫 부분에 등장하는 분노와는 정반대 경험이다. 여기서 아킬레우스는 아가멤논에게 화를 낸 다음 돌아가 눈물을 흘리고, 자신이 겪은 상실을 슬퍼하면서 곧바로 자신의 운명을 생각한다.[8] 그의 인생은 짧을 것이고, 싸움터에서의 죽음은 곧 그의 운명이 될 것이다.

---

8 Homer, *Iliad* 1.305–97.

그는 분노에서 상실(브리세이스의 상실)에 대한 애도로 넘어가는데, 상대적으로 작은 이 외적 상실은 다른 상실과 마찬가지로 곧 겪게 될 더 큰 상실(즉, 그의 죽음)의 작은 버전으로 여겨진다. 아가멤논이 그의 세계의 일부를 빼앗아 간 행위에 대한 분노의 핵심에는 그가 죽을 때 일어날 것으로 예상되는 세계의 상실에 대한 선행적 애도가 있다. 그와 동시에 자신보다 더 강력한 권력자에게 당한 상처는 분노와 슬픔 사이의 두 번째 관계를 부각시킨다.

우리보다 훨씬 더 강력한 권력자, 우리를 경멸하거나 비하해도 항의할 수 없는 권력자에게 우리는 분노를 느끼지 않는다. 아리스토텔레스는 이와 같은 분노의 메커니즘에 대해 자세히 설명한다.[9] 상처를 받았을 때 분노를 느끼지 않는다면, 그 대신에 슬픔을 느낀다. 분노가 예상되는 곳에 슬픔이 나타나면, 자기 존중의 경계를 보호하지 못하거나 주장하지 못한 자신의 무능력에 대한 체념이 나타난다. 이처럼 슬픔은 상실이 발생한 곳, 그리고 그 때문에 세상이 더 작아진 곳을 수치심보다 더 정확하게 표현한다. 8장에서 논의한 연민, 공포, 극심한 공포의 관계처럼, 슬픔이나 분노가 나타나는 상황, 궁극적으로 둘 중 하나만 나타나고 다른 것은 나타나지 않는 이 상황은, 미리 예측할 수 없고

---

[9] Aristotle, *Rhetoric* 2.2.1379b–1380b.

사건이 전개되는 중간 단계에서만 드러나는 사람과 사건의 관계(이 경우에는 권력관계)를 명확하게 드러낸다. 아우구스티누스가 슬픔에 빠졌을 때, 잊을 수 없는 어떤 것, 부정할 수 없는 어떤 것이 발생하는데, 이는 어떤 격정적인 상태가 발생하거나 발생하지 않는 상황, 그 상태가 하나의 형태(분노)로 나타나거나 다른 형태(슬픔)로 나타나는 상황을 통해서만 그렇게 된다.

슬픔과 애도의 특징을 주의 깊게 살펴봐야 한다. 왜냐하면 서양철학은 다양한 시각에서 열정을 공격하는데, 그에 대한 철학적 반격을 슬픔과 애도에서 찾을 수 있기 때문이다. 예를 들어, 아리스토텔레스는 올바른 열정은 두 극단 사이에서 중용을 찾는 것이라고 설명하지만, 그럼에도 불구하고 진정한 애도의 경우 그 강렬하고 적극적이고 지배적인 경험이 오히려 중용의 본질이라고 주장한다. 극단을 피한다고 해서 우리가 흔히 상상하듯이 현대인이 두 극단 사이의 중용이라고 여기는 온화하거나 절제되거나 밋밋한 느낌만 남게 되는 것은 아니다. 사실 중용은 중요한 상태, 격렬한 상태일 수도 있다. 슬픔의 사례를 통해 우리는, 분노를 포함한 모든 경우에서 아리스토텔레스가 말한 올바른 분노 또는 중용이라는 일반적인 개념은 "약간"을 다른 방식으로 표현한 것이 아님을 알 수 있다.

슬픔은 또한 가장 중요한 상황에서 극단적으로 문제적인 것이 열정의 과잉이 아니라는 사실을 보여 준다. 열정은 과도한 분노, 질투, 공포, 시기심의 문제를 주로 다루기 때문에 열정을 억제하거나 제거하라고 권하는 치료법에서 자주 논의된다. 그러나 더 중요한 문제는 사실 슬픔의 결핍, 분노의 결핍과 같은 결함이다. 즉, 슬픔이나 분노에 완전히 압도당해야 할 사람이 전혀 아무런 영향도 받지 않은 것처럼 보이거나 전혀 인지하지 못하는 것처럼 보이는 것이야말로 심각한 문제다. 이것은 온전한 인격의 결핍을 의미한다. 아리스토텔레스는 이를 노예와 같은 반응, 즉 의지를 박탈당한 삶을 사는 사람의 반응이라고 부른다.

슬픔을 떠올릴 때 우리는 당연히 연인, 자녀, 친한 친구, 부모의 죽음 등 가장 사랑하는 사람의 죽음과 같은 실제적이고 본질적인 상실의 경험을 떠올린다. 이러한 경험은 자연적인 것이라서 우리는 슬픔을 생각할 때 극단적이거나 격렬한 사례를 먼저 떠올린다. 시기, 공포, 분노에 연관된 사소하거나 경미한 사례는 피한다. 그리고 헬레니즘 철학에서 큰 비중을 차지하는, 열정을 반대하는 핵심적 근거인 거짓된 믿음의 문제 또한 슬픔과는 아무런 관련이 없다.

오셀로는 질투와 분노에 눈이 멀어 데스데모나가 바람을 피운다고 착각한다. 로미오는 줄리엣이 죽었다는 잘못된 믿음 때문에 스스로 목숨을 끊는다. 단 한 시간만 진득하게 기다렸더라면, 깨어난 줄리엣이 로미오 곁으로 가려고 일부러 미약媚藥을 마시고 죽은 척했다는 얘기를 했을 것이고 로미오는 목숨을 구할 수 있었을 것이다. 셰익스피어의 두 희곡에서 확인되듯이 잘못된 믿음에서 격렬한 상태가 비롯되는 상황을 볼 때, 혹자는 사실 모든 열정적 상태가 자세히 들여다보면 그처럼 잘못된 믿음에 기반하고 있다고 주장할 수도 있겠다. 잘못된 믿음이나 잘못된 의견을 바로잡을 시간과 정보가 주어지면, 우리는 꿈에서 깨어나 열정 없이 살 수 있다.

슬픔에 관한 한, 누군가의 죽음을 잘못 알게 되는 경우는 거의 없다. 그러한 사례는 극히 드물고, 가까운 사람의 죽음이라는 보편적인 경험과도 무관하기 때문이다. 격렬한 질투, 분노, 시기, 야망, 공포는 보통 대부분은 느끼지 않고 몇몇 사람만 느끼는 열정이다. 그래서 우리는 대다수를 올바른 규범으로 생각하고, 그러한 극단적인 상태에 대한 올바른 태도는 다수가 대표하는 규범을 위하여 소수를 통제하는 것이라고 생각할 수 있다. 그러나 큰 상실을 겪을 때마다 우리는 자신이 겪은 가장 큰 상실을 떠올리게 되는데, 그 이유는 그 누구라도 상실과 죽음의 개인적 경험, 슬픔과 애도의 애절한 경험을 피할 수 없기 때문이다. 더 중요한 것은, 우리가 다른 사람의 죽음에 대해 느끼는 슬픔은 우리의 의지가 아직 상상할 필요가 없었던 피해를 미리 보여 준다는 점이다. 인생에서 경험하는 가장 큰 상실로 인해 우리가 느끼는 슬픔은, 언젠가는 경험하게 될 우리 자신의 죽음을 상상하는 가장 중요한 방법이다. 모든 애도에 존재하는 한 가지 구성 요소는, 우리가 이미 이 세상에 존재하지 않음으로 인해 우리 자신의 죽음(가장 큰 상실)에 대한 슬픔을 느낄 수 없으므로 우리 자신이 죽을 때에는 지급될 수 없는, 그렇지만 애도를 통해 우리에게 선불先拂로 지급된 슬픔이다.

슬픔에 관한 한, 사소하거나 경미하거나 잘못된 경우는 없다. 왜냐하면 각각의 경우에 우리는 진짜로 슬픔을 느끼지 않기 때문이다. 슬픔을 제대로 알기 위해서는, 아우구스티누스의《고백록》처럼 삶의 중심을 차지했던 사람의 죽음을 이야기해야 한다. 축소는 분명 슬픔의 핵심이다. 한 사람은 이제 죽고 없지만,《리어왕》의 코델리아나《일리아드》의 파트로클로스의 예가 보여 주듯이, 세계 자체는 어떤 죽음으로 인해 큰 변화를 겪고 영구적으로 바뀐다. 그래서 단지 한 사람이 사라진 것이 문제가 아니라 이 죽음의 사건이 삶의 핵심을 강타하여 모든 것이 바뀌어 버리는 것이 문제다. 그러한 상실은 죽음을 경험하는 것과 상당히 유사하다. 나의 죽음으로 세상은 존재하지 않게 된다. 그러나 나의 모든 생각과 계획, 모든 쾌락과 구조의 중심이었던 사람이 죽으면 세상 그 자체, 즉 "나의 세상"은 유사사망 상태에 돌입한다. 그러한 죽음 이후에는 새로운 삶이 구축되어야 하며, 다른 삶이 시작되어야 한다.

슬픔은 축소라는 열정의 핵심적 특징을 가장 쉽게 파악할 수 있는 방법이다. 공포는 분명 죽음, 극심한 피해, 상실에 대한 공포를 말한다. 질투는 사랑하는 사람의 상실이 가져올 축소에 대한 공포다. 아리스토텔레스의 설명에 따르면, 분노는 어떤 사람이나 그 사람과 가까운 사람, 즉 그의 세계에 대한 모욕이나 상처(비하 또는 축소)를 알아차리고 예방하고 보상과 인정을 요구하려는 전투적인 시도라고 할 수 있다. 존 롤스의 분석에 따르면, 수치는 축소의 경험이다. 슬픔이나 스토아주의적 고뇌를 열정 전체의 원형으로 삼는 이유는, 다름 아닌 슬픔을 통해서 상실과 죽음의 구조가 세계 축소의 경험으로 분명하게 드러나기 때문이다.

열정이 수행하는 더 큰 지적 작업을 명백하게 밝히는 것도 다름 아닌 애도와 슬픔이다. 열정은 일련의 지평선, 경계선을 통해 개인적 세계의 윤곽을 알아볼 수 있도록 만든다.[10]

애도나 슬픔에 빠졌을 때, 우리는 누군가를 애도하면서 그 사람이 우리에게 너무나 소중한 핵심 측근임을 처음으로 깨닫는다. 그 사람의 죽음으로 인해 세상이 정지되고 우리가 축소되며, 한동안 모든 경험에 어둠이 덮치기 때문이다. 핵심 그룹에 속하지 않는 사람이면, 우리는 그 사람의 죽음을 하나의 정보로 받아들이고 슬퍼하지 않는다. 우리는 매일 신문을 통해 우리에게 아무런 영향을 주지 않는 수많은 죽음을 접한다. 다른 사람에게는 분명 상실이겠지만, 우리는 이를 단지 통보받을 뿐이다. 일상 세계에서 이웃 사람이 내가 알던 같은 동네 사람의 죽음을 알려 주어도, 나는 강하게 슬픔을 느끼지 않는다.

슬픔을 느끼기 시작하는 바로 그 순간, 우리는 방금 죽은 그 사람에게 우리가 어떤 가치를 부여했는지를 생생하고 분명하게 깨닫는다. 우리는 연인, 부모, 친한 친구, 자녀 등 우리에게 중요한 사람에 대해서만 슬퍼하지 않는다. 어떤 경우에는 그 죽음이

---

[10] "밝은 선"이라는 용어는 조지 에인슬리의 논문 〈미시경제학을 넘어〉에 나온다. George Ainslie, "Beyond Microeconomics," *Jon Elsir's The Multiple Self* (Cambridge: Cambridge University Press, 1987), 146 ff. 여기서 에인슬리는 전략의 모호성을 제거하기 위해 집중적 요소를 사용한다는 《갈등의 전략》에 나오는 셸링의 주장을 논평한다.

충격적인 슬픔과 애도를 불러일으키기 전까지, 그 사람이 우리가 사는 세계의 핵심 그룹에 속한다는 사실을 전혀 인식하지 못했던 사람도 있다.

다른 한편, 친척의 사망 소식이나 우리가 사는 세계에 속한다고 생각했던 사람의 사망 소식을 들었는데도 아무런 느낌이 들지 않을 때가 있다. 세상이 크게 변한 것 같지 않고, 별도의 애도 기간도 필요 없다. 두 가지 경우 모두, 죽음의 순간에 우리의 세계가 보여 주는 새로운 사실에 놀라게 된다. 갑자기 우리를 찾아오는 슬픔 또는 찾아오지 않는 슬픔, 슬픔의 강렬함 또는 빈약함, 슬픔의 지속 기간과 완고함을 통해 우리는 우리의 세계가 어떻게 구성되었는지 새롭게 알게 된다. 이 특정한 죽음을 알고 나서 나도 모르게 의도하지 않은 반응이 나왔을 때 비로소 이 사실을 알게 된다. 슬픔이나 애도는 우리의 세상에 속한 사람과 그렇지 않은 사람 사이에 지평선을 긋는다. 슬픔은 나의 세계의 핵심 그룹에 속하는 사람과 그렇지 않은 사람 사이에 존재하는 명확한 선을 발견하거나 드러낸다. 아리스토텔레스가 지적하듯이, 분노도 이와 똑같은 선, 사랑과 우정을 분명하게 드러내는 선을 긋는다. 이와 같은 분노의 복잡한 결과는 이전 장에서 살펴보았다.

슬픔의 예에서 드러나는 이러한 구분 과정을 상세하게 열거해야 하는 이유는 이를 통해 그에 상응하는 경이로움, 시기, 분노의 효과를 알 수 있기 때문이다. 여기서 중요한 것은, 열정이 우리 세계의 명백한 지형을 알려 주고, 다른 방법으로는 알 수 없었던 그 세계에 대한 정보를 제공한다는 사실이다. 전쟁터를 경험하기 전까지는 그 어떤 예측으로도 우리가 경험했던 공포나 용기에 대해 알 길이 없다. 경이로움이나 질투도 마찬가지다.

슬픔과 애도를 통해 어떤 선이 그어지며, 이 선을 따라 세계의 영역은 슬픔과 애도를 촉발하는 소수의 사물 또는 사람으로 좁혀진다. 슬픔과 애도를 일으키는 특정한 죽음은 그 사람이 내 세계의 핵심에 속하는 사람이라는 사실을 알려 준다. 그 사람이 세상을 떠나는 순간, 그 세계가 애도라는 행위를 위해 잠시 중단되기 때문이다. 얼마나 많은 사람이 우리를 슬프게 할까? 소수의 죽음이 슬픔과 애도를 일으킬 것으로 거의 확신할 수 있지만, 미리 알 수는 없다. 어떤 죽음은 이 선을 벗어나 단순한 죽음으로 여겨질 것이라고 미리 확신하지만, 다른 사람들이 어디에 속할지는 그들의 죽음이 놀라움을 일으키기 전까지는 미리 알 수 없다. 그 명확한 선은 추측이나 생각만으로는 확정될 수 없다. 특정 순간에 사건을 겪어 보고 그 사건이 며칠, 몇 주, 몇 달 동안 얼마나 어두운 그림자를 드리우는지 알아야만 그 선이 어디에서 그어지는지 알 수 있다. 반려동물, 정치 지도자, 유명인의 사망으로 강렬하고 지속적인 슬픔을 겪고 나면 그들이 다른 친구나 지인보다 더 소중했음을 알게 된다.

두 번째로, 우리의 세계에서 특정 인물이 얼마나 중요했는지를 보여 주는 것은 바로 애도의 강도, 애도의 지속이다. 다시 한 번 말하지만, 슬픔 때문에 우리의 세계가 얼마나 오랫동안 멈춰 있을지, 애도의 상태가 얼마나 오래 지속할지 우리는 예측할 수 없다. 슬픔이 너무 길고 너무 깊다는 것은 삶의 어떤 특정 시점에서 그 죽음이 우리에게 얼마나 중요한지를 알려 준다. 그리고 이것은 우리가 어렴풋이 추측만 할 수 있었을 뿐, 전혀 알 수는 없었던 것이다.

연인, 친구, 부모, 형제자매, 자녀, 동반자, 동료 또는 늘 우리와 함께했던 사람의 죽음을 경험하고 나면, 우리는 그 사람이 우리 삶에서 얼마나 중요한 부분이었는지, 그 사람의 죽음으로 우리 삶이 얼마나 파괴되었는지를 속속들이 알게 된다. 슬픔의 강도와 기간이 제각기 다른 여러 경험은 미묘한 차이를 드러낸다. 이를 통해 죽은 이가 우리의 세계에서 차지했던 비중을 확인할 수 있다. 모든 것은 슬픔의 등급을 통해 분명해진다. 슬픔의 세 가지 인식론적 특징은 각 개인이 경험하는 경이로움, 분노, 공포, 동정, 공감의 역사에도 똑같이 적용된다.

일련의 상실을 통해 알게 되는 애도 또는 슬픔의 등급들은 이해 가능한 세계를 제공하는 척도의 한 측면에 해당한다. 다른 한편으로, 서로 앞다투어 내적 삶의 에너지를 선점하려는 열정적인 상태들의 경쟁 또한 명료한 세계를 궁극적으로 제공한다. 이것이 어떻게 작동하는지 보여 주고자, 셰익스피어가 언급한 슬픔의 요구들을 잠시 살펴보고자 한다. 셰익스피어는 길고 복잡한 플롯을 통해 슬픔에 반대하는 주장 또는 슬픔의 대안들을 차례대로 제시한다.

아버지에 대한 햄릿의 애도 또는 슬픔은 햄릿의 행동을 통해 제시된다. 오필리아에 대한 그의 사랑은 클로디어스에 대한 거트루드의 열정처럼 그의 아버지이자 거트루드의 남편이었던 왕이 죽었다는 사실을 빨리 지워 버릴 수 없는 것처럼 보인다. 햄릿은 "밤의 색깔을 벗어" 버리려 하지 않는다. 새 왕에 따르면, "애도의 의무"는 일정 기간에만 지속되어야 하며, 그 이후에도 계속되는 슬픔은 "완고한 애도" 또는 "고집"이다. 국가가 새 왕을 맞이하고 햄릿의 어머니가 새 남편을 맞이한 것처럼, 시간이 지나면 "가망 없는 슬픔"은 "땅에 던져 버려야" 하고 "새아버지"와 함께 새로운 삶을 살아야 한다.[11]

고집, 불변성, 끊임없이 변화하는 사회로부터 물러나 고독 속에서 열정의 길을 따라가는 모습은 슬픔에 빠진 햄릿을 전형적인 격정적 인간으로 만들지만, 그 격렬함은 애도의 격렬함이다. 햄릿은 오필리아, 로젠크란츠와 길던스턴, 폴로니우스의 죽음에 냉담하게 반응하는 것처럼 보이지만, 그것은 아버지에 대한 깊고 원초적인 애도 때문이다. 말하자면 아버지의 죽음은 다른 모든 것을 사소하게 만들었다. 아킬레우스는 파트로클로스를 화장火葬하면서 열두 명의 포로를 희생시키고 헥토르를 죽인 다음 그의 시신을 훼손하고 트로이 군대를 학살했지만, 친구의 죽음에 대한 슬픔이 너무나 크기 때문에 이 모든 살육이 아무것도 아닌 것처럼 여겨진다. 이와 마찬가지로, 오필리아의 죽음, 그

---

11 Shakespeare, *Hamlet* 1.2.68, 88, 93–94, 107.

녀의 동생과 아버지의 죽음을 대수롭지 않게 취급하는 햄릿의 태도 역시 모든 것을 집어삼키는 아버지에 대한 그의 애도(그가 죽어야만 끝나는 애도) 앞에서는 아무것도 아닌 것으로 여겨질 수 있다.

한 걸음 더 나아가, 오필리아의 경우처럼 덜 중요한 슬픔뿐만 아니라, 극의 초반에 클로디어스가 햄릿에 대해 말했듯이 완고한 애도로 인해 다른 모든 열정적 상태가 얼어붙었다고 말할 수 있을까? 그렇다면 복수를 실행할 수 없는 그의 무력함은 생각의 마비, 의심, 자의식의 결과가 아니라 더 강력한 열정(슬픔)의 완고함으로 볼 수 있다. 슬픔은 쾌락과 삶의 오락거리, 오필리아에 대한 사랑, 자연 세계에 대한 경이로움, 무엇보다도 살해된 아버지가 갈망하는 복수와 분노, 이 모든 것에 대항한다.

애도의 앞길을 막는 이러한 다양한 유혹 속에서, 햄릿의 개인적 세계의 크기는 그가 무시하거나 심지어 느끼지 못하는 것처럼 보이는 다양한 열정적인 상태로 측정된다. 그의 상태가 긋는 명확한 선은 햄릿의 세계에 대한 정제된 정보를 보여 주는데, 이는 아우구스티누스가 영생에 대한 믿음에도 불구하고, 지상의 육신을 벗은 그의 어머니가 천국의 신 앞에서 얻은 기쁨 가득한 행복에도 불구하고, 역설적인 애도를 통해 발견한 것과 매우 유사하다.

이 명료한 세계를 통해 우리는 격렬한 상태가 보편적이거나 민주적이지 않다는 것을 알게 된다. 우리는 모든 사람이나 모든 것에 똑같이 격렬한 상태를 느끼지 않는다. 그들이 제공하는 보살핌의 혜택이 불공정하게 분배되기 때문에 격렬한 상태는 불공평하다. 철학적으로 표현하자면, 슬픔과 분노, 연민과 공포는 도덕 세계의 칸트적 특징 또는 보편적 특징이 아니다. 또한, 그러한 열정들은 상호적이지 않다. 우리는 우리를 위해 가장 크게 슬퍼해 줄 사람에 대해 별로 슬퍼하지 않을 수도 있다. 우리가 상처를 주거나 무관심한 태도를 보였을 때 가장 크게 화를 낼 사람이 우리를 무시하거나 상처를 입혔을 때 분노하지 않을 수도 있다. 공정성, 보편성, 상호성의 결핍은 열정의 근본적인 특징이며 이 때문에 열정은 이성과 구별된다.

열정은 좁은 범위의 관심을 선호하는데, 이것이 바로 우리가 말하는 개인적 세계다. 강한 의미에서 말하자면, 그것은 "세계"가 아니라, "나의 세계"라는 표현으로 우리가 의도하는 바다. 열정적인 상태들은 비상호적 친밀감이 시민적 상호성이나 상호적 친밀감보다 훨씬 더 중요하다는 것을 증명한다.

우리는 이 상황에서는 경이로움을 느끼지만, 저 상황에서는 경이로움을 느끼지 않고, 이 상황에서는 분노하지만, 저 상황에서는 분노를 느끼지 않는다. 우리는 상황에 따라 격렬한 공포 또는 가벼운 공포를 느끼고, 이 죽음에 대해서는 예상치 못한 슬픔을 느끼지만, 저 죽음에 대해서는 아무런 슬픔을 느끼지 않는다. 이러한 경험을 한 후에야 비로소 우리는 경이로움, 분노, 공포, 슬픔의 개인적인 지형을 탐색할 수 있다. 놀라움이 특히 중요한 역할을 하는 사건들을 겪음으로써 이 명료한 세계의 지형을 알게 된다. 워즈워스 시의 첫 구절 "기쁨에 놀라서"는 슬픔에 놀라서, 분노에 놀라서, 공포에 놀라서 등 가능한 모든 방향으로 확장되어야 한다. 왜냐하면 이러한 순간을 통해서만, 그 놀라움을 느낀 순간 직전까지 우리가 까맣게 몰랐던 개인적 세계가 명확하게 드러나기 때문이다.

스토아학파
슬픔과 고뇌를 연습하다

열정에 관련하여 가장 중요한 철학적 수정은 중용의 미덕을 개발한 아리스토텔레스가 아니라 자아를 인격으로 본 스토아철학이다. 분노, 슬픔, 의지, 죽음이라는 논제는 스토아철학에 자주 등장한다. 그러나 스토아주의자들은 열정을 평가절하하고 가능한 선에서 무력화시킬 목적으로 논의의 방향을 변경했으며, 스토아주의적 실천을 통해 열정을 실재하지 않는 것으로 만들 수 있다고 주장한다. 열정에 대한 스토아주의적 공격의 핵심은 슬픔이나 괴로움을 없애는 것이다. 에픽테토스는 철학자의 "진정한 과제는 삶에서 슬픔과 애도를 제거하기 위해 노력하는 것"이라고 말한다.[12]

---

[12] Epictetus, *Discourses of Epictetus*, 231.

스토아학파는 열정을 네 가지 주요 범주로 분류한다. 욕망과 공포는 미래에 일어날 일에 대한 기대적 관계로 규정한다. 쾌락 (기쁨 또는 즐거움을 뜻하는 헤도네hedoné)과 고뇌(루페lupé)는 이미 일어난 일에 대한 현재의 반응적 충동이다. 고뇌·슬픔·고통은 악의, 시기, 질투, 동정, 슬픔, 걱정, 비애, 곤혹, 정신적 고통, 짜증 등의 세분화된 반응을 포함하여 광범위한 부정적 반응의 범주를 구성한다. 스토아주의에서 가장 핵심적인 것은 애도 또는 슬픔인데, 분노의 격렬함을 가라앉힐 때에는 합법적이고 효과적이었던 치료법이 슬픔에는 별 효과가 없었기 때문이었다.

스토아주의는 반응 습관을 재훈련함으로써, 특히 놀라움과 갑작스러움의 역할을 제거함으로써 열정을 통제한다. 스토아주의가 권장하는 것은 갑작스러운 상실이나 분노의 상황이 발생하기 오래전부터 끊임없이 반응을 연습하는 것이다. 평정심은 반복을 통해, 그리고 자기 참조를 차단하기 위해 경험을 재구성하거나 경험에 다른 이름을 붙이는 실천적 행위를 통해 습득될 수 있다. 《매뉴얼》(원래 제목은 '엥케이리디온', 고대 그리스어로 '손안에 든 것'이란 뜻. 핸드북, 매뉴얼)에 담긴 에픽테토스의 조언은 경험이 타격을 입었을 때 열정적인 반응에 무감각하게 만드는 자기 준비와 경험 재구성의 전형적인 예시다.

II.

어떤 일이든 "잃어버렸다"고 말하지 말고 "돌려주었다"라고 말하라. 아이가 죽었는가? 다시 돌려준 것이다. 아내가 죽었는

가? 그녀를 돌려준 것이다. 재산을 빼앗겼는가? 이것도 돌려
준 것이 아닐까?[13]

이러한 경험의 근본적 재구성은 의지의 구성 요소를 뒤집는
것을 목표로 한다. 그 핵심은 소유에서 벗어나 경험을 재구성하
는 것이다. 이 정신적 실천을 통해 "나의" 삶이나 "나의" 자아도
자유로워질 수 있다. 열정을 침묵시킬 하나의 방법으로 의지의
영역이 축소된다. 스토아학파는 언어가 특정한 시각에서 경험
을 차단하기 위해 우리를 세계에 위치시키는 의지의 행위임을
처음으로 파악했다. 새로운 단어를 배우고 사용한다는 것은, 자
아가 삶과 교차하는 각도를 재조정하는 것이다. 경험에서 고뇌
의 주요 단어는 "상실"이다. 마르쿠스 아우렐리우스는 이 단어
를 다음과 같이 바꾼다. "상실은 다름 아닌 변화다. 이것은 전체
에 기쁨을 주는 원천이며, 상실에 따라 일어나는 모든 것은 선
하다."[14]

상실을 "변화"로 바꾸는 것은 자아의 관점을 전체 또는 자연
의 관점으로 바꾸는 것이다. 즉, 여기에서 상실된 것은 저기로
재배치된다. 물질은 결코 사라지지 않는다. 지금은 어떤 특정한
형태로 존재하지만, 다음에는 다른 형태로 존재한다. 객관적 정

[13] Epictetus, *Manual of Epictetus*, sec. 11, p. 470.
[14] Marcus Aurelius, *The Meditations* 9.35.

의 개념이 분노와 복수의 윤리를 대체하듯이, 자연의 개념과 관점은 열정을 근본적으로 단절시킨다. 무관심한 사물들에 둘러싸인 자신을 상상하면서 스토아주의가 추구하는 평정심은 열정을 희생함으로써 얻은 평온함이다. 미리 연습하고 자아를 면역해야 할 필요성은 승리할 가망이 없는 전투에 강제로 동원된 에너지를 나타낸다.

자아 중심에서 벗어나는 동시에 열정에서 벗어날 수 있도록 언어를 재구성함으로써, 스토아주의는 열정을 통해 세계가 "나의" 세계가 된다는 것을 암묵적으로 인정한다. 자아는 이것에 대한 분노, 저것에 대한 공포, 이것에 대한 희망, 저것에 대한 후회나 슬픔을 통해 자신과 관련된 거리를 구조화함으로써 자신에 집중한다. 이 소유된 세계, 즉 "내 것"으로서의 세계의 언어는 언뜻 보면 자연적이고 불가피한 경험의 언어로 보일 수 있다. 그 세계를 만드는 지각과 관점은 본능적인 것처럼 보인다. 만약 그렇다면 스토아주의적 수행은 세계의 비자연적 폭력적 탈중심화라고 할 수 있다. 물론 여기서 스토아주의는 열정으로부터 "자연적"이라는 단어를 빼앗고, 전체로서의 자연에 내재하는 명백한 법칙에 부합하지 않는다는 의미에서 일상적·개인적 세계를 "비자연적"이라고 부른다. 즉, 상실이 아니라 변화가 자연적 사실이다.

스토아철학에서 열정의 언어는 개인적 세계를 구축하기 위한 일종의 책략이다. 외부에서 볼 때, 열정에 대한 스토아주의의 공격은 인본주의와 활력적 자아(둘 다 세계의 중심임을 주장한다)의 상호의존성을 암묵적으로 긍정하는 측면이 있다. 스토아주의적 실천에서는 자아의 분열이 발생하며, 그래서 자아의 여러 측면들은 대립적 관계를 형성한다. 스토아주의에서 자아는 자기 자신임을 상기시켜야 한다. 자아는 자기 자신으로 소환되어야 한다. 자아가 되찾은 안정된 상태를 인격이라고 한다. 여기서 인격이라는 것은 만들어진 대상이며, 훈련과 철학적 교육을 통해 확립되어 철저한 관리를 통해 유지되어야 하는 어떤 것이다.[15]

마치 햄릿처럼 스토아학파는 앞에서 내가 철저함이라고 불렀던 자기동일적 존재성을 포기한다. 확고한 실체를 가진 열정의 한 측면은 자아의 철저함이다. 아킬레우스의 분노, 리어왕의 분노, 오셀로의 질투는 자아가 지체 없이 그리고 망설임 없이 자아 반경의 한계까지 홍수처럼 차오르는 상태를 말한다. 슬픔, 극한의 공포, 갑작스러운 경이로움의 철저함은 다른 모든 고려 사항이나 목표를 제쳐 두고 자아를 집어삼킴으로써 자아의 완전한 개인성을 세계의 중심에 재배치한다.

열정에 대한 스토아주의의 공격은 후반기에 이르러 외부 세계와 내부 세계를 구분하려는 더 큰 기획으로 발전했으며, 감정의 내면세계를 확장하여 사생활의 세계를 만들었다. 눈에 보이지 않는 감정들은, 그 감정을 가진 사람만이 알 수 있는 어떤 감

15 Ibid., bk. 11.

수성, 풍부한 의식을 나타낸다. 표현이 선택의 문제가 되는 경우, 각 감정은 울음을 통해 슬픔을 외적으로 표현할 때처럼 사회적일 수도 있으며, 겉으로는 아무런 변화가 없지만 그 밑에 가장 깊은 마음과 감정 상태가 존재하거나 가장 빠르게 변화할 때처럼 사적인 것일 수도 있다.

스토아 사상의 목표는 자아를 통제하는 것이다. 그러나 그에 못지않게 중요한 목표는 가장 중요한 것들이 마음의 고독 속에서 일어나도록 공적인 세계를 축소하는 것이다. 내면의 분노, 기쁨, 슬픔에 대한 단서는 말을 통해서나 몸짓을 통해서 제시되지 않는다. 그 대신에, 의식이 탄생하고 자신의 경험을 소유한 자아가 탄생한다. 한숨, 눈물, 얼굴 붉힘, 분노의 외침, 빠른 움직임, 말 등 다양한 감정적 신호들이 존재하는 소통적 공유적 영역이 후퇴하면서, 사적인 자아의 영역이 확장된다.

스토아주의와 헬레니즘 철학은 일상생활의 규범적 영역의 관점에서 사유한다. 그와 더불어 일상적 감정의 관점에서, 삶의 규칙적 조건과 경험에 대한 적절하고 합리적인 반응의 관점에서 사유한다. 스토아철학에 따르면, 합리적인 인간은 바로 이 일상생활의 영역에서 분노, 공포, 희망, 수치심, 슬픔, 애착, 즉 열정 그 자체를 통제하거나 뿌리 뽑아야 한다. 신체의 경제에서는 일상적인 신체의 균형이 규범이며, 이를 우리는 건강이라고 부른다. 반대로 그러한 신체의 경제에 생긴 문제를 열병, 질병 또는 질환이라고 부른다. 이와 마찬가지로 열정은, 우리가 넓게 말해서 경제라고 부를 수 있는 영역(전쟁, 정복, 명예의 장소가 아니라 경제로 이해되는 가족, 가구※ᄆ, 국가의 영역)에서 발생한 혼란 또는 일시적인 격렬한 변화로 생각할 수 있다.

건강 비유를 통해 우리는 건강이 진정한 의미에서 긍정적 용어가 아님을 알아야 한다. 여기서 건강은 부정의 부정, 즉 질병, 장애, 제한, 질환으로부터의 해방을 의미한다. 질병이나 질환이 없었다면 우리는 "건강"이라는 개념을 알지 못했을 것이다. 여기서 건강은 대조에 의해서가 아니라면, 아프지 않은 것에 대한 감사한 마음을 통해서가 아니라면, 그 자체로 우리가 알 수 있는 어떤 상태가 아니기 때문이다. "행복"과 "불행"은 그와 정반대다. 행복은 누구나 확인할 수 있는 진정한 의미의 긍정적인 상태이며, 불행은 그러한 상태의 결핍이다. 건강의 두드러진 이전 상태는 질병이며, 질병으로부터 "건강" 개념이 만들어진다. 사실 건강은 일상적인 신체 기능과 기분이 현 시점에서 아무런 방해를 받지 않는다는 말에 지나지 않는다.

이러한 구분이 중요한 이유는, 신체적 건강에 대한 비유, 질병으로 초래된 일시적인 건강 문제에 대한 비유가 열정에 대한 스토아철학의 핵심적 비유였기 때문이다. 만약 열정이 정상적인 기능의 결정적 요소라면, 그리고 열정의 활동을 생각하지 않고는 일상적인 기능의 진정한 모습을 알 수 없다면, 건강과 질병 모델을 소환함으로써 기이한 결과가 빚어진다는 사실이 명확해진다. 이 모델의 가장 치명적인 문제는, 행복과 달리 건강은 그 자체로 하나의 상태가 아니라 질병으로부터 역으로 구성된 하나의 부산물에 불과하다는 사실이다.

스토아철학은 열정을 이해관계로 대체한 17세기 철학을 분석한 앨버트 허시먼의 관점과 매우 유사하다. 경제를 일상생활의 행복으로 이해한 허시먼은 경제를 열정 문제를 논의해야 하는 장소로 지목한다.[16] 허시먼에 따르면, 전쟁을 중심으로 열정의 문제를 극화한 《일리아드》와는 달리, 전쟁이 아니라 평화가 중요하다. 자신의 단독성을 주장하고 옹호하는 비범한 인간 아킬레우스가 아니라, 유대-기독교 성경에 나오는 진노의 신이 아니라, 모든 윤리적·일상적 삶에 대한 필수적인 칸트적 규칙, 즉 상호성(내가 너에게 기대하는 것을 너도 나에게 기대할 수 있다)과 보편성(내가 나를 위해 주장하는 것을 다른 모든 사람에게 주장할 수 있다)을 따르는 일상적인 상황의 평범한 인간이 중요하다.

　스토아철학과 헬레니즘 철학은 열정에 대한 논의를 삶의 비극, 삶의 애착, 삶 자체에 대한 헌신보다는 자질구레한 성가신 일들로 점철된 지속적이고 평범한 삶의 조건을 중심으로 전개한다. 이처럼 일상에 주목하고 일상에서 이루어지는 공격, 혼란, 공포를 다루는 것이 맞는 것처럼 여겨진다. 왜 아킬레우스의 분노, 에이햅 선장의 복수, 기독교의 신 또는 제우스의 분노가 보여 주는 단독성이 열정에 대한 논의를 규정해야 할까? 겨울 아침에 차에 시동이 안 걸리는 사람이 논의 대상이 되면 안

---

[16] Hirschman, *The Passions and the Interests.*

되는 걸까? 아니면, 연회장에서 가장 귀중한 꽃병을 부주의하게 깨뜨린 하인을 바라보는 집주인(세네카가 《분노에 대하여》에서 언급한 예시)은 어떨까?

질투, 사회적 시기, 탐욕 또는 흠이 예로 든 새 옷을 입고 뿌듯해하는 사람을 열정을 살펴보기 위한 출발점으로 삼는 것은 합리적이고 설득력 있어 보인다. 그러나 열정이라는 주제는 아킬레우스의 분노, 전쟁터에서 적을 향해 돌진하는 병사가 느낀 죽음에 대한 공포 등 그와 정반대되는 사례를 통해 철학, 윤리학, 수사학, 심리학의 영역에 침투한다.

언뜻 보면 열정을 비판하는 사람들은 분노, 공포, 슬픔의 격렬한 또는 극단적 상태를 지적하면서, 이 모든 것이 결국 단독성(가령, 아킬레우스, 오이디푸스, 욥, 메데이아의 단독성, 그리고 거의 초인적인 상황과 차원을 보여 주는 다른 비극적·종교적 사례의 단독성) 때문이라고 말한다. 아리스토텔레스는 용기와 공포를 정의할 때 주로 사용한 전쟁과 전쟁터라는 주제가 강렬하기 때문에 열정에 대한 호메로스의 묘사가 격렬한 특징을 띠고, 그 결과 플라톤과 아리스토텔레스의 이론도 격렬함을 주로 논하는 것처럼 보인다. 전쟁과 전투가 평화와 일상적 삶과 정반대이듯, 영웅, 대장, 왕, 신과 같은 극단적이고 특수한 인물은 평범한 일상의 평범한 사람과 정반대다.

하나의 규범으로서 전쟁 상태 또는 왕과 같은 단독자는 시민권의 세계, 상호성과 보편성의 세계, 일상적 삶을 살아가는 평범한 인간의 민주적 세계에서는 그 설득력을 잃고 사라질 것이다. 한 가지만 빼고 말이다. 만약 왕, 대장, 신, 영웅과 같은 인물의 단독성이나 전쟁의 강렬함과 완결성이 극단적인 상태를 모든 상태를 다루는 핵심적 기준으로 삼겠다는 선택과 애초부터 아무런 관련이 없다면, 우리는 세 번째 가능성을 고려해야 한다. 즉, 이 단독성과 격렬함은, 각 개인의 삶 속에 존재하는 어떤 경험, 다시 말해 군주제 국가에서 왕이 수행하는 역할 또는 삶의 조건에서 전쟁이 수행하는 역할과 비슷하게 삶의 다른 모든 경험을 필연적으로 단번에 결정해 버리는 단 하나의 강렬한 경험을 대신하는 용어들이다. 그러한 경험에는 단독성과 격렬함이 수반되지 않을 수 없으며, 단독성과 격렬함만이 그러한 경험을 가장 적확하게 포착할 수 있다.

격렬한 상태를 동반한 그러한 단독성의 조건은 죽음이다. 죽음이라는 경험은 계속되는 일상의 삶에서 절대성 또는 근본적 중요성을 지닌다. 이는 마치 왕이나 신이 자신의 존재를 통해 지배하고 정의하는 세계에서 절대성 또는 근본적 중요성을 갖는 것과 흡사하다. 곧 죽는다는 것은 아무런 등가 관계가 없으며, 왕이나 신처럼 칸트적 상호성과 보편성의 적용도 받지 않는다.

군사적 업적을 쌓은 아킬레우스가 제아무리 위대하다 해도, 그는 처음부터 전투에 참여하자마자 연쇄적으로 발생하는 사건으로 인해 죽음에 이르는 사람으로 우리 마음에 각인되어 있다. 불치의 치명적인 암에 걸린 어떤 사람이 바로 오늘부터 "죽어 가고 있음"을 알게 된 것과 비슷하게, 아킬레우스도 "곧 죽을 것"이다. 이는 톨스토이의 소설《이반 일리치의 죽음》에 묘사된 상태다. 여기서 "죽음"이라는 단어는 일상적 삶을 다시는 살 수 없음을 알게 되었기 때문에 일상적 삶이 끝난 첫 순간과 몇 주 또는 몇 달 후 발생할 실제 죽음 사이의 간격을 의미한다.

극단적인 형태로 나타나는 분노, 공포, 슬픔의 격렬한 상태는 영웅, 신 또는 전쟁의 단독성보다는 죽음이라는 경험의 단독성을 중심으로 한다. 사실 셰익스피어에서 왕권이 그러하듯, 죽음이라는 핵심적 경험의 본질을 이러한 외부 조건으로 옮기기 위해서는 이러한 모든 단독성의 조건이 필요하다.

한 걸음 뒤로 물러서서 우리 세계의 핵심을 이루는 소수의 사람 중 한 명을 잃은 슬픔이나 애도를 들여다본다면, 일상의 삶에는 아킬레우스나 리어왕과 같은 분노나 전쟁터의 병사가 느끼는 공포가 전혀 존재하지 않더라도, 그래도 여전히 슬픔이라는 하나의 공통된 경험이 존재한다는 사실을 알 수 있다. 슬픔에 내재하는 극한의 격렬함은 죽음이라는 핵심적 사실을 중심으로 펼쳐지며, 다른 열정적 상태 속에 가려지고 숨겨진 죽음이라는 주제를 조명한다.

12장

활력

공포, 질투 및 기타 여러 상태의 밑바탕에 존재하는 축소, 상실, 상실의 위협으로 인해 일상의 삶에서 죽음의 경험이 예상된다면, 각 격정적 상태의 이차적 특징, 즉 죽음에 대한 예상은 그 개별적 내용이 무엇이든 격정적 상태의 가장 중요한 구조적 사실을 알려 준다. 그러한 모든 상태는 상실의 상태다.

그와 동시에, 격렬한 상태는 그 개별적 내용이 무엇이든 상관없이 흥분된 상태다. 성적 흥분 또는 경쟁적인 경주에서 경험하는 흥분 상태를 통해 공포, 수치심, 경이로움, 슬픔, 분노가 흥분 상태임을 미루어 짐작할 수 있다. 경쟁적이고 활기가 넘치는 상태를 두고서 우리는 화학적으로 "아드레날린이 넘친다"고 말한다. "아드레날린" 또는 유사신체적이지만 항상 심리적인 성적 흥분이라는 개념을 제외하고, 우리의 현대 어휘에는 활력 spiritedness을 뜻하는 일반 단어 또는 격정이나 열정적 상태로 촉발되고 정의되는 활력적 자아라는 근본적 개념을 지칭하는 일반 단어가 없다.

앞에서 우리는 상처 입은 의지의 경험에 존재하는 죽음의 모습을 살펴보았다. 두 번째 큰 주제인 활력도 이와 마찬가지로 열정과 강한 감정을 통해 경험되는데, 여기서는 특별히 흥분이 중요하다. 활력은 합리성, 욕망 또는 식욕과 동등한 중요성을 지닌 인간 경험의 경계 조건을 설정한다. 우선 그 반대 개념인 활력의 결핍을 살펴봄으로써, 이러한 흥분과 활기찬 상태를 설명할 수 있을 것이다.

현재 심리학 분류 체계에서 기분장애를 의미하는 의학용어

"기분부전증dysthymia"은 낮은 활력, 흥미 결핍, 우울증, 슬픔, 에너지 부족을 수반하는 상태로 정의된다. 똑같은 용어와 의미가 히포크라테스와 아리스토텔레스의 저작에도 등장한다. 현재 무기력한 장기간의 슬픔 또는 감정 결핍을 동반한 가벼운 증상을 가리키는 무감동증athymia도 나온다.[1] 그런데 이러한 부정적 상태의 정반대에 해당하는 단어, 즉 "유티미아euthymia" 또는 투모스thumós, 즉 강한 활력은 이제 존재하지 않는다. 이는 마치 질서라는 개념이 없는 "무질서," 쾌락이라는 바탕 개념이 없는 "불쾌," 더 정확한 표현으로 열정passion 개념이 없는 냉정dispassion의 개념과 마찬가지다.

우리 문화에는 스토아주의의 잔재가 희미한 뒷배경처럼 여전히 남아 있다. 그렇기 때문에, 열정은 부정적인 관념을 통해서만 우리에게 전달된다. "무감동"은 스토아주의적 윤리의 가장 중요한 개념으로, 2천 년이 지난 지금도 열정의 결핍 또는 열정으로부터의 해방, 에너지와 흥분의 결핍, 사물에 대한 무관심, 활동성이나 행동의 결핍 등 네 가지 요소를 하나로 묶는다. 여기서 "무감동a-pathy"의 그리스 글자 a는 무언가 결핍된 상태, 즉 열정적, 활력적, 관심 있는, 활동적 활기의 반대되는 영역, 활력 및 열정과는 정반대되는 영역을 암시한다. 무감동 개념을 통해 분명

---

[1] *Diagnostic and Statistical Manual of Mental Disorders*, 3d ed., s.v. "Dysthymic Disorder."

하게 드러나는 것은 그 반대 개념에는 강한 감정뿐만 아니라 활동, 에너지, 관심, 흥분도 포함된다는 것이다. 우리는 열정을 수동성과 동일시하거나, 행동과 열정을 상반되는 것으로 생각한다. 스토아주의의 잔재에서 벗어나지 못한 채 그렇게 주장하지만, 사실 열정은 수동적이지 않다. 열정은 매우 활동적이고, 흥분되고, 집중되고, 활력이 넘치는 내면적 삶의 영역을 말한다.

다윈은 감정을 분류하면서 슬픔, 낙담, 불안, 절망과 같은 낮은 활력으로 생성되는 감정들을 설명한다.[2] 이러한 상태의 신체적 특징, 즉 움직이지 않음에 주목할 필요가 있다. 다윈은 다음 장에서 이와 반대되는 높은 활력과 움직임과 감정(웃음, 기쁨, 사랑, 헌신)을 다룬다.[3] 현대의 의학심리학에 따르면, "무감동증"과 "기분부전증"은 멜랑콜리아를 뜻하는 단어이기도 하다. 그리스 의학에서 멜랑콜리아의 특징은 말라리아의 증상인 기력 저하, 무관심, 의기소침과 매우 흡사하다. 말라리아는 고대 세계에서 가장 큰 전염병이었는데, 이를 기반으로 멜랑콜리아는 말라리아로 인해 발생하는 "신체적·정신적 기면증과 유사한 모든 상태"에 적용되었다. 그중 한 가지 형태는 "검은 담즙(melan-cholia)"이 원인인 것으로 여겨졌다.[4] 이와 같은 멜랑콜리아의 특징은 현대 심리

---

[2] Darwin, "Low Spirits, Anxiety, Grief, Dejection, Despair," in *Expression of Emotions*, 176–95.

[3] Darwin, "Joy, High Spirits, Love, Tender Feelings, Devotion," in *Expression of Emotions*, 197–219.

[4] W.H.S. Jones, general introduction to *Hippocrates*, vol. 1, Loeb Classical Library, lvii–lviii.

학에서 가장 자주 진단되는 우울증에 대한 현대인의 관심으로 옮겨졌다. 우리는 멜랑콜리, 우울증, 불감증, 기분부전증, 무감동증의 부정적 영역에 반대되는 활기라는 용어를 무시해 왔다.

만약 호메로스, 플라톤, 아리스토텔레스가 투모스라는 단어를 사용하면서 고수했던 인식의 가닥들이 그보다 훨씬 덜 중요한 "기분부전증" 또는 "무감동증"처럼 오늘날까지 살아남았다면, 우리는 활력, 에너지, 용기, 분노, 열정에 대한 문화적·기질적 개념을 갖게 되었을 것이다. 이 개념은 우울이라는 개념을 보완하는 개념 또는 그에 반대되는 개념이었을 것이다.

아리스토텔레스가 직접 쓴 것은 아니지만, 그의 전집에 실린《문제들》(Problemata)은 우울증은 물론이고 기분부전증과 무감동증을 다룬다. 그러나 이 책에는 무엇보다도 투모스와 에우투모스,[5] 즉 활력과 높은 활력에 대한 당시로서는 가장 탁월한 설명이 등장한다. 이 책에는 "성관계 후 모든 동물은 슬프다"라는 유명한 말이 등장하는데, 여기서 쓰인 단어는 사실 아투미아 a-thumia, 즉 "낙담"이다. 낙담과 정반대되는 순간은 성관계의 흥분과 쾌락이며, 당연히 "활력"으로 부를 수 있을 것이다.

현재의 우울 이론은 지도에 더 이상 표시되지 않는 큰 강물의 작은 물줄기에 불과하며, 활력, 높은 활력, 투모스라는 누락된

---

[5] Aristotle, *Problems*, in *The Complete Works of Aristotle*, vol. 2, 30.1–14.

개념은 가장 두드러진 이론적 결핍이다. 리델과 스콧의 그리스어 사전[6]에 따르면, 그리스어 투모스는 영혼 또는 정신, 생명의 원리, 느낌, 생각을 의미한다. 이 단어는 특히 강한 감정이나 열정을 의미하며 우리가 쓰는 "마음"이라는 단어와 가장 가깝다. 그러나 우리가 마음을 주로 사랑과 애정의 자리로 생각하는 반면, 그리스어의 마음은 분노의 자리로 묘사한다. 열정이 현대에서 사랑이나 욕망과 연관되듯이, 투모스라는 단어를 경유한 열정은 분노와 불가분의 관계에 있다. 관련 단어 투모운thumoun은 화를 내거나 도발하는 것을 의미하며, 동물의 경우 사납거나 불안하거나 흉폭한 것을 의미한다.

우리가 사용하는 어휘에 짙게 드리워진 스토아주의의 그림자는 "무감동"이라는 용어, 그리고 열정을 활동적이고 활기찬 활력과 반대되는 수동성과 연결지으려는 경향에도 남아 있다. "활력"이라는 용어에서 우리는 높은 에너지, 싱그러운 젊음, 기쁨, 쾌활, 자신감, 분노하고 경쟁하려는 성향, 즐거움(걷기와 가만히 서 있기와 반대되는 움직임, 춤, 달리기, 운동경기에서 얻는)의 조합을 상상해야 한다. 그런데 이와 같은 일관된 활력의 조합은 살아남지 못했다.

지금은 사라졌지만, 이 조합은 호메로스와 플라톤에서 셰익

---

[6] *A Greek-English Lexicon*, comp. Henry George Liddell and Robert Scott (Clarendon: Oxford University Press, 1968), 809–10.

스피어에 이르기까지 여러 번 제시되고 새로 만들어졌다. 특히 셰익스피어의 희곡에 등장하는 "통통 튀는 활력skipping spirit", 즉 언어적 재치와 순발력을 갖춘 열정적 인물은 단연 최고의 조합이라고 할 만하다. 스피노자, 스탕달, 니체는 해즐릿이 사용한 "생기gusto"처럼 다양한 용어를 사용해 높은 활력을 찬양했다. 그러나 그 어떤 용어도 승리를 거둔 그 반대 용어인 우울이라는 단어의 안정성을 획득하지 못했다. 《윤리학》에서 스피노자는 근대 철학자들 가운데 유일하게 전반적인 힘의 증가에 대한 느낌, 즉 "기쁨"(라틴어로는 라에티티아Laetitia)을 최상의 상태로 삼았다. 스피노자는 플라톤이나 호메로스와 마찬가지로 힘과 능력의 철학자였기 때문이다.[7]

열정은 이성의 활동, 식욕과 욕구의 활동과 똑같이 중요한, 경험의 세 가지 결정적 특징 중 하나인데, "활력" 또는 투모스라는 용어는 내적 삶의 개념에서 옹호할 만한 것을 집약한다. 마지막 단계로, 방향을 바꾸어 격렬한 상태를 감소시키거나 주변화시키려는 시도를 통해 무엇이 걸러지는지를 면밀하게 살펴볼 수 있다.

어떤 특정한 속성만을 뽑아 이를 열정 자체의 핵심(즉, 이것만 공략하면 열정 전체가 무너지는 가장 결정적인 요소)으로 간주하고

---

[7] Spinoza, *Ethics*, pt. 4, proposition 42, p. 171.

이를 빌미 삼아 열정을 공격하는 시각을 면밀하게 관찰함으로써, 우리는 격렬한 열정의 특징을 손쉽게 일별할 수 있다. 열정의 올바른 상태가 두 극단 사이에서 중용을 택하는 것이라고 강조한 아리스토텔레스의 기계적인 시각은 공포, 분노, 슬픔, 시기의 과잉과 극단, 격렬함의 특징을 분명하게 드러낸다. 중용(또는 온건함)에 대한 세심한 주의를 촉구하는 것 자체가 문제의 본질을 드러낸다. 즉, 중용에 대한 의식적인 집중과 훈련이 부재할 때 열정적인 상태는 그 자체로 절대적이고 폭력적이다.

그러나 아리스토텔레스에게는 두 번째 적이 있었는데, 이는 그의 사상을 다룬 후대 철학자들이 관심을 두지 않았던 것이다. 가장 타락한 상태는 분노를 너무 적게 느끼거나 전혀 느끼지 않는 것, 즉 자신이나 가까운 사람들에게 일어난 잘못된 일을 명백한 불의로 인식하고 이를 다른 사람들에게 분명하게 알려야 하는데도 아무런 분노를 느끼지 않는 상태다. 많은 경우에 결함이 있는 상태는 과도한 상태보다 더 당혹스럽고 더 위험하다. 열정을 비판하는 시각에서 사용된 중용 개념은 이 두 가지 측면을 명확하게 드러낸다.

경험에 선행하는 정교한 훈련을 개발한 스토아학파는, 열정을 일으키는 갑작스럽고 예상치 못한 사건이 발생하기 훨씬 전에 이에 대응할 수 있도록 연습해야 한다고 가르친다. 아이를 보면서 "이 아이는 죽을 거야"라고 속으로 말하는 연습을 해 보라. "지난주 화재로 집을 잃었다" 또는 "전쟁에서 동생을 잃었다"라고 말하고 싶을 때마다 "돌려주었다"라는 문장을 사용하

라. 그러면 연습을 통해 "잃음"이 아닌 "돌아감"이라는 개념에 익숙해져 가까운 사람의 죽음이 슬픔과 애도를 일으키지 않게 될 것이라고 스토아학파는 주장한다. 실수로 꽃병을 깨뜨렸다고 해도 "돌려주었다"고 말하면 화가 나지 않는다.

스토아주의적 실천은 특히 이름을 바꾸는 행위를 통해 사건을 바라보는 방어적 수단을 경험에 설치한다. 이러한 스토아주의적 연습과 치료로 말미암아 두 가지 근본적인 열정의 특징이 분명하게 드러난다. 첫째, 열정은 갑작스럽고 예상치 못한 사건에 직면했을 때 특히 강렬해진다. 난데없는 일격처럼 갑자기 일어날 어떤 일을 미리 생각하는 연습을 한다는 것 자체가 그러한 일과 싸움을 벌인다는 것이며, 그와 동시에 열정이 그처럼 갑작스럽게 일어나는 것임을 증명한다. 둘째, 스토아주의에 따르면, 사물을 생각하는 수단으로서의 언어에는 이미 경험에 대한 철학이 담겨 있다. 즉, 일상 언어는 철학적으로 열정의 관점에 매몰되어 있다. 만약 우리가 "내 꽃병" 대신 "잠시 내가 빌렸고 언젠가 다시 돌려주어야 할 꽃병"이라고 말하거나, "내 아이" 대신 "잠시 내가 빌린 아이"라고 말할 수 있다면, 그리고 이러한 새로운 철학의 일상적 표현을 언어 전체로 확장한다면, 우리는 개별적인 경험을 하기에 앞서 우리의 열정을 불타오르게 하는 힘을 약화시킬 수 있을 것이다. 언어는 우리의 세계 이해를 상기시킨다. 경험에 대한 새로운 언어는 일단 적응이 완료되면 새로운 버전의 경험을 상기시키고 이를 확고하게 만들 수 있다.

그런데 스토아주의는 이 새로운 언어가 정착되지 않았을 때 어떤 일이 생길지를 깊이 생각해 보지 않았다. 많은 위선적이고 경건한 문구들은 경험에 대한 가식적인 설명, 자신들도 반신반의하는 설명으로 우리의 마음을 채운다. 결국 스토아주의는 이 공허한 언어의 가짜 세계에 기여했고, 말과 현실의 불일치라는 말기적 병폐를 떨치지 못한 채 모든 실패한 영적 혁명이 늘 그렇듯 조롱의 대상으로 전락했다.

고대 철학에서 스토아주의적 실천과 두 극단 사이의 중용이라는 아리스토텔레스적 개념이 그랬던 것처럼, 현대철학에서 스피노자와 칸트의 제안은 열정의 본질적인 특징을 부각시킨다. 《윤리학》에서 스피노자의 가장 노련한 사고실험이 우리의 주의를 끌고자 걸러 낸 것은 열정 내의 시간적 요소다.[8] 5장에서 분석했듯이, 만약 어떤 사건이 지금 일어나고 있거나, 10분 전에 일어났거나, 40년 전에 일어났거나, 지금부터 10분 후에 일어나거나, 15년 후에 일어난다는 것을 안다면, 우리는 위협적인 야생동물, 귀중한 선물, 가족의 죽음 등 어떤 사건이나 상황에 완전히 다른 방식으로 반응할 것이다. 어떤 사건을 과거의 사건, 현재의 사건, 미래의 사건이라고 설명하면서 우리가 덧붙이는 시간적 요소는 그 사건에 대한 우리의 감정을 대부분 결정한다.

스피노자는 과거든 현재든 미래든 모든 것을 알지 못하는 것

---

[8]   Spinoza, "Concerning the Power of the Intellect or Human Freedom," pt. 5 of *Ethics*, esp. pp. 213–19.

처럼 생각해 보라고 제안한다. 그 사물은 "영원의 관점에서$_{sub}$
$_{specie\ aeternitatis}$" 논의되어야 한다. 스피노자가 말한 "영원"이란 우
리가 사건의 현재로부터 벗어나 시간적 근접성 또는 원격성, 시
간적 방향을 알지 못하거나 고려하지 않는다는 사실을 의미한
다. 곧 일어날 일인가? 방금 일어난 일인가? 오래전에 일어난 일
인가? 아니면 불확실한 미래에 "언젠가" 일어날 일인가? 구체적
인 시간적 정보를 지움으로써 스피노자가 말하는 "영원"이라는
단어의 의미가 만들어진다. 영원에 대한 그의 관점은 정신적 삶
에서 열정을 지워 버린다.

과거, 현재 또는 먼 미래에 갚을 수 없는 엄청난 빚을 지거나,
30년 전, 지금 또는 30년 후에 심한 모욕을 당하거나, 10년 전, 지
금 또는 10개월 후에 슬픔과 애도에 빠져 있다고 생각해 보면, 우
리는 열정이 정교하게 만들어진 시간적 구조에 갇혀 있음을 알
수 있다. 갑자기 나타났다 희미해지는 경이로움, 불타오르다가
사그라드는 분노, 시간이 지나면 줄어드는 끔찍한 실수에 대한
수치심 등 이러한 경험은 상당 부분 시간에 얽매여 있다. 따라서
인간으로서 우리가 시간과 시간의 경과를 가장 확실하게 아는
것은 그처럼 열정이 갑자기 분출했다 사라지는 과정을 통해서다.

과거든 현재든 미래든 어떤 사건을 전혀 모르는 것처럼 생각
하는 것은 "무지의 베일"(존 롤스의 표현을 빌리자면)을 씌우는 것
이다. 그러나 그것은 자기파괴 행위나 다름없다. 왜냐하면 시간
을 제거함으로써 우리는 경험 안에서 우리를 자극하는 것의 상
당 부분을 제거한 셈이기 때문이다. 갚을 수 없는 엄청난 빚이

내가 진 빚인지 타인의 빚인지 모른다고 생각해 보라. 내가 생각하고 반응하는 것이 과연 나의 경험인지 아닌지 확실하지 않은 것처럼 모든 경험을 생각해 보라. 어떤 사건의 시간적 위치를 모른다는 것은 그 사건이 누구에게 일어난 일인지(나인지 아니면 낯선 사람인지) 모르는 것만큼이나 급진적이다.

사고실험에서 시간을 따로 떼어 놓음으로써, 스피노자는 오히려 열정 내에 정확하게 아로새겨진 시간 요소를 더 두드러지게 만든다. 스토아학파나 아리스토텔레스가 열정의 중요한 측면을 다른 방식으로 정교하게 추출했듯이, 스피노자는 열정을 공격함으로써 열정의 구조를 명확하게 밝혀낸다.

스피노자의 제안은, 종교문화에는 이미 있었던 것이지만 인간의 관점은 아니었던 어떤 경험적 입장에 의존한다. 영원의 관점에서 모든 것을 보는 것은 신이다. 이는 6장 말미에서 말했듯이 최후의 심판이라는 개념이 정의에 어떤 의미를 갖는지 생각해 보면 인간도 충분히 이해할 수 있는 조건이다. 스피노자의 사고실험은 일상적인 시간 경험과 관련하여 우리가 신과 같다고 상상할 것을 요구한다. 그러한 이유로 스피노자의 제안은 새로운 발명이라고 보기는 어렵다. 그것은 단지 종교적 우주의 한 특징을 예상치 못한 방향으로 확장한 것일 뿐이다.

세속적 문화에서 칸트의 저작은 열정에 대한 가장 강력하고 가장 견고하며 가장 설득력 있는 공격이다. 칸트는 한 개인으로서 스토아주의의 전체 역사만큼이나 많은 업적을 이루었는데, 가장 급진적인 부류의 스토아주의가 강요하는 비인간적이고 실현

불가능한 요구를 전혀 하지 않았기 때문에 가능한 일이었다.

칸트의 가장 유명한 공식은 아무런 제한이나 조건 없이 선한 것은 오직 선한 의지뿐이라는 것이다.[9] 열정은 의지 이론의 일부를 구성하므로, 선한 의지는 사실 우리가 알고 있는 의지와는 상당히 다른 것이라고 생각할 수 있다. 칸트는 선한 의지의 의미를 설명하면서 의도치 않게 열정 개념과 그가 비판하려는 활력적 자아(호메로스와 플라톤의 투모스) 개념을 명확하게 규명한다. 칸트는 운명의 선물에 대해 말하면서, "권력, 부, 명예, 건강, 그리고 '행복'이라는 이름으로 불리는 자신의 현 상태에 대한 완전한 안녕과 만족은, 마음[Gemüt]과 행동의 전체 원칙에 그것이 미치는 영향력을 교정하고 보편적 목적에 맞게 조정하는 선한 의지가 존재하지 않는다면 대담함[Mut]을 낳고 그 결과로 종종 지나친 대담함[Übermut]을 낳는다"[10]고 주장한다.

칸트가 말하는 세 가지 위험을 뜻하는 단어(Mut, Übermut, Gemüt)는 용기, 활력과 높은 활력, 마음과 정신을 뜻하는 단어로, 성급한 행동, 자신감, 공격성, 추진력, 자아 확대, 그리고 자아와 자아 확대의 에너지로 인해 "보편적 목적에 맞게 조정되지 않는" 모든 행동을 뜻한다. 칸트는 건강이나 끊임없는 행운과

---

9 Immanual Kant, "Passage from Ordinary Rational Knowledge of Morality to Philosophical," in *Groundwork of the Metaphysic of Morals*, trans. H. J. Paton (New York: Harper and Row, 1964), 61.

10 Ibid., 61.

같이 우리가 보통 그 자체로 좋다고 생각하는 많은 운명의 선물들이 중대한 영적 위험을 초래한다고 지적한다. 칸트가 보기에 이는 우리 의지의 미래 기획에 대한 지나친 자신감과 활기찬 낙관주의를 낳기 때문이다. 과거의 성공에 힘입은 이 낙관주의는 대개 인간의 의지가 세상 밖으로 나가 활동할 수 있도록 인간을 활발하고 능동적으로 만드는 원동력이다. 칸트가 여기서 말하는 것은 패배하지 않았거나 아직 굴욕을 겪지 않은 의지다.

행복은 이 중에서 으뜸이자 아리스토텔레스에게 인간 행동의 목표이지만, 칸트는 행복이 그 자체로 선하지 않고 위험하다는 점을 일찍부터 강조했다. 칸트의 윤리학 저서에서 행복은 그가 깨뜨리려고 한 우상이었으며, 칸트는 이를 의무로 대체해야 한다고 주장한다. 칸트의 목표는 자아를 지칭하는 이름으로 Gemüt(마음 또는 내면의 정신)라는 용어를 새로운 도덕적 용어 Persönlichkeit(인격성 또는 인간다움)로 대체하는 것이었다.[11] 항상 인용되는 《실천이성비판》의 마지막 페이지에 언급되듯이, 용기, 자존심, 마음, 에너지가 우리 존재를 구성하는 한, 우리의 Gemüt는 Demütigung(굴욕과 겸손의 과정)과 Kleinmut(낙심 또는 자신감 상실)에 반대되는 개념이다.[12] 적어도 마이스터 에크하르

---

[11] Immanuel Kant, "The Incentives of Pure Practical Reason," pt. 1, bk. 1, chap. 3, of *Critique of Practical Reason*, trans. Lewis White Beck (New York: Bobbs-Merrill, 1956), 89–90.

[12] Kant, *Critique of Practical Reason*, pt. 2, p. 165.

트 시대(13-14세기)부터 내면의 자아를 가리키는 일반적인 용어였던 Gemüt는 활기찬 말과 같은 활력을 가리키는데, 이는 자연스럽게 자부심, 용기, 그리고 오만과 연결되는 개념으로 이어지며 강한 활력, 즉 Hochmut 개념에서 구체화된다. 이 단어들은 확장적이고 자신감 넘치며 고집스럽고 어느 정도는 열렬하고 열정적인 내면의 삶에 관한 긍정적인 설명들을 한데 모아 놓았다.

칸트의 새로운 용어 "인격성"은 명확하고 구체적으로 도덕적 자아 그리고 분열된 자아를 의미한다. 도덕법과 연결되어 있고 의무와 존중을 중시하는 인격성은 성향과 욕망과 긴장 관계에 놓여 있다. 인격성은 자기지향적 의지와의 갈등에만 바탕을 두지 않으며, 자신의 이익과 자기애에 몰두하는 자아 개념의 굴욕을 받아들임으로써 시작된다. 열정은 철저함의 표시다. 반대로 "인격성"이라는 용어는 유한하고 불완전한 자아에 초점을 맞추며, 자아가 욕망, 행복, 성향, 자기애에 지배되는 한, 그 자아로부터 거리를 둔다는 점을 강조한다. 인격성은 또한 도덕법과의 자발적 또는 자연적 관계로부터 분리되어 있다. 인격성은 명령되어야 하므로 의무에 묶여 있다. 인격성이 명령되어야 하는 이유는 그것이 결코 도덕법과 자연적으로 연관되지 않는다는 사실에 있다. 칸트에 따르면, "인격성 개념은 존경심[Achtung]을 일깨우며, 높은 소명을 추구하는 인간 본성의 숭고함을 눈앞에 보여 준다. 그와 동시에 인격성은 우리의 행위가 그에 미치지 못한다는 사실을 보여 줌으로써 우리의 자만심을 무너뜨린다."[13]

《실천이성비판》의 주된 공격 대상은 행복의 도덕적 가치이며, 아리스토텔레스부터 훗날 공리주의에 이르기까지 행복에 기초한 모든 윤리다. 칸트에게 행복은 우리의 욕망 체계, 성향 (습관적 욕망), 공포(혐오)의 차원에서만 존재의 목표다. "행복하다는 것은 이성적이면서 유한한 모든 존재자의 욕망이며, 욕망의 기능을 규정하는 불가피한 요인이다. 존재에 대한 만족은 우리의 자족에 대한 의식을 전제로 하는 날 때부터 가진 소유물 또는 행복이 아니라, 욕구를 가진 존재로서의 유한한 본성이 우리에게 부과하는 문제이다."[14] 칸트는 우리의 도덕적 목표는 행복해지는 것이 아니라 행복할 만큼 가치 있는 존재가 되는 것이라고 말함으로써 행복 개념의 역사 전체를 재구성한다. 그는 다음과 같이 말한다. "이성적이고 불편부당한 사유는 순수하고 선한 의지의 손길이 닿지 않은 어떤 존재의 끊임없는 번영을 결코 승인할 수 없다. 따라서, 선한 의지는 우리가 행복할 만큼 가치 있는 존재가 되기 위한 필수 불가결한 조건으로 보인다."[15]

13   Ibid., 90.
14   Ibid., 24.
15   Kant, *Groundwork*, 61.

존경과 굴욕의 감정

칸트는 도덕법칙에 대한 존경 또는 경외심(Achtung)의 경험을 유일한 도덕적 감정으로 간주한다. 즉, 그것은 인간의 본성을 행복을 지향하는 단순한 성향들의 집합이 아니라 "인격성"으로 정의하는 유일한 감정이다. 칸트에 따르면, 그가 인정한 유일한 도덕적 열정인 존경은 경이로움 및 감탄과 관련이 있다.

칸트의 도덕 체계에서 존경(Achtung)은 플라톤의 분노(thumós)나 데카르트의 경이(L'Admiration)와 같은 독특한 위치를 차지한다. 존경과 그에 상응하는 개념인 Demütigung(겸손 또는 굴욕), 즉 자만 · 자기애 · 교만에 파괴적인 타격을 입히는 굴욕은 도덕적 정체성, 세계에서의 위치, 자아에 대한 칸트의 새로운 용어 "인격성 personhood"을 구성하는 요소다. 데카르트적 인간이 무언가를 배우고 플라톤의 분노하는 인간이 정의를 추구하듯이, 여기서 도덕법에 대한 존경과 그에 따르는 자아의 겸손은 열정을 누그러뜨리는 핵심적 경험이다. "존경[Achtung]은 정확하게 말해서 나의 자기애를 파괴하는 가치에 대한 인식이다."[16]

비록 핵심을 차지하는 mut가 영어 단어 "용기"를 뜻하고 Gemüt는 정신 또는 마음이지만, Demütigung은 "의기소침dispiriting"보

---

[16] Ibid., 69.

다 훨씬 더 강한 단어다. 마찬가지로 영어의 "낙담disheartened"이라는 단어는 독일어 Demütigung에 비해 너무 순한 표현이다. 이 독일어 단어는 의기소침, 낙심, 초라함, 온유함, 복종, 비천함 등 자만이나 자존감과 정반대되는 모든 의미를 담고 있다. sich demütigen은 겸손하다, 엎드리다, 자신을 낮추다, 비하하다, 비굴하다, 복종하다라는 뜻이다. 칸트가 승인하고 선택한 이 감정은 강력하고 쓰디쓴 약이다.

허시먼이 경제 중심 문화의 탐욕을 다른 모든 열정을 무찌르는 열정, 이익을 목적으로 모든 열정을 길들이는 단 하나의 열정으로 내세웠듯이, 칸트는 열정, 욕망, 성향을 제거하는 치료법을 이성에서 찾지 않고 굴욕이라는 열정적 상태에서 찾았다. 칸트는 자기애, 자만, 자기 긍정 또는 개인적 행복 추구에 기초한 다른 모든 격렬한 상태를 파괴한다는 이유로 굴욕을 긍정한다. 도덕법은 우리의 자만심을 낮추고 굴욕감을 준다. 도덕법은 활력적 자아의 자기 확장에 제동을 걸고, 자아를 에너지와 자신감으로 정의하는 행위의 가치를 부정한다.

도덕적 용어인 "존경" 또는 "경외심(Achtung)"은 경이로움(Bewunderung)의 열정에서 파생된 것이면서, 그 경이로움을 왜곡한다. 두 열정은 위를 바라본다. 그리고 두 열정 모두 규범과 예외라는 고도의 지적인 관념, 자아 외부의 무언가에 대한 즐거움과 매혹을 표현한다. 경외, 경이로움, 사랑은 자아 외부에 있는 사람 또는 사물의 가치가, 외부의 힘에 좌우되는 바로 그 자아와 같은 정도로 중요하다고 경험되는 열정이다. 칸트에게 존경 또는 경외심은《실천이성비판》의 중요한 세 번째 장에 언급된 경이로움을 통해 정의된다.

"존경은 항상 사람에게만 적용되며 사물에는 적용되지 않는다. 사물들은 성향을 불러일으킬 수 있으며, 만약 동물(말, 개 등)이라면 사랑을, 바다, 화산, 맹수라면 공포까지 일으킬 수도 있다. 그러나 결코 존경심을 불러일으킬 수는 없다. 이 감정에 비교적 가까운 것은 감탄[경이]이다. 이것은 경탄의 감정으로서 높은 산, 천체의 크기, 수량, 거리, 많은 동물들의 엄청난 힘과 신속함 등과 같은 것들을 지칭할 수도 있다. 그러나 이 모든 것은 존경이 아니다."[17]

최고의 도덕적 모범에서 발견되는 도덕적 의로움만이 경외와 존경을 유도해 내고 심지어 요구한다. 마르틴 루터 또는 우리 시대에는 간디가 그 예가 될 수 있다. 그러나 칸트는 전통적으로 경이로움을 일으킨다고 알려진 숭고하고 강력한 예들을 거쳐 이러한 정의에 도달한다. 그의 도덕 개념인 존경은 일종의 경이로움을 도덕화한 것인데, 그 연원은 경이로움의 미적·지적 요소에서, 놀라움과 갑작스러움에서, 그리고 자연적으로 발생한 경이로움을 느낄 때 의지가 깜짝 놀라는 순간에서 찾을 수 있다.

칸트의 모든 저작에서 가장 유명하고 가장 감동적인 부분

[17] Kant, *Critique of Practical Reason*, 77.

인《실천이성비판》의 결론은 경이로움과 새로운 용어인 존경(Achtung)을 명확하게 연결지어 설명한다. 이 부분에서 칸트는 데카르트에게서 발견되는 경이로움이라는 오래된 과학적 경험에 대한 근원적 후속 경험으로 존경과 겸손을 제시한다. 이어지는 구절에서 칸트는 자신을 뉴턴과 나란히 배치한다. 우주의 질서 정연한 이미지는 뉴턴에 의해 이미 제시되어 있다. 이제 칸트는 이와 비슷한 방식으로 우리 안에 있는 도덕적 우주의 질서와 그 단순한 기본 법칙을 추가하기만 하면 된다.

내 위의 별이 빛나는 하늘과 내 안의 도덕적 법칙, 이 두 가지는 우리가 더 자주 그리고 더 꾸준히 생각할수록 점점 새롭고 점점 더 커지는 감탄과 경외감으로 마음을 채운다. 나는 단지 그것들을 추측하고, 어둠 속에 가려진 것처럼 또는 지평선 너머의 초월적 영역에서 그것들을 찾지 않는다: 나는 그것들을 눈앞에서 보고, 그것들을 나의 실존 의식과 직접적으로 연결한다. 전자는 외적 감각 세계에서 내가 차지한 위치에서 시작되며, 내가 서 있는 그 연결점을 세계 위의 세계들, 천체 중의 천체를 넘어 무한한 규모의 세계로, 그리고 그들의 주기적 운동, 시작과 지속의 무한한 시간으로 확장한다. 후자는 나의 보이지 않는 자아, 나의 인격성에서 시작하여 참된 무한성을 갖고 있지만, 지성만이 이해할 수 있는 세계에서 나를 보여 준다. 즉, 나는 이 세계와 보편적 필연적 관계(첫 번째 경우처럼 우연적인 것이 아닌)를 맺고 있는, 그럼으로써 다른 모든 가시적 세계와 관계를 맺고 있는 나의 존재

를 인식한다. 무수히 많은 세계에 대한 전자의 견해는 동물적 피
조물로서의 나의 중요성을 없애 버린다. 동물적 피조물은 그것
을 구성하는 물질, 잠시 생명력을 부여받은(어떻게 그렇게 된 것
인지 모르지만) 물질을 지구(우주의 작은 점)에 돌려주어야 한다.
반대로 후자는 나의 인격성에 의해 지성적 존재로서 나의 가치
를 무한히 높여 주는데, 여기서 도덕법칙은 모든 동물성과 심지
어 감각의 세계 전체로부터 독립된 하나의 삶을 드러낸다. 적어
도 이 법칙이 나의 존재에 부여한 합목적적 목적지, 즉 이 삶의
조건과 한계에 제한되지 않고 무한하게 뻗어 나가는 목적지로부
터 추정할 수 있는 한도 내에서는 그렇다.[18]

여기서 칸트는 무한한 공간 위에 중첩된 수많은 세계와 유희
하면서 자신의 몸을 구성하는 것이 아주 작은 물질에 지나지 않
음을 깨달았던 파스칼의 주제에 변경을 가한다. 전통적인 지적
경이로움의 가시적 세계, 즉 별이 빛나는 하늘은 비가시적이지
만 필연적인 도덕법칙의 도덕적 우주보다 중요하지 않다. 칸트
에게 이 작은 행성, 그보다 더 작은 내 몸이 속한 이 우주의 우연
성은, 모든 법칙 중에서도 형식적 법칙의 필연성, 즉 내가 행동
할 때 항상 모든 이성적 피조물에게 동일하게 적용되는 행동 원

---

[18] Ibid., 166.

칙에 의지하는 것처럼 행동해야 한다는 필연성보다 열등하다.

독일어로 된 칸트의 단락은 두 가지 요소가 단지 정신만이 아니라 마음(Gemüt)을 경외심과 존경으로 채운다고 말한다. 칸트가 도덕률에 대한 인격성의 자발적인 반응으로 정의한 경외와 존경(Achtung)은, 우리가 얼마나 도덕률에 미치지 못하는지를 기억했을 때 우리를 의기소침하게 만들고 낙담하게 만드는 굴욕감(Demütigung)을 그 이차적인 효과로 만들어 낸다. 경이로움은 분노나 용기와 마찬가지로 정신에 생기를 불어넣고 고양시킨다. 경이로움은 취하게 한다. 존중과 경외심은 자존감을 떨어뜨리고 겸손하게 한다.

별이 빛나는 하늘에서 도덕법으로의 칸트적 이행은, 자아의 새로운 용어인 인격성과 더불어 현대 도덕적 삶의 엄숙함 안으로 수용된 차분하고 사려 깊은 복종을 통해 경이로움의 경험을 도덕화하고 그 환희의 기분을 깨뜨린다. 칸트가 그 유명한 결론에서 찬양한 것이 바로 이것이다.

도덕 저술에서 실천적 이성에 몰입한 나머지, 칸트가 감정을 위해 남긴 공간은 협소하고 특이하다. 그의 언어는 욕망의 체계, 충동, 그가 성향이라고 부르는 고착된 욕망을 겨냥한다. 칸트 도덕철학의 주제는 선한 의지이기 때문에, 그는 행복을 추구하는 자아를 설명하는 용어로 "충동"과 "성향"을 사용한다. 만족감을 얻은 개인적 성향의 체계가 곧 행복일 것이다. 이와 반대로 칸트는 엄격한 도덕법칙의 세계, 그 법칙에 대한 복종, 정언명령, 강력하고 명료한 의무 개념(Pflicht), 그리고 법에 대한, 그리

고 도덕적으로 모범적인 사람에 대한 존경 또는 경외심(Achtung)
이라는 단 하나의 도덕적 감정을 내세운다.

칸트는 그 외의 모든 감정을 병리적 감정으로 분류한다. 예를
들어, 자극이나 동기를 언급하면서 공감과 자기애를 모두 병리
적 자극이라고 부른다. 18세기적 의미의 자비도 일종의 병리적
자극일 것이다. 칸트는 신을 사랑하라는 계명을 언급하면서 "신
은 감각의 대상이 아니므로" 그것은 성향(병리적 사랑)이 아니라
고 말한다. 흄이 교만이라고 불렀을 자기애의 영역은 병적이라
는 새로운 개념으로 무시된다.[19]

"이제 자기애의 모든 것은 성향에 속하며 모든 성향은 감정에
기반한다: 그러므로 자기애의 모든 성향을 [존경이 그러하듯] 억
제하는 것은 그 사실로 인해 필연적으로 감정에 영향을 미친다.
감정에 대한 부정적인 영향(불쾌감)은 감정에 영향을 미치는 모
든 요소들과 마찬가지로 병리적이다."[20] 칸트는 네 이웃을 네 몸
과 같이 사랑하라는 성경의 명령을 다음과 같이 해석한다.

　　이웃은 물론 심지어 원수까지 사랑하라는 성경 구절을 이러한
　　의미로 이해해야 한다는 것은 의심의 여지가 없다. 왜냐하면 성
　　향에서 우러나오는 사랑은 명령할 수 없기 때문이다. 그러나 의

19　Ibid., 86.
20　Ibid., 77–78.

무감으로 베푼 친절은 (어떤 성향도 우리를 강제할 수는 없지만, 그리고 자연적이고 통제할 수 없는 성향이 우리를 가로막는다 해도) 병적인 사랑이 아니라 실제적인 사랑이며, 감정의 경향이 아니라 의지 안에 있고 마음을 녹이는 연민이 아니라 행동 원칙 안에 있다. 이 실제적인 사랑만이 명령될 수 있다.[21]

이것은 단순한 병리적 사랑보다, 명령을 받고 행하는 마지못한 사랑이 더 고귀한, 즉 도덕적으로 더 높은 가치를 지닌 것으로 보이게 만드는 이상한 특징을 드러낸다. 감정, 심지어 공감과 연민의 감정에서 비롯되는, 자유롭게 느끼고 베푸는 사랑은 도덕적 가치가 없다. 칸트는 항상 공감과 연민이, 성향이나 느낌이 아니라 오직 의무에만 속하는 이러한 가치를 주장할 권리가 있는 것처럼 보이기 위해 위장하고 있다고 말한다.

오직 타인에 대한 존경, 도덕법칙에 대한 존경(Achtung)과 그에 상응하는 굴욕감(Demütigung)만이 이러한 병리적 특성에서 제외된다. 칸트는 존경 또는 경외심을 "어떤 병리적 감정과도 비교할 수 없는 단일한 감정"[22]이라고 부른다. 이와 같은 이성의 세계에서 "병리적"이라는 용어는 열정의 최종 안식처다. 플라톤, 아리스토텔레스, 스토아학파, 데카르트, 스피노자, 홉스, 흄에

---

[21] Kant, *Groundwork*, 67.
[22] Kant, *Critique of Practical Reason*, 79.

게서 볼 수 있는 열정의 체계도 이와 마찬가지다. 선한 의지에 대한 엄격한 도덕적 설명을 고수하고자, 칸트는 원초적 의지의 요소인 열정을 옆으로 제쳐 놓고, 의지가 스스로 만들었지만 모든 인간에게 보편적으로 적용되는 법칙에 복종하는 의지의 숭고한 자유와 종속을 추출했다.

이처럼 칸트를 한번 살펴보고 나면, 단독성, 극단적 개인주의, 고유의 주장, 군주제 국가에서 오직 한 사람만이 갖는 암묵적 유일성, 모든 사회적 주장을 무시하는 유예된 상호성과 관련하여 내가 제시한 열정의 모습은 확실히 너무 협소하다. 이러한 용어들은 단 한 사람의 세계(화난 사람, 공포나 슬픔에 빠진 사람)와 타인의 주장이 나의 주장과 동등하게 고려되는 사회적 세계 사이의 대립을 상상한다. 이 사회적 세계는 법정에서처럼 중립적이고 객관적인 제삼자에게 주장을 맡김으로써 주장을 객관화한다. 사회적 세계의 가장 두드러진 특징은 상호성이다. 그러한 상호성에는 거래가 포함된다. 즉, 내가 이렇게 하도록 해 주면 너도 그렇게 하도록 해 주겠다는 것이다. 거래에서 두 행위가 반드시 같을 필요는 없다. 그러나 양쪽 모두 이익을 얻고 계약이 공정하다고 생각한다. 이것이 공정함을 특징으로 하는 윤리적 세계의 의미다. 타자와 구별되는 개별적 개인은 남아 있지만, 모두가 중요하다. 열정의 군주적 세계에서는 많은 개인이 존재하지만, 오직 한 사람만이 중요하다.

칸트가 나의 행동은 항상 모든 사람에게 적용되는 하나의 실천 원칙이 되는 한에서만 행동해야 한다고 말할 때, 그는 공정성과 상호성을 훨씬 뛰어넘는 무언가를 요구한다. 그의 요구는 보편화해야 한다는 것이다. 보편화할 때 나는 내 개인의 의지를 지워 버린다. 도덕법칙에서, 모든 선한 의지는 다른 모든 선한 의지와 동일해야 한다. 개별적인 개인은 도덕법칙에 미치지 못하는 경우를 제외하고는 중요하지 않다.

　일상적으로 우리는 의지를 개인성의 본질로 본다. 이 일을 의지하거나 저 일을 거부함으로써 나는 나 자신을 정의한다. 나의 고유성은 내가 평생에 걸쳐 의지를 갖고 했던 행위 및 거부했던 행위와 연결되어 있다. 추정컨대, 이와 같은 일련의 행위는 다른 사람의 행위와 전혀 다를 것이다. 바로 그 지점에 우리의 개성이 존재하며, 거기에서 본질적으로 우리의 고유한 정체성이 발원한다. 바로 그 지점에서 우리는 또한 우리 자신의 의지적 행위의 역사를 상기하면서 우리의 정체성을 알게 된다. 그런데 이때 칸트는 보편적 자세를 강요한다. 행동하려면 우리는 모든 인류를 위해 영원히 이 행위를 선택해야 한다. 우리는 이제 각 행위를 의지하는 바로 그 순간, 그 행위의 고유성과 자아 본질이라는 측면이 폐지된 것으로 간주한다. 왜냐하면 우리는 자아 본질이 다른 사람과의 차이를 의미한다고 생각하기 때문이다. 의지적 행위는 욕망의 총합 또는 결정 요인의 집합, 즉 나에 대한 외적 사실보다 더 상위에 있는 자아 개념이다. 칸트는 이 상위의 고유성을 취소하는데, 내가 의지하는 모든 행위를 보편화한다는 명목으로 그렇게 한다.

　앞부분에서 나는 열정이 상호성을 취소한다는 점에서 단독성을 가진다고 말했다. 열정은 질투하는 남자의 질투와 미란다의 경이로움처럼 세상에 대한 단 하나의 설명, 단 하나의 정신을 내세우기 때문에 군주적이다. 아킬레우스의 분노가 트로이 성벽을 에워싼 그리스 연합군의 일상적 활동을 방해하듯, 열정은 일상적인 사회적 관계의 세계를 방해한다. 나중에 파트로클로스에 대한 아킬레우스의 애도는 이전에 그의 분노가 그랬던 것처럼 모든 일상적 관계를 중단시킨다. 애도, 질투, 공포, 분노는 한 개인의 절대적인 권리를 주장함으로써 모든 유대관계를 철회하고 타인과의 교류를 취소하는 격정의 대표적인 예다.

만약 우리가 헬레니즘과 기독교의 의지 개념을 개인성, 책임, 자아 본질, 도덕적 삶에 대한 현대적 관념으로 나아가는 중요한 단계로 생각한다면, 칸트의 범주적 정언명령에서 의지 개념의 위치는 놀랄 만하다. 의지의 자유 개념에서 확인되는 의지의 개인주의 측면에서, 열정의 개인주의 측면에서 그렇다는 말이다. 여기서 열정의 개인주의는 분노, 질투, 슬픔, 공포(이 열정들도 사회적 삶의 바깥에 그리고 그전에 존재하는 뚜렷한 자아관을 규정한다)의 순간과 완전하고 철저하게 일치한다는 것을 의미한다. 칸트는, 내가 선택하고 의지를 행사하는 모든 경우에 마치 나의 행동이 다른 모든 이성적 피조물에게도 똑같이 적용되는 준칙 또는 법칙을 만드는 것처럼 행동해야 한다는 원칙 또는 계명을 근본적인 도덕법칙으로 만든다. 나는 예외라고 주장할 수도 없고, 이 상황이 예외적이라고 주장할 수도 없다.

이 규칙에서 개인의 의지는 더 이상 존재하지 않는다. 우리는 항상 인류 전체를 위해 의지하며, 이는 모든 시대에 똑같이 적용된다. 의지는 보편화되고 사회화된다. 모든 행위는 다른 모든 사람을 의식함으로써만 이루어진다. 홀로 행동하는 것은 상상할 수 없다. 여기서 다른 모든 사람은 수치심 문화에서처럼 단순히 우리의 의지와 그 행위를 바라보는 관찰자로 여겨지지 않는다. 개인으로서 우리는, 양심의 문화에서 우리의 행위를 스스로 관찰하는 관찰자로 여겨진다. 다른 모든 사람은 우리의 행동을 통해 교훈을 얻으며, 모든 행동은 교육적인 것이 된다. 모든 행위에서 우리는 다른 모든 사람의 행위를 고려한다. 칸트가 말했듯이 "이처럼 이성은, 보편적 법칙을 만드는 의지의 모든 준칙을 다른 모든 의지와 자신을 향한 모든 행동과 관련시킨다."[23]

칸트의 도덕법칙은, 우리가 이 법칙을 준수한다면 다른 모든 사람과 마찬가지로 모범적인 삶을 살게 될 것이기 때문에 모든 개인성이 문제적이라고 생각하지 않을 수 없다. 매 순간 다른 모든 사람을 위해 기꺼이 행동한다면, 우리는 이 도덕적 표준에 미치지 못하는 명백한 실패를 제외하고는 똑같아질 것이다. 칸트는 의지를 이용하여 공유된 인간성 개념을 만들었다. 현재와 미래의 모든 경험에서, 모든 개인의 의지는 모든 사람의 의지가 모여 이루어진 의지의 집단적 그물망에 가두어진다. "나는 내

---

[23] Kant, *Groundwork*, 102.

행위의 준칙이 보편적 법칙이 될 수 있도록 의지하는will 경우를 제외하고는 절대로 행동하지 말아야 한다."[24]

[24] Ibid., 70.

13장

결론

우리의 법률 체계에서 객관성과 비인격적인 체계적 정의가 성공을 거둔 것은 당연히 좋은 일이지만, 분노와 열정적 정신을 패퇴시켜서 얻은 문명적 성취에는 대가와 손실이 따른다. 성공에 도취한 나머지 이 부분을 간과할 수 있다.

복수에 대한 비인격적 정의의 승리 이외에도, 개인적 세계를 부정하는 객관화가 승리한 사례는 매우 많다. 상호성과 보편성이라는 칸트의 윤리적 이상, 스토아주의와 롤스의 《정의론》에서 발견되는 합리적 인생 계획 개념, 순간적으로 강하게 느껴지는 어느 하나의 열정에 따라 행동하지 말고 성향을 통합하여 행동해야 한다는 칸트의 요구, 앨버트 허시먼이 열정의 뒤를 잇는 핵심적 주제라고 주장한 다양한 이익 개념, 미래 시간의 모든 단위가 동일한 가치를 갖는다는 합리적 선택이론의 전제—이 모든 것은 열정 없는 세계, 즉 나의 세계 또는 너의 세계와 대비되는 일반 세계의 구조를 지탱하는 기둥과 대들보들이다. 열정이 제거된 현대철학과 문화의 세계는 막스 베버가 말한 저 유명한 "세계의 탈주술화"만큼이나 강력하고 두드러진 결과를 초래한다.

거의 비인간적인 객관성을 요구하는 몇 가지 극단적인 제안들이 실패했다고 해서 비인격화된 이론(다른 것으로 대체 가능한)이 큰 성공을 거두었으며, 그 이론의 목표를 달성해야 한다는 지속적인 압력이 있다는 사실이 감추어져서는 안 된다. 스토아주의는 심오한 자연 개념, 법칙에 따른 장기적 과정, 상실을 변화로 재상상해 보는 연습을 제시했지만 승리하지 못했다. 스피노자는 모든 사건을 이미 오래전에 일어난 일인지, 방금 일어난 일인지, 지금 진행 중인 일인지, 곧 일어날 일인지, 먼 미래에 발생할 일인지 알지 못하는 것처럼 생각하자고 제안했지만 성공하지 못했다. 그는 우리가 이런 식으로 사건을 상상할 수 있다면 열정이 경험에서 사라질 것이라고 믿었다. 그러면 우리 모두는 미미하고 순전히 부정적인 방식이지만 신처럼 될 수 있고, 그럼으로써 우리 자신의 경험을 영원의 관점에서 바라볼 수 있게 될 것이다. 이는 경험이 과거인지 현재인지 미래인지 알 수 없음으로써 가능해진다.

스피노자의 사고실험과 자연에 대하여 프레임을 전환하라는 스토아철학의 제안(나 자신을 부분으로만 간주하고 전체로 간주하지 말라는 제안)은 인간 경험의 조건들을 너무나 철저히 지워 버려서 그 조건들은 이제 이 경로를 따라 얼마나 멀리까지 갈 수 있는지를 나타내는 단순한 지표로만 존재한다는 것을 암시한다. 그 누구도 그 조건들을 시간 속에서 살아가는 삶의 방식으로 삼을 수 없다.

그러나 최근 존 롤스의 무지의 베일, 즉 어떤 삶이 우리의 삶인지 알지 못한 채 삶에 대해 선택해 보는 시도, 그리고 시간을 미래에만 적용함으로써 스피노자의 시간에 대한 무지의 베일을 부분적으로 구현하려는 합리적 선택이론은 칸트 이후 세계의 지평선을 더 멀리 확장시켰다. 앨버트 허시먼의 복수형 용어인 "이해관계들"을 정치집단이나 행위자의 다양한 이해관계가 아닌 개인에게 다시 적용하면, 우리는 매번 행동할 때마다 우리의 다양한 이해관계들을 통합해야 한다. 이는 칸트가 하나의 성향 또는 하나의 감정이 아니라 정당한 비율과 가중치를 적용하여 모든 성향을 통합하는 것만이 올바른 행동의 동기가 되어야 한다고 주장한 것과 유사하다. 칸트에게 감정은 시간적으로 국소적이고 그 강도는 극단적이며, 미래에 대한 관념에 따라 최적의 만족 조합을 위해 욕망과 성향을 통합하는 계획적 자아를 파괴한다. 어떤 의미에서 이해관계들은 본질적으로 복수적複數的이다. 그러나 열정은 본질적으로 한 번에 하나씩, 단수적單數的으로, 일정한 시간 동안 발생하는 것으로 생각해야 한다. 열정은 최상의 결과를 얻기 위한 통합이나 조합을 통한 타협에 굴복하지 않는다.

이 공유된 세계의 건설로 인해, 개인적인 세계(일반적인 의미의 세계가 아니라 나의 세계)는 실제 세계(객관적이고 공유된 세계)로부터 역으로 만들어진 것에 불과한 것처럼 보인다. 복수를 추구하는 에이햅 선장은 공동의 이익을 위해 여러 사람이 투자하고 만들어 운영하는 배라는 공동의 세계를 강제로 빼앗아, 분노에 찬 복수라는 개인적인 환상을 위해 이용한다. 배와 포경이라는 공동의 세계는 시간적으로 볼 때 그 세계가 납치되어 에이햅의 세계로 불릴 수밖에 없는 하나의 열정에 종속되어 무장武裝을 갖춘 도구로 전환되기 이전의 세계를 말한다. 시간 속에서 펼쳐지는 개인적인, 집중된 세계는《모비 딕》에서처럼 이 강력한, 공유된 세계로부터의 일탈 또는 변형에 불과한 것으로 보일 수 있다.

내가 말하는 슬픔, 분노, 공포, 수치, 기쁨과 같은 열정은 시간적 경험의 순간들이 합리적인 삶의 계획과 같은 통합적 행위에 선행한다고 주장한다. 그러한 열정들은 시간 속에서 펼쳐지는 삶의 특징적 현실을 고집한다. 과거, 현재, 미래, 가까운 과거, 임박한 미래 등 시간의 각 부분은 시간의 객관적 추상화에 종속되거나 그와 섞여서는 안 되는 것들이다. 열정, 특히 분노는 함께 시간을 살아가는 사람들 사이에서 지속적으로 반복되는 행동으로 구성된, 국지적이고 일상적인 상처와 보복의 넓은 영역을 고집한다. 분노는 자아의 경계에 대한 전투적 태도로 볼 수 있는데, 분노의 일부분은 우리의 비인격적 법체계가 다루는 중대 범죄와 손실을 포함하기는 한다. 그러나 그러한 중대 범죄와 손실은 의지에 대한 모욕의 한 종류, 자존감의 경계를 축소하는 한 가지 유형의 행위에 불과하다.

분노를 통해 우리는 슬픔, 공포, 수치심 등 다른 많은 열정에서 축소가 수행하는 역할을 집중적으로 조명할 수 있다. 분노를 통해 우리는 열정이 의지, 의지의 경계, 유한하지만 그 한계가 불명확한 의지의 반경이라는 주제와 명확하게 연결되어 있다는 사실을 알 수 있다. 그와 더불어 의지에 가해진 작은 크기의 상처가 예비적으로 죽음을 경험하는 일상의 순간들에 연결되어 있으며, 기저에 흐르는 일깨워진 죽음의 기억으로 인해 각 열정의 에너지가 더욱 증폭된다는 사실을 깨닫는다. 분노와 활력적 자아라는 개념으로, 열정에 관한 관심 그리고 열정을 통해 일깨워진 시간적 경험이라는 내적 주제가 비로소 가능해졌다.

역사적으로 어떠한 열정도 열정에 대한 회의와 적대감을 막을 수 없었다. 그렇지만, (우리가 아무리 분노, 공포, 연민, 수치, 시기를 폄훼하고자 하더라도) 애도의 타협할 수 없는 정당성은 개인적 세계의 주장을 다시 내세울 것이다. 이 개인적 세계는 그 갑작스러운 죽음이 한낱 뉴스거리 또는 하나의 사실에 불과한 어떤 사람과 내가 그 죽음을 마음속 깊이 슬퍼하고 애도하는 사람의 엄연한 차이를 통해 명백하게 드러난다. 이를 통해 우리는 그들의 죽음이 나의 세계를 축소시킨다는 점, 예상했든 예상하지 않았든 어떤 사람의 죽음(모든 죽음이 아니라)이 애도를 불러일으킨다는 사실로 인해 나의 세계가 나의 세계로 인지된다는 점을 명확하게 알 수 있다. 모든 상실, 모든 죽음은 인구조사 집계로 이해되는 객관적 세계를 축소시킨다. 오직 몇 사람만이 나의 세계를 축소하거나, 어떤 경우 거의 무의 상태로 만들어 버린다. "모든 이의 죽음은 나를 축소시킨다"는 존 던의 유명한 그러나 잘못된 주장은 이성의 가르침을 따르지만, 슬픔의 가르침에는 부합하지 않는다. "모든 이의 죽음"이라는 구절은 일부, 오직 일부의 죽음만이 (나의 죽음이 아무리 먼 미래에 일어나더라도 그 죽음을 예견하는 방식으로) 내 자아의 축소감을 초래한다는 비보편적이고 불공정하지만 중요한 사실을 간과한다.

열정은 일반 세계보다 나만의 세계가 더 중요하다는, 우리 안에 존재하는 증거다. 바로 그 이유로 인해, 열정은 세상이 비싼 대가를 치르지만 효과는 미미한, 어떤 필연적인 희생을 통해 존재한다는 사실을 보여 주며, 열정의 에너지를 꺾어 버리고, 각 개인이 활력 넘치는 시간적 존재라는 생각도 무력화시키는 탁월하고 효과적인 기법을 통해 단계적으로 세계가 확보되었다는 사실을 강력하게 증명한다.

친구나 자녀의 갑작스러운 사망 소식과 같은 예기치 않은 사건에 미리 대비하여, 연습과 준비를 통해 그 소식을 듣고 놀라는 격정적인 반응을 미리 차단할 수 있도록 반복적으로 연습하는 스토아주의의 기법은 열정의 메커니즘을 하나씩 해체하는 한 가지 형태일 뿐이다. 이 경우 그 대가는 더 이상 경험의 유일무이한 단독성을 허용하지 않겠다는 선택이다. 왜냐하면 우리는 마치 너무 많은 살인 재판을 주재하여 감각이 마비된 판사처럼, 실제로 어떤 사건이 발생했을 때 그 사건의 고유한 독자성에 둔감해지도록 각 사건을 미리 연습하기 때문이다. 스토아주의적 연습과 준비가 초래한 대가는 희석되어 버린 "경험"이라는 패배적 개념이다.

앞 장에서 나는 스토아학파의 연습이나 스피노자의 시간을 덮는 베일, 즉 열정적인 반응의 경험을 방지하거나 감소시키는 기법을 비롯한 모든 훌륭한 기법들을 반례反例로 삼아, 적극적인 열정적 삶의 구체적인 모습을 상세하게 살펴보았다. 그러나 이 성공적인 해체에 주목하면서도, 우리는 입장을 바꿔 또 다른 주장, 즉 분노를 주관하는 투모스가 내세우는 주장을 다시 이야기할 준비가 되어 있어야 한다. 나는 분노나 공포를 중심으로 그려진 선, 자기 이익에 의해 그려진 선(말하자면 방어적인 선), 동정과 공감에 의해 그려진 선(나의 세계를 표현하는 또 하나의 결정적인 선, 이제는 나의 특별한 관심과 연민을 불러일으키는, 다른 사람들에게 가해진 상처를 중심으로 그려진 선) 사이의 연관성을 보여 주려고 했다. 나는 공유된 공포의 경우, 가장 이기적인 상태인 임박한 죽음에 대한 극심한 공포가 어떻게 공동체를 만들 수 있는지를 보여 주려 했다. 가령, 우리는 때로 추락하는 비행기의 승객, 들판으로 끌려가 10명 중 1명이 처형당할 위험에 처한 마을의 구성원처럼, 저마다 동시에 똑같은 위협을 받으면서도 일부는 살아남고 일부는 살아남지 못하는 집단의 일원이라는 특이한 특징 때문에 공동체를 만들 수 있다. 공유된 공포는 자연스러운 경로를 따라 공포에서 연민으로, 타인의 상실이 자신의 상실과 똑같은 무게를 지닌다는 생각으로 이어진다.

나는 이 책을 통해 열정이 "경험한다는 것"에 대한 가장 훌륭하고 직접적인 원형을 제공하고, 더 나아가 다양한 방식으로 정확하게 분절된 시간의 풍경 속에서 이루어지는 경험의 의미를 분명하게 조명해 준다고 주장했다. 문학은 완전한 경험과 시간적 경험을 표현하는 수단이다. 문학은 또한 특정 시간, 특정 장소에서 특정 인물을 중심으로 펼쳐지는 어떤 세계를 그리는 수단이다. 문학은 공통의 세계, 객관적 세계, 상호성의 세계보다 그러한 개인 중심의 시간적 경험이 우위를 점한다고 주장한다. 문학은 가장 중요한 반칸트적 영역으로 부를 수 있다. 왜냐하면 문학에서는 보편성과 상호성이 구조적으로 배제되기 때문이다. 서사는 시간과 상황에 대해 태생적으로 관점주의적이다.

리어왕의 세계, 희곡《로미오와 줄리엣》의 주제를 형성하는 줄리엣의 세계, 분노가 시작된 이후의 아킬레우스의 세계, 프루스트의 소설에 등장하는 마르셀의 세계, 또는 그 소설의 일부인 《스완의 사랑》에 나오는 스완의 세계—우리는 그러한 세계가 누구의 세계인지 먼저 인지하지 않고는 이 작품들에 표상된 경험들을 깊게 생각할 수 없다.

서사는 열정이라는 주제와 끊을 수 없는 불가피한 연관성을 가진다. 서사 자체가 세상에서 어떤 하나의 입장을 취하는 행위로부터 시작되어야 하기 때문이다. 《오만과 편견》은 다른 누구도 아닌 엘리자베스 베넷의 입장, 즉 결혼 적령기의 젊은 여성, 곧 다가올 미래가 희망·수치심·후회·기쁨으로 점철될 어떤 젊은 여성이 시간의 전개 속에서 가지게 되는 어떤 입장을 취한다. 소설과 이야기는 나만의 세계 또는 누군가의 세계에 대한 이야기이지 세상 그 자체에 대한 이야기가 아니다. 조지 엘리엇의 《미들마치Middlemarch》는 여러 개의 중심을 활용하여 관점을 다각화하고 그 사이를 번갈아 가며 서술한다. 소설의 서사적 세계는 리드게이트의 세계와 프레드 빈시의 세계와 캐소본의 세계와 도로시아 브룩의 세계로 구성되어 있지만, 여기서 강조되는 것은 그 세계가 한 번에 하나씩만 다루어진다는 서사적 사실이다.

서사시, 비극, 소설에서는 어느 순간이든 항상 누군가의 세계다. 서사와 열정은 서로 다른 방향에서 개인적 세계를 표현하는 체계다. 이 개인적 세계는 공유된 공통의 세계 또는 "단순한 세계"보다 선행하며, 궁극적으로 그보다 더 본질적이라고 주장한다. 이처럼 서사와 열정은 특정한 시간에 대한 공통의 관심을 공유한다. 그 시간이 수많은 경험적 순간들 중에서 아무리 예외적인 순간일지라도 결과는 똑같다. 슬픔, 분노, 공포, 수치심, 기쁨의 격렬함은 단 하나의 의지, 단 한 명의 사람만이 존재하는 세계의 구조를 다시 한 번 명백하게 드러낸다.

열정에 대하여

2023년   10월 10일 초판 1쇄 발행

지은이 ㅣ 필립 피서
옮긴이 ㅣ 백준걸
펴낸이 ㅣ 노경인 · 김주영

펴낸곳 ㅣ 도서출판 앨피
출판등록 ㅣ 2004년 11월 23일 제2011-000087호
전화 ㅣ 02-336-2776   팩스 ㅣ 0505-115-0525
블로그 ㅣ bolg.naver.com/lpbook12
전자우편 ㅣ lpbook12@naver.com

ISBN 979-11-92647-20-3